Editora
Charme
Bad
Things
Livro Um
Tristan & Danika
R.K. LILLEY

1ª Impressão 2020

Produção Editorial: Editora Charme
Capa: Okay Creations - Sarah Hansen
Adaptação da capa e produção: Verônica Góes
Tradução: Alline Salles
Revisão: Equipe Charme

FICHA CATALOGRÁFICA ELABORADA POR
Bibliotecária: Priscila Gomes Cruz CRB-8/8207

L729b Lilley, R.K.
Bad Things / R.K. Lilley; Tradutor: Alline Salles;
Revisor: Equipe Charme.. - Campinas, SP: Editora Charme, 2020.
360 p. il. - (Série Tristan & Danika; 1).

Título Original: Bad Things

ISBN: 978-65-5056-007-2

1. Ficção erótica, 2. Ficção norte-americana -
I. Lilley, R.K. II. Salles, Alline. III. Okay Creations. IV. Equipe Charme.
V. Título.

CDD - 813

Editora Charme

www.editoracharme.com.br

Editora Charme

Bad Things

Livro Um
Tristan & Danika

Tradução
Alline Salles

R.K. LILLEY

Este livro é dedicado a todos aqueles que tiveram o coração extremamente partido por ver uma pessoa amada sofrer com o vício.
É a sensação mais impotente do mundo.
Meu coração está com vocês.

Capítulo Um

O INÍCIO

DANIKA

O arrepio mais esquisito que já tive de premonição tomou meu corpo na primeira vez que ouvi a voz de Tristan. Escutei-a a um cômodo de distância, quando ele disse algo casual para meu chefe, Jerry, e, mesmo assim, eu sabia, de alguma forma, que ele mudaria minha vida.

Eu tinha um monte bagunçado de roupa limpa e cinco cachorros passando por minhas pernas na lavanderia apertada do meu chefe, quando ouvi a porta da frente se abrir e dois homens conversando entrarem na casa. Não fiquei assustada. Era uma casa meio caótica, com todo tipo de pessoa indo e vindo todas as horas do dia, e reconheci o som da voz de Jerry instantaneamente.

O outro homem que falava era um estranho, mas sua voz era grave e meio que retumbou pela casa até chegar a mim. Tive uma reação instantânea e positiva a isso. Eu tinha sentimentos confusos em relação aos homens, em geral, por ter tido um passado sórdido com eles, e por ter, recentemente, passado por um término horrível com uma figura. Meu ex era um perdedor inigualável e maconheiro, e não tinha sido o primeiro perdedor com quem eu desperdicei meu tempo. Ainda assim, soube, imediatamente, que adorava o som daquela voz grave e masculina.

Deixei uma pilha de roupa limpa no canto. Minhas habilidades de lavanderia eram desprezíveis, para não ser grosseira. Trabalhava para Jerry e sua ex-esposa, Beverly, como babá/faxineira/passeadora de cães/piscineira/jardineira/qualquer coisa que eles precisassem que eu fizesse. Já se sabia que eu basicamente era terrível na parte da faxina, mas parecia dar certo para todos. Eu trabalhava para eles há dois anos, e estávamos firmes e fortes. Beverly e Jerry, ex incomuns e pais incríveis, tinham se tornado meus melhores amigos e duas das minhas pessoas favoritas do mundo.

Eu estava vestida como uma doida, com short preto de torcida e um moletom cinza gasto da UNLV, meu cabelo liso estava em um rabo de cavalo bagunçado, e não usava nada de maquiagem, mas fui receber o recém-chegado mesmo assim. Meus cinco animais preferidos do planeta seguiram meus passos conforme eu andava.

Jerry estava de costas para mim quando virei o corredor e entrei no hall preto e decorado com pedras, o estranho me encarando. Vi, em um vislumbre, que o cara era jovem, sexy pra caramba e encrenca com E maiúsculo.

Eu conhecia encrenca quando via uma, já que era uma velha amiga minha. Encrenca, para mim, era esse padrão bem desagradável de autodestruição do qual eu nunca conseguia me afastar. Até uma música tocava na minha cabeça quando sentia o E maiúsculo se aproximando. Era Four Kicks, e tocou no último volume quando o vi pela primeira vez.

Ele era alto e grande como um zagueiro, tanto de músculos quanto de estrutura. Usava uma camiseta preta justa que mostrava cada centímetro musculoso do seu peito. Seus braços tatuados estavam cruzados à frente do peito em uma postura casualmente atenta, mas sua presença comandava o ambiente.

Seu rosto era lindo, com traços uniformes e claros que eram dominados por olhos cor de mel. Ele tinha um nariz bem reto, com uma pontinha arredondada que o teria transformado de lindo para bonitinho se não fosse tão grande, e lábios carnudos em uma boca grande que mostrava covinhas fatais para mim quando se curvou de maneira brincalhona. Aquelas covinhas eram um grande e puro E. Seu cabelo preto era curto, com uma barba escura por fazer delineando seu maxilar. Seu sorriso fácil era brincalhão, mas ainda conseguia ser sinistro. Era uma combinação pesada para alguém que tinha bastante intimidade com o E.

Jerry se virou para ver por que o outro estava sorrindo. Ele era um homem de meia-idade, baixo e careca, com um corpo esguio. O rosto *dele* estava longe de ser bonito, com olhos juntos e um nariz grande, mas eu achava que ele tinha um dos melhores sorrisos do mundo.

— Danika — Jerry disse com aquele sorriso clássico. — Este é meu amigo, Tristan. Ele vai dormir no sofá por uns dias. Ele… ãh… está trocando de moradia.

Gemi mentalmente. Bev iria matá-lo. Um olhar para Tristan, e eu sabia que ele não era apenas um amigo. Jerry tinha um histórico de ajudar quem ele sempre pensava que era a estrela em ascensão mais recente. Tinha grandes sonhos de gerenciar a próxima grande banda de rock, e levava esses sonhos ao extremo. Ele e Bev, tecnicamente, eram advogados, mas ela era a única advogada da casa que se podia chamar de empregada. Jerry ficava ocupado demais colecionando bandas independentes para praticar a advocacia.

Olhei diretamente para Jerry.

— Bev vai te enforcar. Ela disse que, se você trouxesse para casa mais um músico desempregado, iria te colocar para fora e, então, *eu* iria ter um *upgrade* para um quarto maior.

Ele fez uma careta.

— Olha, não vá tirando suas conclusões. Tristan tem um emprego. Veja, ele nem está carregando um violão.

Olhei para Tristan.

— Qual é o emprego?

Jerry respondeu por ele, o que me fez perceber que ele estava mentindo.

— Ele é *promoter*.

Revirei os olhos.

— É o melhor que consegue inventar? Esse é o código de Vegas para *desempregado*, Jerry. Até meu ex-namorado maconheiro falava que era *promoter*, e acho que ele nunca nem sai de casa. Precisa pensar em algo melhor antes que Bev chegue.

Tristan deu risada, sem parecer nem um pouco ofendido por nossa conversa.

— Eu *sou promoter*, e também estou em uma banda — ele disse com um rosnado baixo e sexy.

Oh, Deus, pensei. Agora *Four Kicks*, de Kings of Leon, estava tocando no volume máximo na minha mente conforme ouvia sua voz daquela curta distância. E tentei fingir que também não tinha ouvido aquela risada sexy pra caralho. Eu sabia que seríamos uma combinação perigosa. Coisas ruins iriam acontecer se passássemos muito tempo perto um do outro.

— Não deixe Bev ouvir você falar isso — alertei-o. Estava realmente apenas tentando ajudar Jerry. Não queria que ele se metesse em encrenca com Bev de novo, e parecia que ele nunca fazia ideia do que a irritava exatamente, mesmo que sempre estivesse bem óbvio para mim.

Suspirei, sabendo que isso não seria fácil de consertar. Fiquei tensa ao ouvir o barulho alto do portão da garagem abrir. A casa de Bev era enorme, tranquila e no estilo de fazenda, mas o portão da garagem era tão barulhento que sempre anunciava sua presença.

Olhei séria para Jerry. Às vezes, me sentia mãe dele, embora ele tivesse quarenta e cinco anos, e eu mal tivesse vinte e um. Apontei para ele.

— Sei o que precisamos fazer, mas vai ficar me devendo uma. Odeio mentir para Bev.

Era verdade. Eu não estava nem um pouco indiferente quanto à decepção que sofreria, e queria que ele soubesse disso. Beverly era minha heroína. Ninguém nunca tinha me ajudado, ou me apoiado, tanto quanto ela. Além do mais, eu simplesmente gostava dela. Ela era minha amiga mais próxima, e eu tinha desenvolvido um sério caso de adoração heroína pela mulher de quarenta e oito anos bem-sucedida.

— Tristan é um amigo *meu* — disse a eles. — Não falem as palavras *promoter* ou banda. Ele é um aluno mais velho e vai ficar no sofá por *uma semana*. Nos conhecemos na UNLV no último semestre. Entenderam?

Jerry assentiu, me dando um sorriso grato.

— Você é a melhor, Danika. Te devo uma.

Devia mesmo. Olhei para Tristan, que estava me dando seu sorriso brincalhão, como se não tivéssemos acabado de nos conhecer.

— Sua danadinha. Gostei disso — ele murmurou, assim que Bev e seus filhos saíram da garagem e entraram na sala de estar principal.

Ivan e Mat me viram com os cachorros aos meus pés e correram até mim gritando. Ivan era um garoto de oito anos descaradamente diabólico, Mat era precoce para seus seis anos de idade, e os dois juntos eram mais do que suficiente, mas eu os amava *demais*.

Mat atacou diretamente minha barriga, enquanto Ivan pegou a cachorra maior, Mango, e lhe deu um abraço de urso. Mango era uma cadela de caça bege. Tinha nove anos e deixava uma trilha de baba ao acordar. Era uma terrível cachorra de guarda. Tínhamos certeza de que, se a casa fosse assaltada, ela simplesmente veria como uma oportunidade de lamber mais rostos.

Mat apertou tão forte minha cintura que me fez grunhir um pouco. O segundo cachorro maior, Dot, não gostava de ser abraçado, e rosnou ameaçadoramente para o garoto de seis anos. Era um pastor-alemão belga preto grande, e nenhum de nós tinha dúvida de que era um bom cão de guarda. Talvez bom até demais, na verdade. Ele assumira o cargo de meu segurança pessoal, até contra outros moradores da casa, e isso incluía os meninos.

Fiz Dot se calar, abraçando Mat. Era um garoto loiro magricela com lindos olhos azuis.

— Você falou que ia fazer cookies pra gente quando voltássemos! — Mat me disse, empolgado.

Assenti.

— Ok. Vão me ajudar a fazê-los ou querem brincar enquanto faço?

— Brincar! — ele gritou. Eu não sabia se era Mat, ou pelo fato de ter seis anos, mas o garoto tinha um sério problema com controle de volume. Só me fez dar risada.

— Ok. Aposto que vão conseguir sentir o cheiro quando ficarem prontos.

— Vamos! — ele gritou ainda mais alto, depois saiu correndo para seu quarto.

Ivan se endireitou, olhando em volta para todos os adultos e franzindo os lábios. Ele tinha cabelo castanho-claro, era alto para sua idade e tinha olhos castanho-claros, como os do seu pai. Era um garoto engraçado. Tinha momentos de pestinha sem vergonha, mas também de encanto absoluto.

— Também quero brincar, Danika, mas vou te ajudar se precisar mesmo, mesmo de mim.

Sorri para ele.

— Eu cuido de tudo, garoto. Pode ir brincar.

Ele saiu correndo, sem falar nada para o pai ou para Tristan. Típico menino de oito anos, só que prestando atenção em quem faria cookies.

Beverly e eu nos entreolhamos. Ela revirou os olhos e deu risada antes de ir para o mesmo lugar que eles tinham ido, em direção ao seu quarto. Mal olhou para Tristan. Não era um bom sinal.

— Jerry, uma palavrinha — ela gritou, ainda indo para o quarto. Isso não acabaria bem.

Ele xingou baixinho, porém a seguiu.

Fui para a cozinha e senti Tristan me seguindo.

A casa tinha conceito aberto. Era enorme, mas a entrada, a sala de estar, a sala de jantar, a cozinha e a sala de TV compartilhavam um espaço comum, então era uma linha reta assim que eu dava a volta no sofá enorme em L que dominava a sala de estar.

Era uma estranha combinação de *shabby chic*, indo mais na direção de envelhecido do que de clássico. Beverly era muito bem-sucedida como advogada trabalhista, e vinha de família rica, então dinheiro não era problema quando se tratava da casa. Era gigantesca, e em um dos melhores condomínios fechados de Vegas, mas a casa era inteira coberta por carpetes, e a mobília tinha uma necessidade desesperada de atualização. A única salvação era a arte espetacular que ela colecionava. Não havia palavras para expressar o quanto ela tinha olho bom para artistas em ascensão, porém era a única salvação quando se tratava da estética da casa.

Eu entendia por que ela não trocava muita as coisas. Carpete novo seria arruinado em apenas algumas semanas por seus cachorros bagunceiros e filhos malucos, e o sofá de couro verde-escuro tinha a parte de trás inteira roída. Não podia imaginar que um sofá novo não receberia o mesmo tratamento.

Tive que destravar o ferrolho que fora instalado na lateral da geladeira antes de abri-la. Mango gostava de comer palitos amanteigados quando não estava bem trancado...

Peguei um tubo plástico cheio de massa de cookie com gotas de chocolate. Ouvi um resmungo claro e decepcionado atrás de mim.

Me virei para olhar para Tristan, arqueando uma sobrancelha para ele.

— O que foi? Não gosta de gotas de chocolate?

Ele balançou a cabeça, ainda exibindo uma covinha perigosa em um sorrisinho. Realmente queria que ele parasse de mostrar aquelas covinhas. Eram contraproducentes para minha paz de espírito.

— Está brincando, não é? — ele perguntou diretamente.

Eu não fazia ideia do que ele estava falando.

— Hum, em relação a quê?

— Massa de cookie em um tubo plástico? Semipronto?

Dei de ombros.

— É fácil e rápido, e o gosto é bom.

Ele balançou a cabeça de novo.

— Me mostre seus suprimentos. Não posso ficar aqui assistindo a isto.

Fiz careta para ele.

— Você é mandão para um hóspede desempregado.

— Eu tenho um emprego. Vários, na verdade. Mas, é, sou mandão. Agora me mostre onde está a farinha.

Continuei fazendo careta, mas estava andando pela cozinha e entrando na despensa ao fazê-lo. Acenei para a área que meio que guardava os suprimentos. A despensa não era bem organizada, então provavelmente ele teria que procurar para conseguir tudo que precisava para os cookies.

Deixei-o ali, voltando para a cozinha a fim de pré-aquecer o forno e untar a forma. Peguei uma tigela grande, medidores e outros utensílios que pensei que ele pudesse precisar. Era o mínimo que podia fazer se ele realmente ia cozinhar.

Tirei meu moletom, de repente quente. Estava uns quarenta e três graus do lado de fora, mas não dava para saber pela maneira que eu normalmente congelava até a morte lá dentro com o ar-condicionado. Não era normal, para mim, ficar tão quente por dentro por qualquer motivo.

Eu estava usando uma blusinha branca fina e sentada no balcão quando Tristan voltou à cozinha com os braços cheios de ingredientes.

Ele os colocou no balcão perto da tigela, alinhando-os perfeitamente. Seus bíceps se flexionavam com o menor movimento. Era fascinante.

— Sal — ele me pediu com a sobrancelha erguida.

Pisquei, tentando processar o que ele acabara de dizer.

Apontei para trás depois de alguns instantes bizarros.

Ele veio na minha direção sem falar nada, e vi minha tolice. O armário que eu tinha apontado era diretamente atrás de mim. Deveria simplesmente ter pegado para ele.

Tristan não pareceu se importar, movendo-se desconfortavelmente perto para alcançar atrás de mim. Seu peito se aproximou tanto do meu rosto que pude sentir seu cheiro. Era divino, tão divino que fechei os olhos por um segundo para assimilar.

Ele teve que se esticar para cima, então seu quadril esbarrou na parte interna da minha coxa conforme se moveu, sem vergonha, entre minhas pernas para chegar mais perto.

Arfei.

— Desculpe — ele disse, recuando, com o sal na mão. Vi seus olhos brilharem brevemente por meu corpo antes de ele se virar, colocando o sal ao lado dos outros ingredientes.

— Então, você é a babá, certo? *Não* é como imaginei quando Jerry disse que tinha uma babá que morava aqui.

Olhei para ele desafiadoramente.

— O que imaginou?

— Não sei muito bem. Não tinha uma imagem clara na cabeça. Só não estava esperando alguém como *você*. — Ele virou a cabeça para me dar outra olhada ilegível.

Olhei de maneira não amigável para ele, ofendida e um pouco magoada.

— O que isso significa?

— Nada ruim. Pare de me olhar assim. É só que babás normalmente não se parecem com você. Você é o que Hollywood colocaria como babá para adicionar um apelo sexy em um filme. Bem sexy. Não seja modesta. Sabe que é linda.

Parei de olhar desafiadoramente, mas fiquei desconfiada dos elogios.

— Relaxe, ok? — ele disse, analisando meu rosto. — Não estou dando em cima de você, e não vou. Quantos anos você tem, dezoito? Jovem demais para mim. Só estou apontando os fatos. Normalmente, mulheres não gostam de outras mulheres gostosas como você debaixo do mesmo teto.

Olhei desafiadoramente de novo.

— Tenho vinte e um, e Bev é minha melhor amiga. Trabalho para eles há dois anos.

Ele ergueu as mãos, mostrando um sorriso de desculpa.

— Foi mal. Não estou tentando ser babaca. Só fiquei surpreso por ser você a babá de que Jerry estava falando. Ele não me deu sinais de que você era, bom, gostosa.

— Quantos anos *você* tem? — perguntei, ainda chateada pelo comentário de ser jovem demais.

— Vinte e seis.

— Não é tão velho.

— Eu sei. Só velho demais para sair com garotas de dezoito ou até de vinte e um anos. Mas, francamente, mando mal com mulheres da minha idade também, quando se trata de relacionamentos, e é por isso que não os tenho.

Não pude evitar. Tive que perguntar.

— Então, o que você faz?

— Fico. Fico casualmente. E você?

Balancei a cabeça, apertando os lábios para ele. Não estava acreditando que já tínhamos tocado nesse assunto. Com certeza, precisava ter cuidado com ele.

— Tenho relacionamentos. Sem exceções. Nunca fiquei casualmente na vida.

Ele suspirou, medindo a farinha e colocando na tigela.

— Bom, acho que isso deixa as coisas menos complicadas. Seremos amigos, então. — Ele me lançou um sorriso de lado extremamente irresistível. Pensei que essa era uma das conversas mais estranhas que já tive, levando em conta que havíamos acabado de nos conhecer. Só que não parecia que havíamos acabado de nos conhecer. Ele falava comigo como se me conhecesse desde sempre, e era difícil recusar qualquer coisa que ele dizia naquela voz baixa.

Assenti, dando-lhe meu próprio, mas de má vontade, sorriso.

— Ok, amigos, já que vamos morar debaixo do mesmo teto na próxima semana.

— Ok, então. Meu primeiro trabalho como seu amigo será te mostrar como fazer os melhores cookies com gotas de chocolate do mundo.

Capítulo Dois

Tristan me explicou cada passo do processo do cookie, e fingi prestar atenção, mas essa atenção ficava se concentrando em seus braços espetaculares enquanto ele trabalhava. Mal mantive a compostura quando ele usou a batedeira, e observei seus braços musculosos vibrarem com o movimento dela.

— Viu isso, Danika? — ele me perguntou com um sorriso.

Voltei a mim, olhando para seu rosto.

— Ãh?

Ele balançou a cabeça para mim, ampliando seu sorriso. Meus olhos focaram na sombra de uma barba delineando sua mandíbula. Nunca tinha achado a aparência não barbeada tão atraente.

— Você é encrenqueirinha — ele me disse, voltando à sua massa de cookie.

— *Eu*? — perguntei, e não fiquei triste quando ele não respondeu. Não precisávamos entrar no assunto sobre Encrenca.

Ele pegou bolinhas da massa com a colher e pôs na assadeira bem precisamente. Colocou-a no forno, definindo o *timer*.

— Você gosta de sair? — ele me questionou ao lavar as mãos.

Parecia que não conseguia parar de olhar suas mãos.

— Sair?

Ele as secou e se aproximou de mim, parando pouco antes das minhas pernas.

— É. Sair. Tipo para bares, baladas e festas. O que gosta de fazer para se divertir?

Abri a boca para responder, mas minha mente ficou vazia. Divertir? O que eu fazia para me divertir? Me ocupava, isso era certeza, mas alguma coisa disso era para diversão?

— Nado bastante com os meninos. E passeio com os cachorros.

Ele piscou para mim, e eu queria dar um tapa na minha testa. Soava como uma esquisitona, mesmo para os meus ouvidos.

— Nada com os meninos e passeia com os cachorros? Quando foi a última vez que saiu?

Refleti sobre isso, rapidamente chegando à conclusão de que não admitiria o tempo que fazia desde que "saíra".

Fui salva de tentar responder pela confusão dos cachorros invadindo a cozinha. Todos seguiram Bev para seu quarto, no entanto, aparentemente, tinham terminado de cumprimentá-la.

Dot ficou entre Tristan e mim, rosnando um pouco como alerta e assumindo seu lugar para me proteger.

Tristan analisou os cachorros e colocou as mãos na cintura enquanto os olhava.

— Vai me apresentar? — ele perguntou.

Não consegui evitar, meu lábio se curvou em um sorrisinho para ele.

— Quer que te apresente para os cachorros?

Ele deu de ombros, aquele sorriso fácil aparecendo.

— Se não se importa.

Apontei para Mango primeiro.

— Esta é Mango. Ela vai babar e subir em você quando estiver dormindo, mas é a cadela mais doce do mundo.

Ele assentiu, movendo-se para acariciar a cachorra grande. Ela se jogou nas mãos dele.

Apontei para o próximo, um lhasa-apso pequeno, preto e branco.

— Essa pequenininha é Pupcake. É na dela, e a preferida dos meninos. — Ele a fez virar de barriga para cima em segundos.

Apontei para o coonhound marrom manchado.

— Aquele é Coffeecup. É o mais novo, e ele e eu temos uns probleminhas.

Ele deu risada do nome, acariciando o cachorro. Coffeecup lambeu o rosto dele, e ele nem piscou. Filho da puta.

— Posso saber dos probleminhas ou é um assunto sensível?

— É sensível — disse a ele. O cachorro selvagem estava me fazendo subir pelas paredes ultimamente, e eu não queria explicar todos os motivos.

Apontei para Dot, que estava roçando na minha perna pendurada.

— Este é Dot. É o cão de guarda do bando.

Tristan assentiu, abaixando-se para acariciar o cachorro, sua mão pertinho da minha perna. De forma chocante, Dot permitiu, balançando o rabo, sem rosnado à vista, mesmo pertinho de mim e tal. *O que era aquilo?*

— Como fez isso? Dot nunca gosta de estranhos.

Ele balançou os dedos para mim.

— Não te contei? Tenho mãos mágicas.

Revirei os olhos.

Ele se endireitou, puxando um monte de cartas do bolso. Não acreditava que não as tinha percebido. Estivera apreciando bastante como ele ficava bem nos jeans…

Ele embaralhou as cartas. Sabia, pelo jeito que mexia nelas, que ele praticava bastante. Suas mãos eram grandes, o que tornava os movimentos ágeis dos seus dedos mais impressionantes, e também distraíam mais.

Ele abriu um leque de cartas, sorrindo para mim.

— Escolha uma carta, qualquer uma.

Arqueei uma sobrancelha, sarcástica.

— Vamos mesmo fazer isso? Truques de cartas?

Ele assentiu, ampliando o sorriso.

— Sabe, céticos são meus preferidos. Tenho muito mais chance de surpreender.

Revirei os olhos, mas escolhi uma, retirando-a com cuidado, mantendo-a virada. Quase revirei os olhos de novo quando vi que era a Dama de Copas.

— Quero uma carta nova — disse a ele.

Ele simplesmente deu risada, balançando a cabeça.

— Só memorize e a coloque de volta.

Fiz isso, garantindo que ele não pudesse vê-la.

Ele começou a embaralhar as cartas de novo, sem nem olhar para baixo.

— Já vi esse truque.

Sua testa franziu, e as cartas começaram a se lançar das suas mãos, para todos os lados.

— Hum. Já?

Assenti, em dúvida se jogar as cartas para todo lado fazia parte do truque.

Ele assobiou alto.

— Mango, traga a carta para ela.

Olhei para os cachorros, completamente perdida.

— O que está...?

Mango trouxe uma carta na boca, e eu me abaixei, estendendo a mão para ela.

— Não coma cartas, bobinha. Isso é ainda pior do que pão com manteiga... — Parei de falar quando peguei a Rainha de Copas da sua boca.

Me endireitei, surpresa. Ergui os olhos arregalados para os presunçosos de Tristan.

— Como fez isso?

Ele balançou os dedos para mim de novo. Suas mãos mágicas.

— Mãos rápidas não são uma resposta — disse a ele.

Isso o fez se curvar de rir, e eu sorri, porque já adorava o som da sua risada.

— Sério, como fez isso? Como conseguiu inserir Mango no truque?

— Mãos mágicas são a única resposta que vai tirar de mim. Então, ainda pode falar que já viu esse truque?

Apenas balancei a cabeça, tentando com afinco entender tudo que ele precisou ter feito para conseguir aquilo.

— Esses nomes de cachorro são... divertidos. — Ele me assustou, tirando-me dos meus pensamentos.

Dei de ombros.

— Os meninos escolheram o nome de todos, menos da Mango. Achei que fizeram um ótimo trabalho. São crianças engraçadas.

Virei a cabeça quando Bev chamou meu nome, aproximando-se da cozinha com um sorriso. Ela virou o sorriso para Tristan ao chegar mais perto. Era uma mulher magra e alta, com olhos azul-centáurea e cabelo loiro-avermelhado. Tinha quarenta e oito anos, mas eu não achava que parecia ter essa idade; sua pele branca mostrava apenas mínimos sinais de envelhecimento. Seus traços eram atraentes, sua figura, esguia, e ela sempre se vestia de maneira impecável.

— Desculpe mesmo, Danika — ela me disse. — Não sabia que era seu amigo. Fui muito grosseira, entrando sem me apresentar. Pensei que, bem, ele fosse outro… projeto de Jerry. — Ela jogou a mão no ar, como se ignorasse essa ideia.

Acho que há anos não me sentia tão mal quanto naquele momento, encarando seus lábios curvados em desculpa.

— Mas, enfim. — Ela se virou para Tristan, estendendo a mão. — Sou Bev.

Tristan não hesitou em sorrir de volta, pegando a mão dela.

— Tristan.

Bev olhou para mim.

— Jerry me contou que você o conheceu no semestre passado. Por que só estou sabendo disso agora? — ela perguntou, sorrindo. O sorriso de Bev era puro encanto. Ninguém no mundo adivinharia que ela era advogada, por aquele sorriso.

Dei de ombros, me sentindo na defensiva e culpada pra caramba.

— Não tinha nada a dizer. Ele é só um amigo. Ficará apenas por uma semana, eu juro.

Ela acenou, não se importando.

— Não se preocupe com isso. Fique o quanto quiser, Tristan. Qualquer amigo de Danika é amigo meu. Então, onde e como exatamente vocês se conheceram?

— Tínhamos aula juntos — respondi, olhando para Tristan.

— Que aula? — ela quis saber, tão persistente quanto se espera de uma advogada.

— Psicologia — respondi.

— Inglês — Tristan disse ao mesmo tempo.

Lancei-lhe um olhar bem desagradável por me contradizer.

Ele sorriu para Bev, completamente não perturbado.

— Ambas. Tínhamos as duas aula juntos, na verdade. Danika era bem legal e compartilhava suas anotações comigo.

Bev me olhou de maneira carinhosa.

— Ela é meticulosa.

Sorri de volta para ela, jurando para mim mesma que nunca mentiria para ela de novo, não importava o motivo. Jerry que se danasse.

— Estava aqui tentando convencer Danika a ir a uma balada comigo esta noite — Tristan disse a Bev.

Pisquei para ele, pensando no que ele estava fazendo.

— Parece que ela pensa que passear com os cachorros é o que uma mulher de vinte e um anos deveria fazer para se divertir. Acho que ela precisa sair mais. Vai me ajudar a convencê-la?

Bev olhou para mim, franzindo a testa.

— Sabe, Danika, não me lembro da última vez que você saiu. Tristan tem razão. Você tem vinte e um anos. *Deveria* se divertir mais.

Se olhar matasse, Tristan teria caído morto ali mesmo. Ele tinha conseguido levar a *minha* Bev para seu lado em menos de um minuto. Não conseguia acreditar nisso.

Ele apenas sorriu para mim, sem se importar com meu olhar fatal.

— Então está combinado. Vamos sair esta noite. Tem uma balada nova no casino Cavendish. É ótima. Você vai adorar.

Olhei para ele por um minuto inteiro antes de falar.

— Você só quer que eu te leve. Provavelmente nem tem carro.

Me senti meio boba quando tanto Tristan quanto Bev começaram a rir.

— Vocês dois parecem se conhecer bem — Bev se sobressaltou. — Como eu nunca soube nada sobre Tristan antes, Danika?

Balancei a cabeça, porém Tristan falou antes que eu pudesse. Ele colocou a mão no peito, sobre o coração, me dando um sorriso de perder o fôlego.

— Isso me deixa magoado, Danika. Nunca fala de mim?

Ele estava gostando dessa historinha, mas eu, com certeza, não estava.

— Não.

— Oh, Danika, você tem que sair. Eu insisto. Vá se divertir. Não preciso de ajuda com os meninos esta noite.

Fiz uma careta.

— Tenho coisas para fazer.

— Tipo o quê? — Tristan perguntou.

— Bom, primeiro, preciso passear com os cachorros.

— Ok. Vamos fazer isso agora. Vou com você.

Revirei os olhos, percebendo que estava agindo como uma garota de dez anos.

— Certo, mas vai ter que levar Coffeecup.

Ele deu de ombros.

— Ótimo.

— E preciso limpar a piscina — eu disse a ele.

— Oh, não se preocupe com isso — Bev retrucou.

— Eu ajudo — Tristan ofereceu, sendo estranhamente persistente.

— E tenho que terminar de lavar roupa.

Tristan deu de ombros.

— Vamos começar depois que os cookies ficarem prontos.

— Não precisa fazer isso hoje, Danika — Bev tentou de novo. — Eu posso lavar a roupa esta noite, e a piscina pode esperar. Tire a noite de folga.

— Vamos acabar essas tarefas em uma hora, e ela ainda terá bastante tempo para se arrumar — Tristan disse.

O *timer* do forno começou a apitar, e ele foi verificar os cookies. Bev e eu o observamos, sem falar nada, enquanto ele colocava as luvas e tirava a assadeira do forno. Era uma visão esquisita e fascinante: um homem sarado na cozinha de casa, fazendo cookies. Essa homem era muita Encrenca…

Ele analisou por bastante tempo os cookies, que tinham um cheiro delicioso, então me deu um sorriso de lado.

— Perfeitos. Vocês duas têm que provar.

Curvei meu lábio para ele.

— Estou de dieta para ficar em forma.

Seus olhos passearam indiscretamente pelo meu corpo.

— E está fazendo um trabalho muito bom, mas pode comer um cookie.

— Quem conseguiria recusar? — Bev perguntou.

Quem?, pensei, ressentida.

Ele era muito mandão para o meu gosto ou, pelo menos, era o que eu dizia a mim mesma.

— Então, que tarefa precisamos fazer primeiro? — Tristan perguntou, enquanto deslizava alguns cookies quentes da assadeira para um prato.

— Cachorros — respondi automaticamente, ainda distraída por sua habilidade na cozinha.

Ele assentiu, trazendo o prato até nós.

— Os cookies vão esfriar para poder comer em um minuto. Você vai comer um, e aí vamos passear com os cachorros.

Estiquei o braço para pegar um cookie, totalmente seduzida pelo cheiro. Geralmente, eu era muito boa em fazer dieta, já que tinha que manter minha forma para dançar, porém nem eu consegui resistir à atração dos seus cookies, que tinham um cheiro divino.

Ele afastou minha mão.

— Eu disse um minuto, Danika.

Olhei-o ameaçadoramente por, no mínimo, um minuto.

Ele apenas sorriu. Ofereceu para Bev primeiro. Ela pegou um, agradecendo-o.

Cruzei os braços à frente do peito e simplesmente olhei para ele. Estava tentando me convencer a recusar o cookie, só para irritá-lo, aquele filho da puta mandão.

Ele mostrou uma covinha para mim, seus olhos dourados cheios de satisfação, e teve a coragem de pegar um e segurar à frente dos meus lábios.

Dei uma mordida, pois o cheiro e seu encanto eram irresistíveis para mim. Fechei os olhos, gemendo ao mastigar.

Ouvi Bev fazendo um barulho parecido. O homem *não* era só conversa. Seus cookies eram tão bons quanto ele falava. Era simplesmente a combinação perfeita do sabor salgado e doce, e a textura era perfeita, não muito pegajosa, mas derretia com maciez na boca. Mal precisava mastigar.

Finalmente, depois de aproveitar minha primeira mordida, abri os olhos para olhá-lo. Ele estava sorrindo para mim, sua mão ainda segurando o cookie perto da minha boca para outra mordida, no entanto, havia um calor em seus olhos agora.

Tirei o cookie da sua mão e o mordi. Ele pegou um para si, dando uma mordida enorme. Eu o observei mastigar, hipnotizada pela linha firme da sua mandíbula trabalhando. Enfim, consegui desviar o olhar, finalizando meu cookie com mordidas lentas e deliciosas.

Os meninos entraram correndo na cozinha bem quando eu estava terminando, e Tristan lhes entregou cookies e papel-toalha, apresentando-se.

Ele parecia à vontade com as crianças, e os meninos pareceram gostar dele instantaneamente, assim como todo mundo. O homem era como uma granada encantada.

Peguei as guias dos cachorros na lavanderia, calçando chinelos e indo para a porta da frente.

Dot viu as guias primeiro e correu para a porta, balançando o rabo. Bev tinha um quintal enorme, porém, mesmo assim, os cachorros adoravam passear.

Aprontei-os, pretendendo sair independente de Tristan se juntar a mim ou não. Eu não precisava de ajuda, e não entendia muito bem sua necessidade de me fazer companhia nas minhas tarefas.

Ele me alcançou quando eu estava saindo, segurando a porta aberta para mim. Ele estendeu a mão quando saímos, e eu lhe dei as guias de Coffeecup e Pupcake.

Estávamos indo para a calçada quando ele falou:

— Então, me conte sobre seus problemas com Coffeecup.

Suspirei.

— Por quê?

— Por quê?

— Por que se importa com os meus problemas com o cachorro?

— Porque sou curioso, e acho adorável você ter "problemas com o cachorro".

Isso tirou um sorrisinho, e uma resposta de mim.

— Ele é indisciplinado. Sua missão de vida é tentar sair correndo pela porta da frente toda vez que tenho que abri-la por qualquer motivo. Ele já se perdeu no bairro três vezes esta semana.

Ele deu de ombros.

— É um bairro tranquilo. Não tem carros passando em alta velocidade. É cercado. Qual é o grande problema?

Fiz uma careta.

— É um grande problema por causa da mulher das galinhas.

Isso o surpreendeu, e ele riu.

— A mulher das galinhas?

Também dei risada, sabendo como soava ridículo — como *era* ridículo.

— É. A mulher *louca* das galinhas.

Ele teve que parar de andar, porque estava gargalhando.

— Ok. Precisa me contar essa história. O que exatamente é uma mulher louca das galinhas?

Balancei a cabeça, mas lhe contei.

— Bom, há um estábulo comunitário no centro do bairro, onde os moradores podem alugar baias. A maioria é usada para cavalos, mas essa mulher usa algumas para galinhas premiadas.

Ele arqueou uma sobrancelha. Ele tinha um jeito que era muito difícil, para mim, resistir, principalmente como ele me dava cada segundo da sua atenção com a mente concentrada. Absorvi essa atenção como se estivesse faminta por ela.

Eu realmente precisava sair mais.

— Galinhas premiadas? — ele perguntou.

— É. Ela tem galinhas premiadas. Mora bem ao lado dos estábulos e, até onde sei, passa a maior parte do dia lá. Ela as deixa passear pelos estábulos enquanto está ali, então elas ficam soltas por bastante tempo… totalmente desprotegidas.

Ele começou a rir de novo.

— Ah, não — ele disse, percebendo aonde a história iria chegar.

Assenti.

— Ah, sim. Eu cronometrei. Coffeecup consegue chegar aos estábulos em menos de dois minutos, e apanhar uma galinha em apenas segundos. Ele já sumiu com três só essa semana.

— Sumiu?

Assenti.

— Ele as come. Quebra o pescoço delas antes de eu conseguir alcançá-lo, e olha que eu corro rápido.

— Isso é ruim.

— É, *eu sei*. É por isso que Coffeecup e eu temos problemas. A mulher louca das galinhas fica puta comigo quando perde uma galinha. Bev tem que lhe pagar cinquenta dólares toda vez que acontece, mas isso não é suficiente para a mulher louca das galinhas, já que as malditas galinhas são a vida dela.

Começamos a andar de novo, mas ambos estávamos sorrindo.

— Bem, se ele escapar enquanto eu estiver por aqui, vou pegá-lo antes de conseguir assassinar qualquer galinha. Eu juro.

— Ele é rápido de verdade — avisei, sem acreditar por sequer um segundo que ele poderia pegar o cachorro maluco se ele se soltasse.

— Eu também.

Apenas balancei a cabeça, rindo.

Capítulo Três

Fizemos minhas tarefas em tempo recorde. Tristan até dobrou a roupa limpa comigo. Achei bizarro… e meio fofo, na verdade.

Depois de conhecê-lo há poucas horas, estava vasculhando meu armário à procura de uma roupa para uma balada em Vegas. O ambiente indecente de Vegas era *tão* diferente de mim, mas mesmo assim estava empolgada para sair. Tristan era simplesmente… divertido, e eu estava animada para me divertir. A conversa sincera que tinha nos tornado amigos logo de cara facilitou qualquer desconfiança que eu pudesse ter quanto a sair com alguém como ele.

Eu não tinha muitos amigos da minha idade. Havia adotado o círculo de amigos de Bev como meu e, além de mim, a mais jovem deles tinha trinta e dois anos. Me sentia confortável com pessoas mais velhas. Atribuía isso a Bev. Estar com ela sempre tinha sido tão bom, tão seguro. Ela era madura, e sabia como ser saudável. Era estável, e eu *precisava* de estabilidade. Me agarrei a isso. E pessoas da minha idade vivendo na cidade do pecado raramente apareciam na mesma frase que estabilidade. Eu sabia que Tristan não era exceção, provavelmente nem conhecia o *conceito* de estabilidade, mas, ainda assim, era difícil resistir a ele.

Estava encarando meu armário há uns bons cinco minutos quando Bev me encontrou. Era um armário bem cheio, graças às doações frequentes de Bev. Graças a Deus vestíamos o mesmo tamanho, e eu não podia reclamar, mas não tinha certeza de *como* me vestir. A vida noturna de Vegas era bem diversificada; eu podia sair usando jeans, ou me produzir toda, porém simplesmente não conseguia decidir o que eu *queria* fazer. Não queria parecer desajeitada, mas também não queria parecer que tinha tentado me esforçar demais.

Bev deu uma leve batida na porta antes de entrar, como sempre. Ela estava segurando um vestido de seda preto cuja alça cobria o braço. Eu o reconheci, pois ela já o usara muitas vezes. Era um dos seus preferidos. Ficava armado e acinturava nos quadris. Eu o tinha provado uma vez só por curiosidade, e sabia que era lindo, aliás, era maravilhoso, mas talvez fosse chique demais para uma balada com um cara que eu mal conhecia.

Ainda assim, cobicei o vestido.

Mordi o lábio, e ela me deu um "olhar".

— Se usar este, vou te dar passe livre para o que quiser no meu armário em um futuro encontro, o que escolher — ela me disse.

Simples assim, ela tinha me convencido. Seu armário era um sonho, e bem além do que eu podia pagar.

— Obrigada.

Ela sorriu e me deu uma piscadinha, claramente feliz por eu ter concordado.

Tomei banho e fiz o cabelo e a maquiagem primeiro, deixando o vapor do banho alisar qualquer pequeno vinco no vestido. A parte de cima era pura seda, com o colarinho de cristais Swarovski. A saia justa era de um material que imitava seda, mas tinha elástico, então esticava, e eu conseguiria dançar nela, o que era o máximo. Não adorava ir a baladas, mas adorava dançar.

Desviei o olhar do vestido caríssimo enquanto secava o cabelo, deixando-o liso e reto, como uma cachoeira preta caindo pelas minhas costas. Preto sempre foi uma boa aposta para mim. Destacava minha pele clara e meus olhos acinzentados. Minha mãe era meio russa, meio japonesa, e eu supunha que meus traços fossem uma mistura dos dois. Mas era só um palpite, na verdade, já que eu nunca soube no que consistia o outro lado dessa equação.

Delineei cuidadosamente meus olhos em preto e esfumei uma sombra cinza-escura nas pálpebras. Fui generosa com a máscara de cílios e usei um batom marrom-escuro, mas foi só isso. Meu tom de pele não precisava, e eu não suportava base.

Ainda estava apenas de toalha quando Bev entrou no banheiro. Ela e eu não tínhamos limites de privacidade há anos, e eu sorri para ela conforme ela entrou depois de uma batidinha leve.

Comecei a balançar a cabeça assim que vi a caixa de joias na sua mão. Ela não tinha joias baratas e comuns, e eu ficaria aterrorizada se pegasse algo caro emprestado e perdesse. O triste fato era que eu nunca poderia pagar algo para substituir nem a peça mais barata que ela tinha.

Ela ignorou totalmente meu balançar de cabeça, abrindo a caixa para me mostrar um par de brincos. Eles eram enormes, em formato de pera, com diamantes encrustados de dois quilates, no mínimo.

— Eles ficam firmes, Danika. Não tem como você perder, e esse vestido implora por diamantes.

— Não posso, Bev. Simplesmente não posso. E acho que já devo estar arrumada demais. Provavelmente, Tristan vai usar apenas camiseta e jeans.

— É aí que se engana. Eu o vi. Ele já está pronto, e está com tudo em cima.

Fiz uma careta. Adorava quando ela falava de um jeito antigo comigo.

— Com tudo em cima?

— Com tudo em cima, tipo elegante, sua espertinha.

— O que ele está vestindo?

— Calça e blazer pretos por cima de uma camiseta preta.

— Parece um arrogante de Vegas. A camiseta com blazer, digo. E não está meio quente para isso?

Ela deu de ombros.

— Espere para vê-lo. Pode chamar do que quiser, mas ele está atraente.

Dei risada.

— Não posso acreditar que esteja me encorajando a sair com ele. Lucy ficará de mãos cheias, repreendendo você em relação a isso. Caramba, ela vai repreender nós duas.

Bev apertou os lábios, e eu sorri, sabendo que ela entraria no modo Lucy. Ela fazia uma imitação perfeita da nossa amiga psiquiatra.

— Pular de um relacionamento direto para outro é um sintoma do seu vício por amor, Danika — ela disse com a voz baixa e aguda.

Suspirei.

— Ele realmente é apenas um amigo, não tenho nenhuma intenção, mas duvido que ela acreditaria nisso se o visse.

Bev assentiu.

— Acredito em você, mas tenho a sensação de que ela terá algo a dizer sobre isso.

Comecei a me vestir, totalmente alheia à presença de Bev.

Ouvi um grande suspiro atrás de mim quando estava colocando o vestido por cima da cabeça.

— Daria tudo para ter peitos assim de novo. Eu tive que levantar os meus com fita para usar esse vestido, sem brincadeira.

Dei risada.

— Eu lembro. Ajudei com a fita. Mas você estava fabulosa, que é o que vale.

Ela fez careta.

— Mas me lembro dos dias sem sutiã. Agora isso é engraçado. Você é mais esperta do que eu era. Raramente sai sem sutiã. Eu nunca tive um até quase chegar aos quarenta.

Dei de ombros. Meus seios eram pequenos, mas não me sentia confortável sem sutiã. Saía sem só quando o vestido exigia, e isso raramente acontecia, já que eu nunca me arrumava tanto.

Ajustei o vestido nos quadris, então endireitei a gola. Era um daqueles vestidos que eram agradáveis e lindos.

— Seus sapatos vermelhos — Bev disse.

Assenti, sabendo a quais sapatos ela se referia. Ela os tinha me dado depois que os usou em quatro eventos diferentes. Eram sapatos de salto fino de dez centímetros com abertura na frente. Eu os adorava e, apesar de não serem confortáveis, eram lindíssimos, e eu conseguia dançar bem neles, e era isso que importava.

Bev tentou me convencer a usar os brincos, mas fiquei firme. Não era um baile, e eu já estava chique demais.

Me sentia poderosa entrando na sala de estar, mas fiquei paralisada quando vi Tristan. Se eu estava quente, ele estava ardente. A pior parte era que eu poderia apostar que ele tinha demorado apenas minutos para ficar daquele jeito.

Sua calça e seu blazer eram bonitos. Eu não sabia nada sobre ternos, mas o dele parecia caro, e se ajustava perfeitamente em seu corpo, abraçando-o para ninguém duvidar de que ele era perfeito. Parecia um terno feito sob medida, principalmente considerando seu tamanho, embora eu não pudesse ter certeza, e achava que era improvável, levando em conta que ele era "promoter de balada". Eu tinha quase certeza de que esse era um daqueles empregos em que nunca se recebia um salário de verdade.

Com certeza, preto era sua cor. Destacava sua pele bronzeada, seus traços lindos e seus olhos dourados. Ele não tinha se barbeado, mas, de alguma forma, a barba escura por fazer e seu cabelo escuro curto combinavam direitinho com o terno. Ele estava sinistro e lindo de morrer.

Sorriu ao me ver, e eu tentei ao máximo parar de secá-lo. Já sabia que ele estava lindo. Só me constrangeria mais ao encará-lo.

— Gostaria de dizer muitas coisas — ele começou —, mas, já que estamos sendo apenas amigos, devo dizer somente que está *muito* bonita.

— Obrigada — agradeci, ainda tentando muito não analisá-lo.

Ele se mexeu inquieto, enfiando as mãos nos bolsos, e meus olhos foram para seu peito, fascinados com a forma como o tecido se puxava ali.

— Você também está muito bonito.

Seu sorriso se ampliou, e suas covinhas fizeram minha música autodestrutiva tocar no volume máximo na minha mente.

— Gosta de dançar?

Oh, Deus, por favor, não me diga que ele dança, pensei. *Por favor, por favor, não me diga que ele é bom nisso.*

— Gosto — respondi com o tom neutro.

Ele balançou as sobrancelhas para mim de maneira brincalhona.

— Que bom. Eu também. Vamos ter que ver se você consegue me acompanhar.

Cruzei os braços à frente do peito, arqueando uma sobrancelha.

— Posso dançar a noite inteira.

Ele colocou uma mão na testa, parecendo sentir dor.

— Não brinca — murmurou, abrindo a porta da frente para mim.

Bev ou Jerry tinha sido legal o suficiente para trancar os cachorros nos fundos, assim eles não correriam pela porta da frente quando saíssemos.

— Eu que vou dirigir? — perguntei.

Realmente não queria colocar meu Civic 98 na pista, mas tinha quase certeza de que era nossa única opção, já que, claramente, Tristan havia ido para lá no carro de Jerry.

— Não. — Ele apontou para um sedã preto que estava estacionado na esquina. — Detestaria deixar quem tem vinte e um anos designado como motorista. Isso é blasfêmia. Meu amigo vai nos levar. Ele me deve uns favores.

Ele abriu a porta de trás do carro para mim. Entrei, e ele a fechou, sentando-se no banco do passageiro.

Um cara magricelo, de cabelo castanho, estava no banco do motorista. Ele usava óculos com armações pretas e era bonito, com um estilo hipster, traços regulares e olhos escuros. Pensei que ele poderia ser um ou dois anos mais velho do que eu.

Me deu um sorriso amigável quando Tristan fez as apresentações.

— Este é Kenny. Mas nossos amigos amam apelidos, então nós o chamamos de Pancakes.

— Pancakes? — perguntei.

Kenny revirou os olhos.

— É idiota.

— Nós o chamamos assim porque ele é um cara legal. Não importa o quanto seja breve o encontro, ele vai fazer panquecas para a garota pela manhã.

Era minha vez de revirar os olhos.

— Vocês são um bando de encantadores.

Kenny sorriu, e Tristan deu risada.

— E você? — perguntei a Tristan. — Nem faz panquecas para elas?

— Se estiverem comigo de manhã, claro. Não me oponho a cozinhar.

— Você tem apelido?

— Tristan é o único nome pelo qual eu atendo.

Kenny o olhou de rabo de olho.

— Os caras o chamam de Tryst, tipo, com Y, mas ele odeia.

— É adorável — eu disse, instantaneamente gostando da maneira como o fez olhar rabugento. Normalmente, ele era bem sorridente. — Tryst. Um jeito legal de chamar uma prostituta. Gostei.

Tristan se virou no banco para olhar para mim.

— Você não pode me chamar assim.

Dei de ombros para ele, sorrindo.

— E como me impediria?

Ele sorriu de volta.

— Acredite em mim, vou pensar em algo.

Claro que isso só me deixou curiosa quanto ao que ele faria.

— Com certeza, Tryst.

Ele balançou a cabeça.

— Não me faça levantar daqui.

— O que vai fazer?

Ele refletiu.

— Deixe-me tentar de novo. É óbvio que ameaças apenas te encorajam. Se parar de me chamar assim, vou fazer o café da manhã para você.

— Não gosto de panquecas.

— Vou fazer o que quiser. Me considere seu cozinheiro particular.

— Essa oferta é para sempre ou apenas para um café da manhã?

— Vou fazer o que quiser, toda manhã que eu estiver na casa.

— Fechado — concordei rapidamente. Depois de provar seus cookies, queria qualquer coisa que ele cozinhasse. — Mas sou bem exigente. Você vai ter muito trabalho de manhã.

Ele apenas sorriu.

— Estou ansioso por isso. Vou te deixar louca.

Cruzei as pernas, desviando o olhar, minha mente indo para bem longe do pensamento em comida.

— Então vocês dois estão... ficando? — Kenny perguntou a Tristan, lançando-lhe um olhar.

— Não, mas nem tente nada. Nenhum de vocês pode chegar perto dela. Pode falar para todo mundo.

— Que tipo de argumento de homem das cavernas é esse? — me intrometi, agitada. Com certeza, não tinha intenção de sair com um dos seus amigos obviamente imaturos, mas também achava que ele não deveria opinar sobre isso.

Ele mostrou aquelas malditas covinhas para mim, tão encantadoras que eu queria bater na cabeça dele com a bolsa.

— Só estou cuidando da minha amiga. Você é do tipo de ter relacionamento. Nenhum dos caras vai atender a esse requisito. Estou querendo te poupar de dor de cabeça no futuro.

— Que fofo — murmurei, pensando no que estava me metendo saindo com esse pessoal. — Vamos encontrar todos os encantadores esta noite?

— Não sei quem estará lá — Tristan disse, olhando para o amigo.

Kenny deu de ombros.

— Não sei. Cory está trabalhando no bar, então meu palpite é de que vai aparecer bastante gente. Não são muitos dos nossos amigos que recusam bebidas grátis em uma das melhores baladas da cidade, mas Jared é o único que tenho certeza de que estará lá.

— Legal. — Tristan pareceu feliz. — Jared é meu irmão caçula. Você vai adorar. Todo mundo gosta dele. Tem irmãos ou irmãs?

Meu coração apertou com a pergunta. Eu não estava esperando, e era um assunto do qual minha mente costumava fugir.

— Tenho uma irmã.

— Mais velha ou mais nova?

— É dois anos mais nova do que eu.

— Ela mora na cidade?

Mordi o lábio.

— Não sei. Não tenho notícias dela há anos.

— Por que não? Tem que manter contato com a família.

Se fosse simples assim...

— Ela me odeia, na verdade. Não conseguiria convencê-la a falar comigo, nem se tentasse.

— Por quê?

— Porque sou uma irmã mais velha de merda. Acabou o interrogatório?

— Foi mal. Não quis ser xereta.

— Então não seja. Apenas pare. — Me senti mala, mas ser mala era melhor do que sentir toda a velha bagagem dolorosa só para sanar sua curiosidade.

Ele colocou as mãos no ar para sinalizar que iria parar.

Mesmo agitada, não consegui evitar de analisar aquelas mãos grandes e sexy.

— Desculpe — pediu, soando sincero. — Desculpe. Vou parar. Para compensar a grosseria, vou pagar sua comanda.

Dei uma olhada para ele.

— Você conhece o bartender. Já ia ser grátis, não ia?

Aquelas malditas covinhas voltaram com força. Mesmo na escuridão do carro, consegui ver o brilho em seus olhos dourados.

— Já disse que gosto de mulheres atrevidas? Sim, a comanda já seria grátis. O que acha que eu te ajudar com suas tarefas enquanto fico na casa? Vai compensar por ser tão xereta?

Eu o analisei, sabendo que, sendo amigos ou não, ficar perto dele por um período prolongado não seria bom para minha paz de espírito. Ainda assim, simplesmente parecia não conseguir resistir. Gostava de estar perto dele, sendo Encrenca ou não.

— Vai. Você será meu assistente durante a semana — disse a ele. Um sorriso de felicidade tomou meu rosto quando ele jogou a cabeça para trás e gargalhou.

— Ela tem você na palma da mão — Kenny concluiu, rindo.

Tristan me deu um sorriso de lado que só poderia ser descrito como malicioso.

— Posso pensar em coisas piores.

Capítulo Quatro

Estávamos na metade do verão, e o ar parecia um secador conforme Tristan me tirou do carro.

— Até que você é cavalheiro… para um galinha — eu disse, de forma que apenas ele ouvisse.

Isso o fez rir.

— Eu tento — respondeu, sem soar nada ofendido.

Kenny deixou o carro com o manobrista, então entramos no Cavendish Casino rapidinho. O ar frio me recebeu ao entrarmos, um contraste gritante que endureceu meus mamilos em um segundo.

— Brrr — eu disse.

Isso fez Tristan olhar rapidamente para os meus mamilos.

Ouvi o maldito murmurar "Porra" conforme desviou o olhar.

— Pervertido — xinguei baixinho.

Claro que isso o fez sorrir.

Ele pegou minha mão, puxando-me quando começou a andar rápido pelo mármore da entrada chique que levava para o cassino.

— Vá mais devagar — pedi. — Tenha um pouco de solidariedade com uma garota usando saltos de dez centímetros.

Ele olhou para os meus pés, balançando a cabeça.

— Desculpe. Em nome dos homens de todo lugar, obrigado por usar sapatos sexy pra caralho. Vou tentar me lembrar de não andar tão rápido.

— Obrigada por não se importar que eu possa ser um pé no saco — eu disse a ele, pensando que era fofo ele ser tão compreensivo.

— Pelo contrário, adoro que me diga o que está pensando. Não sou bom em jogos de adivinhação, e acho ótimo que você simplesmente me fale o que está em sua cabeça. Odeio mau humor, Danika, e você não é mal-humorada. Me fale merda, caramba, grite e berre comigo, contanto que me fale como estamos.

Pisquei para ele, surpresa.

— Posso fazer isso. Na verdade, sou muito boa nisso.

— É mesmo. Adoro isso em você.

— E eu adoro que você goste disso em mim — disse a ele, falando sério.

E, caramba, eu gostava. Adorava um homem que aguentasse um pouco de sinceridade. Meu ex fora um cachorrinho chorão que sempre protegia seu ego frágil, então minha dose de sinceridade nunca era o pedido do dia. Tristan era uma boa mudança de ritmo, no mínimo.

Observei o ambiente chique conforme andamos lentamente pelo cassino.

— Aonde Kenny foi? — perguntei quando vi que o outro homem tinha desaparecido.

— Não sei. — Olhou em volta. — Mas ele vai nos encontrar na balada. Não é longe.

Decadence, a balada, era intimidadora. Havia uma fila enorme na entrada quando chegamos. A primeira coisa em que pensei quando vi a fila assim foi em voltar.

Fui mais devagar, mas Tristan apenas puxou levemente minha mão, seguindo direto para a frente da fila.

O segurança gigante, com aparência séria, nem verificou nossos documentos, apenas assentiu e nos deixou passar, sem expressar nada.

— Você o conhece? — perguntei a Tristan.

Ele assentiu, me puxando.

Me vi rapidamente distraída. A balada era lindíssima. Sofás compridos flanqueavam as inúmeras piscinas internas que formavam um círculo grande, com uma cachoeira enorme no centro de tudo. Quase todas as piscinas tinham o próprio bar. Era, de longe, a balada mais impressionante que eu já tinha visto, mas um pensamento rapidamente me atingiu.

— Onde é a pista de dança? — perguntei a ele.

Ele acenou para as piscinas.

— Aqui é o lounge, embora você possa dançar aqui, se quiser. — Ele apontou para um arco grande que levava a um cômodo escuro. — Lá é a pista de dança. E, como pode ver, tem bares por todo o lugar. Só precisamos encontrar o que nosso amigo, Cory, está trabalhando e procurando alguém para dar bebidas grátis.

Um grupo de mulheres de biquíni fazia gracinhas em uma das piscinas próximas. Estavam rindo alto o suficiente para chamar atenção.

— Eu não trouxe biquíni — disse a ele.

Ele olhou para as piscinas, parecendo surpreso com a ideia.

— Nem pensei nisso. Se quiser nadar, posso arranjar biquíni. Você que sabe. Vamos pegar uma bebida, dançar, e aí decidir.

— Como vai conhecer uma garota aleatória se passar o tempo todo comigo?

Ele apenas sorriu.

— Deixe que eu me preocupo com isso.

Eu não estava realmente preocupada com isso. Nem um pouco, na verdade. Havia algo nele, e não era apenas seu tamanho, que parecia comandar todo ambiente em que ele estava, até aquele.

Carisma, pensei.

Pelos olhares que as mulheres estavam lhe lançando, eu sabia que ele não teria que procurar muito para encontrar alguém. Caramba, aparecer com uma mulher ao lado provavelmente o tornaria ainda mais atraente para aquele público.

— Sou tipo seu braço direito esta noite, para ajudar a pegar mulher? — perguntei, conforme uma loira particularmente ousada o secou.

Ele pareceu gostar da ideia, ampliando mais descaradamente seu sorriso.

— Está sendo irônica?

— Por que seria? Porque sou mulher?

Sua boca se curvou, e ele parou para me olhar.

— Não sei muito bem como responder a isso. Não é uma... resposta amigável.

— Bom, agora eu *tenho* que ouvir uma explicação. O que quer dizer?

Ele suspirou.

— Você que pediu. Não fale que não te avisei.

Ele se inclinou para mais perto, falando no meu ouvido. Estávamos do lado de fora do cômodo em que tinha a pista de dança, então não estava tão alto para eu não conseguir ouvi-lo. Pensei que ele estivesse fazendo isso só para ter um efeito mais dramático.

— É irônico que eu te usaria como braço direito, quando quero *te* foder mais do que a qualquer mulher aqui.

— Oh — eu disse com os olhos arregalados para ele quando se afastou. — Isso foi fofo, seu safadinho.

Ele deu risada, e eu só consegui me juntar a ele. Aquelas covinhas e a clara admiração em seus olhos eram uma combinação potente e irresistível, e seu flerte escancarado não ergueu nenhuma bandeira vermelha para mim. Pelo contrário, eu o achava bem divertido.

— O que vamos beber, querida? — ele perguntou, me puxando de volta para onde tínhamos vindo.

— Ei! Aonde vamos? Pensei que iríamos dançar!

— Acabei de ver meu amigo naquele bar. Hora de umas bebidas grátis. A dama escolhe.

— Algo com tequila.

— É assim que se fala.

Nos aproximamos de um dos bares perto da entrada da balada. Um bartender loiro lindo sorriu quando viu Tristan, erguendo a mão em um aceno discreto depois de entregar dois martínis para um homem de terno.

— Ei, Cory — Tristan cumprimentou quando nos aproximamos. — Esta é minha amiga, Danika. Danika, este é meu amigo, Cory. Diga a ele o que quer beber.

Apertei a mão do homem, imediatamente gostando dele. Pensei que era por causa do seu sorriso fácil. Ele era bonito, mas, mais que isso, simplesmente tinha aquele tipo de rosto que te faz querer gostar dele com uma olhada, com olhos gentis e um sorriso doce. Estava usando uma camisa branca com as mangas arregaçadas, e pude ver que ele era forte. Era mais magro do que Tristan, porém, obviamente, passava bastante tempo na academia. Se eu estivesse procurando um homem, o que não estava mesmo, os amigos de Tristan seriam fortes candidatos.

— É um prazer te conhecer, Cory — falei, sem nem ter que erguer a voz. Pensei que era algo que você apenas fazia nas baladas boas de verdade, já que em todas às quais fui tinha que berrar para ser ouvida.

— É um prazer te conhecer, Danika. O que vai beber?

Dei de ombros, mordendo o lábio. Eu não era muito de beber, então nada específico vinha à minha mente com rapidez.

— Algo com tequila.

— Shots ou coquetéis para começar? — questionou, olhando entre mim e Tristan.

— Vamos começar com um shot — Tristan escolheu, e sua mão desceu para minha lombar a fim de me empurrar para um banquinho alto do bar.

Observamos Cory fazer a mistura do shot. A única garrafa que identifiquei foi a de tequila.

— O que ele está fazendo para a gente? — perguntei a Tristan.

— Nem imagino. Algo com tequila.

Cory fez uma mistura de bebidas, deslizando os shots com um sorriso.

— Shots Diablo.

Dei risada.

— Parece ameaçador.

Cory mexeu as sobrancelhas para mim.

— Oh, é mesmo. Vá fundo.

— Você não vai tomar um shot com a gente?

— Estou trabalhando.

— Em um *bar* — complementei.

Ele não falou mais nada, apenas sorriu enquanto serviu um terceiro shot e ergueu para nós em um brinde.

— Este é para a linda misteriosa nos braços de Tristan esta noite. Você é um puta de um sortudo!

Olhei para Tristan, e nós dois sorrimos ao beber o shot.

Quase engasguei quando o líquido ardente desceu pela minha garganta, mas consegui engolir.

Tristan deu risada da minha cara conforme coloquei o copo no balcão.

— Não gostou?

Fiz careta.

— Era um shot. Não sabia que era para gostar. Com certeza, *senti*. Não é isso que importa?

Cory respondeu, já ocupado servindo a próxima rodada:

— Sentir é o objetivo. É bom, certo?

Assenti. Já estava um pouco zonza, o que significava que aquele shot minúsculo tinha sido puro álcool.

Observei a mão grande de Tristan pegar seu shot novamente cheio. Ele o ergueu.

Peguei o meu, observando-o.

— A mulheres sarcásticas que não têm medo de falar o que sentem! — Tristan brindou, levando o copo à boca e inclinando a cabeça para trás.

Oh, gostei dessa, pensei, observando sua garganta trabalhar enquanto ele engolia. Um homem sexy que gosta de mulheres sarcásticas...

Engoli meu shot, piscando rapidamente conforme fez meus olhos lacrimejarem. Encontrei os olhos de Tristan.

— Espero que seja forte o suficiente para me carregar para casa se ficar muito bêbada. Não estou acostumada a beber assim.

Ele mostrou aquelas covinhas perigosas.

— Querida, eu poderia carregar duas de você para casa.

Revirei os olhos, colocando meu copo de shot no balcão para outra rodada.

— Aposto que já fez isso.

— Fiz o quê? — ele perguntou, parecendo totalmente confuso.

— Já carregou duas mulheres para casa.

Tristan acenou para Cory parar conforme começou a servir outro shot.

— Acho que foi suficiente por enquanto. Vamos querer duas margaritas. Faça a minha dupla, e uma das suas de framboesa para ela.

— Faça a minha light — complementei.

— Nem pensar — Tristan se intrometeu.

Dei um olhar fuzilante para ele.

— Nem pensar — ele repetiu. — Você não precisa de nada light. Você, meu amor, é light o bastante.

Olhei-o desafiadoramente.

— Está dizendo que sou magra *demais*?

Ele deu risada.

— Não estou, não. Por mais que esteja determinada a se ofender, eu estava te elogiando. Você está ótima. Aliás, está maravilhosa. No entanto, não parece que precisa ficar contando calorias.

— Bom, sou assim *porque* conto calorias.

— *Bom*, tire uma noite de folga.

Cory já estava deslizando nossas margaritas, e já tonta, foi bem fácil seguir seu conselho e simplesmente beber.

— Estou me sentindo estranhamente bonita — disse a Tristan quando terminei a bebida.

Ele engasgou com uma risada, colocando sua bebida no balcão.

— Bem, você é bonita, então isso é bom.

— É coisa de bêbado. Sei que estou bêbada quando me sinto realmente bonita. Qual é o seu sentimento de bêbado?

Ele pensou por um instante, coçando aquela barba por fazer sexy.

— Acho que sei que realmente estou loucão quando começo a pensar que sou invencível ou que estou isento das consequências. Mas o seu é melhor. Meu novo termo para se embebedar mudou oficialmente para "sentir-se bonito".

— Sentir-se bonito, hein? — Cory gritou do bar. — Não pense que vamos te dar alguma coisa para se sentir assim!

Tristan deu de ombros, parecendo nada incomodado com a ideia.

Cory apontou para um lugar atrás de nós, e me virei e vi Kenny se aproximando. Havia um jovem alto com cabelo escuro ao seu lado que parecia estranhamente familiar, apesar de eu ter que analisá-lo por um minuto a fim de descobrir por quê.

Foi apenas quando Tristan se levantou e abraçou o do cabelo escuro que percebi que eles deviam ser parentes. O outro homem era muito mais magro do que Tristan, apesar de ter a mesma altura.

Tristan estava sorrindo ao fazer as apresentações.

— Danika, este é meu irmãozinho, Jared. Jared, esta é minha amiga, Danika.

Jared sorriu ao se aproximar e me cumprimentar. As covinhas eram de família, e Jared as usava quase que da mesma forma letal com que Tristan fazia. Seus pulsos estavam cheios de pulseiras pretas e prateadas, e vi que seus braços eram totalmente tatuados e desapareciam nas mangas da camiseta preta. Os irmãos definitivamente compartilhavam o amor por tatuagens.

— É um prazer te conhecer — Jared disse, e vi o piercing em seu lábio quando falou.

— O prazer é meu.

— Como conhece meu irmão? — ele perguntou, apoiando o braço no encosto do meu banquinho.

— Ele está passando uns dias na casa da minha chefe. Nos conhecemos hoje mais cedo, na verdade. — Era esquisito dizer isso; já parecia que eu o conhecia há muito mais tempo do que um dia.

— Quer dançar? — Jared questionou.

— Ei! — Tristan reagiu, jogando um braço em volta do ombro do irmão. — Estava esperando a noite toda para dançar com ela. Não tem direito de chegar do nada e se intrometer!

Ele estava sorrindo ao dizer isso, o que me dizia que não estava falando sério, mas, sério ou não, Jared recuou instantaneamente.

— Claro, irmão! — Jared exclamou. — É que pareceu um desperdício ela estar sentada aqui, em vez de dançando lá.

Tristan terminou sua bebida e colocou o copo de forma bruta no balcão. Tirou seu paletó, pendurando-o no encosto do seu banquinho. Tentei não encará-lo em sua camiseta preta justa, nem olhar as tatuagens em seus braços musculosos, mas era difícil não me distrair.

— Por Deus, tem razão! — ele declarou. — Vamos, Danika! Perdemos um tempo precioso bebendo ao invés de estarmos na pista de dança!

Capítulo Cinco

Tristan não desperdiçou tempo depois disso, me puxando diretamente para o caos da pista de dança. Estava tocando música House, que nem sempre era minha preferida, mas eu podia dançar um pouco. Só precisava que o DJ tocasse uma boa batida.

Sorri enquanto Tristan ficou de frente para mim para dançar. Era um sorriso malicioso, porque eu sabia, simplesmente sabia, que estava prestes a enlouquecê-lo.

Eu não dançava aquela coisa de requebrar e se esfregar de Vegas que as pessoas chamavam de dança. Eu era dançarina profissional. Tinha feito aula de dança de salão, salsa, hip-hop e discoteca. Caramba, tinha até feito dança do ventre. Embora minha obsessão fosse, com certeza, dança de salão, eu tinha meu estilo livre de balada.

Comecei com uma jogadinha de cabelo apenas para chamar sua atenção. Ergui as mãos acima da cabeça e iniciei minha própria versão brilhante de giro.

A pista estava lotada, mas eu tinha espaço suficiente para dançar. Coloquei uma mão em seu peito enquanto rebolava. Ele estava dançando, e sabia dançar, mas ficou meio boquiaberto quando viu meus movimentos. No entanto, recuperou-se rapidamente e fez o seu melhor para me acompanhar.

Fui com tudo. Rebolando, estalando, andando e girando. Dançamos até eu sentir o suor escorrendo por minhas costas e, então, dançamos mais. Tristan me acompanhou o tempo inteiro e, conforme eu ria, girava e relaxava, tentava identificar o que exatamente eu estava sentindo. Depois de um tempo, percebi que estava simplesmente me divertindo. Não conseguia me lembrar de quando tinha me divertido tanto. Eu dançava com frequência, para praticar e para ficar em forma, mas nunca o fazia para me divertir. *Isso* era divertido.

Tristan estava flertando, mas nunca passava do limite, nunca se esfregava das maneiras que um homem tentaria se estivesse dando em cima de uma mulher. Eu sentia uma forte atração por ele, acho que qualquer mulher sentiria, porém, gostava de ele ter dito que éramos amigos e parecia falar sério. Nem sabia se *eu* poderia ter resistido se ele estivesse determinado a me seduzir.

A música eletrônica se mesclava de uma batida para outra, com o baixo pesado. Não sabia quantas músicas tínhamos dançado, mas eu estava suada, feliz e descabelada quando Tristan, finalmente, me arrastou de volta para o lounge.

— Ganhei. Você desistiu primeiro — eu disse a ele.

Ele me deu um sorriso de lado.

— Era uma competição? Não sabia. Vamos só pegar uma bebida e voltar para lá. Não estou nem perto de desistir.

Os caras estavam exatamente onde os tínhamos deixado, e Cory nos entregou água quando chegamos.

— Shots — Tristan pediu.

Cory sorriu.

— Mais Diablo saindo.

— Por quanto tempo ficamos lá? — perguntei a Jared.

— Bastante tempo — ele falou, verificando o celular. — Mais de duas horas.

Dei risada, pegando minha água e bebendo um gole grande. Sabia que havíamos ficado por bastante tempo, mas nunca teria adivinhado que foram duas horas.

— Minha vez? — Jared tentou, me observando com um brilho bem interessado no olho.

— Lógico que não — Tristan respondeu por mim. — Danika e eu estamos competindo esta noite. Vamos dançar até um de nós cair.

Eu não tinha problema com isso. Minha natureza era competitiva, e simplesmente *sabia* que iria ganhar.

— Você sabe que não consigo te carregar para casa…

Os caras deram risada, e eu estaria mentindo se dissesse que não gostava da atenção dos quatro homens bonitos.

Cory colocou cinco shots no balcão, e os bebemos. Mal tinha colocado meu copo no balcão de volta e Tristan já estava me arrastando de lá de novo.

Voltamos a dançar no instante em que pisamos na pista. Já podia ver que ele estava paquerando mais desta vez, aproximando-se mais de mim, com a mão na minha lombar.

— Está dando em cima de mim? — perguntei, mas não o afastei.

Fiquei aliviada quando ele balançou a cabeça. Seu sorriso era bem inocente, mas pensei que havia um sinal de outra coisa em seus olhos.

— Só dançando, querida.

Me abaixei bastante e subi rebolando, com as mãos apenas roçando nas suas coxas.

— Você está dando em cima de mim? — ele perguntou, rindo.

Balancei a cabeça para ele, dando-lhe um olhar inocente e arregalado.

— Só dançando, querido.

Depois disso, tudo começou. Ele acariciava meu quadril. Eu respondia com um giro e uma leve arqueada de costas, apenas roçando nele. Ele xingava alto, mas continuamos dançando.

Na verdade, eu estava dando uma risadinha quando ele, enfim, me puxou de volta para o lounge. Não me lembrava da última vez que fiquei dando risadinhas.

— Estou cedendo, mas somente porque acho que você continuaria até nós dois desmaiarmos, apenas para vencer — Tristan me disse conforme andamos.

— Tudo que ouvi agora foi "blá, blá, blá, Danika ganhou".

Ele parou, balançando a cabeça e rindo.

— Eu gosto de você — declarou.

Franzi o nariz para ele.

— Também gosto de você, meu amigo platônico.

Nós dois estávamos sorrindo como tolos quando nos reunimos com o grupo.

Cory nos serviu outra rodada. Kenny e Jared começaram a rir imediatamente quando viram que Tristan estava bebendo margarita.

— Ele bebe isso para se sentir bonito — Cory fez questão de adicionar. — De verdade.

— Homens de verdade não bebem margaritas — Jared me disse, balançando sua garrafa de cerveja.

Apontei para a garrafa.

— Isso vai te causar barriga de chope.

Jared sorriu, e ergueu a camisa para me mostrar o abdome bem definido.

— Ainda não tive problema com isso.

Eu estava meio tonta demais para não lhe dar um sorriso bem grande pela amostra bem bonita.

Tristan deu um tapa no ombro do irmão, inclinando-se para falar alguma coisa em seu ouvido. O que quer que tenha sido sumiu com o sorriso no rosto de Jared. Ele abaixou a camiseta.

— Nos dê um minuto — Tristan pediu, afastando-se alguns passos.

Eles tiveram uma conversa rápida e sussurrada, depois voltaram. A expressão de Tristan estava bem neutra, mas a de Jared parecia levemente corada, talvez com raiva.

— Então você está nessa banda que Tristan diz estar? — perguntei a Kenny.

Kenny sorriu para mim.

— Estou, sim. Nós quatro estamos, mais um dos nossos amigos que não está aqui esta noite.

— Que tipo de música vocês tocam?

— Rock.

Não fiquei nada surpresa.

— E quem toca o quê?

— Eu toco baixo, Jared toca a guitarra principal, Cory fica na bateria, Tristan é o cantor principal e nosso amigo Dean fica na guitarra auxiliar.

Olhei para Tristan.

— Uau, o cantor principal de uma banda de rock. Estou chocada. Nunca teria adivinhado. — O sarcasmo escorreu de cada palavra.

Ele pareceu achar aquilo engraçado, o que era bom. Preferiria que achasse engraçado do que ficasse ofendido por meu senso de humor.

— Então, quando e onde vou poder ver vocês tocarem? — perguntei, voltando-me para Kenny.

Ele franziu a testa.

— Não sei. Dean está agendando uns shows pra gente. Claro que está convidada quando tiver.

— E vocês trabalham em que durante o dia? — questionei, pensando que todos tivessem um emprego.

— Como viu, Cory é bartender, e eu sou manobrista nos fins de semana aqui. Nosso amigo Dean é crupiê de Blackjack. E Tristan e Jared estão nos negócios de promoter.

— Eles ganham para ir em festas — Cory complementou.

Não consegui me conter.

— Tudo em que penso quando ouço promoter é traficante de drogas ou desempregado.

Jared fez careta.

Tristan apenas deu risada.

— Você vai à próxima festa que eu organizar — ele disse, apontando para mim.

Dei de ombros, olhando-o de forma atrevida.

— Não me ameace com diversão...

Os quatro pareceram achar isso hilário. Corei, achando graça. Poderia me acostumar a esse tipo de atenção, principalmente porque vinha de quatro caras gostosos.

— Danika trabalha para Jerry — Tristan contou a eles.

— Nós adoramos Jerry! — Kenny disse.

— Ela é a *babá* — Tristan adicionou.

— Puta merda — Jared murmurou.

— Nem imaginava — Cory gritou, de costas para nós, enquanto fazia uma bebida.

— Não era o que eu estava esperando — Kenny gracejou.

— Por que é tão surpreendente para todo mundo? — perguntei, indignada pelos quatro terem tido a mesmo reação quanto a eu ser babá.

— Imaginei que fosse modelo — Jared disse.

— Tristan *adora* ficar com modelos — Cory gritou.

— Vá se foder — Tristan xingou.

— Não estamos ficando — declarei firmemente.

— Eu teria dito dançarina — Tristan falou, como se não tivesse acabado de mandar Cory se foder. Típico de homens...

Apontei para Tristan.

— Tristan acertou. Sou estudante em tempo integral e babá, mas *sou* aspirante à dançarina, não que sempre tenha tempo. — Sorri de volta para ele, de repente encantada. — E o negócio de modelo é muito lisonjeiro, pessoal, mas sou meio baixa para isso.

— Não para o estilo Vegas — Jared comentou.

— Você tem quanto? Um e setenta e dois? — Kenny tentou adivinhar. — É o bastante.

— Acho que ela tem um e setenta — Tristan argumentou — e é alta o bastante, mas aposto que nunca sequer tentou ser modelo, principalmente do tipo de Vegas. Não é sua praia, certo?

Curvei o lábio para ele.

— Você não me conhece tão bem. Pare de fingir que é um expert.

— Estou enganado? — Ele ergueu as sobrancelhas com a pergunta.

— Não — admiti com relutância.

Culpei o álcool quando ele me deu um sorriso presunçoso e minha reação foi lhe mostrar a língua.

Ele pegou minha mão, tirando-me do banquinho.

— Só por causa disso, vamos para outra rodada na pista.

— Você adora punição — eu disse a ele, mas o segui mesmo assim.

A música tinha mudado para os melhores quarenta remixes, e algo lento e abafado com uma batida pesada tinha tomado a pista.

Vixe, pensei.

Meus olhos se estreitaram para os dele conforme ele me puxou rápido contra seu corpo, deslizando um joelho sorrateiro entre minhas pernas.

— O que está fazendo? — perguntei diretamente.

— Apenas curtindo a música. O que acontece na pista de dança fica na pista de dança, e realmente só estou dançando com você, juro.

Acredito nisso, pensei, movendo-me contra ele, deixando a música me consumir e me envolver em outro feitiço tóxico.

Dançamos próximos, mas, ainda assim, ele não passou do limite. Mantivemos nossas regiões inferiores separadas bem cuidadosamente, apesar dos nossos peitos terem se esfregado mais de uma vez. Não sabia o que isso dizia de mim, ou dos meus relacionamentos anteriores, mas achava que nunca havia ficado tão excitada na vida quanto estava ao apenas dançar com Tristan. Minha respiração estava ofegante, cada centímetro da minha pele, superaquecido, e não era apenas por causa da dança.

— Tem certeza absoluta de que não fica só uma noite com ninguém? Nem quando a noite é bem incrível e é antes de nos tornarmos amigos? — Sua voz era rouca no meu ouvido e me fez arrepiar da cabeça aos pés.

Balancei a cabeça sem hesitar. Não que eu não estivesse tentada; simplesmente sabia que me sentiria mal pela manhã se fizesse algo assim. Eu não era uma pessoa que conseguia lidar com sexo sem compromisso. Nunca fui.

— Tenho certeza — falei em seu ouvido.

— Também não tem amigos com benefícios? — ele perguntou, esperançoso.

— Isso de amigos com benefícios nunca funciona.

Ele recuou para encontrar meus olhos.

— Concordo — ele disse, apesar de não parecer feliz com isso. — Nunca dá certo. Alguém sempre acaba magoado. Desculpe, só perdi um pouco a cabeça por um segundo. Foi uma coisa idiota de se dizer.

— Tudo bem. Só não deixe acontecer de novo. — Sorri ao falar isso, e não havia raiva por trás das palavras.

Eu só não tinha certeza de quantas vezes conseguiria lhe dizer não e falar sério. Eu o queria, e não estava sóbria o suficiente para negar isso a mim mesma.

— Vou tentar ao máximo — ele murmurou.

Capítulo Seis

Eu sabia antes mesmo de abrir os olhos que estava com uma ressaca avassaladora. Não se podia ir de quase nunca beber a perder as contas de quanto bebeu em uma noite e não sentir isso, e, *Deus*, eu estava sentindo.

Verifiquei a hora e resmunguei alto quando vi que eram sete da manhã. Era assim que eu sabia que minha ressaca estava realmente hedionda: tinha acordado após somente três horas de sono.

Me sentei e peguei o copo de água que deixava no criado-mudo. Bebi tudo, embora fosse a última coisa que eu quisesse fazer, porque sabia que me manter hidratada era a melhor forma de me recuperar de uma ressaca.

Dot, que estivera dormindo em sua cama de cachorro perto dos pés da minha, se movimentou. Colocou a cabeça nas patas e olhou para mim. Não sabia se ele estava me dando um olhar solidário ou um condescendente.

Minha porta se abriu, e Mat colocou a cabeça para dentro, sorrindo.

— Bom dia, boo — ele disse, usando o apelido que havia me dado quanto ele tinha quatro anos.

— Bom dia, peeka — respondi, usando meu apelido para ele.

Mat sempre era o primeiro a acordar, mas todo o resto acordava logo depois, geralmente devido ao barulho que ele fazia.

— Todo mundo ainda está dormindo — ele revelou em um sussurro que conseguia ser mais alto do que sua fala normal.

— Imaginei — falei com um sorriso pesaroso. Ele sempre me acordava primeiro, já que era eu que fazia o café da manhã. — O que quer comer?

— Panquecas de mirtilo, por favor! — ele quase gritou.

Me encolhi e ergui uma mão.

— Já vai sair, mas vou precisar que fique quietinho esta manhã, ok?

— Certo! — ele concordou em um tom um pouco mais baixo. — Você vai pôr desenhos para eu ver enquanto espero minha comida?

— Claro, garoto. Só preciso ir ao banheiro, e já vou sair.

Usei o banheiro e fui até a sala, com Dot seguindo meus passos.

Mat estava sentado em seu sofá infantil, com Pupcake no colo. Ele estava olhando confuso para o outro lado da sala e, quando entrei, vi por quê.

Andei em silêncio, ligando a TV e encontrando um canal com desenhos. Mat se concentrou na televisão, e eu fui silenciosamente até o homem sem camisa esparramado no sofá. Eu estava tão tonta que tinha me esquecido de que ele estava dormindo aqui.

Estava deitado de costas, com uma almofada no rosto e outra no colo. Tinha tirado totalmente seu cobertor fino. Consegui, pelo menos, ver que ele estava de boxer, o que era bom, mas o resto dele era apenas pele bronzeada, nua e tatuada.

Não era bom, pensei, analisando-o. Eu não tinha dúvidas de como ele seria bonito nu, e certamente não precisava ver exatamente *como*.

Mesmo relaxado, eu conseguia ver seu abdome definido. E seus braços. *Jesus*. Seus braços eram enormes, o que me atraía bastante. Eles deviam ser maiores do que minha cintura e, por motivos puramente perversos, eu queria medi-los para ver se estava certa. E as tatuagens... Deus, as tatuagens. Eu não tinha nenhuma, mas amava as dele. Ele não tinha o braço fechado como o irmão, mas não estava longe disso. Seus braços eram cobertos de desenhos interligados, e não eram apenas pretos. Eu adorava todas as cores. Destacavam-se contra a tinta preta, como se o preto estivesse ali apenas para emoldurar a cor.

Disse a mim mesma que era absolutamente necessário me esticar e tocar seu ombro nu para cutucá-lo. Qual é o problema se gostei da sensação da sua pele musculosa?

— Tristan — chamei baixinho, cutucando-o de novo. Minha mão ficou ali, e tentei chacoalhá-lo um pouco, mas ele era grande demais para isso.

Ele se mexeu, tirando a almofada dos olhos e piscando para mim.

— Porra, Danika, está cedo.

— Ele falou palavrão, boo! — Mat gritou, claramente ofendido.

— Porra, foi mal — Tristan disse, depois se encolheu.

Não consegui segurar um sorriso.

— Pode dormir mais na minha cama. A sala está prestes a se tornar uma zona de guerra, e preciso fazer umas panquecas de mirtilo.

— É isso que você quer de café da manhã? — ele perguntou, sentando-se.

Me afastei como se ele estivesse pegando fogo. E meio que estava...

— Ãh? — questionei, completamente distraída pela visão daquele corpo perfeito, praticamente nu, se movendo. Eu ia à academia com frequência e tinha boa forma, mas achava que nunca vira um corpo tão perfeito na vida.

Ele se levantou, e eu dei outro passo para trás. Ele começou a dar a volta no sofá, e uma coisa que ele estava fazendo finalmente me tirou do transe.

— Por que ainda está segurando uma almofada no colo? — perguntei.

Ele me deu um sorriso irônico, abaixando-se para pegar sua mochila, que ele tinha colocado atrás do sofá.

— Não consegue adivinhar? Vou te dar uma dica: a primeira palavra rima com mão e a segunda é "matinal".

Corei, me sentindo burra.

— Oh... bem, pode usar o meu banheiro e guardar sua mochila aqui para não ficar no caminho.

— Ok. Obrigado. Só me dê cinco minutos e vou fazer café da manhã para todo mundo.

Acenei para ele.

— Vá dormir. Pode deixar. Sei que deve estar exausto.

Ele me deu um olhar severo.

— Me dê cinco minutos. Falei que cozinharia para você. Vou cozinhar. E você deve estar tão exausta quanto eu.

— Estou bem. Pode deixar.

Ele apontou para mim.

— Não chegue perto da cozinha até eu voltar.

Ele se afastou, e fiz careta para suas costas, apesar de estar secretamente feliz, e o analisei descaradamente. Tinha visto o que ele sabia fazer com cookies, então queria mais.

Normalmente, tomaria só um iogurte grego de café da manhã, mas, de ressaca e faminta, já estava planejando me acabar.

Sentei no sofá quando ouvi o chuveiro abrir no meu banheiro. Eu precisava fazer bastante coisa, mas fiquei apenas ali sentada por cinco minutos, pensando em Tristan no banho.

Ele voltou rapidamente, usando uma camiseta branca limpa e jeans, seu cabelo curto ainda molhado.

— Venha me fazer companhia enquanto cozinho — chamou, me puxando do sofá.

— Que mandão — murmurei.

Ele ignorou totalmente essa declaração, me levando para a cozinha. Segurou meus quadris, me erguendo no balcão exatamente onde eu tinha me sentado para observá-lo assar os cookies.

E afastou-se antes que eu fizesse mais do que ficar indignada.

— Então Mat quer panquecas de café da manhã. O que você quer?

Abri a boca para lhe dizer que iria comer aquilo mesmo, mas ele falou de novo.

— Sei que não quer panquecas. Precisamos de algo salgado e gorduroso. Vou preparar uma comida de ressaca para nós.

Tive que fazer um esforço consciente para fechar a boca.

— Você leu minha mente — eu disse.

Ele teve a pura audácia de dar uma piscadinha para mim.

— Não. É que já fiquei bastante de ressaca para saber exatamente o que fazer. Então me diga por que Mat te chamou de boo? É um apelido?

— É. — Não expliquei mais.

— Que lindo — ele disse, abrindo a geladeira e analisando o conteúdo. — De onde veio?

— Não me lembro de como se transformou em um apelido mesmo, mas usávamos bastante para brincar de peekaboo[1]. Ele se nomeava de *peeka* e a mim de *boo*, e ficou. Dois anos e continua.

— Bom, boo, o que acha de bacon?

— Gosto de bacon, mas você não pode me chamar de boo.

— Por que não?

— Porque você não é rapper, e eu não sou nada sua.

---

1 N.T. Esconde-esconde.

Ele deu risada, um barulho baixo e grave que fez meus músculos da barriga ficarem tensos.

— Só está me fazendo gostar mais do apelido. O plano é o seguinte: biscoitos amanteigados, ovos mexidos, bacon e batata amassada frita. Ah, e panquecas de mirtilo para as crianças. Alguma objeção?

— Parece maravilhoso — eu disse, falando sério. — Mas vai demorar uma eternidade.

Ele deu de ombros.

— Vai demorar o quanto tiver que demorar. Qual é a pressa? Tem um encontro?

Suspirei. Ele era mesmo teimoso.

— Posso ajudar?

— Pode me entreter enquanto trabalho.

— Se consegue cuidar disso, é melhor eu começar a fazer umas tarefas.

— Se quer bacon, vai ficar sentada bem aí enquanto cozinho.

Eu queria bacon.

— Não acredito que ficamos fora até tão tarde — falei, pensando na noite anterior. Nunca tinha dançado até de manhã, e nunca uma noite tinha passado tão rápido.

— Vamos de novo hoje?

— Está brincando?

— Não. Não se divertiu? Vamos de novo.

— Você é pirado.

— Sou mesmo. E quero te levar para dançar de novo. O que me diz?

— Dormimos só três horas ontem à noite.

— Então vamos nos revezar para tirar umas sonecas mais tarde, se as crianças precisarem de alguém. O que me diz?

Ele estava dando seu sorriso mais irresistível, suas covinhas me fazendo querer bater nele ou beijá-lo. Me contive por, talvez, cinco segundos, depois sorri de volta.

— Nada de gracinha.

— Nada de gracinha — ele concordou. — Cuidei daquilo no banho.

Deve me fazer aguentar por umas duas horas.

Corei. Nem sabia que tinha energia para corar.

— O que acontece depois de duas horas?

Tristan parou o que estava fazendo e colocou um ovo no balcão para me dar sua completa atenção.

Ele me deu um sinal de que, mais uma vez, beiraria à indecência, então voltou a quebrar ovos.

— Pode ser que eu precise tomar outro banho.

Isso me deixou calada por um tempo. Observei-o trabalhar, analisando o monte de tatuagens em seus braços, e as que apareciam através da camiseta branca. Conforme ele misturava a massa da panqueca, os músculos dos seus braços trabalhavam e eu pensava que tinha descoberto meu novo hobby preferido: ver Tristan cozinhar qualquer coisa.

— Bev tem um avental rosa de babados lindo — eu disse a ele. — O que eu teria que fazer para te convencer a usá-lo enquanto cozinha para mim?

— Nem vai querer saber, boo.

Isso me fez ficar bem quieta de novo.

Dentro de dez minutos, a cozinha tinha um cheiro divino. Gemi quando senti o aroma do bacon fritando.

Seu olhar se desviou para mim, depois voltou para o fogão.

— Provocadora — ele murmurou.

Ele fez as panquecas primeiro, servindo um prato enorme para Mat.

— Você sabe que ele tem seis anos, certo? — perguntei, olhando a pilha de panquecas.

— Ele gosta de bacon? — ele perguntou, ignorando meu comentário.

— Sim! — Mat gritou da sala.

Tristan me entregou o prato, e eu o levei para Mat. Bev não se importava de eles comerem em seus sofás. Os cachorros sempre pegavam as migalhas que acabavam deixando cair.

Quando voltei à cozinha, Tristan estava me esperando com um sanduíche. Entregou para mim com um papel-toalha, então deu uma mordida enorme no seu.

O cheiro dos ovos e bacon me fez salivar, e ataquei o sanduíche. Tive que fechar os olhos na primeira mordida, mastigando bem devagar a fim de saborear cada segundo.

— O que você faz com a comida para deixá-la com esse gosto tão bom? — gemi.

Abri os olhos quando não me respondeu. Ele estava me encarando com um olhar que fez meus dedos dos pés se curvarem.

Ele colocou seu sanduíche comido pela metade no prato e saiu apressado da cozinha.

— Aonde vai? — gritei para ele.

— Volto em cinco minutos — ele gritou de volta.

Eu não sabia se ficava feliz ou chocada quando ouvi o chuveiro sendo aberto.

Capítulo Sete

TRISTAN

Abri o chuveiro, me repreendendo enquanto tirava a roupa e entrava debaixo da água. Nunca tinha sido o cara que precisava ficar com uma garota apenas porque ela era um desafio. Na verdade, eu detestava esse tipo de cara. Geralmente pensava que ele era um otário com quase nenhuma qualidade.

Gostava de manter o sexo em uma categoria separada de todas as partes da minha vida. As coisas simplesmente caminhavam melhor assim, para todas as partes envolvidas. Eu não era do tipo de namorar, e o negócio de ser pau amigo era cheio de armadilhas.

Então, por que não conseguia parar de pensar em estar dentro de Danika?

Ela tinha sido bem clara quanto ao fato de não ficar casualmente e, agora que éramos oficialmente amigos, isso estava fora de questão, de qualquer forma.

Mas, nossa, o corpo dela...

E aquele rosto. Ela era uma das mulheres mais lindas que eu já tinha visto, e nem usava maquiagem o tempo todo. E andava pela casa com uma blusinha justa e short curto, confiante em relação ao seu corpo de um jeito que me deixava louco. Achava até sua personalidade sexy. Ela não fingia. Nem tentava ser simpática. Me falava o que estava pensando antes de eu ter que me perguntar. Eu tinha passado anos lidando com garotas que pensavam que era legal deixar o cara adivinhar. Estava cheio daquela merda. Danika era um sopro de ar fresco.

Um sopro de ar fresco que eu não conseguiria foder.

Se eu tivesse sido esperto, teria encontrado uma transa rápida na noite anterior, na balada, então não estaria fadado a bater uma no chuveiro toda vez que Danika me olhava diferente.

Sim, eu deveria mesmo ter encontrado uma foda rápida ontem à noite, pensei de novo.

Era o que eu normalmente fazia nas baladas… Nunca tinha passado cinco horas dançando com uma garota que eu sabia que não levaria para a cama.

Acariciei meu pau duro como pedra, pensando em sua boca rosada e seus olhos brilhantes acinzentados. E em seu corpinho em forma. Sua cintura era tão fina que eu poderia ter torcido com as mãos, mas ela tinha as curvas mais sexy… e o jeito que andava... Eu poderia ter acertado que era dançarina apenas pela forma como mexia os quadris ao andar. Até sua voz me deixava excitado. Ela fazia uma voz suave e regular, um tom calmo, enquanto me falava o que queria.

Apertei meu pau, massageando, uma, duas, três vezes, então gozei.

Teria sido constrangedor o quanto fui rápido para gozar sozinho, se tivesse outra pessoa para testemunhar.

Pensei que estivesse mais tranquilo até voltar para a sala e vê-la abaixada naquele maldito short minúsculo. Caralho, eu estava encrencado…

Acabamos não tendo que nos revezar para tirar sonecas, já que Bev saiu com os meninos à tarde. Nós dois dormimos por três horas, eu no sofá, e Danika em sua cama.

Fiz enchiladas para todo mundo no jantar, só para ver o olhar de Danika enquanto ela as provava.

Quando eu percebera que não poderia me mudar para meu novo apartamento por algumas semanas, embora o aluguel do meu antigo apartamento já tivesse acabado, não sabia que as coisas acabariam *dessa forma*. Mesmo assim, não estava reclamando. Não me lembrava de quando tinha me divertido tanto.

Eu estava usando uma camisa de colarinho escura e jeans para nossa noite. Algumas baladas não eram tão rigorosas com os trajes quanto o resort Cavendish, e Cory não iria trabalhar, então não poderíamos pagar a Decadence.

Danika apareceu com um short minúsculo preto de cetim e uma blusa carmim que abraçava seus seios de um jeito que fez minha boca salivar. Ela estava usando os mesmos saltos "foda-me" da noite anterior, e era oficial: ela tinha pernas matadoras.

— Caralho — eu disse, sem me incomodar com a linguagem, já que os meninos já estavam na cama.

— Você também não está tão ruim — ela respondeu, jogando o cabelo ao me dar um sorriso atrevido. — Kenny será nosso motorista de novo?

Assenti.

— Vamos esperá-lo lá fora. Se ele tiver que tocar a campainha, pode ser que acorde os garotos, e então será um inferno.

Foi meio desafiador sair pela porta da frente sem deixar os cachorros escaparem, porém Danika conseguiu, como uma profissional.

— Então você não tem casa *nem carro*? — ela perguntou, conforme íamos para a esquina aguardar Kenny.

Dei um sorrisinho. Ela não fazia rodeios, definitivamente.

— Eu tenho carro. Emprestei para um amigo que precisava dirigir para L.A. por alguns dias.

— Que gentil da sua parte.

Dei de ombros.

— Não é nada, principalmente porque tenho amigos como Kenny, que me leva para os lugares.

— Kenny é um amor — ela disse, falando sério.

Senti meu maxilar ficar tenso, apesar de saber que não tinha motivo para ter ciúme.

— Ele é um cara de banda. Não confie em *nenhum* de nós — alertei, minha voz mais severa do que pretendera.

Ela deu de ombros.

— Vocês todos parecem seguros o suficiente para mim, contanto que eu não seja burra de ficar com nenhum.

Senti uma onda de alívio com seu tom desdenhoso.

— Exatamente.

Acabamos indo a uma balada que, ironicamente, se chamava Tryst. Lancei a Danika um olhar de alerta quando Kenny nos disse aonde iríamos. O olhar dizia "diga uma palavra, e não vou fazer mais café da manhã".

Ela pareceu entender, mas seu sorriso foi enfurecedor.

— Você vai conseguir bebidas grátis para nós nesse lugar? — ela perguntou.

— Vou — Kenny respondeu. — Nosso amigo Doug vai trabalhar em um dos bares hoje.

— Você tem contatos em todas as baladas da cidade? — ela questionou.

— Mais ou menos — Kenny respondeu. — Quando se está tentando promover uma banda local, você costuma conhecer muita gente que trabalha em baladas.

— Com certeza não é um sacrifício, já que parece que vocês saem toda noite também — ela retrucou.

Tryst estava lotada. Ainda assim, o segurança na porta nos reconheceu de vista e nos deixou entrar assentindo rapidamente. Entrar sempre era metade da batalha.

Encontramos Doug em um dos bares principais. Ele assentiu quando me viu, acenando para me aproximar. Seu bar estava tão cheio que tive que forçar minha aproximação.

— Guardei uma mesa para vocês — ele disse no meu ouvido com a voz aguda. — E serviço de garrafas. Hoje é sua noite de sorte.

Sorri.

— Valeu, cara.

— Não foi nada. Você também já fez isso por mim. Quem é aquela gostosa com quem você entrou?

Meu sorriso diminuiu um pouco.

— Minha amiga, Danika. Mas ela está fora dos limites.

Ele suspirou.

— Todas que têm essa aparência geralmente são.

Uma recepcionista VIP nos levou até nossa mesa, cortesia de Doug. Ela era bonitinha e me lançou vários olhares convidativos.

Sorri, sem considerar realmente o convite. Tinha convidado Danika para sair para dançar e, por Deus, nós iríamos dançar, mesmo que eu estivesse louco para ficar com alguém.

Danika me deu um sorriso malicioso conforme nos sentamos no banco VIP almofadado.

— Então, onde aprendeu a cozinhar desse jeito? — ela perguntou. — Foram as melhores enchiladas que já comi, e enchilada é minha comida preferida.

Sorri, pensando na minha mãe.

— Minha mãe me ensinou. Você tem que provar as enchiladas *dela*. Colocam a minha no chinelo, principalmente porque eu não tinha alguns dos ingredientes para o molho.

— Ela mora aqui em Vegas?

— Mora. Na verdade, tem um jantar de família marcado, e vou fazer você ir comigo.

Ela arregalou os olhos.

— Quer que eu conheça seus pais?

Minha expressão enrijeceu um pouco, mas não deixei transparecer. Não poderia ser um assunto dolorido se eu não permitisse que fosse.

— Quero que conheça minha *mãe*. *Nunca* conheci meu pai. Ele foi embora no segundo em que minha mãe lhe disse que estava grávida e eu nunca quis procurá-lo.

Ela assentiu e seus olhos buscaram meu rosto. Ela engoliu em seco.

— Estamos no mesmo barco, meu amigo. Não faço ideia de quem é o meu pai. Minha mãe nunca me contou nada sobre ele.

Pisquei, pego um pouco de surpresa. Era egoísta, mas me sentia confortado pelo pensamento de que ela e eu tínhamos passado por algo tão doloroso. Me fazia sentir menos sozinho e bem conectado a ela de formas que não conseguia lembrar de ter acontecido com outra pessoa que não fosse da família.

— Por isso nos damos tão bem — finalmente comentei. — Temos mais coisas em comum do que pensávamos. Sua mãe mora em Vegas também?

Ela deu de ombros, curvando um canto da boca para baixo.

— Não sei direito. Ela e eu nunca nos demos muito bem. Não mantemos contato.

Aprendera minha lição quando lhe perguntara sobre sua irmã, então não perguntei como ela não sabia onde a mãe estava, apesar de estar curioso pra caramba.

— Então, quando é um bom dia para você conhecer minha mãe?

Ela sorriu, e seus olhos cinzentos ficaram menos enevoados.

— Então não está me convidando, mas falando, para conhecer sua mãe?

Abri um sorriso pesaroso, as nuvens em seus olhos prateados clareando.

— Vou deixar você escolher o dia pelo menos. Não precisa se preocupar com nada. Vocês duas vão se adorar.

— Se ela for como você e Jared, não consigo imaginar não nos darmos bem.

Isso me fez pensar no meu irmão caçula. Não importava que ele fosse adulto, sempre seria meu irmão mais novo. Teria feito qualquer coisa por ele, tudo, mas sabia que ele estava meio chateado por eu ter lhe dito que não poderia chamar Danika para sair. Tínhamos regras bem rígidas de irmão quanto a sair com a mesma mulher. No entanto, como eu não estava ficando com ela, ele pensava que era injusto eu tê-lo afastado. Mesmo assim, independente se ele entendesse ou não, eu achava que ele ia respeitar meus desejos.

A garçonete trouxe nosso serviço de garrafas, e vi Danika arregalar os olhos. Pensei que devia muito a Doug.

— Estou impressionada. Vodca Grey Goose. Você tem uns contatos muito bons, para um mendigo.

Dei risada, já misturando martínis para nós.

— Você quer bem atrevida? — perguntei, balançando minhas sobrancelhas de forma sugestiva.

Isso arrancou uma risada surpresa dela, e pensei que era meu som preferido. Não era muito característico dela, e eu amava ser a causa disso.

— Vou querer o máximo de atrevida que você puder fazer.

Senti que fiquei duro. De novo, ela tirava o melhor de mim.

Bebemos dois drinques antes de ir para a pista.

Eu dançava bem, mas não chegava nem perto de Danika. Ela sabia dançar. E sua dança não era apenas sexy. Eu achava que cada passo que ela dava era cheio de talento e beleza. Era um mix de danças Top Quarenta naquela noite, e ela sabia a letra de todas as músicas, frequentemente combinando os passos com as palavras de maneiras lindas, jogando o cabelo ou soprando pistolas imaginárias com seus lábios sexy pra caramba.

Roubei um cigarro de Kenny quando vi que ele estava conversando com um cara no canto.

— Se importa se eu fumar? — perguntei a Danika ao voltar para nossa mesa.

Ela estava olhando para seu celular, mas olhou para cima rapidamente para balançar a cabeça. Ela não pareceu feliz.

— Não é um hábito — assegurei a ela ao acender. — Só fumo quando bebo.

Ela deu risada.

— Bom, pelo que estou vendo, você bebe toda noite. Então como não é um hábito?

Sorri com pesar. Ela tinha razão.

— Com quem está trocando mensagens? — perguntei, tentando enxergar a tela do seu celular.

Seu lábio se curvou com desgosto.

— Ninguém importante. Meu ex não me deixa em paz, mas aprendi a não responder as mensagens dele, mesmo que seja apenas para mandá-lo para o inferno.

Senti uma onda completamente irracional de raiva me tomar.

— Quer que eu bata nele? — perguntei, sem nem um sinal de brincadeira.

Ela deu risada, balançando a cabeça ao guardar de volta o celular em sua bolsa.

— Não. Uma hora, ele desiste.

— O que ele falou na mensagem?

Ela revirou os olhos.

— Disse que me ama. Mas, com certeza, não me amava o suficiente quando me traiu.

Minhas entranhas se remoeram e meus punhos cerraram.

— Há quanto tempo foi isso?

Ela fez um gesto de desdém com as mãos.

— Há quase um mês.

Arregalei os olhos.

— Vocês terminaram não faz nem um mês? — Não sabia por que, mas isso me incomodava. E muito.

— Temos uma história antiga, até onde sei. Um erro e você está fora. Não sei se foi a primeira vez que ele me traiu, mas foi a primeira que o flagrei, e uma vez foi suficiente para mim. Não voltaria com ele nem se fosse o último homem no mundo. "Se ele pegasse fogo e eu estivesse com um copo de água, beberia lentamente e o assistiria queimar."

Mesmo sendo estranho, tive que segurar minha risada ao imaginar aquilo.

Ouvi o barulho abafado do seu celular apitando na bolsa, e queria socar alguém.

Ela o pegou de novo, verificou a tela, então guardou.

— Me avise se ele continuar insistindo, e vou garantir que pare.

Ela me deu um sorriso de lado que me fez querer beijá-la.

— Sabia que você é fofo?

Balancei a cabeça. Nunca tinha pensando em mim desse jeito. Nem um pouco.

— O que me diz de irmos para a pista de novo, boo? — sugeri, depois de bebermos mais dois martínis.

Seu narizinho perfeito franziu para mim.

— Não me chame assim. É um apelido bem esquisito para um adulto me chamar.

— Então do que devo te chamar?

— Danika.

— Soa formal demais. Não posso te chamar pelo nome o tempo *todo.*

— Então me chame de algo fofo. Tipo docinho ou, caramba, sei lá, pudim.

— Pudim? — Dei risada.

Ela assentiu.

— É fofo, e gosto de como fala. Não pode chamar alguém de pudim e não soar fofo.

— Está só me zoando, não é?

Ela balançou a cabeça.

— Não. Sinceramente, quero que me chame de pudim. Acho adorável.

— Você está bêbada.

Ela deu de ombros.

— E daí? Ainda gostaria de ouvir você me chamar de pudim.

— Não vai falar a mesma coisa pela manhã.

— Então te dou minha permissão bêbada para ignorar o que quer que eu sóbria te diga. Deve gostar mais de mim bêbada, de qualquer forma, porque eu gosto mais de você do que a eu sóbria.

Não podia discordar.

— Ok, pudim, vamos dançar.

— Não, sinceramente, quero que me chame de pudim. Adoro. [illegible]

[illegible]

[illegible]

[illegible]

[illegible]

[illegible]

[illegible]

[illegible]

Capítulo Oito

DANIKA

Rapidamente desenvolvemos um padrão e, cinco dias depois, havíamos saído para dançar quase todas as noites.

Eu era inquieta. Sempre fui. Me via pensando constantemente no próximo passo, calculando o que estava por vir ou até dez passos adiante. Raramente vivia o momento.

Tristan fez isso por mim. Ele me trazia para o momento quase todo segundo em que me fazia companhia. Era uma sensação meio viciante saber, simplesmente saber, que o que quer que estivesse acontecendo valia a pena tentar. Não precisava ansiar pelo futuro com Tristan. Eu vivia o presente e adorava isso.

— Está cansando dos meus sanduíches para ressaca? — Tristan perguntou ao me entregar um.

— Com certeza *não*.

Pensando bem, não estava cansada de nada em relação a ele. Fomos inseparáveis desde quase o instante em que nos conhecemos, e estava longe de me cansar.

— Na verdade, vou promover um show esta noite — ele me disse entre mordidas. — Então vai poder me ver trabalhar. É uma balada nova, parecida com Paradise. Finalmente, você vai conhecer Dean.

— Não posso ir — falei, lembrando de que dia da semana era. — Tenho uma coisa esta noite.

Ele parou de comer, me observando.

— Uma coisa?

Dei de ombros.

— Uma coisa semanal.

— Pode explicar? É uma coisa do tipo encontro ou uma coisa do tipo noite das garotas?

Pisquei para ele, pego de surpresa pela ideia de ser um encontro semanal. *O que eu tinha falado para parecer que era um encontro?*

— É uma noite das garotas.

— Onde? — ele perguntou, dando uma mordida.

Analisei-o, pensando no que estava se passando em sua mente.

— Aqui em casa. Por quê?

Ele deu de ombros.

— Pensei que, talvez, eu pudesse vir para cá depois que acabar minha noite e me juntar a vocês. Você está conhecendo todos os meus amigos. Posso retribuir o favor.

— É uma noite de garotas, então...

Ele deu de ombros.

— Eu chego de penetra.

— Não vamos ficar até quatro da manhã, então você ainda estará fora quando terminarmos.

Ele estreitou os olhos para mim.

— Por que não quer eu que vá a esta coisa?

Cutuquei seu peito com um dedo. Só serviu para ele transformar sua expressão desafiadora em um sorriso.

— Você não foi convidado. Não insista. É só uma reuniãozinha discreta. Vai ficar bem entediado em cinco minutos.

— Que horas começa?

— Cedo. E termina cedo.

— Vocês sentam e conversam ou gostam de assistir comédias românticas?

Suspirei.

— Sentamos, conversamos e bebemos. Não tem nada de interessante para você. Só saia e tenha sua noite de sempre. Não preocupe sua cabecinha linda com isso.

Isso iluminou seu rosto com o sorriso mais sinistro.

— Sinto que está me desafiando a vir.

Balancei a cabeça.

— Você é doido, sabia? Definitivamente, *não* estou te desafiando. Estou te afastando.

Isso fez seus olhos se estreitarem de novo.

— Está escondendo alguma coisa de mim. Vou perguntar a Bev sobre o que é isso.

Ergui o queixo.

— Vá em frente. Ela vai te falar exatamente o que acabei de dizer. Apenas garotas. Homens não são permitidos.

Ele suspirou, finalmente parecendo resignado com a coisa toda.

— Certo. E amanhã à noite? Está combinado para amanhã?

Sorri, aliviada por ele ter parado de insistir no assunto. Realmente não queria que Lucy o analisasse. Ela não acreditaria, nem por um segundo, que eu e ele éramos puramente amigos. Inferno, nem eu realmente acreditava.

— Combinado.

— Planos para hoje? — ele perguntou, comendo o resto do seu sanduíche.

— Falei para os meninos que iria nadar com eles depois do café da manhã.

— Falou que iria nadar com a gente por quatro horas! — Ivan gritou do sofá, onde estava devorando suas panquecas de mirtilo.

— Falei quatro horas ou até você cansar — gritei de volta. Dei uma mordida enorme em meu sanduíche, cheia, mas incapaz de não terminá-lo.

Tristan pegou o último pedaço da minha mão, comendo-o.

— Para sua sorte, eu trouxe roupa para nadar — ele disse depois de ter engolido o sanduíche com um grande gole de água.

— Oh, droga. Estava torcendo para você ter que pegar um biquíni meu emprestado. Teria feito meu dia.

Ele deu risada.

— Vai ter que se lembrar disso da próxima vez que ganhar uma aposta.

Tristan era competitivo. Na verdade, ele levava o termo a outro nível. Podia transformar qualquer coisa em desafio, desde tomar café da manhã até ser o preferido dos cachorros, e gostava de apostar. Sempre. Minha vida diária não era monótona com Tristan por perto.

— Oh, eu vou, agora que você a colocou na mesa.

— Uou, uou, uou — ele disse, acenando a mão para impedir esse pensamento. — Não está na mesa a menos que tenha algo tão bom para apostar do seu lado.

Franzi os lábios, refletindo.

— Vou pensar em alguma coisa para quando você tirar uma nova competição da manga.

— O que acha de me deixar dormir na sua cama? — Sua expressão era perfeitamente inocente, o coitado.

— O que disse? — perguntei, pensando se tinha ouvido direito.

— Sem gracinhas. Se eu ganhar nossa próxima aposta, vou dormir na sua cama com você, em vez de no sofá. Repito, sem gracinhas. Se você vencer, vou usar um dos seus biquínis para uma sessão humilhante de natação. Vai ter que ser aqui na casa e sem os meninos, já que posso garantir que estarei me expondo.

Minha mente enlouqueceu por um minuto, imaginando aquilo claramente. Nunca pensei que um travesti poderia me excitar.

— Oh, não, boo — ele disse baixinho, me observando. — Não fique com essa expressão. Está tentando me *matar*?

Parei de pensar nisso, engolindo em seco. Ele tinha vencido nossa briguinha pelo apelido boo. Eu havia desistido. Ele queria me chamar assim mais do que eu não queria que ele o fizesse. Secretamente, eu estava até começando a achar fofo.

— Pode se trocar primeiro — ofereci. — Preciso pegar as roupas de banho dos meninos.

Ele saiu da cozinha em direção ao meu quarto. Não fiquei surpresa quando ouvi o chuveiro abrir menos de um minuto depois.

Encontrei as roupas dos meninos e dei para se trocarem. Quase trombei com Tristan conforme ele saía do meu quarto e entrava na minha frente.

Olhei para seu rosto, tentando muito não encarar seu peito nu. A visão era de dar água na boca.

— Os meninos estão ficando prontos — informei a ele. — Agora só tenho que me trocar. Preciso de apenas um minuto. Pode esperar lá fora na piscina, no caso de eles irem rápido e correrem para lá?

Ele somente assentiu, virou e se afastou. Tive o extremo autocontrole de não observá-lo fazer isso.

Eu era bem fã do maiô preto para ficar na piscina com os meninos, mas nem pensei nisso naquele instante. Procurei meu único biquíni fio-dental. Era bronze, com uma canga dourada, mas deixei a canga na gaveta, sabendo que ficaria nadando o tempo todo.

Eu estava quase abrindo a porta de vidro deslizante que levava à piscina quando me lembrei do protetor solar.

Peguei um tubo de FPS 45 no banheiro, segurando Mat conforme ele correu pelo corredor.

Ele ficou parado, mas bateu o pé impacientemente enquanto eu passava protetor nele.

— Já podia estar na piscina, boo — ele choramingou.

— Bom, não nadamos sem passar protetor solar primeiro, então não, não poderia — eu disse com firmeza. Eu não cedia a choramingos.

Ele me olhou bravo e parou quase que instantaneamente.

— Posso ir agora?

Assenti, acenando para ele ir.

— Vá em frente, peeka.

Ivan veio correndo pelo corredor, e eu lhe dei o mesmo tratamento. Ele ficou parado com paciência, conhecendo a rotina.

— Tristan vai morar com a gente por muito tempo? — ele perguntou.

— Não muito. Só mais uma ou duas semanas. Por quê?

— Gosto dele. Ele cozinha bem e é engraçado.

— Não posso discordar — eu disse a ele, depois o liberei.

Demorei um minuto para prender meu cabelo em um rabo bagunçado no topo da cabeça e, com cuidado, passar protetor no rosto em frente ao espelho. Fui lá fora para ficar de olho nos meninos enquanto passava protetor no corpo.

Ivan e Mat já estavam na piscina quando saí. Tristan estava parado na beirada, observando-os com atenção. Tive um breve instante para absorver a visão incrível de Tristan sem camisa em plena luz do dia antes de ele me ver.

Coloquei meus óculos de sol com armação dourada, então me agachei para passar protetor nas pernas. Apoiei um pé em uma das espreguiçadeiras a fim de passar no joelho e no tornozelo. Lentamente, fiz a mesma coisa na outra perna. Me endireitei, passando nos ombros e braços.

Comecei a andar na direção de Tristan conforme passava na barriga.

Entreguei o tubo a ele ao chegar perto.

Vi sua garganta trabalhar conforme ele engolia em seco. Estava usando óculos escuros também, mas eu ainda conseguia interpretar muito bem sua expressão.

— Quer que eu passe nas suas costas? — ele perguntou.

— Quero — aceitei, pega de surpresa. Tinha esquecido de passar nas costas. Tinha lhe entregado o tubo para passar em si, mas ele tinha razão. Então me virei.

O primeiro toque das suas mãos escorregadias me fez pular. Ele passou o protetor, e eu estava bem consciente do fato de que amava ter suas mãos em mim. E ele nem tinha começado…

Depois de ter coberto meus ombros e minhas costas com toques tentadoramente leves, ele começou a esfregar e massagear, concentrando-se nos meus ombros. Eu praticamente derreti na ponta dos seus dedos.

— Hummm — murmurei enquanto ele massageava um ponto tenso do meu pescoço.

— Te vejo massagear este ponto o tempo todo. Você está tensa. Tem que me deixar fazer uma massagem.

— Você também é massagista?

— Não, mas tenho mãos fortes, e elas estão à sua disposição, para quando quiser.

Nossa, minha mente ficou doida com isso, sendo bem criativa com as coisas que eu *gostaria* que ele fizesse com as mãos.

Suas mãos desceram por minhas costas, massageando forte meus músculos. Ele trabalhou até as laterais da minha cintura, amassando. Gemi quando seus braços me circularam, suas mãos massageando minha barriga. Senti seu peito apenas encostar nas minhas costas e, por instinto, me apoiei nele.

— Boo, por que ele está mexendo na sua barriga? — Mat gritou com o volume típico de um garoto de seis anos, basicamente alto o suficiente para alertar o bairro inteiro.

Isso me tirou do transe. Endireitei a postura, afastando-me de Tristan.

— Ele estava me ajudando a passar protetor, peeka.

Não olhei para Tristan de novo até ele falar.

— Pode passar nas minhas costas? — ele perguntou com a voz rouca.

— Sim, claro — concordei, me aproximando automaticamente a fim de ajudá-lo. Parei por um longo instante, encarando suas costas totalmente à mostra.

Pensei que não poderia haver nada no mundo mais sexy do que costas fortes conforme comecei a passar protetor em sua pele, apreciando a sensação da sua pele firme e resistente. Massageei seus ombros, tentando copiar o que ele fez comigo, enquanto analisava sua mistura de tatuagens.

Havia um dragão dourado no ombro. Era complexo, e cada detalhe parecia preciso e perfeito, mesmo com a luz direta do sol. Era lindo. Pensei em perguntar sobre isso depois.

Ele gemeu, e eu continuei massageando, descendo por suas costas, deslizando as mãos para as laterais. Mal conseguia acreditar, mas senti-lo era ainda melhor do que olhá-lo.

Tomei cuidado para impedir que meu peito roçasse em suas costas conforme me estiquei para massagear seu abdome. Era justo… e eu estava morrendo de vontade de saber como era tocá-lo. Nunca tinha tocado um abdome de seis gominhos.

Fechei os olhos, inclinando-me nele, conforme massageava sua pele firme.

— Agora você está ajudando a passar na barriga dele, boo? — Mat gritou.

— Isso, peeka — eu disse, corando.

Me afastei de Tristan, entregando-lhe o tubo de protetor para ele poder finalizar em si mesmo.

Não o olhei, dando alguns passos rápidos e mergulhando na água.

Capítulo Nove

Fomos muito bons em ignorar aqueles breves momentos de contato, porém parecia que eu não conseguia parar de pensar em como era bom tocá-lo ou em como tinha sido incrível deixá-lo me tocar.

Nadamos por horas, brincando e nos divertindo na piscina.

Tristan era ótimo com os meninos, jogando-os na água exatamente como eles gostavam.

Ele erguia Ivan, que ria, acima da cabeça, e depois o jogava na água.

Ivan reaparecia, dando risada. Ele apontou para Tristan.

— Aposto que não consegue fazer isso com Danika!

— Quer *apostar*? — Tristan perguntou.

— Eu desafio você! — Ivan disse.

Tristan arqueou uma sobrancelha maliciosa, nadando até onde eu estava com Mat, que nadava de costas. Dei um gritinho quando ele colocou suas mãos grandes na minha cintura, erguendo-me antes de eu conseguir lutar contra. Ele não me jogou, como fez com Ivan, mas me levantou alto, colocando a cabeça entre minhas pernas e me colocando sentada em seus ombros.

Me desesperei para apoiar em alguma coisa, tentando segurar seu cabelo curto demais e finalmente segurando em seu queixo. Minhas coxas se apertaram forte em seu pescoço.

— O que está fazendo? — perguntei a ele.

— Ivan me desafiou.

— Não consegue negar um desafio, não é? Mesmo que venha de uma criança de oito anos?

Ele deu de ombros, me sacudindo até eu agarrá-lo mais forte, gritando.

— Acho que não.

— Desafio você a jogá-la! — Ivan, o pequeno traidor, gritou.

Tristan não hesitou, erguendo-me pelos quadris, segurando-me alto acima da água por um breve instante, depois me jogando.

Saí da água engasgando e olhando-o com raiva.

Ele apenas sorriu.

Comecei a pensar bastante em como me vingar.

A porta de vidro deslizou, e Jerry saiu.

— Vou fazer umas coisas na rua, meninos. Alguém quer ir comigo? Pode ser que eu tome sorvete também...

Mat estava saindo da piscina antes de Jerry ter terminado de falar. Ivan parou por um instante, refletindo. Enfim, ele escolheu sorvete, saindo correndo da piscina.

Jerry acenou para nós quando os meninos correram para dentro.

— Vou ficar com eles à tarde, então, divirtam-se.

Acenei de volta, ainda planejando como eu poderia enfiar Tristan na água. Ele era simplesmente muito grande...

Jerry voltou para dentro, e nós ficamos sozinhos.

Tristan sorriu para mim, encostando-se e apoiando os braços na borda da piscina. Ele se abaixou, observando-me, e vi minha chance.

Nadei até ele, tentando parecer perfeitamente inocente. Me aproximei, invadindo seu espaço pessoal.

Ele me observou, engolindo em seco.

Deslizei meus braços por seu pescoço, passando as mãos em seu cabelo. Me inclinei para bem perto, e ele prendeu a respiração, mas não me impediu.

Montei nele, enganchando as pernas atrás dos seus joelhos.

— O que está fazendo, Danika? — ele perguntou, rouco, parecendo quase em pânico, mas, ainda assim, não me impediu.

— Estou te desafiando — comecei, segurando seus braços enormes — a afundar!

Puxei suas pernas e afastei seus braços da borda da piscina.

Ele afundou, mas eu também, de novo.

A manobra também teve o efeito colateral problemático de jogar seu rosto entre os meus seios.

Em vez de subir instantaneamente, ele envolveu os braços na minha cintura e continuou com o rosto onde estava. Quando levantou, me levou com ele. Dei risada quando ele fez bolhas entre meus seios. Puxei seu cabelo curto para ele não se beneficiar.

Enfim, ele jogou a cabeça para trás, rindo de mim.

Nós dois paramos de rir de repente quando ele me abaixou e meu corpo deslizou no dele. Houve um breve contato entre meu sexo e o dele; ele estava excitado.

Nós dois arfamos.

Me afastei, e ele me soltou, dando um passo para trás também.

— Má ideia — eu disse sem fôlego.

— É — ele concordou, passando uma mão no cabelo molhado.

— Acho que é melhor pararmos por aqui. Pode tomar banho primeiro — falei, já que estávamos compartilhando o banheiro.

— Obrigado. — Ele saiu da água com um movimento suave e enrolou uma toalha nos quadris ao ir em direção à casa.

— Só me avise quando acabar. Vou esperar aqui fora.

Ele já estava na porta, abrindo-a, e manteve as costas viradas para mim ao assentir rapidamente.

Fiquei na piscina, tentando não entrar em pânico. E daí que sentíamos atração um pelo outro? Não significava nada. Éramos dois adultos que conseguiam se controlar.

Eu nem queria transar. Sexo nunca foi bom para mim. No máximo, era uma forma de se conectar com alguém com quem eu queria me sentir íntima. Era um fato triste que, se eu realmente quisesse gozar, tinha que fazer com minhas próprias mãos, e não apenas quando estava solteira.

Eu não fazia ideia do motivo de parecer não conseguir conter minhas mãos quando se tratava de Tristan. Era um problema novo para mim. Me sentia excitada e incomodada como nunca, então resolvi marcar um compromisso rápido com meu vibrador logo, logo. Iria ajudar.

Nadei bastante, tentando espairecer, e dar a Tristan tempo suficiente para tomar banho e se trocar.

Estava sem fôlego e exausta quando parei. Foi quando vi que Tristan estava em pé na beirada da piscina, seco e vestido com uma camiseta branca e short cinza esportivo.

— O banheiro é todo seu — ele disse, observando-me com a expressão neutra.

— Oh. Obrigada.

Saí da água, e ele me encontrou nas escadas com uma toalha.

— Vou malhar — avisou enquanto eu me secava.

Apenas assenti. Ele fizera um bom uso da academia da casa de Bev na curta semana em que estivera morando ali.

— Sinta-se à vontade para se juntar a mim.

Assenti de novo.

— Pode ser. Preciso tirar o cloro do cabelo e fazer umas coisas primeiro.

— Claro. — Ele voltou para dentro da casa.

Eu não sabia se ele estava meio perdido ou apenas quieto.

Tomei banho e coloquei camiseta e short confortáveis. Comecei a ir para a academia quando mudei de ideia, virando-me.

Talvez Tristan estivesse certo ao tomar seus banhos frequentes.

Com as crianças no meu pé, eu guardava meu vibrador no fundo da gaveta do criado-mudo, envolvido em uma meia, que estava envolvida em uma camiseta. Ficava muito bem escondido, já que eu não queria ter uma conversa sobre *isso* com os meninos.

Fechei e tranquei a porta do quarto, liguei uma música, tirei o short e a calcinha e peguei o brinquedo negligenciado no meu criado-mudo.

Me deitei na cama, fechando os olhos. Imaginei Tristan conforme comecei a trabalhar com o pequeno aparelho vibrando.

Visualizei seus braços enormes enquanto eu erguia minha camiseta, envolvendo meu seio. Vi seu sorriso selvagem conforme apertei a pele em volta do mamilo. Eu já estava molhada. Pensei em seus olhos dourados quando empurrei o aparelhinho para dentro de mim, estremecendo de prazer quando as vibrações me tomaram. Tirei e gemi enquanto tocava meu clitóris, imaginando seu corpo, com aquele abdome perfeito e peito definido. Me lembrei do breve contato da sua ereção contra mim, empurrando o brinquedo para dentro de novo.

Geralmente demorava um bom tempo para eu relaxar e curtir o suficiente, a fim de gozar, mas não estava tendo dificuldade naquele momento, e minha corrida em direção ao fim estava mais acelerada do que nunca. Estava me permitindo relaxar em um clímax quando houve uma batida na porta do quarto. Fiquei tensa.

— Danika? — Tristan chamou.

Fechei os olhos, deixando aquela voz grave me inundar.

— Sim? — respondi sem fôlego.

— Está terminando?

— Estou — quase gemi.

— Por que está demorando tanto? — ele questionou.

— Estou quase chegando — arfei.

Houve uma longa pausa do outro lado da porta.

— O que está fazendo? — ele perguntou com a voz mais rouca agora.

Não respondi, pois algo naquele tom rouco me libertou. Agarrei a beirada do cobertor, mordendo-o para abafar meu gemido conforme gozava.

— Posso entrar?

Escutei-o tentar abrir a porta.

— Preciso de um minuto — pedi, simplesmente deitada ali, com o coração ainda acelerado.

— Ok — concordou, quase baixo demais para eu ouvir.

Eu estava decente, mas afobada quando finalmente abri a porta.

Tristan estava apenas ali parado, com as mãos na cintura e os olhos no chão. Ele olhou para cima, depois ergueu a cabeça a fim de olhar para dentro do meu quarto.

— Está tudo bem?

— Sim — respondi com sinceridade. Me sentia mais relaxada do que antes.

— Vamos malhar?

— Claro. Deixe-me só prender meu cabelo e pôr os tênis. Te encontro lá em um minuto.

Ele me assustou erguendo meu queixo com o dedo.

Pisquei para ele.

— Você está diferente.

— Como assim?

Ele murmurou baixo no fundo da garganta, e fiquei doida. Era o barulho mais sexy que já tinha ouvido.

— Porra, Danika, conheço esse olhar. Estava tomando sua própria versão de "banho"?

Demorei um pouco para entender. Minhas bochechas coraram, mas eu era teimosa demais para não o encarar. Firmei minha mandíbula, afastando-me da sua mão.

— E se estivesse? Acha que é só você que precisa de um "banho" de vez em quando?

Ele pareceu surpreso.

— Não. Não é isso... Não acho isso. Desculpe, você só me pegou desprevenido. É que é... excitante pra caralho. Com licença. — Ele se virou e começou a voltar pelo corredor.

— Ainda vamos malhar? — gritei para suas costas.

— Com certeza — ele gritou de volta.

Sorri.

Eu estava correndo na esteira há uns bons quarenta e cinco minutos quando ele falou de novo.

Ele acabara de fazer uma longa série de flexões que eu fingia que não estava contando. Aproximou-se da frente da minha máquina, analisando meu rosto.

— Então, hum — ele finalmente falou, pigarreando —, com que frequência você precisa, ãh, tomar "banho"?

Arqueei as sobrancelhas para ele, mas meu coração estava batendo mais forte com sua pergunta.

— Esta é uma conversa *entre amigos*? — perguntei, respirando com dificuldade, pelo exercício e pela pergunta.

Ele deu seu sorriso mais perturbador.

— Somos amigos, não somos? Claro que é entre amigos.

— Nada de gracinhas?

— Nada. Só finja que sou uma das garotas.

Espontaneamente, meu olhar desceu por seu corpo. Por pura força de vontade, voltei meus olhos para seu rosto.

Uma das garotas, até parece…

— Não é com frequência — admiti. — Nada parecido com o que você precisa. Fico semanas sem precisar. Caramba, às vezes, passam meses.

Ele fez careta.

— Não é possível que isso seja saudável.

Ergui meu ombro, mantendo meu ritmo regular.

— Algo em particular que te fez precisar de um "banho" hoje? — ele perguntou, observando-me atentamente.

Olhei desafiadoramente para ele.

— Essa *não* é uma pergunta de amigo.

Ele suspirou pesado, virando-se.

— Foi mal — murmurou, indo na direção dos halteres.

Não tínhamos dormido muito na noite anterior, e fui deitar para uma soneca no início da tarde, já que Jerry e as crianças ainda estavam fora.

Estava acabando de entrar debaixo das cobertas quando houve uma batida leve na porta.

— Sim? — gritei.

Tristan colocou a cabeça para dentro.

— Ei. Eu também ia dormir um pouco antes de sair. Se importa se eu ficar aqui com você, já que a sala será invadida pelas crianças logo…

Olhei para ele.

— Nada de gracinhas?

— Nada de gracinhas — ele concordou. — Vou ficar do meu lado da cama.

Me aconcheguei no meu travesseiro, quase em paz com o fato de que parecia que eu nunca conseguia falar não para ele.

— Ok. Boa noite, Tristan.

A cama se mexeu quando ele subiu do outro lado. Estremeci ao senti-lo entrando debaixo das cobertas comigo.

— Bons sonhos, boo — desejou baixinho.

Sorri, fechando os olhos.

Acordei quando a porta do meu banheiro se abriu. Pisquei para Tristan, que estava totalmente arrumado para a noite, com uma camisa azul-marinho e jeans escuros.

As mangas da camisa estavam arregaçadas; o colarinho, desabotoado o suficiente para mostrar uma parte perturbadora do seu pescoço.

— Não vai ficar quente? — perguntei.

Ele sorriu, aproximando-se da cama.

— Já estou.

Revirei os olhos.

Ele me assustou ao se abaixar e dar um beijo suave na minha testa.

Arregalei os olhos quando ele se endireitou.

— O que foi isso?

— Foi um beijo de "tenha uma boa noite, amiga".

Franzi os lábios, sentando-me.

— Você beija Cory ou Kenny na testa?

Ele apenas sorriu.

— Beijaria, se eles fossem tão lindos quanto você. Até mais tarde, boo. Tenha uma boa noite.

— Você também — falei quando ele saiu.

Capítulo Dez

Comecei a fazer lanchinhos para a noite das garotas. Aquelas lá sabiam *comer*. Todas apareciam falando que não estavam com fome, mas bebiam dois drinques e imediatamente devoravam tudo. Eu adorava, e me preparava para isso.

Fiz uma mistura de *comfort food* saudável e não saudável. Fiz guacamole, mas também cortei queijo processado que uma das garotas amava. Preparei chips de tortilla, chips integrais e chips de batata. Fiz carne de porco e bolinhos de batata, mas cortei bastantes vegetais frescos. Era um grupo diversificado de mulheres que ia à nossa noite das garotas toda semana, e tentávamos deixá-las confortáveis. Mas uma coisa de que todas gostavam era do drinque da semana de Bev.

Bev se juntou a mim na cozinha quando chegou do trabalho. Ela veio carregando presentes em forma de garrafas de suco de maçã, bebidas alcoólicas de maçã e vodca.

Peguei uma garrafa, inspecionando-a.

— Suco de maçã, huh?

— Isso mesmo — ela disse com um sorriso, lavando as mãos. — Appletinis.

Uma das melhores coisas na noite das garotas é que ninguém nem pensava em se arrumar. Todas usávamos calça de moletom ou legging. Eu estava com meu short cor-de-rosa preferido de ginástica que dizia "atrevida" na bunda, e metade de uma camiseta vermelha que tinha UNL escrito porque o V tinha se apagado.

Bev levou menos de cinco minutos para colocar sua calça de moletom — uma coisa que só era possível ver na noite das garotas.

— Jerry acabou de ligar — Bev falou ao voltar para a cozinha. — Ele e os meninos vão ao cinema. Não voltarão para casa até a hora de dormir.

A campainha tocou, e Bev atendeu com um drinque pronto na mão, e todos os cachorros a seguiram.

Era Lucy, que sempre chegava cedo. Ela meio que comandava esse evento, apesar de ter sido relutante no início. Nossa noite das garotas tinha, com o tempo, se transformado em uma sessão de terapia em grupo semanal. Lucy discordara a princípio, pois poderia não ser a melhor ideia fazer terapia com as amigas, mas, quando viu o quanto aparentemente precisávamos disso, ela ficara mais entusiasmada do que qualquer uma de nós com a coisa toda.

Tínhamos até nomeado carinhosamente o evento de "Foda-se Anônimos", porque era tudo *menos* anônimo. Estava forte há um ano já, e eu não mudaria nada nisso.

Lucy e Bev se abraçaram, com beijos na bochecha, e Bev lhe entregou o drinque.

Lucy analisou o líquido verde brilhante na taça de martíni.

— Ou isto está gostoso ou é do mal — murmurou. Ela era uma mulher pequena de cabelo escuro com quarenta e poucos anos. Tinha um rosto bonito, com olhos castanho-escuros que sempre pareciam estar enrugados com risada.

— Acho que é um pouco dos dois — Bev disse.

Lucy entrou na cozinha, onde eu estava arrumando a comida, no estilo buffet de prato descartável.

Coloquei o prato no balcão para lhe dar um grande abraço.

— Como você está, querida? — perguntou ao se afastar. — Parece ótima.

Olhei para minha roupa desleixada, pensando se ela estava brincando.

— Hum, obrigada. Estou bem.

Bev voltou para fazer os drinques no barzinho da sala de estar, onde preparou e, então, me trouxe um martíni brilhante.

Eu a agradeci, dando um gole rápido. Ergui as sobrancelhas.

— Que gostoso.

Bev voltou ao bar, servindo-se de uma taça e erguendo-a.

— Um brinde, meninas. Foda-se Anônimos!

— Foda-se Anônimos! — eu disse, erguendo a minha.

— Foda-se Anônimos! — Lucy gritou, sorrindo.

Dei um gole grande, depois voltei a arrumar o buffet.

A campainha tocou. Bev atendeu com outro martíni verde na mão.

Era a vizinha, Sarah. Ela era baixinha, roliça e grisalha em seus sessenta anos. Estava segurando um prato dos seus famosos cookies de pasta de amendoim, como sempre.

Bev lhe entregou o drinque e pegou os cookies.

Elas entraram, e Sarah sentou-se em seu lugar de costume, na poltrona da sala.

— Foda-se Anônimos — ela falou suavemente, então deu um gole no drinque.

Jen, outra vizinha, chegou em seguida. Jen era uma dona de casa loira, parecia uma Barbie, e tinha uma ótima personalidade e um sorriso digno de concurso de beleza. Era a única de nós que nunca usava moletom, mesmo na noite das garotas. Estava usando um vestido verde com scarpins verde menta.

— Estou combinando com o drinque da semana. Quem diria?

Todas demos risada.

Ela trouxera uma caixa enorme de chocolate, e a colocamos no buffet de pratos descartáveis.

— Foda-se Anônimos — Sarah disse baixinho, bebendo.

Harriet e Sandra chegaram juntas.

Harriet era advogada, igual a Bev, apesar de seu escritório ser menor. Tinha trinta e nove anos, cabelo escuro e traços indefinidos. Ninguém, à primeira vista, diria que ela era um poço de sexualidade.

Sandra era vizinha de Harriet. Ela era baixinha e tinha olhos e cabelo castanhos, com um comportamento um tanto severo. Era assistente na galeria de arte do resort Cavendish. Depois de dois drinques, ela sempre começava a falar de como seu chefe, o dono do hotel, era gostoso. Eu tinha visto fotos do playboy milionário de vinte e poucos anos, e não podia culpá-la.

Olga foi a próxima a aparecer. Era uma acrobata/ginasta aposentada com um sotaque forte alemão. Era mais velha, com um excesso de cirurgias plásticas que dificultava saber sua idade. Ela conseguia beber mais do que todas nós juntas.

Candy foi a última a aparecer. Aos trinta e quatro anos, ela era a mais próxima de mim em relação à idade, apesar de ainda ter uma distância de treze anos entre nós. Trabalhava em um show burlesco e era sósia da Betty Page, com o mesmo estilo de cabelo e tudo.

— Olá, vadias — ela gritou ao pegar seu martíni de Bev, dando-lhe um beijo no ar. Seu cabelo e sua maquiagem estavam feitos, mas ela usava pijama da Betty Boop e chinelos de gatinho. — Eu gostaria de começar esta noite, se ninguém for contra. Preciso desabafar.

— Ninguém é contra — Lucy disse, olhando em volta.

Fui para a sala, com Dot e Pupcake me seguindo de novo. Eles sempre seguiam Bev por um tempo quando ela chegava em casa do trabalho, no entanto, alguns ou todos, em certo momento, voltavam a me seguir.

— Para mim, parece ótimo — concordei. Me sentei no sofá com Bev e dei um grande gole no martíni.

Todas se sentaram. Havia vários assentos, com lugares para seis no sofá grande, o que eu estava e duas poltronas extras. A sala não estava bonita, mas, sim, confortável. Os cachorros se acomodaram, como se participassem da conversa.

Candy foi a única que não se sentou, batendo seu chinelo de gatinho no chão, com a mão na cintura.

— Ok, lá vai — ela começou. — Estou frustrada… não, sabem de uma coisa, estou puta, com George! Simplesmente não acho que ele sequer tente me entender e, às vezes, muitas vezes, sinto que ele apenas tenta ser do contra, como se estivesse tentando encontrar motivos para me ignorar.

A testa de Lucy franziu conforme ela analisou a outra mulher.

— Ok, está frustrada que seu parceiro não entenda que você está querendo…

— Acho que ele sequer tenta entender — Candy explodiu.

Lucy assentiu com calma.

— Estou vendo como isso é frustrante. Acho que todas nos identificamos com isso, em algum nível, mas pode nos dar exemplos específicos do motivo de estar se sentindo assim?

Candy engoliu todo o seu martíni, e Bev se levantou para encher sua taça de novo antes de ela continuar.

— Bem… todas vocês sabem que eu sou bissexual. George sabe.

Ele sabe desde o início, mas não me deixa ficar com outras mulheres. Na verdade, ele teve a ousadia de dizer que me deixaria se eu ficasse com outra pessoa, mesmo que fosse *mulher*!

— Vocês ainda são monogâmicos? — Lucy perguntou com o tom bem neutro.

Candy suspirou, frustrada.

— Sim. Estamos *morando* juntos agora, mas eu gosto de ficar com homens *e* mulheres. George está falando em casamento, e parte de mim fica empolgada com isso, mas outra parte não consegue imaginar não transar com mulheres pelo resto da vida. Não é justo que ele me peça isso.

— Bom, talvez você tenha que escolher, Candy.

— Mas não é justo. Sinto atração por homens *e* mulheres.

— Entendo. E tudo bem. Só você pode decidir o que quer fazer e como quer priorizar seus relacionamentos. Você concordou em ser monogâmica com George. Se me lembro bem, foi ideia sua. O que ele está pedindo de você… não transar com outras pessoas não é diferente do que qualquer parceiro pediria em um relacionamento exclusivo…

— Mas eu sinto *atração* por *mulheres*.

Bev levou outro martíni para Candy.

Candy lhe agradeceu, dando um gole grande.

— Entendo isso. De verdade. Acha que qualquer relacionamento monogâmico não enfrenta esses mesmos desafios? É um compromisso para todo mundo negar outras potenciais atrações. Se você se casar com George, talvez nunca transe com outra mulher, mas é isso que casamento é. Se George disse que não vai tolerar o fato de você transar com outras mulheres, então ou você aceita ou termina.

— A maioria dos homens ficaria empolgada de eu gostar de mulheres! A maioria dos homens acha excitante! Por que ele tem que ser diferente?

— Não sei. E tem razão, muitos homens iriam gostar disso. Mas você escolheu George, e ele foi claro quanto ao que quer. O que ele está pedindo não é irracional, porém também não é irracional se você decidir que não pode se comprometer com o que ele quer.

— Caralho. Que difícil. Estava esperando que você simplesmente me dissesse que ele era um cretino.

Lucy lhe deu um sorriso compreensivo.

— Sabe que não é isso que faço.

— É, eu sei. Uma garota pode sonhar. Ok, terminei meu discurso. Quem quer falar depois dessa confusão? — Candy se sentou.

Ninguém falou imediatamente, e o olhar preocupado e benevolente de Lucy pairou em mim. Droga, os olhares compreensivos dela acabavam comigo.

— E você, Danika? — questionou, como eu sabia que faria. — Como está? Em que pé está com seu ex? Ainda estão separados?

A última pergunta me fez arrepiar um pouco.

— Claro que estamos! Flagrei uma menina fazendo um boquete nele em troca de maconha. Não é uma situação complicada. É bem curta e grossa. Não tolero isso. Nunca mais quero falar dele. — Era muito estranho como algo que parecera tão horrível há apenas um mês não me fazia sentir nada além de irritação agora.

Ela assentiu, sem parecer nada surpresa com minha explosão.

— E ele tem tentado ligar?

Suspirei.

— Tem. Diminuiu para algumas vezes ao dia, então estou confiante de que, em certo momento, ele vai parar de tentar de uma vez.

— E já começou a sair com outra pessoa?

— Não. Estou determinada a ser eu mesma por um tempo.

— Isso é bom. Muito bom. Seus últimos dois relacionamentos terminaram e começaram com duas semanas de distância, e ambos duraram dois anos, dois bem *impressionantes* anos. Ir de um relacionamento para outro não te dá tempo de ganhar perspectiva, principalmente na sua idade. Acho que seria benéfico para você permanecer solteira. Falamos disso exaustivamente, mas, com seu passado e seus padrões, eu te vejo como uma boa candidata para vício em amor.

Fiquei tensa à menção do meu passado. Todas sabiam bastante sobre ele, mas eu tinha mantido as partes realmente sórdidas escondidas de todo mundo, exceto de Lucy e Bev. As duas eram como um soro da verdade para mim, na maior parte do tempo. Não conseguia esconder nada delas por muito tempo.

— Odeio esse termo — Candy disse com um sorrisinho.

Lucy acenou para ela.

— Vou chamar de codependência, se a faz se sentir melhor.

— Faz.

Lucy a ignorou, ainda focada em mim.

— Você cresceu com uma mãe viciada e, até agora, os dois relacionamentos que teve foram com viciados. No futuro, quando começar a sair com alguém, quero que tenha bastante cuidado com o homem por quem vai se sentir *atraída*, devido ao seu histórico com viciados. Os bad boys caóticos não foram bons para você. Precisa se reprogramar para começar a procurar homens que podem ser considerados estáveis. Faz sentido?

Assenti. Fazia sentido demais, e minha mente pensou em Tristan. Bad boy caótico… Ela tinha acertado na mosca.

Ela sorriu com carinho.

— Ok, parei de te incomodar. Te amo, menina.

Engoli em seco.

— Também te amo.

— Amo todas vocês, vadias — Candy disse alto.

Isso amenizou a tensão, e todas nós demos risada.

Lucy olhou para Bev.

— E você? Como estão as coisas com Jerry?

Bev suspirou pesadamente.

— Estão boas. Estiveram boas por um tempo, mas, recentemente, quando pensei que ele tivesse feito outra burrice, toda a minha raiva voltou, como se nosso progresso tivesse simplesmente desaparecido, o que me fez perceber que minha raiva ainda está bem presente.

Merda, merda, merda, pensei. Eu havia começado a sentir que tinha ficado mais tranquila quanto a mentir para ela sobre Jerry e Tristan, porém essa culpa voltou inundando tudo quando percebi do que ela estava falando.

— E o que aconteceu exatamente para sua raiva reaparecer?

Bev fez careta.

— Foi tudo um mal-entendido, mas pensei que ele tivesse trazido para casa outro músico, o que teria significado que ele estava mexendo nessas coisas de banda, em vez de procurar outro escritório, como prometeu que faria.

— A raiva está presente com frequência, só procurando formas de sair, mas vocês estão fazendo tudo certo. Se *continuarem* fazendo tudo certo, essa raiva vai desaparecer lentamente com o tempo, em vez de ficar aí escondida.

Bev assentiu.

— Mais alguém tem alguma coisa que queira falar? Algum desabafo?

— Minhas hemorroidas estão voltando — Olga falou alto, com o sotaque forte.

Dei meu máximo para não rir, todas nós demos, mas, assim que vi que Olga estava sorrindo, me descontrolei.

— Posso indicar alguém para isso — Lucy disse.

— Não é necessário — Olga respondeu.

— Mais alguém? Vamos parar para lanchinhos e drinques?

— Acho que não me sinto mais atraída pelo meu marido — Jen confessou, alisando sua saia verde, cobrindo suas pernas em um gesto nervoso. — Tenho que me conter para não me encolher com o toque dele.

— Você tem sofrido com isso por um tempo. Desde que seu filho de três anos nasceu, correto? Mudou recentemente? Seus sentimentos de aversão ficaram mais intensos?

Jen assentiu com os olhos arregalados.

— Não sei o que é. Ele tenta, tenta de verdade, mas, até quando tenho o pressentimento de que ele vai passar a mão em mim, quero correr para o outro lado.

— Você fala que quer correr para o outro lado, mas não faz isso. O que realmente faz?

Jen pareceu bem vulnerável ao responder.

— Eu só… faço o que ele quer. Não falo nada. Só faço de uma vez.

— Já falou com ele sobre isso? Ele sabe que você não curte os momentos sexuais?

Jen balançou a cabeça, estremecendo.

— Não falei nada sobre isso. Acho que ele sabe que não me excito mais, mas não sabe que odeio transar com ele.

— Bem, muitas coisas podem ter causado o declínio da sua vontade sexual, mas acho que posso te dizer por que piorou de repente. Embora talvez ele não faça ideia do fato de que você está achando desagradável transar com ele, provavelmente está sentindo rancor dele. Já pensou em lhe contar como se sente?

— Não sei como. Temo que o deixaria bravo ou até magoado se eu contasse que basicamente sofro com os avanços dele há muito tempo.

— Hum. Talvez não conte isso a ele. E certamente não comece assim. Poderia apenas começar dizendo que seu apetite sexual desapareceu. Mas independente de como você começar a conversa, o objetivo é começar a falar sobre isso. Comunicação é um componente importante em todos os tipos de intimidade, até a física.

Jen assentiu, respirou fundo e sorriu.

— Vou tentar. Voto que é hora da segunda rodada de coquetéis.

Concordei.

Comemos, bebemos e conversamos por horas. Quando a sessão de terapia terminava, a conversa ficava boba, como geralmente acontecia.

— Gostoso. Pra. Caralho — Sandra disse, referindo-se ao dono do cassino Cavendish da galeria onde ela trabalhava. Ela parecia estar se sentindo extremamente bonita. — Ele foi à galeria uns dias atrás, e quase tive um ataque do coração.

— Ele é lindo — Candy concordou, brindando no ar.

— Não — Sandra retrucou. — Você não entende. Ele é lindo nas fotos, mas, na vida real, vai *te enlouquecer*. Quando vir os olhos dele de perto, nunca mais vai esquecer.

— Deveria dar em cima dele — Candy sugeriu.

— *Eu* deveria dar em cima dele — Harriet rebateu. — Na verdade, não aceitaria não como resposta.

Sandra balançou a cabeça.

— Ele só sai com modelos com pernas que chegam até os peitos, ou modelos da Playboy com peitos que chegam ao queixo.

— Só vai fundo — Harriet disse. — O que tem a perder?

— Hum, o emprego dela — falei, revirando os olhos.

Harriet e Candy eram engraçadas pra caramba, mas não era bom seguir conselho delas. O nível de comportamento escandaloso delas não dava certo com todo mundo. Metade das vezes saía pela culatra com *elas mesmas*.

— Namorar o chefe raramente acaba bem — Lucy comentou, com razão.

— Eu não estava falando para ela namorar — Harriet se defendeu. — Estava falando para ela dar um trato nele.

— Sem dúvida uma ideia ainda pior — Lucy se divertiu.

Sandra ergueu uma mão.

— Acalme-se, pessoal. Ele não está interessado em mim, então nem é uma discussão. Só gosto de desabafar sobre o quanto ele é gostoso pra caralho.

— Amém, irmã — Candy disse, brindando no ar de novo.

Ergui minha taça também. Eu brindaria a isso.

— A homens gostosos com quem não precisamos transar para apreciar — entoei.

Recebi alguns olhares surpresos por essa declaração inesperada, mas todas brindaram comigo.

— Está só falando no geral? — Lucy perguntou, inclinando a cabeça para me analisar. — Pareceu um pouco específico.

— Oh, é específico — Sandra arrastou a fala. — O porra do James Cavendish é especificamente o homem mais gostoso do mundo.

Bev deu uma risadinha.

Vixe, pensei. Ela estava bêbada se estava dando risadinhas.

— Espere até você ver o amigo de Danika, Tristan — ela disse. — Ele poderia fazer o Chefe Cavendish perder fácil, fácil, e ele e Danika têm uma química *louca*.

— Do que está falando? — Candy quis saber, parecendo bem interessada.

— Por que está escondendo o jogo, Danika? — Harriet perguntou, com as palavras arrastadas.

— Quem é esse Tristan? — Lucy quis saber, e eu vi, pelo jeito que ela estava me observando, que já estava preocupada.

Ergui um ombro de forma consciente.

— É estritamente um amigo. Bev só está bêbada.

Bev assentiu.

Bastante bêbada, pensei.

— Mas ele é gostoso? — Olga sondou, seu sotaque ainda mais acentuado agora que ela havia tomado uns drinques.

— Ele é muito bonito — admiti. — E tem bastante senso de humor. É bem alto, com bíceps do tamanho da minha cintura. — Ergui as mãos em círculo para mostrar o tamanho. — É muito legal. E nem estou falando das covinhas dele.

Depois da segunda frase, comecei a perceber que estava me sentindo bonita *demais.*

Droga, quantos drinques eu tinha bebido?

Era difícil contar, quando Bev estava trazendo, constantemente, uma nova taça, e eu não fazia ideia do quanto os coquetéis estavam fortes.

— Você fala como se o admirasse — Lucy comentou. — Mas diz que é puramente amizade?

— Sinto atração por ele, e adoro estar perto dele, mas tenho toda a intenção de *manter* puramente amigável.

Devo ter soado meio defensiva, porque Lucy não foi a única mulher na sala que não pareceu convencida.

Capítulo Onze

Eu estava na cozinha, reabastecendo as bandejas de petiscos, quando vi que havia três chamadas perdidas no meu celular.

Tinha deixado o aparelho no balcão, então o peguei, meio ansiosa demais para ver quem ligara.

Senti uma decepção enorme quando vi que eram todas do meu ex, ou Daryl, o Idiota, como eu gostava de pensar.

Era tolice esperar que Tristan fosse me ligar só porque estávamos longe por algumas horas. Lucy tinha acertado na mosca quanto aos meus problemas de codependência.

Meu celular apitou com uma mensagem de texto, e fiquei decepcionada de novo quando vi que era de Daryl.

Daryl: Estou com saudade, baby. Por que está ignorando minhas ligações?

Senti meu lábio se curvar de aversão.

O desgraçado era cara de pau.

Comecei a responder antes de me lembrar de que responder, independente do que fosse dito, só o encorajaria.

Mas duas coisas aconteceram de uma vez.

— Aquele bundão está te incomodando de novo? — Candy gritou da sala, assim que a porta da frente se abriu.

Olhei para cima e vi que Tristan acabara de entrar, e todas as mulheres estavam me olhando. Isso rapidamente mudou, e eu poderia ter ficado feliz porque a iminente conversa desagradável sobre meu ex tinha sido evitada, mas Tristan, aparentemente, ouvira o comentário e, embora a atenção das mulheres tivesse se desviado para focar nele, a dele estava bem focada em *mim*.

— Quem está te incomodando? O que está acontecendo? — ele perguntou, vindo direto para a cozinha. Obviamente, ele tinha levado o comentário de Candy muito a sério.

— Hum, ninguém. Não está acontecendo nada. Por que voltou tão cedo? Não deveria estar trabalhando ainda?

Ele deu de ombros, olhando para o celular ainda na minha mão.

— Saí mais cedo. Aquele babaca do seu ex está ligando de novo? Vou bater nele de verdade se ele não te deixar em paz.

Coloquei meu celular no balcão, cruzando os braços à frente do peito. Vi seus olhos irem para minha barriga nua, e fiquei grata quando ele engoliu em seco antes de voltar a olhar para o meu rosto.

— É a primeira vez que você ganha por um show na semana toda, e sai mais cedo? Você é, tipo, *alérgico* a trabalho?

Estava tentando distraí-lo de falar sobre o meu ex, e funcionou perfeitamente. Por dez segundos.

Ele deu risada, movendo-se pela cozinha, e pegou meu celular do balcão antes que eu percebesse sua intenção.

— Que grosseiro — reclamei. — O que acharia se eu começasse a xeretar no seu celular?

Ele não tirou os olhos do aparelho ao colocar a mão no bolso e me entregar o dele.

— Vá em frente, boo.

— Boo? — Candy gritou da sala, parecendo divertir-se.

Eu tinha me esquecido de que não estávamos sozinhos, o que dizia muito sobre o quanto Tristan me distraía.

Coloquei seu celular no balcão, cruzando os braços e dando-lhe um olhar antipático.

Ele não olhou para cima enquanto mexia no meu celular. Vi sua mandíbula ficar tensa logo antes de ele colocar o celular na orelha.

Sem falar mais nada, ele saiu da cozinha, passou pela sala, abriu a porta de vidro deslizante e foi lá para fora.

Eu o segui, pensando no que ele estava aprontando.

— É o Daryl? — ele disse no meu celular.

Fiquei boquiaberta.

Ele parou por um longo instante, e o que quer que Daryl estivesse dizendo era alto, porque eu conseguia ouvir sua voz a muitos metros de distância, apesar de não conseguir identificar o que estava dizendo.

— Quem eu sou? Sou o cara que vai te encher de porrada se não a deixar em paz. Mais uma ligação, mais uma mensagem, mesmo pela porra do e-mail, e eu vou te *encontrar*. Entendeu?

Ele parou de novo, e consegui ouvir que Daryl estava gritando do outro lado da linha.

— Parece que não está entendendo o que estou dizendo. O que acha de eu ir à sua casa, aí podemos conversar pessoalmente? Isso mesmo, ligue para a polícia. Com polícia ou não, posso garantir que vou acabar com você antes de eles me levarem. Sou um amigo muito próximo de Danika, e levo minhas amizades muito a sério. Agora você entendeu? *Apague a porra do número dela.*

Ele pausou por bastante tempo antes de falar de novo.

— Beleza. Vá se foder também, cara, contanto que deixe minha amiga em paz.

Ele desligou, olhando-me.

Suspirou, andando até mim. Puxou meu rosto para seu peito e me abraçou. Me derreti nele, ainda irritada. Pensei que era porque eu não estava *realmente* irritada. Era mais porque achava que deveria estar irritada. Eu *estava* totalmente enfeitiçada. Acho que nunca tinha conhecido um cara tão gentil na vida.

Ele beijou o topo da minha cabeça e murmurou:

— Não fique brava comigo, tá? Só quero cuidar de você. Não consigo evitar. Você aguentou muita merda desse cara. Deixe-me assumir. Vou garantir que ele nunca mais te incomode.

— Não vai mesmo bater nele, né? Foi só uma ameaça, certo?

— Claro, boo — ele murmurou no meu cabelo. — Não vou bater nele, contanto que ele nunca tente falar com você de novo.

Com relutância, me soltei dos seus braços.

— Você é impossível, sabia disso?

Ele assentiu e me deu aquele sorriso perigoso.

— Sou impossível, e você é irresistível. É uma ótima mistura, se quer saber.

Revirei os olhos, indo para a casa de novo.

— Irresistível minha bunda — murmurei.

Tristan deu risada.

— Exatamente.

Ele riu mais quando viu o que estava escrito na minha bunda.

— Atrevida, huh? Você mandou fazer?

Olhei para ele de maneira bem atrevida ao começar a abrir a porta.

— Acha que pode simplesmente se infiltrar na noite das garotas? Veremos. Vou pedir votação para isso.

Ele me fez parar com uma mão no meu braço e um amplo sorriso.

— Vamos apostar. Se as mulheres votarem para eu sair, vou te dar aquele show de biquíni com o qual fantasia.

Ergui uma sobrancelha, instantaneamente intrigada.

Isso não teria preço...

— E, se não votarem para você sair, pode dormir na minha cama, sem gracinhas.

Ele assentiu.

— Sem gracinhas.

Ergui a mão para cumprimentá-lo.

Sua mão grande e quente envolveu a minha.

— Você vai perder — alertei-o. — Conheço essas mulheres melhor do que você. Elas não serão levadas por seu rostinho bonito e corpo sacana.

Abri a porta e entrei enquanto ele ainda ria de mim.

Voltei para o sofá e nem tinha sentado e Tristan já estava sentado ao meu lado, tão perto que tive que me aproximar de Bev para lhe dar espaço.

Tristan apoiou o braço no encosto do sofá, ficando bem confortável.

— Meninas, este é Tristan. Ele acha que pode invadir nossa noite das garotas. Falei para ele que é apenas para mulheres, sem exceções. Quem quer me ajudar a botá-lo para fora?

Meus olhos se estreitaram quando nenhuma delas se voluntariou.

— Eu voto para ele continuar aqui — Candy disse, dando-lhe um sorriso bastante simpático. — Já gosto dele.

Falei sem emitir som umas palavras para ela.

— É mais uma noite de amigos do que uma noite de garotas — Harriet opinou. — Só não temos homens que se queiram participar.

— Qual é o problema? — Jen se intrometeu. — Quanto mais, melhor.

Eu não conseguia acreditar. Elas estavam contra mim. Abri a boca para dizer algo quando Tristan falou no meu ouvido.

— Se falar para elas que é uma aposta, eu *venço* automaticamente.

— Certo — concedi, brava. — Vamos votar. Erga a mão quem quer deixar um homem invadir nossa noite sagrada das garotas?

Todas levantaram a mão, exceto Bev e Lucy, aparentemente as únicas que me apoiavam.

Continuei, mesmo sabendo que tinha perdido. Não era da minha natureza simplesmente desistir.

— Quem vota para manter nossa noite das garotas como Deus quis, apenas garotas?

Eu, Bev e Lucy erguemos as mãos. Não sabia se queria rir ou bater nele quando vi que Tristan estava levantando a mão. Ele sabia que tinha votos suficientes, mesmo que votasse em mim, o maldito presunçoso.

Então ele ficou, conversando com as mulheres até quase três da manhã.

Com exceção de estar brava por ter perdido a aposta, gostei de ele estar ali.

Ele era engraçado, encantador e, por qualquer que fosse o motivo, gentilmente declinou de Candy, depois das sutis e não tão sutis investidas de Harriet.

Lucy me lançou alguns olhares preocupados no início, porém, no fim, até ela estava encantada com a personalidade alegre de Tristan.

— Sabe, normalmente a noite acaba umas dez, onze, no máximo — eu disse a Tristan enquanto ele me ajudava a limpar tudo depois que todas as mulheres tinham ido embora. Ele até havia conseguido mandar Bev para a cama, sem deixar que ela ajudasse com a arrumação. Ela tinha bebido bastantes coquetéis fortes para não aceitar a proposta dele com gratidão.

— Eu corrompi suas amigas? — ele perguntou com um sorriso sem vergonha.

Um canto da minha boca se ergueu com lamento.

— Não tanto quanto está me corrompendo. Não sou do tipo que vai para a balada de Vegas.

— Acho que te entendo um pouco melhor agora, depois de conhecer suas amigas. Você tem, tipo, quarenta e cinco anos, mas está presa em um corpo de uma gostosa de vinte e um. Deve ser por isso que nunca se solta e relaxa.

Não gostei de ouvir isso e rebati:

— Eu me solto o tempo todo. Fomos dançar todas as noites desta semana. Do que chama isso?

Ele franziu os lábios, o que chamou a atenção dos meus olhos traidores, mesmo que rapidinho.

— É verdade que sabe dançar. Deus, como sabe. E certamente sabe sair e se divertir, mas não é a mesma coisa que relaxar. Mesmo bêbada, até se sentir bonita, parece que fica no controle a cada segundo. Ainda estou para te ver em um momento de vinte e um anos.

— Bom, desculpe por não ser uma piriguete completa, como metade das mulheres de vinte anos de Vegas.

— Provavelmente é bem mais da metade… — ele se divertiu.

— Bom, eu não sou assim. Se essa é sua ideia de relaxar, acho que estou bem assim.

— Não estava tentando te ofender — ele disse em seu tom mais conciliador. — E com certeza não estou falando que deveria dormir com todo mundo. Não sei como falar isso, mas só gostaria de te ver mais livre às vezes.

Pensei nisso por um tempo, conforme terminávamos de limpar.

Talvez ele tenha razão, pensei.

Eu cresci sem rumo. Minha mãe, uma escrava do vício, sempre viveu apenas no presente, e presumo que tenha sido por isso que eu ficava determinada e focada no futuro, e sabia que não era a típica mentalidade de uma menina de vinte e um anos.

Minha irmã e eu tínhamos sido jogadas sem piedade de um lado para outro pelo estilo de vida instável da nossa mãe. Ela fora tão negligente que, em nossa adolescência, quando ela desapareceu por duas semanas, o serviço social foi alertado, o que levou a uma reviravolta lamentável.

Eu era tão impotente naquela época.

Mas não mais. Atualmente, eu tinha meu futuro nas mãos.

— Está refletindo sobre a aposta que perdeu? Vai sentir falta daquela cama grande e macia inteira para você? Aposto que você rouba a coberta.

Revirei os olhos para ele, mas não pude conter meu sorriso. Eu sabia que deveria ter ficado mais preocupada com o fato de que iríamos dividir uma cama, porém, simplesmente não estava. Era estranho para mim, principalmente levando em conta que nos conhecíamos há apenas uma semana, no entanto, eu confiava nele.

Não era culpa *dele* que eu era extremamente atraída por ele.

— Estou refletindo sobre o fato de que não vou poder te ver usando um dos meus biquínis.

Ele deu risada.

— Sempre tem uma próxima aposta.

Fomos para fora e ficamos ao lado da piscina até depois das quatro, somente descansando e conversando. Pensei que devia ser o que eu mais gostava em Tristan: podíamos conversar para sempre, sobre tudo, sobre nada. Nunca havia um silêncio bizarro.

— Então, me conte sobre sua banda. Sei que é o cantor principal, e quais instrumentos todos vocês tocam. Me conte o resto.

Ele segurou um dos meus pés descalços. Comecei a chutá-lo, pensando que ele ia me fazer cócegas, mas não foi o que fez, apenas massageou o arco do pé. Era tão bom que meus olhos praticamente se reviravam.

— Deus, suas mãos — gemi. — Você é muito bom nisso.

— Meu objetivo é agradar. O que quer saber?

— Como se chamam? Quem escreve as músicas? Quando posso ver um show?

— O nome da banda é The Escapists. Kenny escreve todas as músicas e compõe a melodia. A banda é como seu filho desde o começo. Somos amigos desde o quinto ano, mas eu fui o último a entrar. Eles precisavam de um cantor, e sou afinado.

— Do jeito que fala, parece que não curte tanto.

— Eu curto. Agora. Para ser sincero, não curtia no começo, mas os caras me fizeram mudar de ideia. Acho que temos chance de fazer sucesso.

— Por que se chamam de The Escapists?

— Foi o único nome com o qual todos concordamos. Acho que tem um significado diferente para cada um. Me faz pensar em mágica, e foi por isso que gostei. Kenny se identifica porque escrever músicas é sua forma de escapar. É a paixão dele. O resto dos caras, caramba, sei lá, provavelmente é uma referência de droga para eles. Mas, independente disso, o nome simplesmente pareceu adequado para nós todos.

— O que estava planejando fazer antes de começar com a banda? Fez faculdade ou algo assim?

— Não. Fui bartender por bastante tempo e, então, entrei para o negócio de promoter, que acabou sendo lucrativo para mim.

— E seus truques com cartas? Você mora em Vegas e, obviamente, é talentoso. Estou surpresa por não ter seguido com isso.

Ele suspirou, parecendo vagamente desconfortável.

— Segui. Por anos. Não é algo que você consiga fazer sem contatos. Eu não tinha contatos. Todos na cidade sabem truques de cartas.

— Não como você.

— Bom, obrigado por isso, mas qualquer talento que eu tenha não foi suficiente — ele disse, pegando meu outro pé para massagear. — É só um hobby, já que descobri que não dá para eu ganhar dinheiro com isso.

— É uma pena. Vi shows na balada. Você poderia ter colocado alguns daqueles velhos para correr.

Ele deu risada.

— Então, quando vou ver a banda tocar?

— Acho que vamos fazer um show em breve. É para Dean estar organizando alguns, mas não tenho nenhuma informação. Vai saber quando tiver.

— Jura?

— Juro, pudim.

Fiz careta.

— Não me chame assim.

Ele só riu ainda mais.

— Você me falou que poderia dizer isso, mas que eu não deveria te escutar.

— Eu sei, mas não falava sério.

— Acho que vou escutar sua versão bêbada, já que ela diz gostar mais de mim.

Joguei as mãos no ar, desistindo, levantando e entrando na casa.

— Vou dormir — disse a ele.

Senti que ele veio logo atrás de mim até meu quarto.

— Eu também, pudim.

Fechei a porta do banheiro na cara dele, senão, juro que ele teria me seguido também.

Me certifiquei de que ele tivesse seu próprio jogo de lençóis e coloquei um travesseiro entre nós na cama de tamanho queen. Ele não tentou me impedir, graças a Deus.

— Boa noite, boo — ele desejou baixinho conforme estávamos deitados no escuro, de costas um para o outro.

— Boa noite, Tristan — eu disse tão baixo quanto ele, fechando os olhos.

Senti uma mão na minha barriga e enrijeci.

Oh, não, pensei, em algum lugar entre um sonho e pensamentos acordados.

Por favor, não, de novo, não.

A mão começou a descer, e eu choraminguei, sentindo-me instantaneamente aterrorizada, porque isso tinha acontecido vezes demais, e pensara que tinha acabado para sempre.

A mão desapareceu com meu choramingo.

— Porra. Desculpe, boo — Tristan pediu, sonolento, beijando o topo da minha cabeça, depois rolou para o outro lado, virando de costas para mim.

No instante em que percebi que era Tristan, senti uma onda de quase total alívio. Esse alívio me fez perceber o quanto eu já confiava profundamente nele. Nos conhecíamos há pouquíssimo tempo, porém já sabia, com certeza, que ele nunca me machucaria.

Rolei para o lado, pressionando o rosto em suas costas, feliz em tê-lo ali — um conforto para mim, em vez de um terror.

Capítulo Doze

Fomos para a balada de novo na noite seguinte. Saímos quase um segundo depois de eu colocar os meninos para dormir.

O amigo de Tristan, Cory, ia trabalhar no resort Cavendish, então aproveitamos de novo.

Bebemos demais e dançamos por horas, depois colocamos trajes de banho para nadar na piscina aquecida ao lado do bar em que Cory estava trabalhando.

Uma morena com enormes peitos falsos roçou em Tristan na água, dando-lhe um olhar bem ousado conforme passamos por ela.

Revirei os olhos.

— Você é gostoso. Mas isso não dá a ela o direito de agir como um gato no cio.

— Então acha que sou gostoso? — Tristan perguntou, deixando aquelas covinhas enfurecedoras aparecerem do pior jeito.

Dei de ombros, dando-lhe meu olhar mais neutro. Eu conseguia esconder minha embriaguez com ele.

— Não é muita coisa para se olhar — falei, com a expressão séria.

Ele jogou a cabeça para trás e deu risada, curtindo meu senso de humor sarcástico, como sempre. Era uma das minhas coisas preferidas nele.

— Não é muita coisa para se olhar — repeti, quando ele parou de rir e voltou a me dar um sorriso perigosamente apaixonado. — Mas sua personalidade compensa.

Ele puxou meu cabelo, ainda sorrindo.

— Você é tão fofa.

Dei-lhe um suspiro pesado.

— É, sou muito fofa. Adorável, na verdade. Sinto muito que você só vá saber como é ter uma *personalidade* fofa.

Ele estava rindo tanto quando terminei de falar que até se curvou. Pensei que nunca tinha desejado tanto beijar alguém na vida. Me contive, apenas sorrindo carinhosamente para ele conforme se endireitava.

— Onde você esteve minha vida toda, Danika?

— Não indo a bares suficientes para te encontrar, aparentemente. Tadinha de mim, passava todo o meu tempo trabalhando ou na escola.

— Tadinha de você — ele disse baixinho, tocando meu queixo. — Não sabia que eu estava por aqui, só esperando uma amiga como você?

Meu coração fez uma curva lenta e dolorosa no peito. Era patético como ele conseguia me ter nas mãos com facilidade.

— Claro que eu não sabia. Se soubesse, estaria dançando em todos os bares da cidade, em vez de estudando.

Ele não deu risada, como eu pretendera, mas se inclinou para perto.

— Me fale para eu não te beijar — pediu, quando seus lábios estavam muito próximos dos meus.

— Não me beije — obedeci, minha voz rouca e sussurrada.

— Fale sério — ele disse, me encurralando no canto da piscina.

Ele ergueu meu queixo com o dedo.

— Não consigo — arfei.

As palavras mal tinham saído dos meus lábios quando ele me beijou.

Estaria mentindo se não admitisse que tinha passado bastante tempo pensando em como seria beijá-lo e, mesmo com toda a fantasia, ele não decepcionou.

Seus beijos eram viciantes, sua boca, quente e exigente, mas suas mãos eram gentis conforme ele as enterrava no meu cabelo.

Eu estava perdida. Nem me ocorreu afastá-lo. Era uma má ideia, mas, *nossa*, eu o queria. Não conseguia me lembrar de desejar tanto tocar alguém na vida.

Cada toque me mostrava que ele mal conseguia se conter, e eu adorava. Sua respiração saía com dificuldade de forma ofegante entre os beijos.

Envolvi os braços em seu pescoço, pressionando meus seios fortemente em seu peito.

Ele se afastou brevemente, arfando com o contato, então me beijou de novo. O prazer ficava mais denso, meu sangue bombeava no mesmo ritmo que as ondas de desejo me inundavam.

Uma das suas mãos saiu do meu cabelo, acariciando minhas costas. Ele agarrou a parte de trás da minha coxa, puxando-a à altura do seu quadril conforme se moveu para mais perto de mim.

Gemi ao sentir sua ereção me empurrando. Foi apenas quando estávamos roçando um ao outro sem pensar que percebi como as coisas tinham saído de controle rapidamente.

Me libertei, e ele permitiu.

— O que estamos fazendo? — arfei.

— Não sei — ele respondeu, parecendo atordoado.

— Isso foi burrice.

— Isso foi burrice — ele concordou, sua atenção extasiada na minha boca.

— Precisamos ficar longe um do outro até ficarmos meio sóbrios — sugeri baixinho. — Acho que nós dois estamos nos sentindo bonitos demais no momento.

Ele não falou nada, porém se afastou rapidamente.

Evitamos um ao outro por uma hora.

Eu me sequei, me vesti e me sentei no bar de Cory. Não era inteligente, mas peguei outra bebida. Vi Tristan do outro lado do ambiente. Ele estava fumando um cigarro e conversando com a mulher sem vergonha que se esfregou nele mais cedo.

Pedi outro drinque.

— Bebendo sozinha esta noite? — uma voz familiar perguntou atrás de mim.

Me virei, dando a Jared um grande sorriso.

— Não mais — eu disse a ele com um brinde vigoroso.

Ele deu risada, olhando para trás de mim a fim de assentir para Cory.

— Vou querer o que ela está bebendo — ele gritou para o outro. — Então, cadê meu irmão? — ele questionou ao se sentar ao meu lado. — É a primeira vez que te encontro e vocês não estão grudados.

Apontei para o outro lado, zombando quando vi a "sei lá quem" rindo de algo e tocando seu peito.

— A menos que eu esteja errada, ele está prestes a dar sorte.

Tentei muito não soar tão chateada quanto realmente estava.

— Ele acha que eu preciso me soltar — continuei para Jared. — E eu acho que ele é um pouco solto *demais*. Dá uma amizade interessante.

Jared abriu um sorriso lindo para mim, bem parecido com o do irmão.

— Dance comigo.

Concordei prontamente, embora tenha ficado bem decepcionada quando Tristan nem nos olhou conforme saímos do bar e fomos para o outro ambiente.

Jared dançava bem, mas não era Tristan, e tinha ainda menos problema do que o irmão em invadir meu espaço pessoal.

Segui o fluxo, dançando próximo.

Suas mãos seguraram meus quadris. Quando ele colocou uma perna entre as minhas, desviei para longe do seu alcance, encontrando uma posição mais segura conforme me aproximei de novo. Porém, ele estava determinado e estávamos dançando próximos, seu rosto a um centímetro do meu, em poucos minutos.

Ele se inclinou para me beijar, sua respiração mentolada, e seus lábios meio tentadores.

Mas, caramba, pensei, se eu conseguia resistir à tentação completa, era fácil evitar meia tentação. Desviei, e ele enfiou o rosto no meu pescoço, indiferente.

Dei uma risadinha, pois seus lábios fizeram cócegas, então o afastei.

Balancei um dedo para ele.

— Não te conheço tão bem — falei baixinho.

Ele sorriu de um jeito malicioso.

— Bom, então vamos nos conhecer melhor.

Revirei os olhos.

— Você e seu irmão são muito parecidos. Ser galinha deve ser de família.

Ele deu risada, sem se ofender.

— Não somos muito parecidos — ele disse no meu ouvido. — Tristan só curte ficar. Eu sou do tipo que tem relacionamentos. Na verdade, não curto muito ser solteiro.

— Bom, eu estou tentando ficar solteira um tempo, mas também não curto muito.

— Só me avise quando essa fase acabar. Eu adoraria te levar para sair.

— Não sei o que seu irmão pensaria disso.

— Não é da conta dele. Vocês dois ainda são apenas amigos, certo?

Assenti.

— Bom, amigos não falam com quem o outro deve sair.

— E irmãos? — perguntei diretamente.

— Irmãos também não, quando são totalmente racionais.

Minha boca se curvou com pesar.

— Só uma vez. Pelo menos isso. Me deixe te levar para sair uma noite, quando sua proibição de namoro acabar. Não precisa resolver agora, mas, pelo menos, me fale que vai pensar.

— Vou pensar.

Nossa boca estava no ouvido um do outro durante toda a conversa, e Jared se aproveitou disso, aconchegando-se no ponto sensível bem atrás da minha orelha.

Me afastei, estremecendo.

Com certeza eu sentia atração por ele, mas não da forma maluca e irresistível que sentia por Tristan. No entanto, Tristan era uma causa perdida e, quando eu estivesse pronta para namorar de novo, Jared *era* do tipo para namorar. Eu não o conhecia bem, mas ele era gostoso, de um tipo roqueiro, mas mais magro, e parecia legal e encantador, e um pouco ousado.

— É só o que peço — ele disse, me puxando de volta para o bar, já que tínhamos parado de dançar há muitos minutos.

Não vi Tristan quando chegamos ao bar, e meu estômago revirou. Não deveria ficar chateada pelo fato de que, provavelmente, ele tinha ido para algum lugar transar com aquela vadia. Eu sabia do esquema. Ele nunca tinha sido meu para perder. Nem chegara perto.

Mesmo assim, me senti abandonada conforme os minutos passaram e ele não apareceu.

Acabei afogando as mágoas com outra bebida e, com um olhar desafiador do irresistível Jared, subi em uma das mesinhas que ficavam ao lado das piscinas.

Não vi que tinha um cara sentado no sofá ao lado da mesa até Jared começar a gritar com ele.

Me virei, minha cabeça totalmente tonta depois do último drinque, e vi um esquisitão abaixado, provavelmente dando uma boa olhada por debaixo da minha saia.

Abri a boca para xingar o babaca, mas fui rapidamente distraída pela visão de Tristan atacando o homem, com olhos assassinos.

Cambaleei para trás, chocada, conforme Tristan pegou o homem pelo pescoço, quase erguendo-o com apenas uma mão.

Um toque leve nas minhas costas me fez virar e ver Jared ao meu lado. Ele estava com uma mão erguida a fim de me ajudar a descer, e aceitei com gratidão.

— Desculpe — ele disse no meu ouvido. — Não vi aquele merda antes de você começar a dançar.

Apenas assenti, aceitando as desculpas, muito mais preocupada com o que Tristan estava fazendo.

Os seguranças foram envolvidos, separando os dois, que estavam gritando xingamentos um para o outro. Nunca tinha visto Tristan assim, tão bravo e violento, e era difícil desviar o olhar dessa cena.

Jared me puxou para sentar no bar.

Procurei Cory, que estava assistindo à briga com olhos arregalados. Não poderia imaginar que ele estava feliz por seu amigo brigar em seu trabalho.

Fiquei chocada quando Tristan sentou-se ao meu lado alguns minutos depois. Não olhou para mim ao pedir uma bebida.

— O que foi aquilo? — perguntei a ele.

Ele me lançou um olhar irritado de canto.

— É isso que eu gostaria de saber. O que foi aquilo?

— Eu estava dançando. Não vi que tinha um esquisitão no sofá. E não estou acreditando que eles não te expulsaram daqui por atacá-lo.

Tristan abriu a boca para responder, mas Cory nos distraiu.

— Porra. Puta merda. Caramba, Tristan, aí vem meu chefe. Espero que você não me faça ser demitido.

Me virei e vi de quem ele estava falando, pois um homem alto com cabelo loiro escuro se aproximava. Fiquei meio boquiaberta. Nunca tinha visto um homem tão lindo na vida.

Ele era esguio, porém nada magricelo. Era bronzeado, com olhos azul-turquesa que se destacavam como joias mesmo à luz baixa do bar. Tinha visto fotos do dono da famosa rede de hotéis, no entanto, Jesus, as fotos não faziam jus ao homem.

James Cavendish mostrou dentes brancos para mim com um sorriso encantador, estendendo a mão. Estendi a minha automaticamente, ainda atordoada por ele ser tão… bonito? Deslumbrante.

Sua mão quente envolveu a minha em um gesto reconfortante.

— Só queria pedir minhas mais sinceras desculpas pelo que aconteceu. Aquele homem foi retirado das instalações e banido da boate. Eu estava visitando a casa a negócios quando soube o que havia acontecido. Está tudo bem, srta...?

Engoli em seco, nervosa.

— Sou, ãh, Danika. E deixe-me só dizer que *eu* sinto muito. Estava dançando naquela mesa e provavelmente não deveria…

— Não, não, Danika, detestaria pensar que seria desencorajada a dançar em mesas depois disso. Não pense que Decadence não é o *melhor* lugar da cidade para dançar em cima de uma mesa.

Dei uma risada nervosa, sem saber se ele estava brincando ou não.

O homem belíssimo se virou para falar com Tristan, que o estava olhando desafiadoramente. James Cavendish não pareceu notar, estendendo a mão para cumprimentá-lo.

— Sou James Cavendish, o dono da boate.

Eles apertaram mãos, e Tristan pareceu confuso.

— Devo apenas dizer — James continuou. — Em nome da minha segurança, obrigado por reagir tão rápido. Por favor, me avise se pudermos fazer qualquer coisa por vocês dois, qualquer coisa mesmo. Suas bebidas serão grátis a noite toda, e vou garantir que o gerente lhes dê um voucher para uma visita futura. Odiaria pensar que esse incidente infeliz desencorajasse vocês de visitar a casa novamente.

O homem charmoso e intimidador continuou graciosamente

oferecendo coisas e garantindo que estivéssemos bem instalados antes de ir embora.

Tristan e eu nos encaramos com olhos arregalados depois que ele saiu. Eu fui a primeira a começar a rir, porém Tristan se juntou a mim logo depois.

Pedi *shots*, e Tristan me deu um olhar confuso.

— Não acha que já bebeu o suficiente? Geralmente, você não dança em cima das mesas...

Mostrei a língua para ele.

— Pelo menos não enforquei ninguém. Não acredito que você não se meteu em encrenca por isso...

— Nem eu.

— Estava *tentando* ser preso? — perguntei a ele com meu melhor tom bêbado e de sermão.

Ele deu de ombros, o que foi enfurecedor.

— Não estava tentando ser preso, mas estava disposto a ser. Ninguém te trata assim.

Eu não sabia se queria chacoalhar ou abraçar o cretino fofo.

Ele estendeu o braço, apertando minha mão, e entrelaçou nossos dedos, observando meu rosto.

— Você está bem? Aquilo te... magoou?

Isso me deixou desconcertada.

— Estou bem. Fiquei mais magoada quando pensei que você fosse ser preso, seu maluco.

Ele sorriu.

— Faria de novo, mesmo que me prendessem. Lembre-se disso, boo. Eu cuido de você. Sempre.

Apertei sua mão, piscando para conter as lágrimas incomuns, emocionada por suas palavras.

Capítulo Treze

Eu estava um trapo na manhã seguinte, no mínimo.

Mal consegui chegar ao banheiro a tempo de vomitar minhas tripas na privada.

Senti alguém mexer no meu cabelo, mas não tinha força para me virar e ver quem era.

— O que está fazendo? — questionei antes de outra onda de náusea me atingir.

— Trançando seu cabelo, boo — Tristan respondeu, com sua mão grande acariciando minhas costas de maneira reconfortante.

Mesmo vomitando pra caramba, pensei que isso era fofo.

— Não quero que me veja assim. Estou nojenta. — Enfatizei essa declaração esvaziando mais ainda meu estômago.

— Não se preocupe comigo. Só me fale o que posso fazer por você. Tadinha.

— *Você* nunca passa mal? — choraminguei para ele entre as tréguas do vômito.

— Eu peso cento e dois quilos nu, amor. Aguento bastante álcool.

Mesmo enjoada e me sentindo nojenta, imaginei-o nu por um instante. Eu não seria humana se não fosse, no mínimo, curiosa.

— Não é justo — resmunguei.

— Não é. Quer alguma coisa?

Balancei a cabeça. Pensei que, finalmente, meu estômago pudesse estar vazio, mas fiquei com medo de ter essa esperança.

— Por que não tenta dormir um pouco? Eu faço o café da manhã dos meninos. Só deite um pouco.

Foi o que fiz. Não tinha força para recusar.

Quando acordei de novo, me senti humana, pelo menos. Tomei banho e vesti a primeira roupa limpa que encontrei.

A casa estava quase assustadoramente quieta quando saí do meu quarto. O único sinal de vida vinha da cozinha.

Meu estômago roncou de um jeito bom quando senti o cheiro do que Tristan estava cozinhando.

— Eu *preciso* de um desses hoje — falei, apontando para o sanduíche de ressaca em sua mão quando me sentei no balcão, como sempre.

Ele o trouxe para mim com um sorriso solidário.

— O café fresco está torrando. Vou te servir uma caneca quando terminar.

Agradeci, aproveitando cada segundo antes de engolir.

Abri os olhos e o vi me observando, sua expressão cuidadosamente neutra.

— Cadê todo mundo?

— Bev e Jerry levaram os meninos ao shopping. É sábado, sabe, não que estejamos acompanhando.

Devorei o sanduíche e, então, a caneca de café, seguidos de duas garrafas de água. Me sentia outra pessoa quando terminei tudo.

— Obrigada. Você salvou minha vida. Nunca tive uma ressaca assim.

— Vamos torcer para nunca mais ter. Quantos drinques você bebeu ontem à noite?

— Não faço ideia — respondi com sinceridade. — Mas nem venha me dar sermão. Fiquei entediada quando você saiu para ficar com aquela "sei lá quem". Eu só estava passando o tempo.

— Ficar com aquela "sei lá quem"? Do que está falando? Não fiquei com ninguém. Passei metade da noite te procurando. Para onde você foi, afinal?

Olhei desafiadoramente para ele.

— Fui dançar com Jared e, quando voltamos, você tinha desaparecido.

Suas sobrancelhas se uniram e seus olhos ficaram raivosos quando ele comentou:

— Eu *desapareci* para te procurar.

Analisei sua expressão, procurando uma mentira, mas, por mais estranho que fosse, eu acreditava nele, e me assustava o quanto fiquei aliviada por ele não ter ficado com ninguém. Se estava tão aliviada por isso, quanto será que ficarei magoada quando ele finalmente ficasse? Eu sabia que chegaria o dia. Ele tinha me avisado o suficiente.

— Tenho uma ideia — ele disse, dando a volta no balcão da cozinha e indo para a sala de jantar.

Ele abriu uma gaveta do aparador que ficava na parede mais afastada.

— Que sinistro — falei, seguindo-o.

— Em uma escala de um a dez, o quando você gostava do último cara com quem dormiu? — Tristan perguntou com uma sobrancelha arqueada e um sorriso torto, mostrando aquelas covinhas para mim. Ele costumava usá-las como uma arma.

— Meu ex? Menos cinco, já que agora sou madura — respondi sem nem pensar.

Ele assentiu.

— Exatamente. A última garota com quem fiquei jogou bebida em outra menina por sorrir para mim, e a anterior começou a me encher quanto à minha bebedeira depois que transamos *uma vez*. Sexo transforma mulheres em malucas ranzinzas, e homens em totais babacas. Agora, o quanto gosta de mim?

Franzi o nariz para ele.

— Neste exato momento? Bom, esse discursozinho é meio irritante, mas até que *meio que* gosto de você a maior parte do tempo. Sua nota é cinco.

Ele simplesmente sorriu, nada ofendido. Acho que ele não saberia o que fazer comigo se eu não desse uma nota ruim.

— Bom, sua nota é *dez*, o que dá à nossa amizade uma média de sete, tornando você uma das minhas pessoas favoritas de *todos os tempos*. Gostaria de manter nossa média, então sugiro que façamos uma lista.

Ele pegara caneta e papel, e eu garanti que me visse revirar os olhos.

Seu sorriso apenas se ampliou mais.

— É isso que amo em você, nunca tenho que imaginar o que está pensando. Está tudo bem aí no seu rosto lindo.

Minha careta apenas se aprofundou mais conforme vi o que ele estava escrevendo.

"PROIBIDO ENTRE AMIGOS" - Porque gosto demais de você para dormir com você

Suspirei alto.

— Qual é o objetivo disso? Não precisamos escrever.

Ele se endireitou, me olhando de um jeito que fez as coisas lá embaixo ficarem tensas da forma mais deliciosa. Seu olhar foi quase obsceno para mim, de cima a baixo.

Ele engoliu em seco.

— *Eu* preciso. Deus, Danika, até a porra dos seus pés é sexy para mim, e gosto demais de você para estragar tudo. Quero estar perto de você. Ficaria triste se não nos víssemos mais, e sou uma negação em relacionamentos. Mas sou um bom amigo, então, sim, preciso de uma lista bem clara de "proibido" para não estragar tudo.

Dei um sorrisinho para ele.

— Meus pés, huh? Meus pés são tão sexy assim? Seu tarado maluco.

Eu também não queria um relacionamento com ele. Sabia que significaria o fim da nossa amizade, no entanto, saber que ele me achava sexy me deixou inteira quente. Não me sentia indecente com ele me olhando daquele jeito, me sentia especial. Era novidade para mim, com certeza.

Ele deu risada e assentiu, dando uma boa olhada.

— É. É um problema. Sou galinha e você provocaria até um santo. Vamos encontrar um jeito de manter nossa amizade segura.

Gostava disso, de ele valorizar mais minha companhia do que meu corpo. Assenti, finalmente sorrindo para ele.

— Sim. Faz sentido. Sexo não vale a pena, de qualquer forma. Só fico com necessidade de ficar com meu vibrador depois, e isso se eu tiver sorte.

Ele gemeu e bateu na testa.

— Preciso tirar essa imagem da minha cabeça. Isso foi cruel. Quer dizer que seu último namorado não fazia questão que você gozasse? — Ele fez a pergunta como se não conseguisse se conter. Eu o conhecia muito bem para saber que era verdade.

Dei risada, tentando não soar tão amarga quanto realmente queria.

— Não. Estou dizendo que *nenhum* deles fazia. Não conseguiam encontrar um clitóris nem com um *mapa*. Egoístas babacas.

Ele passou a mão no rosto e resmungou um pouco antes de olhar para mim de novo.

— Isso dói fundo na minha alma, Danika. Eu não faria *isso* com você. Faria questão de você gozar, primeiro *e* por último. Faria oral em você toda vez, se quisesse. Chuparia...

Ergui uma mão, arqueando a sobrancelha para ele, embora estivesse longe de não estar afetada por seu pequeno discurso. Queria muito ver se ele realmente era tão bom, mas parei de pensar nisso.

Ele fez careta.

— Foi mal, foi mal. Passei do limite. Não pode me contar essas coisas. Me faz querer socar alguém e, bom, fazer coisas com você que não precisam ser ditas em voz alta. Mas prova meu ponto sobre eu precisar dessa lista.

Assenti. Estava ficando claro que nós dois precisávamos de uma lista.

— É. Não se preocupe comigo, a coitadinha. Gosto bastante do meu vibrador. Melhor do que qualquer pau que já chegou perto de mim, na verdade.

Ele fechou os olhos, baixou a cabeça e ergueu um dedo como se precisasse de um instante.

Dei risada, porque eu estivera tentando atormentá-lo e vi, pelo tamanho da protuberância em sua calça, que tinha conseguido.

Estalei os dedos para ele.

— Ok, ok, vamos começar com isso. Fazer sua lista.

1. Sem sexo, sem amasso, sem beijo.

— Sem gozar pensando em você? — perguntei. Sim, eu estava tentando atormentá-lo.

Ele ergueu aquele dedo que me fez rir de novo. Pareceu que estava refletindo por um longo instante, finalmente balançando a cabeça.

— Não. Não posso fazer isso. Desculpe. É como falar para não ficar excitado quando te vejo de biquíni. Seria simplesmente uma mentira. Mas não vou te torturar com os detalhes, eu juro.

Assenti, ainda sorrindo. A zoeira nunca acabava com ele. Ele tornava isso muito divertido. Tornava tudo bem divertido.

— Comigo também — eu disse a ele. — Vou tentar não fazer barulho quando gritar seu nome ao me fazer gozar.

Ele balançou a cabeça, parecendo sentir dor.

— Que tesão — ele murmurou baixinho.

Após uma longa pausa, ele começou a escrever de novo sem falar nada.

2. Sem sentir ciúme ou reclamar em relação a com quem o outro está saindo ou transando.

— Vale para você também, certo? — perguntei, indignada. — Sem bater em caras no bar por me olharem diferente.

— Não bati nele. Só enforquei um pouco.

— Hum, é, parece pior do que socar. Esse argumento não ajudou.

Ele ignorou totalmente, escrevendo.

3. Podemos sair quando quisermos, mas não vamos chamar de encontro, mesmo se fizermos coisas que se fazem em encontros.

— Oral está incluso nisso? — perguntei, só brincando com ele, como sempre. Nunca consegui fazer uma gracinha sexual com um homem que não acabasse me fazendo sentir na merda. Era simplesmente o oposto com Tristan. Por algum motivo, me fazia sentir quente e confusa toda vez.

Ele me deu um sorriso torto.

— Tenho quase certeza de que isso quebraria a regra de não beijar.

— Quase certeza dá espaço para mexer na regra.

Ele me olhou de um jeito que só podia ser descrito como desejo.

— Gosto bastante de como você se mexe.

Dei risada.

Ele voltou a escrever.

4. Sem ser ranzinza.

— Vale para você também. Sem me falar quando bebi o suficiente. Sou eu que decido isso.

Ele me lançou um olhar indignado.

— Bom, se você beber bastante a ponto de subir na mesa para dançar e algum cara te agarrar, não venha brigar comigo por dar porrada nele.

— Isso parece uma violação clara da regra número dois — argumentei.

— Não é ciúme. Sou eu protegendo minha amiga.

Revirei os olhos. Era uma linha tênue.

Ele começou a escrever de novo.

5. Sempre lembrar que gostamos demais um do outro para dormirmos juntos, e que dormir juntos vai arruinar TUDO.

6. Se as palavras "eu te amo" forem mencionadas um dia, serão recebidas no contexto de amizade.

7. Sem falar obscenidade ou sobre encontros com seu vibrador.

Ele suspirou, riscando a regra número 7 imediatamente.

~~**7. Sem falar obscenidade ou sobre encontros com seu vibrador.**~~

— Essa não é nada divertida — ele explicou.

Dei uma risadinha. Só Tristan conseguia me fazer dar risadinhas.

Ele abriu um sorriso carinhoso.

— Dei seu nome ao meu vibrador — eu disse a ele com um sorrisinho. — Ele é pequeno, mas compensa trabalhando duro.

Ele se endireitou, aproximando-se um pouco para me mostrar o quanto ele não era pequeno. Recuei para a ponta da mesa, e ele seguiu. Me deu seu sorriso pecaminoso.

— Sou grande assim no corpo todo. Não me faça provar para você.

Revirei os olhos.

— Todos os homens falam isso. Seria bom conhecer um cara que simplesmente admitisse ser tamanho médio ou, Deus me livre, pequeno.

Ele balançou a cabeça.

— Você quer que eu faça uma loucura. Já entendi seu jogo. Não vou cair nessa.

Não consegui conter um sorriso, porque eu *estivera* tentando-o. Ele era tão ultrajante que faria qualquer coisa por um desafio. Dei de ombros.

— Nunca vou saber, mas, na minha imaginação, é bem na média, beirando a pequeno. Não tem como mudar isso.

Ele franziu os lábios, seus dedos indo para o botão da calça jeans.

Coloquei as mãos sobre meus olhos, saindo correndo e rindo como uma criança.

Ele me alcançou em segundos, me pegando no colo com facilidade. Me jogou por cima do ombro e seguiu para a porta dos fundos.

Eu sabia para onde iria me levar.

— Me coloque no chão! — gritei entre as risadas. — Acabei de lavar o cabelo!

— Toda vez que me fizer querer mostrar meu pau para você, por qualquer motivo, vou te jogar na piscina. É para o bem da nossa amizade, Danika.

Eu já estava voando antes de ele terminar de falar. Escutei-o dizer Danika logo antes de a minha cabeça entrar na água.

Idiota.

Capítulo Catorze

Como se escrever a lista tivesse, de algum jeito, agravado a situação, a tensão sexual entre nós apenas pareceu piorar. Mesmo assim, ninguém podia falar que não tentamos ao máximo seguir aquela lista idiota.

No dia seguinte, me vi na casa da mãe dele para jantar, o que achei estranho, e um pouco surreal, mas ele era bastante insistente e me convencia a fazer praticamente qualquer coisa.

Ela morava a uns quarenta e cinco minutos de distância, em um dos bairros mais pobres a leste da Strip. Sua casa era grande, mas em situação precária, com pedaços enormes de reboco faltando, um gramado acabado e dois carros sem pneus estacionados na garagem.

Dei um olhar bravo para Tristan.

— Ela tem dois filhos adultos. Por que vocês não a ajudam a consertar tudo?

Ele estava prestes a sair do carro, porém pausou com isso. Sua testa franziu.

— É complicado. Já tentei, mas o namorado dela acha que é um insulto alguém tentar consertar a casa, embora ele mesmo nunca conserte.

— Ele parece bem legal — murmurei, não tão baixo.

Como sempre, fiquei grata por ouvi-lo rir. Meus lábios se curvaram em um sorriso feliz. Nem todo mundo sabia apreciar meu tipo de sarcasmo, e eu adorava o fato de Tristan parecer pensar que era divertido toda vez.

— Ele é… difícil, mas tento não causar. Aprendi, há muito tempo, a não interferir na relação da minha mãe e seus namorados.

Achei isso notável, e olhei-o com solidariedade conforme caminhamos até a casa.

— Consigo me identificar com isso — disse a ele baixinho. — Uma vez, minha mãe tentou me expulsar de casa porque falei para um dos seus namorados que ele não era meu pai. — Engoli em seco, achando difícil contar a história, por algum motivo estranho. Não era um assunto sensível para mim. — Eu tinha oito anos na época.

Ele parou e pegou minha mão, um mundo de compreensão em seus olhos.

— Cada vez mais vejo por que nos demos tão bem rapidamente. Passamos por muitas coisas parecidas. É... bom ter alguém que simplesmente entende.

Apertei a mão dele, me perdendo um pouco em seus olhos dourados.

— É bom *mesmo*.

Pareceu que compartilhamos um instante de perfeita compreensão, porém foi curto, pois a porta da frente se abriu e Jared colocou seu rosto sorridente para fora.

— Ei! — ele gritou. — A comida está pronta. Chegaram na hora certa. Entrem. — Ele colocou a cabeça de volta para dentro, fazendo-me lembrar de Ivan por um instante.

Eu gostava de Jared, mas não o entendia muito bem. Ele era como uma criança às vezes e quase intenso demais em outras. Sentia que eu não estava encontrando uma peça do quebra-cabeça em relação a ele. Ele era muito mais fácil do que Tristan, em certas maneiras, mas me preocupava mais, apesar de eu não poder identificar por quê. Uma coisa era certa: nenhum deles era um quebra-cabeça que eu esperava solucionar em breve.

Tristan soltou minha mão, o que me fez sentir meio desolada. Podia admitir para mim mesma que amava quando ele segurava minha mão. Me fazia sentir muito conectada a ele por um contato tão pequeno.

Ele não me deixava assim por muito tempo, e sua mão foi para minha lombar com um leve toque que me colocava para a frente com ele.

— Você vai adorar minha mãe, mas, mais do que isso, vai morrer com as enchiladas dela.

A casa era cheia de coisas, mas colorida, as paredes eram claras, mas meio lotadas demais com mobília e enfeites.

A mãe dele foi uma surpresa para mim, por inúmeros motivos. Ela era jovem ou, pelo menos, parecia bem jovem. Poderia até ter se passado por irmã mais velha de Jared e Tristan, em vez de mãe deles. No entanto, a maior surpresa até agora era que ela era bem obviamente latina, com forte sotaque. Sempre pensara nos irmãos como brancos.

— Mama, esta é minha amiga, Danika. Danika, esta é minha mãe, Leticia. — Ele falou o nome com um sotaque que eu nunca tinha ouvido dele, imediatamente me mostrando um sinal do seu lado latino.

Pisquei, meio pega de surpresa.

Leticia era linda. Havia uma semelhança bem óbvia entre os três. Seus traços tinham uma característica impressionante e similar, apesar de os olhos dela serem escuros e sua pele, alguns tons mais escuros. Seu cabelo grosso caía em ondas até a metade das costas.

Ela sorriu para mim, e foi adorável, mas percebi que Tristan devia ter herdado aquelas covinhas de outro lugar.

Ela me abraçou como se fosse da família, beijando ambas as bochechas.

— Estou tão feliz por te conhecer, Danika. Pode me chamar de Mama, se quiser. Nunca conheço as meninas com quem Tristan fica. Você deve ser especial.

Vi Tristan balançando a cabeça pelo canto do meu olho.

— Por isso que nunca trago nenhuma menina aqui... Sério, Mama. Não a deixe constrangida.

— Se ela escolhe passar o tempo com você, duvido que se constranja com facilidade — Leticia retrucou.

Pensei que ela tinha razão.

— O jantar está esfriando — Jared indicou da porta que levava a uma sala de jantar com cheiro divino.

A mesa era pequena, porém estava cheia de comida.

— Eu limpo tudo, Mama — Tristan disse, puxando duas cadeiras da mesa e assentindo para sua mãe e eu nos sentarmos —, já que não ajudei na preparação.

— Gracias, mijomiho — ela disse, lançando-lhe um sorriso muito amoroso.

— Puxa-saco — Jared murmurou da sua cadeira diretamente oposta à minha. Lancei-lhe um sorriso de esguelha. É como se ele tivesse lido minha mente.

Tristan sentou-se à minha direita e, por algum motivo maluco, senti sua mão grande apertar meu joelho depois que se sentou. Olhei para ele, chocada, e ele a retirou tão rápido quanto a colocou ali, com a expressão totalmente inocente. Se ele queria brincar de provocar, pensei que eu tinha uma vantagem enorme.

Não era eu que precisava me masturbar no chuveiro cinco vezes por dia.

Parei de pensar nessa distração conforme todos começaram a se servir. Leticia colocou um monte de comida no meu prato antes de eu ter chance de lhe dizer que era demais.

As enchiladas de queijo já estavam fazendo minha boca salivar quando Tristan me serviu uma concha de feijão preto e arroz, e Leticia seguiu com pico de gallo, guacamole e molho. Mãe e filho estavam unidos na missão de me servir, e eu até que gostava disso.

Leticia abençoou a comida e começamos a comer logo. A primeira mordida nas enchiladas me fez fechar os olhos, e nem tentei conter meu gemido de prazer. Enchiladas eram minhas preferidas, e aquelas eram uma perfeita combinação de... tudo. Pensei que era o molho que tornava tudo tão perfeito.

A mão grande de Tristan apertando meu joelho de novo foi o que finalmente me fez abrir os olhos. Ele estava me encarando, e seu olhar era pecaminoso. Engoli em seco, minha mandíbula ficando um pouco tensa com desejo conforme a mão no meu joelho me acariciava, subindo apenas um centímetro. Eu estava de short, então era pele com pele, e mais do que um pouco perturbador.

Rapidamente, saí do seu feitiço, olhando para Leticia e Jared. Fiquei aliviada ao ver que eles não estavam prestando atenção na gente, e sim devorando a comida com gosto.

Dei outra mordida, lançando a Tristan um olhar desafiador. Ele ainda estava esfregando meu joelho e, por alguma burrice, eu não estava tirando sua mão. Ainda mais burra, minha mão esquerda cobriu a dele debaixo da mesa, acariciando seus dedos suavemente, depois mais forte. Pensei em tocá-lo muito mais do que *realmente* estava tocando-o, e foi o que fiz; sempre parecia avançar rápido demais. Sua mão estava subindo mais, e a minha própria traidora estava encorajando-o, apertando mais seus dedos na minha coxa.

— Muito bom, né? — Jared perguntou alto, e eu empurrei a mão de Tristan, meu rosto ficando rosado.

— Muito bom — concordei, falando sério, conforme dei outra mordida.

— A melhor — Jared concordou.

— Sem palavras — Tristan concordou.

Assenti, embora, secretamente, tenha pensado que Tristan era tão bom quanto.

Leticia corou de prazer.

— Tenho os filhos mais gentis do mundo, não tenho, Danika?

Mordi a língua para não fazer um comentário sarcástico e ser legal.

— Ambos são muito gentis.

— Tudo que uma mãe podia querer.

Fiquei estranhamente emocionada quando vi o sorriso carinhoso que Tristan lhe deu por esse comentário.

A sobremesa consistiu em margaritas fortes, o que eu pensei que dizia muito. Essa família sabia *beber*, inclusive a mãe minúscula.

Eu estava cheia e um pouco tonta quando a refeição terminou. Acabei relaxando em uma poltrona confortável da sala de TV, que se conectava diretamente à cozinha, enquanto Tristan e sua mãe arrumavam tudo depois do jantar. Eu tinha uma visão clara de mãe e filho trabalhando juntos na cozinha.

Jared se juntou a mim no sofá, sentando próximo, fazendo questão de seguir meu olhar para seu irmão.

— Ele é um cara bom — ele disse baixinho. — Um bom irmão. Me apoia desde que me entendo por gente, mesmo que eu esteja errado.

— Ele sempre cuidou de você — palpitei.

— Ele parece não se conter.

— É para isso que servem os irmãos mais velhos.

Jared me analisou.

— Você fala como se conseguisse se identificar. Você é irmã mais velha?

Uma dor familiar beliscou meu peito. Essa dor parecia nunca diminuir. O tempo não a tinha amenizado, e era por isso que eu presumia que fazia meu melhor para nunca pensar na minha irmã mais nova.

Engoli em seco, pois sua curiosidade não me fazia querer ser grosseira, como teria sido com Tristan. Não sentia remorso em ser grosseira com Tristan, porém, de alguma forma, sentia com Jared. Sentia que Jared e eu estávamos em pé de igualdade, mesmo Tristan sendo o mais gentil e mais amável, sempre sentia que ele tinha um controle sobre mim e, de certa forma, isso dificultava para eu me abrir com ele.

Mantive os olhos em Tristan, onde ele estava ajudando a mãe no outro cômodo, e minha voz impessoal.

— Sou. Tenho uma irmã mais nova, mas não sou como Tristan. Tentei meu máximo, porém sou uma irmã mais velha de merda.

Não olhei para ele, contudo, Jared soou muito solidário ao perguntar:

— O que aconteceu?

Balancei a cabeça, surpresa por realmente responder a pergunta.

— Coisa demais para voltar atrás. Ela me odeia, e não a culpo. Não nos falamos há anos.

— Onde ela mora?

— Não sei dizer. Ela me pediu para nunca mais entrar em contato, e respeitei seu pedido. — Não tinha palavras para expressar como foi difícil para mim ser completamente rejeitada pela única pessoa no mundo que eu considerava minha verdadeira família. Eu a amava muito, mas não fora o suficiente para me impedir de decepcioná-la.

— Há quanto tempo foi isso?

— Quatro anos atrás.

— Caramba. Quantos anos você tem?

— Vinte e um.

— Eu também — ele disse. Eu sabia a idade dele, cortesia de Tristan, porém Jared soou surpresa quanto com a minha. — Então tudo isso aconteceu quando você tinha dezessete anos? Quantos anos ela tinha?

Engoli em seco, surpresa por, de todas suas perguntas exploradoras, essa ter sido a que mais doeu.

— Apenas quinze. Só um bebê.

— Não acha que passou tempo suficiente para esquecer tudo? Aposto que ela nem está mais brava. Deveria tentar encontrá-la.

Balancei a cabeça, sem nem considerar a ideia. A rejeição de Dahlia não se tratava de raiva. Tratava-se de traição, desdém e desprezo, e eu não a culpava por nada disso.

— Não é tão simples. — Minha voz foi baixa e meu tom foi para finalizar.

Sua mão envolvendo a minha me assustou o bastante para me fazer pular violentamente, porém não a afastei. Não olhei para ele, porque não havia nada que eu quisesse menos no mundo do que empatia, e ver isso direcionado a mim sempre inspirava resultados imprevisíveis, mas, mesmo assim, deixei sua mão me reconfortar por um instante.

— Acho que você se cobra demais, Danika.

Já havia ouvido essa frase. Exaustivamente, de Lucy, Bev e até algumas vezes de Jerry. Todos sempre me falavam que eu me cobrava demais, e aparentemente até pessoas que eu mal conhecia ultimamente pensavam assim. Se eles tinham razão, eu ainda não sabia o que fazer quanto a isso. Fizera algumas mudanças saudáveis por mim mesma ao longo dos anos, o que fora amplamente instigada pela insistente Lucy, porém não conseguia imaginar como mudar algo tão fundamental na minha natureza. O fato era que eu esperava muito de mim mesma, e me decepcionava com frequência.

Tristan se virou, dando uma boa olhada para mim e seu irmão, sentados próximos e de mãos dadas. Claro que ele só olharia nesse instante, pensei ironicamente. Vi sua mandíbula ficar tensa e sabia que ele não ficou feliz pelo que viu.

Ainda assim, fiquei surpresa quando ele marchou diretamente até nós com os olhos fixos em Jared.

— Uma palavrinha — ele disse entre dentes, então se virou, seguindo para a porta dos fundos.

Jared suspirou pesadamente.

— Eita, caralho — murmurou.

Apertou minha mão de leve, depois se levantou e seguiu o irmão.

Eu podia imaginar o que estava havendo lá atrás. Tristan iria repreender o irmão pelo que ele tinha entendido como se ele desse em cima de mim. E certamente seu irmão era capaz disso. Ambos eram. Mas não achava que Jared tivera essa intenção. Ele era um cara genuinamente bom e eu realmente pensava que ele estivera apenas oferecendo consolo depois de fazer várias perguntas bem bizarras.

Eu dissera a Jared que pensaria em sair com ele, quando estivesse pronta para namorar de novo, porém tinha que pensar se isso era uma opção. Eu sabia, simplesmente sabia, que, se namorasse Jared, Tristan ficaria louco, independente que ele e eu tivéssemos combinado de ser apenas amigos.

Que confusão, pensei.

Leticia veio se sentar ao meu lado. Com os olhos na porta de trás, sua testa franziu. Fiquei novamente, chocada com o quanto ela era bonita assim que virou seus olhos escuros para mim.

— Você não vai fazer meus filhos brigarem por você, vai? — perguntou baixinho, olhando para a porta de trás. Era uma porta de vidro, no entanto, os irmãos tinham saído de vista logo depois de a fecharem.

Achei suas palavras meio hostis, porém ela não parecia hostil, somente preocupada.

— Não vou. — Minhas palavras foram baixinhas, e faltava convicção até para os meus ouvidos. Isso me deixou na defensiva. — Tristan e eu somos estritamente amigos.

Ela me olhou de forma sarcástica. Tinha sido doce como açúcar comigo até agora, mas vi o lado mais apimentado da sua personalidade naquele olhar.

— Você é inteligente, mas não tem uma avaliação inteligente. Estritamente amigos? Realmente acredita nisso?

Minha boca se curvou.

— Estamos realmente tentando manter desse jeito. É o melhor para nós dois.

Ela jogou o cabelo para trás e revirou os olhos. Isso me fez sorrir. Quem era *eu* para enganar uma mulher atrevida?

— Bom, boa sorte para vocês, mas acho que estão lutando uma batalha perdida. E Deus te ajude se Tristan resolver que quer algo mais. Ele é exatamente como o pai, e o pai dele era *impossível* de resistir, mesmo quando estava sendo cretino. Deus, eu amava aquele cretino. Dei o nome de Tristan por causa dele, na esperança de ele ser assim. O pai podia ser insensível, mas… muito carismático. Aquele homem conseguia o que queria na vida. Eu queria que meu filho fosse assim.

— Deu o nome a ele do pai que abandonou vocês?

Ela fez seu charme de jogar o cabelo e revirar os olhos.

— Dei e não me arrependo. Tristan odeia que eu tenha feito isso, mas faz total sentido para mim.

Não fazia sentido para mim, e eu definitivamente concordava com Tristan nessa, mas segurei minha língua. Não precisava entrar em uma discussão com uma mulher que acabara de conhecer sobre algo que não era da minha conta.

— E Jared? Deu o nome do pai a ele?

— Dei. Eu também o amava.

— E ele também foi embora?

Eu sabia que tinha passado do limite com essa, mas não pareceu afetá-la.

— Ele permaneceu por anos, na verdade. Era um homem muito bom. Se quiser saber a diferença entre os pais, é só olhar para os irmãos.

Isso me deixou meio brava. Não achava justo comparar Tristan a um homem que deixara o filho sem pai. Mas eu tinha uma história similar, então *era* um assunto sensível para mim.

— Tristan já engravidou alguma menina e depois fugiu? — perguntei, irritada.

Ela franziu os lábios, me olhando de lado.

— Não. Ainda não, de qualquer forma. Não precisa defendê-lo para mim. Ninguém o ama mais do que eu.

— Então dê um pouco de crédito a ele.

Ela jogou as mãos no ar, como se apagasse a conversa.

— Chega de conversa séria. Eu amo meus filhos. Foi só o que quis dizer. Não os faça se odiarem.

— Eu nunca…

— Ótimo. Então vamos mudar de assunto. Gosta de *mota*?

Apenas pisquei confusa para ela.

— *Mota*?

Jogada de cabelo. Revirada de olho.

— Maconha. Gosta?

Balancei a cabeça com vigor. Na minha experiência, apenas perdedores fumavam maconha, então sempre ficava bem longe dessa coisa.

— Bom, eu gosto, então espero que não se importe se eu fumar.

Balancei a cabeça de novo.

— A casa é sua…

Os irmãos estavam sorrindo quando entraram de volta, o que achei tranquilizador, mas fiquei um pouco chocada quando Leticia entregou casualmente um baseado para Jared, e ele simplesmente pegou, agradecendo.

Isso era normal? Eu que era tão puritana?

Ela ofereceu para Tristan, mas ele não quis, olhando para mim.

— Não negue por minha causa — eu disse, irônica, apesar de realmente não querer que ele fumasse. Eu odiava isso.

Ele balançou a cabeça.

— Não, estou de boa.

— O que você queria fazendo aquilo durante o jantar? — perguntei conforme íamos para casa no meu carro horrível.

— Hummm? — Seu tom e até sua cara de mentiroso eram inocentes.

— Você sabe. A mão no meu joelho. O que foi aquilo?

Ele suspirou, parando de fingir.

— Porra, desculpe por isso. É que ver você comer com aquela expressão… perdi a cabeça por um minuto.

— Você estava me provocando. Recomendo que não comece *esse* jogo comigo.

— É uma ameaça? — ele perguntou, soando bem intrigado com a ideia.

— É. Não comece uma guerra que não pode vencer, meu amigo. Na batalha das provocações, eu ia acabar com sua raça, seu demônio do sexo.

Ele deu tanta risada que teve que parar o carro.

— Sabe que estou certa — falei, cruzando os braços.

Ele assentiu.

— Concordo plenamente, mas você sabe que não consigo recusar um desafio. É isso que está fazendo? Me desafiando?

Balancei a cabeça.

— Não. Não existe desafio. Nenhuma competição, e me recuso a transformar isso em aposta.

Ele começou a andar de novo com o carro, sorrindo e balançando a cabeça.

— É uma pena.

Ouso perguntar?

— Por que é uma pena?

— Porque eu adoraria vencer *ou* perder uma aposta dessa. Mas você está certa. Seria burrice.

— *Muita* burrice — concordei. Não falamos mais nada no trajeto para casa, e eu simplesmente sabia que estávamos pensando em como queríamos muito fazer uma burrice.

Capítulo Quinze

Ficamos alguns dias sem fazer nenhuma burrice, mas claro que isso não iria durar. A única coisa surpreendente foi que eu fui a primeira a abrir a porta da burrice.

Acordei algumas manhãs depois tendo o sonho mais sexual da minha vida.

As mãos de Tristan estavam em mim no sonho, segurando meus seios e massageando-os, beijando minha barriga e descendo para o meio das minhas pernas.

Estávamos na piscina, sozinhos. Como a maioria dos sonhos, nada fazia muito sentido. Tipo, por que estávamos nadando nus no meio do dia? Ainda assim, minha mente sonhadora acreditou nisso avidamente.

Eu estava deitada em uma espreguiçadeira inflável que raramente usávamos, porque era em formato de um círculo enorme, com o meio vazado, e os meninos sempre encontravam formas horrorosas de usá-la, como enfiar a cabeça um do outro no buraco e afundar.

No entanto, o buraco estava sendo usado de uma forma totalmente diferente no meu sonho. Tristan estava no buraco, com seu tronco saindo dele conforme fazia oral em mim da maneira mais perturbadora.

Nenhum cara tinha feito oral em mim antes e, mesmo no sonho, minha imaginação era limitada. Ele só roçava em mim ali, suas mãos me distraindo bem mais.

Acordei com a calcinha na altura dos joelhos e a camiseta erguida até o pescoço. Uma das minhas mãos estava em um seio sensível, massageando-o, a outra massageava o clitóris com incansáveis movimentos.

Não que eu não me importasse de Tristan estar dormindo ao lado na minha cama queen, com um travesseiro grande nos separando, mas eu estava excitada demais para deixar isso me deter, e minha mente sonolenta me disse que eu conseguia ser bastante silenciosa e não acordá-lo. Eu estava com muito tesão para parar, porém sabia, por experiência própria, que precisava de mais do que meus dedos para gozar.

A mão no meu seio foi até o criado-mudo, abrindo a gaveta bem devagar, e o dedo no meu clitóris continuou circulando repetidamente.

Tentei não fazer nenhum barulho conforme procurava o vibrador, porém o som baixo de vibrar que fazia quando o ligava era mais alto do que conseguia me lembrar. Mas não tinha a possibilidade de ligar uma música a fim de abafar, como geralmente fazia, com alguém desmaiado de sono ao meu lado na cama.

Arfei quando o inseri dentro de mim. Estava molhada do sonho, e ele deslizou para dentro. Usei uma mão para segurá-lo ali, a mão do meu seio indo trabalhar no clitóris.

Meus olhos estavam fechados, minha respiração saindo em suspiros curtos. Eles só abriram quando senti a cama mexer.

Aquele movimento deveria ter me feito parar, entrar em pânico ou fazer qualquer coisa com exceção de gemer, mexer o vibrador dentro de mim e morder o lábio enquanto olhava para o homem lindo se movendo na minha direção.

Burra, burra, burra, disse a mim mesma.

Mais, mais, mais, meu corpo gritou de volta.

Tristan fez um som gutural, do fundo da garganta, e não consegui segurar meu próprio gemido baixo.

Eu estava debaixo das cobertas, mas ele também, então isso não ajudava. Não protestei quando ele as tirou de nós dois.

Aproximou-se e agachou ao meu lado com os joelhos a um centímetro do meu quadril e coxa. Seu olhar era… intoxicante.

Ele mordeu o lábio, e eu me senti apertando o vibrador em resposta.

Minhas pernas estavam separadas, e ele se moveu para ficar sobre uma das minhas coxas, pairando sobre mim, mas ainda sem me tocar.

Observei-o engolir em seco com os olhos fixos nas minhas mãos.

Me contorci.

— Posso… ajudar? — ele perguntou, rouco.

Eu nem conseguia formar as palavras para responder, apenas choramingar e me mexer inquieta.

Ele presumiu que fossem um sim. Uma das suas mãos cobriu a mão que segurava o vibrador, segurando-o no meu corpo.

Ameacei protestar quando ele começou a deslizar para fora de mim, mas seu joelho me segurou, inserindo-o mais fundo em mim.

— Ohhh… — arfei.

Ele moveu minha mão até eu estar segurando meu próprio seio. Ele apertou meu pulso, o que me fez massagear mais forte minha pele macia.

— Aperte seu mamilo — instruiu, lambendo o lábio inferior. Senti minha língua copiar o movimento conforme obedeci.

Meus olhos famintos observando-o desviaram da sua expressão determinada e desceram para seu tronco definido, passando o V sexy formado pelos músculos dos seus quadris, e então para a ereção massiva. Ele ainda usava boxer, porém ela mal continha seu pau saliente. Girei meus quadris, tentando me aproximar mais do seu joelho, e enfiei mais fundo o vibrador.

— Hummm — ele gemeu. — Isso, Danika. Perfeito. Circule os quadris exatamente assim.

Sua outra mão foi para a que estava no meu clitóris, sem tocar nada além das costas da minha mão conforme assumiu o controle dos movimentos.

Eu rebolava, enquanto ele movimentava minha mão em círculo sobre meu clitóris com a pressão perfeita.

Ele moveu a mão do meu mamilo para meu outro seio, quase tocando minha pele conforme apertava meus dedos.

Xingava bastante e constantemente.

Flagrei movimentação na parte de baixo da minha visão e olhei para ver sua ereção se contrair visivelmente, com o pré-gozo molhando sua boxer onde tocava a ponta dele.

— Tristan — gemi.

Fechei os olhos, e um orgasmo arrebatador me inundou em ondas exuberantes.

— Danika — ele disse, rouco, seu joelho subindo até não estar a mais do que um sussurro da minha entrada.

Ele gemeu, longo e baixo.

Não abri os olhos de novo até senti-lo se afastando. O vibrador deslizou parcialmente para fora de mim, e eu puxei o resto, apressadamente desligando-o conforme virava de lado a fim de olhar para ele.

Ele tinha se deitado de costas ao meu lado, com o braço sobre os olhos.

Sua respiração estava ofegante.

Engoli em seco e meus olhos desceram por seu corpo.

— Você, hum…?

Ele prendeu a respiração. Sua voz estava baixa.

— Por favor, não pergunte. Não me constranjo assim desde que era adolescente.

Olhei para baixo, para o estado da sua boxer, suas palavras me dizendo claramente qual era a resposta.

Me deitei de costas, puxando a coberta até o pescoço. Estava meio em choque com o que eu acabara de fazer. Qual era o meu problema?

Meus hormônios pegaram fogo, e eu tinha praticamente certeza de que perdera umas células importantes do cérebro no incêndio.

— Porra, o que foi isso? — ele arfou.

— Isso foi loucura — arfei. — E burrice. Principalmente burrice.

— Se essa foi sua primeira tentativa de ganhar uma guerra de provocação, não sei se acabou de vencer ou perder tudo em uma tentativa.

Apesar de tudo, dei uma risadinha.

— *Não* existe guerra de provocação. Tire isso da cabeça. Isto não é uma competição. É um desastre que nunca precisa acontecer de novo.

— Mas, falando sério, se eu acordar e vir isso de novo, não sei o que vou fazer, Danika.

— Não vai acontecer de novo, então não preocupe essa linda cabecinha.

— E se eu… começar a *me* masturbar sem querer enquanto durmo?

— Pare. Você não tem jeito.

— E você é a rainha das provocações. Sabe que nunca vou tirar essa imagem da minha cabeça… Caraaalho. Tem ideia do quanto isso mexe comigo?

Suspirei.

— Acho que tenho uma boa ideia, Tristan. Podemos só… nunca mais falar disso?

— Posso tentar, mas não significa que não vou pensar nisso.

— É, eu sei. — Não tem como *eu* esquecer seu olhar quando ele me ajudou a gozar.

— Só deixe-me perguntar uma coisa antes de parar de falar nesse assunto para sempre.

Soltei a respiração com um suspiro alto.

— Vá em frente.

— O que começou?

— Eu estava tendo um... sonho sexual. Acho que agora sei um pouco como é a coisa de sonho molhado que homens têm.

— Foi sobre algo específico? — Ele soou bastante curioso.

— Não — menti entre dentes. — E foi mais de uma pergunta.

— Mais uma, eu juro, e aí paro. Sobre o que foi o sonho?

— Eu estava recebendo oral em uma boia na piscina.

Ele xingou intensamente e não me fez mais nenhuma pergunta.

Capítulo Dezesseis

O seguinte incidente "burro" começou com um pacote inesperado, um cão assassino de galinha e a perseguição do cachorro do inferno.

Ivan estava à mesa, fazendo a lição de casa, e Mat estava ocupado rabiscando em um dos seus livros de colorir.

Estava chovendo, uma tempestade rápida do verão de Vegas, mas, ainda assim, estava quente pra caramba. Eu estava usando uma blusinha fina branca e meu short de "atrevida" preferido.

Estava acabando de corrigir a escrita de Ivan quando a campainha tocou. Dei uma olhada irritada para a porta fechada do escritório de Jerry. Ele e Tristan estavam lá há horas, falando sobre supostas coisas da "banda", porém era o cômodo mais próximo da porta da frente, e eu estava no meio das lições, então me parecia que um deles deveria atender.

Como se tivessem lido minha mente, a porta do escritório se abriu e ambos saíram, com expressões sérias, como se realmente estivessem discutindo "negócios importantes".

Tristan abriu a porta da frente, cumprimentando o cara do correio. Precisava de uma assinatura, então Tristan recuou, abrindo mais a porta, e Jerry se aproximou para assinar.

Meu último pensamento logo antes de tudo acontecer era que era estranho nenhum cachorro ter corrido para a porta da frente assim que ouviram a campainha.

Apenas um maldito de um cachorro correu diretamente do corredor e saiu pela porta da frente como se tivesse planejado esse exato momento.

— Coffeecup! — gritei, apontando como uma doida.

Todos simplesmente se viraram e me encararam, em vez de olharem para o cachorro pelo qual eu estava gritando. Perfeito.

Peguei uma guia no corredor, ao lado da cozinha, colocando um par de tênis de corrida de Bev. Estava seguindo o cachorro maluco em menos de trinta segundos.

Por favor, que as galinhas estejam presas, por favor, que as galinhas estejam presas, era um mantra na minha mente conforme eu corria pelo bairro.

Eu corria rápido. Passava por grandes dores para ficar em boa forma e corria quando o tempo ajudava. E foi por isso que me surpreendi quando Tristan, de repente, apareceu correndo ao meu lado, depois me passou.

Eu não sabia quando ele tinha saído da casa, mas com certeza tinha sido *depois* de mim.

Vi um *flash* de pelo marrom manchado no canto da visão e me virei. Ainda estávamos a muitas casas do estábulo, o que significava que realmente tínhamos uma chance de salvar umas galinhas.

Coffeecup parou em uma casa, cheirando alguma coisa, e eu avancei, mergulhando para pegá-lo. A chuva já tinha deixado seu pelo escorregadio e molhado, e ele escapou dos meus braços antes de eu conseguir colocar a guia nele.

Xinguei conforme me levantei, voltando a persegui-lo.

Quase comemorei quando Tristan o interceptou na vala lamacenta que levava diretamente para o estábulo. Ele segurou a coleira do cachorro, gargalhando. Nós dois estávamos sorrindo de forma presunçosa conforme eu me aproximei, então Coffeecup se moveu igual a um ninja e se soltou da coleira, correndo para o estábulo.

Tristan o seguiu, segurando-o pelo peito a fim de contê-lo.

Eu mergulhei na lama para encontrar a coleira, olhando desafiadoramente para o cachorro idiota enquanto a colocava em seu pescoço, em um buraco mais apertado do que da última vez, já que, aparentemente, estava solto o suficiente para ele escapar. Coloquei a guia, ainda recuperando o fôlego.

— Parece que você não conseguia se decidir se queria lutar na lama ou participar de uma competição de camiseta molhada — Tristan disse, rindo, tendo que gritar para ser ouvido acima da tempestade.

Olhei para minha blusinha branca encharcada e lamacenta. Ele tinha razão… porém *ele* não estava tão melhor.

Apontei para ele.

— Você também! Aliás, você está pior. Não sou eu que estou deitada de costas na lama!

Eu não deveria ter falado. Parecia muito com um desafio, e eu deveria ter pensado melhor em vez de sugerir um desafio a Tristan.

Suas mãos abraçaram meus joelhos, puxando-me para baixo com ele, até meus joelhos caírem na lama um de cada lado do seu quadril.

— Seu filho da puta! — xinguei, mas ainda rindo.

— Tenho quase certeza de que falar isso agora é uma gafe, já que agora conhece minha mãe.

— Foi mal. Retiro o que disse. Aqui, aceite minhas desculpas sinceras. — Enquanto falava, estiquei o braço para baixo, enchendo a mão de lama. Eu estava dando meu sorriso mais gentil conforme amassei tudo no topo da sua cabeça.

Ele arfou e, então, me deu o sorriso mais diabólico.

— Vai pagar por isso — prometeu entre dentes.

Tentei me levantar, porém uma mão no meu quadril me manteve montando-o. Ele tinha vantagem com mãos bem maiores, e o monte de lama que esmagou no meu peito era muito maior do que o que eu tinha colocado em sua cabeça.

Arfei, ofendida.

— Isso foi muito pior do que fiz com você! Que grosseiro!

Ele deu risada, com a mão lamacenta segurando meu quadril.

— Sério? Uma mão cheia de lama em seu peito é pior do que acabou de fazer na minha cabeça?

— Bom, vamos ver — eu disse, pegando mais lama. Meu alvo não era segredo. Era seu rosto.

Ele segurou meus pulsos, separando-os, o que fez nossos peitos se aproximarem.

Me esfreguei nele, passando o quanto eu conseguia de lama da minha camiseta fina branca na dele. O movimento dos nossos peitos roçando fez nosso clima brincalhão mudar rapidamente.

Ele colocou meus pulsos nas minhas costas, me pressionando para baixo até meu quadril estar junto ao dele. Como se tivesse vontade própria, meu quadril se moveu, abaixando-se. Meu corpo inteiro pareceu estremecer conforme fiz contato com sua óbvia ereção.

Nossos rostos estavam próximos, e eu não saberia dizer se foi ele ou eu que se moveu primeiro, mas nossos lábios se encontraram de maneira furiosa. Ele deitou a cabeça, e eu o segui, gemendo em sua boca conforme sua língua deslizava na minha, invadindo como se ele fosse dono.

Seu beijo era traiçoeiro, infiltrando-se em todas as partes de mim. Ele me controlava de um jeito que eu não conseguia acreditar que permitia. Alguns segundos de beijo, e eu estava pronta para renunciar a todo o controle, o que eu jurava que era a antítese de tudo que eu era antes de conhecer Tristan.

Ele soltou minhas mãos, seus dedos afundando na minha bunda conforme ele empurrou seu pau duro bem no meu centro.

Eu nunca me considerara uma pessoa particularmente sexual, porém estava irracional naquele instante, cada parte de mim, sexual, focada apenas na batida pesada de desejo no meu sangue — em tê-lo dentro de mim.

Segurei seu cabelo curto com uma mão, a outra descendo por seu peito, seu abdome sarado e, finalmente, seu comprimento grosso, massageando.

Ele arfou contra mim, e eu mordi seu lábio inferior. Ele rosnou, mergulhando de novo na minha boca.

Só Deus sabe aonde teríamos deixado chegar se não fosse um grito agudo que ecoou até nós do estábulo.

Me ergui, olhando em volta, completamente confusa por um instante de até onde eu estava.

Enfim, a visão da minha mão, da minha mão vazia, onde a guia deveria estar, me sacudiu de volta ao problema do momento.

— Coffeecup! — gritei, me levantando.

Tristan usou as mãos no meu quadril para ajudar a me erguer, e eu saí correndo na direção do estábulo, torcendo para não ser muito tarde para salvar, pelo menos, algumas daquelas malditas galinhas premiadas.

Foi um massacre.

Havia uma trilha de penas e sangue que me levou diretamente ao cachorro assassino de galinhas, que ainda estaria matando todas alegremente se a mulher doida das galinhas vestida de parka já não estivesse com sua guia na mão. Ela estava literalmente tremendo de ódio quando peguei a guia dela.

Ela apontou para mim de forma acusatória, como se fosse para cortar minha cabeça — eu contei uma, duas, três galinhas. *Droga*, ele era eficiente em matar galinhas. Esse devia ser o recorde.

— Sinto muito... — comecei.

— Os proprietários da associação vão saber disso! — ela me interrompeu.

Assenti, com os olhos arregalados, sem saber como lidar com ela. Só nos víamos quando essas coisas aconteciam, então eu apenas tinha visto esse lado louco dela. Até onde sabia, ela era a doida das galinhas o tempo todo.

— Esse cachorro é um perigo! — ela gritou.

Assenti de novo. Não podia discordar dela. Não argumentei que, se ela não deixasse as galinhas soltas o tempo todo, elas não seriam alvos tão fáceis para o sedento por sangue Coffeecup. Mas eu sabia, por experiência própria, que tentar formar qualquer tipo de defesa só a deixava mais louca.

Tristan apareceu bem quando ela estava indo embora, ainda murmurando xingamentos para o que parecia um ironicamente arrependido Coffeecup.

— Bom... — Tristan disse, passando uma mão pela cabeça lamacenta. — Poderia ter sido melhor.

— Você quebrou sua promessa, sabia?! — falei, assim que a doida das galinhas não podia mais ouvir.

Ele ergueu uma sobrancelha, confuso, tentando, sem sucesso, se secar com as mãos.

— Você prometeu que, se Coffeecup fugisse enquanto você estivesse por aqui, você o pegaria antes de ele matar qualquer galinha.

— Hum, eu o peguei. Se não se lembra, eu o peguei naquela vala de lama lá em cima. Foi você que o deixou escapar de novo.

Ele tinha razão.

— Quebramos metade das regras da nossa lista naquela vala — ele me disse conforme voltávamos para casa.

— Estou sabendo.

— Acho que sei qual é o problema. — Ele soou resignado e perturbado.

Particularmente, eu não queria ouvir o que o fizera soar tão sério.

— Somos burros e meio loucos? — palpitei.

— Estou na seca há muito tempo, e agora estou descontando em você. Preciso espairecer, sabe?

Isso doeu. Não deveria, mas doeu bastante. Eu concordava com a coisa de sermos amigos, porém a ideia de essa atração entre nós ter mais a ver com sua frustração sexual e nada a ver com como ele se sentia em relação a mim, bem, me fazia querer chorar, o que me fez sentir particularmente burra, e eu *detestava* essa sensação. Gostava de pensar que minha cabeça mandava em mim, não meu coração, e estar com Tristan arruinava essa ideia.

— Acho que vou sair esta noite… sozinho.

Ai, ai, ai, pensei.

— Faz sentido — concordei. — Preciso recuperar meu sono, de qualquer forma. Essa programação louca de balada não é para mim.

— Ainda vou fazer café da manhã para você — ele comentou.

Fiz careta, pensando se ele estaria em casa de manhã.

— Não se preocupe com isso. Eu faço.

Ele segurou minha mão, nos fazendo parar a fim de olhar para mim. Apertei os olhos para ele, pois a chuva caía direto em nossos rostos. Não era lugar para conversar.

— Ficou chateada?

Balancei a cabeça.

— Claro que não — eu disse instantaneamente, com tom de desdém.

Fiquei chateada, porém não tinha esse direito, então me recusava a falar isso em voz alta. Era orgulhosa demais para isso.

— Como vamos entrar na casa assim? — perguntei, mudando de assunto. — Estamos cobertos de lama. Talvez devêssemos apenas ficar na chuva, até ela nos lavar.

— Tem a mangueira do quintal — ele sugeriu.

Acabou sendo uma má ideia, mesmo que fosse nossa única opção. Alguém com quem você queria muito dormir, porém decidira que não iria, não é a pessoa que você quer molhar com mangueira em uma tempestade de verão.

Eu fiquei de mau humor depois disso, mas tentei não demonstrar. Depois que fiz minhas tarefas diárias, brinquei com os meninos e os coloquei para dormir, simplesmente me senti... mal e... triste. E, quando percebi o quanto estava me sentindo deprimida, foi quando pensei no quanto estivera feliz desde que Tristan aparecera, com as ressacas e tudo. Eu estivera... tonta ultimamente, os dias passando voando, como se fosse um sonho e, de repente, pareceu que estava tudo caindo sobre mim.

O que estávamos *fazendo*? Saindo constantemente e brincando de casinha? O que significava? *Nada*. Nada mesmo. Bom, exceto por uma coisa: eu era burra e tinha sentimentos por um cara que era, basicamente, hormônio ambulante para as mulheres.

Tristan pareceu sentir meu humor e ficou ainda mais carinhoso. Nada direto. Nenhuma investida. Apenas uma cutucada de ombro, um beijo aleatório na testa ou uma mão desatenta acariciando meu cabelo, com muitas perguntas, como " – Está tudo bem? Estamos bem?".

Dei respostas, como "Só estou cansada" e "Preciso recuperar meu sono".

Não escorreguei nenhuma vez, não lhe disse que odiava que ele fosse sair sem mim e, principalmente, que odiava por que ele o fazia. Mantive meu orgulho, e mais nada.

Tristan foi mais do que fofo, me ajudando a colocar os meninos para dormir e até insistindo, brincando, em me colocar na cama antes de ele sair.

Ele não ia a nenhum lugar formal, percebi, por sua camiseta preta e jeans. Mesmo assim, estava lindo demais para ser verdade, e eu detestava saber como seria fácil para ele encontrar uma garota aleatória para transar.

– Não me espere acordada – ele me disse com uma piscadinha.

Garanti que ele me visse revirar os olhos.

– Vou estar dormindo antes mesmo de Kenny vir te buscar.

Não chorei depois que ele foi embora, mas foi tão perturbador quanto chorar, porque tive que me esforçar para não fazê-lo. Em certo momento, caí em um sono espasmódico.

O som da porta do banheiro se fechando e, então, o chuveiro abrindo me acordaram.

Meus olhos cansados encontraram o relógio. Eram quatro da manhã. Tristan tinha acabado de chegar em casa. De repente, acordei totalmente.

Esperei em silêncio quando ele finalmente terminou o banho, andando sem fazer barulho para seu lado da cama.

— Teve sorte? — sussurrei quando ele se deitou.

Ele congelou e, então, me abraçou por trás, sua voz rouca no meu ouvido.

— Estava me esperando acordada, boo?

— Não. Acabei de acordar quando você abriu a porta. Então? Teve sorte? — Prendi a respiração ao aguardar sua resposta.

Ele suspirou.

— Tive. Felizmente, vou conseguir me controlar agora. Nossa amizade está segura. — Ele deu um tapinha reconfortante no meu quadril ao falar isso, como se tivesse feito por mim.

Ele havia lavado a outra mulher do seu corpo. Ou, pelo menos, não cheirava a nada assim. Mas eu ainda conseguia sentir o cheiro de álcool em sua respiração, e havia algo em sua voz, não uma pronúncia, mas algo mais sutil, alguma desconexão em seu tom que me fez pensar que ele estava drogado ou, no mínimo, muito bêbado.

Fechei os olhos apertados, amaldiçoando as lágrimas que escorreram por minhas bochechas.

Demorei uma eternidade para dormir. Simplesmente fiquei ali por bastante tempo, me xingando de todas as coisas.

Capítulo Dezessete

Acordei de mau humor. Fingi muito bem para os meninos, porém eu só queria deitar e ficar sozinha por dias. O fato de Tristan ter ficado na cama na maior parte da manhã não ajudou.

Estava me sentindo... autodestrutiva era a melhor maneira de descrever. Achava quase impossível não fazer algo que me distrairia do fato de estar me sentindo sensível e magoada. Queria fazer algo fenomenalmente burro, como ligar para o meu ex.

E foi por isso que foi uma hora terrível para Jared me ligar naquela manhã. Tinha lhe dado meu número, de uma maneira amigável, dias antes. Eu havia salvado o dele no meu celular, então sabia quem estava me ligando.

Estávamos do lado de fora, e os meninos brincavam na casa da árvore deles. Estavam jogando o jogo de sempre, em que Ivan atacava a casa da árvore com um exército invisível e Mat e eu tínhamos que proteger. Isso geralmente me envolvia sentando na pequena estrutura de madeira, apontando para fora da abertura e atirando com o dedo em um Ivan empolgado a cada três minutos, enquanto Mat fazia todo o trabalho no chão: basicamente correndo em círculo em volta da árvore. Com frequência, eu achava isso extremamente divertido, já que os meninos pareciam ter um conhecimento ridiculamente grande sobre guerra, cortesia da TV a cabo. Mas, hoje, eu estava apenas participando, apontando o dedo e atirando com pouco entusiasmo. Felizmente, não parecia fazer diferença para um menino de seis e outro de oito anos.

Encarei meu celular por bastante tempo quando começou a tocar, e vi quem era, mas atendi, querendo distração, mesmo que fosse autodestrutiva. Presumi que Jared fosse uma opção melhor do que meu ex.

— Alô, Jared — atendi.

— Ei! Danika. Olha, sei que disse que não está a fim de namorar nem nada ainda, mas estava pensando se podíamos apenas jantar. Somente um jantar de amigos, nada chique. O que acha?

Parecia um encontro. *Eu me importava?* Naquele momento, não. Sabia que era uma merda, já que ele era irmão de Tristan, porém queria muito me distrair à noite. Me distrair do *irmão de Jared*, em particular. Disse a mim mesma que seria o suficiente para me ajudar a parar de pensar em Tristan. Algum canto do meu cérebro até me falou que eu também queria muito poder contar a Tristan que eu tinha planos se ele quisesse fazer algo naquela noite, ou mesmo se não quisesse.

Então eu tinha uma queda por Tristan. E daí? Tinha se desenvolvido com rapidez, e eu jurava que iria desaparecer ainda mais rápido.

Jared ainda estava falando, seu tom persuasivo, enquanto tentava soar como se não estivesse me chamando para sair.

— Claro. É, eu adoraria, mas terá que ser um jantar tarde — interrompi.

— Ótimo. Perfeito. — Ele pareceu feliz, mas surpreso. — Que horas passo para te pegar?

Mordi o lábio ao pensar nisso.

— Às nove é uma boa, mas prefiro te encontrar no lugar.

— Pode ser. Há algum lugar que você prefira para jantar?

— Chipotle.

— Hum... parece bem informal.

— Não é um encontro, certo? Nada chique, você disse.

Ele deu risada, e me lembrou tanto Tristan que eu queria chorar.

— Certo, certo. Pode ser. Você não está perto do Beltz Mall? O que acha de nos encontrarmos no Chipotle de lá?

— Ótimo. Te vejo lá, então.

Eu estava desligando quando vi a porta de vidro se abrindo, e um Tristan acabado saindo.

Ele era a imagem do remorso conforme se aproximava de mim, dando-me um sorriso amável que fez meu coração apertar.

— Dormi demais. Não queria. Prometi fazer seu café da manhã. Como posso te compensar?

Balancei a cabeça, acenando para ele esquecer e tentando não me sentir horrível por sair com o irmão dele. Todas as minhas reações ficavam diferentes quando se tratava de Tristan. Não deveria ter ficado tão magoada por ele ter dormido com uma garota aleatória na noite anterior, e não deveria me sentir culpada por sair com seu irmão. Entretanto, estritamente amigos ou não, eu sentia ambos.

— Sou totalmente capaz de fazer café da manhã — disse a ele.

— Eu sei, mas ainda queria não ter dormido demais. Eu *gosto* de fazer coisas legais para você. Gosto de te mimar. Gosto de fazer qualquer coisa para você, contanto que te faça sorrir.

Olhei para baixo, fingindo analisar meu celular, piscando para conter lágrimas ridículas.

— O que gostaria de fazer esta noite? — ele perguntou, aproximando-se o máximo que conseguia pela abertura da casa na árvore. — Vou pegar meu carro de volta hoje, então podemos ir a qualquer lugar. Vou deixar você escolher desta vez, e eu vou dirigir. Vamos aonde você quiser e vou me comportar.

Engoli em seco.

— Na verdade, tenho planos. Talvez outra noite. — Não era tão bom quanto eu tinha pensado quando o recusasse.

— É? — ele indagou, ainda sorrindo. — Outra noite das garotas tão rápido?

— Não, não é isso. Vai demorar uns dias ainda. Só vou sair… com alguém.

— Alguém? Só uma pessoa? Ela pode ir com a gente ou eu posso ir com vocês.

— Não… é isso. É só um jantar, com uma pessoa. Só nós.

Seu sorriso desapareceu, suas sobrancelhas se uniram, embora sua expressão ainda estivesse simplesmente curiosa.

— Quem é essa pessoa?

Dei de ombros.

— É uma amiga ou um amigo? — ele perguntou, como se tivesse o direito.

Pigarreei.

— É um amigo, mas não é tão importante. Como eu disse, só vamos jantar.

Ele assentiu, massageando a mandíbula e olhando para os pés.

— Não é seu ex, é? — ele perguntou baixinho.

— Não — me apressei em responder, um pouco na defensiva porque eu *tinha* pensado nisso, apesar de brevemente.

— Só um amigo, huh? — questionou com malícia.

— É.

— Então por que tem que ser só vocês dois? Parece mais um encontro.

Senti meu sangue subir um pouco.

— E se *fosse* um encontro? Teria algo errado nisso?

Ele entrou pela pequena abertura, aproximando o rosto. Eu estava sentada de pernas cruzadas, e sua mão encontrou meu joelho, apertando levemente.

— Pensei que tinha dito que não iria sair para encontros por um tempo. Lucy não te falou que deveria evitar por enquanto, e você não concordou com ela?

— Pensei que tivéssemos concordado que não iríamos ficar ranzinza. Não estava na nossa lista idiota?

— Há uma diferença entre ficar ranzinza e expressar preocupação.

— Agora está falando igual a Lucy — eu disse fria.

— Quem é esse cara com quem vai sair esta noite? Por que eu nunca soube desses planos até hoje?

Eu odiava, ficava totalmente *ofendida*, por ele soar como um pai preocupado.

— O que acha de adicionarmos isto à nossa lista? Eu não pergunto com quem você fodeu ontem à noite e você não me pergunta com quem eu saio.

Ele olhou em volta, com os olhos arregalados.

— Olha a boca. As crianças.

Os meninos tinham se afastado assim que começamos a ter conversa de adulto. No momento, estavam lutando com Pupcake na caixa de areia ao lado da cerca.

— Você é que tem a boca suja — argumentei.

— Eu melhorei, não foi?

Ele estava certo. Tinha melhorado a linguagem perto das crianças mais rápido do que qualquer um poderia ter previsto.

— Certo, vou parar — ele disse com o tom sombrio. — Que horas ele vem te buscar?

— Vou encontrá-lo no lugar às nove.

— Que tarde. E ele nem se incomoda em vir te buscar? Você é melhor do que isso, boo.

— Você é um babaca — retruquei, levando em consideração o tom amargo dele. — Foi minha ideia.

— Escondendo-o de mim? Ficou preocupada de eu assustá-lo?

Soltei um barulho de frustração pelos dentes, querendo esganá-lo.

— Desculpe. *Estou* sendo babaca. Só estou me sentindo, não sei... superprotetor? Pensar em você sozinha com algum estranho me deixa... preocupado.

— Bom, não fique. Até onde sei, *todo* dano já foi causado. Não há mais nada de que precise me proteger.

Ele começara a recuar, porém, com minhas palavras, se aproximou de novo, analisando meu rosto, aquela mão grande e quente na minha perna.

— O que isso significa?

Pisquei rapidamente. Não podia acreditar que eu tinha falado isso, e para *ele*. Já havia empatia em sua voz, empatia suficiente para eu piscar a fim de conter as lágrimas. Eu *odiava* empatia, mas, de alguma forma, era fortemente afetada por ele.

— Não é nada. Com certeza nada que você queira saber.

— Com certeza quero. *Por favor*. Quero saber exatamente o que você quis dizer com isso. Que dano já foi causado?

Todo, pensei.

— Nada.

Ele não acreditou nem por um segundo.

— Somos amigos. Pode me contar qualquer coisa.

Refleti sobre aquilo. Será que era verdade? Eu estava a fim de descobrir.

— Jura que não vai sentir pena de mim — sussurrei, meus olhos nas crianças, garantindo que não se metessem em encrenca e que não estivessem ouvindo.

— Juro — ele sussurrou de volta, sua outra mão entrando pela abertura da casa da árvore e puxando meu ombro para eu sair mais um pouco. Permiti, sem nem protestar, que ele puxasse minhas pernas para fora, seu corpo pressionando meus joelhos flexionados. — Me conte.

Fiz careta.

— Não é nada, de verdade. É antigo, e nem é tão importante assim. É só que... você nunca precisa me proteger. Sei cuidar de mim mesma e, mesmo que não soubesse, sei, por experiência própria, que vou sobreviver a qualquer coisa.

— Não estou gostando disso — ele disse baixinho, uma das suas mãos indo para o meu cabelo.

Gentilmente, ele virou minha cabeça para olhar para ele.

— O que isso significa? Alguém te *machucou*? Está falando do seu ex? Preciso *machucá-lo*?

Balancei a cabeça.

— Ele foi um erro, um grande babaca, mas, não, não foi o que quis dizer. Apesar de não poder me proteger de babacas também. Sou eu que faço essa escolha. O que quero dizer é que não sou uma criança inocente. Não sou inocente há muito tempo, então não pense que precisa me proteger, como se eu fosse.

— É isso mesmo que você pensa? Que apenas inocentes merecem proteção?

O maldito tinha dado uma de Lucy para cima de mim.

É isso mesmo que eu penso?

Quando refleti sobre a pergunta, percebi que era isso, pelo menos quando dizia respeito a mim.

Estava constrangida ao perceber isso, mas não mudava meu pensamento. Meus problemas estavam profundamente enraizados para isso.

Dei de ombros, virando a cabeça para desviar o olhar dele. Ele não me deixou, erguendo meu queixo com sua outra mão.

— Vai me contar o que aconteceu? — ele perguntou, algo em seu tom me fazendo pensar que ele já *sabia*.

— Vou — permiti —, mas não agora. Ok?

Ele não pareceu feliz com isso, mas assentiu, baixando as mãos.

Capítulo Dezoito

Não sabia quem estava mais perdido depois daquilo.

Eu havia passado, com eficácia, meu mau humor para Tristan, e nós ficamos longe um do outro por horas.

Estava colocando meu tênis de corrida, me preparando para levar os cachorros para caminhar, quando Tristan se aproximou de mim com um sorriso sedutor.

Esse sorriso era encrenca.

— Acabaram de me ligar para um trabalho de promoter esta noite. Venha comigo. Vai ser divertido. Pode sair com o sei-lá-quem outra noite.

Olhei desafiadoramente para ele, colocando as guias nos cachorros.

Ele pegou as guias de Coffeecup e Pupcake, não afetado por minha hostilidade. Deixei-o, sem falar até quase darmos a volta no quarteirão.

— Não vou mudar meus planos desta noite.

— Bom, está planejando ficar fora até que horas? Pode ir à balada depois que acabar.

— Pare — pedi baixinho com a expressão severa. — Por que está insistindo nisso?

— Vai ficar fora até tão tarde mesmo? Quais são seus planos exatamente?

— Só pare! — quase gritei, brava agora, com ele… com nós dois. — Você não tem direito de sair e fazer o que quiser e, depois, vir me perguntar o que *eu* vou fazer.

Ele segurou meu braço logo acima do cotovelo, me fazendo parar.

— É isso que é? Está brava comigo por causa de ontem à noite? Isso é *vingança*?

— Por que seria vingança? *Como* seria vingança? Somos só amigos, certo? Ainda estamos seguindo aquela listinha, não é?

Ele assentiu, analisando-me. Pareceu preocupado.

— Você *está* brava comigo. Porra, Danika, desculpe se magoei…

— Não — eu o interrompi. — Não estou magoada. Estou bem, mas precisamos estabelecer alguns limites. Você pode transar com quem bem entender, mas não pode ficar me podando, só porque sou uma garota. Isso não vai acontecer.

Sua mandíbula ficou tensa, e ele soltou meu braço.

Não falou mais uma palavra sobre isso, mas, se eu pensei que ele estava de mau humor mais cedo, não era nada comparado ao humor sombrio que essa conversa lhe deu.

Ele saiu antes de mim naquela noite. Eu ainda estava me aprontando quando ele partiu. Ele mal falara comigo — mal olhou para mim, desde que caminhamos com os cachorros.

Mal olhou para mim até mesmo naquele momento, apenas ficou na porta do meu banheiro enquanto eu me maquiava.

— Tome cuidado, boo, e me ligue se precisar de mim.

Ele saiu antes de eu poder responder.

Eu usava um short de cintura alta azul-marinho e uma camisa de seda regata magenta. Torci meu cabelo escuro em um coque baixo na nuca. Olhos esfumados e lábios cor-de-rosa claro complementavam a maquiagem. Queria ficar bonita, mas com certeza não queria exagerar e lhe dar a impressão errada.

A reação de Jared quando me viu foi suficiente para me fazer corar de prazer.

— Você está incrível — ele disse, engolindo em seco. — Está muito linda.

Certamente, os irmãos sabiam como fazer uma garota se sentir bem.

Jared também estava bonito, usando uma camiseta preta e jeans. Ele tinha o corpo de roqueiro magricela. Com exceção do corpo, ele me lembrava tanto de Tristan que fazia meu coração apertar só de olhá-lo.

O jantar foi bem tranquilo. Eu o bombardeei com perguntas sobre a banda, pois tinha curiosidade. Tudo que se tratasse de Tristan me fascinava, e o fato de ele ser de uma banda, e eu tinha conhecido a maioria dos membros, mas ainda não os ouvira tocar, consumia uma quantidade não saudável dos meus pensamentos. Tristan não compartilhava muito sobre a banda, mas seu irmão adorável ficava mais do que feliz em fazê-lo.

— Dean está organizando uns rolês para fazermos em breve.

— Precisa chamar de rolês? Não há uma alternativa menos esquisita do que chamar de rolê?

Ele riu muito, lembrando-me bastante do irmão.

— Vamos fazer umas *apresentações* em breve. Melhor?

— Sim. Estou convidada?

— Claro que está!

— Vai me dizer quando for ter?

— Vou, mas tenho certeza de que Tristan vai te contar primeiro.

— Você também garante que vai me contar, de qualquer forma? No caso de Tristan não…

— Okaaay. Vocês dois estão brigados ou algo assim?

— Não. Por quê?

— Só tive essa sensação. E só para deixarmos claro… Vocês dois ainda não estão ficando, certo?

— Ainda não estamos ficando — eu disse entre dentes, sem saber como me sentir com essa coisa toda. Nada era pior do que ter sentimentos por alguém que pode ser simplesmente seu melhor amigo. Principalmente quando esse alguém claramente não sente as mesmas coisas.

— Tenho certeza de que sabe disso, mas Tristan me alertou… melhor, mandou não te chamar para sair.

— Eu sei.

— Normalmente, eu respeitaria, mas se vocês não estão ficando… ou transando. Pensei que era totalmente nada a ver, então o ignorei.

— Eu sei — eu disse com um sorriso, embora algo no meu estômago tenha se contraído com a ideia. Será que Tristan teria alertado o irmão se não estivesse *nada* interessado? Mas também eu sempre soube que ele sentia atração por mim. Ele nunca manteve isso em segredo.

— Então, eu sei que *isto* não é um encontro — ele continuou com aquele sorriso persuasivo que era de família —, mas talvez, alguma hora no futuro, quando estiver saindo para encontros de novo, possamos sair.

— Talvez — permiti, retornando seu sorriso.

— Então, tem uma festa esta noite, uma festa grande. Quer ir?

— Acho que não. Não vou conhecer ninguém.

— Vai me conhecer. E vai conhecer alguns amigos meus. Já conheceu Dean?

— Não. — Quase conhecera o misterioso quinto membro da banda algumas vezes, mas nunca realmente aconteceu.

— Bom, então é sua noite de sorte. Ele estará lá. E tem uma garota legal, Frankie, que vai também. Ela é tatuadora e vai ter um reality show, então ficará famosa em breve. Aposto que vocês duas vão se adorar. Ela vai dar em cima de você, porque você é linda, mas isso é esperado.

— Acho que não é uma boa ideia. Não acha que Tristan vai ficar bravo se souber que estamos saindo? Saí sozinha para não contar a ele com quem eu ia me encontrar esta noite.

Jared deu de ombros, despreocupado.

— Quem vai contar? Ele vai trabalhar esta noite, então não vai à festa, e posso garantir que Dean não dirá uma palavra. Se encontrarmos alguém, duvido que vão fazer a conexão entre você e mim. Então ele ainda está ficando na sua casa? Não acredito que o apartamento dele ainda não está pronto…

Isso me fez pausar. Não pelo apartamento não estar pronto, mas pelo fato de que eu nunca tinha pensado há quanto tempo ele estava na casa, e parte do meu cérebro havia esquecido que era para ele ir embora em breve. Originalmente, ele ficaria uma semana, mas essa semana tinha passado voando.

— Podemos ir e ficar só um pouco — ele sugeriu. — Fica a apenas vinte minutos daqui. Eu dirijo e te trago de volta para seu carro quando quiser. É uma festa na piscina. Podemos nadar. Juro que vai ser divertido.

Eu *tinha* um biquíni no carro, guardado da última balada na Decadence.

— Se importa de irmos somente por uma hora mais ou menos? — perguntei.

Ele assumiu isso como minha rendição, e seu sorriso se ampliou.

— É perfeito.

Acabamos em algum lugar a oeste da Strip. E o que ele chamou de "festa na piscina" era em uma propriedade privada que acho que ninguém poderia chamar apenas de "casa".

— Não sei exatamente onde, mas alguém me disse que James Cavendish tem uma propriedade no fim da rua. Frankie, essa tatuadora que você vai conhecer, é, na verdade, amiga dele. O reality show em que ela vai estrear será no cassino dele.

— Sério? — perguntei, impressionada.

— Sim. E, como eu disse, você vai adorá-la. Ela é ótima.

— Tem certeza de que estamos vestidos para isto? — perguntei quando ele estacionou seu Mustang preto à frente dos portões intimidadores.

— Ah, sim. Metade dessas pessoas vai estar usando traje de banho, então pode ser que estejamos muito bem-vestidos.

Eu tinha guardado meu biquíni na bolsa, mas olhei para as mãos dele conforme passamos pelo estacionamento e fomos até o edifício enorme no centro da propriedade.

— *Você* trouxe sunga?

Ele sorriu.

— Já estou com ela, debaixo da calça.

— Você já tinha tudo planejado — observei.

— Tinha esperança.

O lugar estava lotado, e o estilo me lembrava mais uma festa de faculdade do que qualquer coisa, o que me surpreendeu, considerando que estávamos na maior mansão que eu já tinha visto.

As pessoas andavam em trajes de banho, segurando copos vermelhos de plástico. Instantaneamente, fiquei mais tranquila. Minha primeira impressão do lugar foi intimidadora, mas eu podia lidar com copos de plástico e festa na piscina, independente do lugar ostentador. Ainda assim, era difícil passar, porque havia muita gente.

— Como vai encontrar alguém nessa multidão? — perguntei a Jared, tendo que me inclinar para ele e falar diretamente em seu ouvido.

Ele deu de ombros.

— Vamos para a piscina. Vamos encontrá-los ou não.

Precisou de uma busca, mas Jared encontrou um cômodo vazio para me trocar. Felizmente, o biquíni estava na minha bolsa. Eu estava pensando em onde guardar a bolsa quando Jared abriu um pouco a porta, colocando a cabeça para dentro.

— Quer guardar a bolsa no meu porta-malas? Podemos dar a volta na casa para chegar à piscina, aí não precisamos nadar pela multidão duas vezes.

— Boa ideia — eu disse, seguindo-o.

Ele pegou minha mão conforme nos levou pelo amontoado de gente.

Tristan segurava minha mão o tempo todo, mas, por algum motivo, eu sentia que não deveria deixar Jared fazê-lo. No entanto, não protestei, falando para mim mesma que estava sendo boba.

Guardamos minha bolsa no porta-malas, voltando para o fundo da casa por um caminho pavimentado.

Fiquei surpresa quando Jared nos fez parar ao lado da casa, puxando-me para um canto escuro. Me puxou para perto, e eu não protestei, fechando os olhos e inclinando a cabeça para trás.

Deixei-o me beijar, arrepiando quando ele passou de leve os dedos nas minhas costas nuas. Ele beijava bem, seus lábios eram macios. Não estava me forçando nem nada, apenas seduzindo, e me peguei pensando como tinha sido o beijo de Tristan, como tinha exigido mais de mim do que eu soubera que queria dar, e como eu quisera dar mais do que poderia aguentar. Mas, mesmo pensando em outro homem o tempo todo, vi que Jared sabia o que estava fazendo.

Ainda assim, parecia errado, e me vi rapidamente arrependida. Era o *irmão* de Tristan e, por mais que eu desejasse que não, tinha sentimentos por Tristan, e isso era *errado*. Foi um beijo bom, mas foi só isso. Apenas bom não era nada igual ao que eu sentia por Tristan, o que significava que o beijo, por mais sem significado que fosse, estava dando a impressão errada. Eu não podia ficar com Jared. Era ingênuo da minha parte ter sequer considerado isso.

Recuei.

— Desculpe — eu disse baixinho a ele. — Não deveríamos.

— Eu sei — ele respondeu com um sorriso. — Isto não é um encontro. Mesmo assim, eu precisava tentar.

Revirei os olhos, menos preocupada em enganá-lo depois dessa afirmação.

— Isso saiu errado. O que eu quis dizer foi... eu gosto de você, bastante.

Penso em você com muita frequência, e gostaria de passar mais tempo com você. Não vou tentar de novo, não até você querer.

Suspirei, detestando o que tinha que admitir, mas sabendo que era a única coisa justa a fazer.

— Acho que nunca vamos poder ficar, Jared. Tristan e eu *somos* apenas amigos, isso é verdade, mas eu tenho sentimentos por ele, o que torna isso errado.

Mesmo à luz baixa, pude ver sua boca se apertar e suas sobrancelhas se unirem, porém ele assentiu.

— Ok. Ok, eu entendo.

— Por favor, não conte a Tristan que falei isso. Ele não sabe.

— Claro.

Passamos por um silêncio longo e esquisito até ele falar de novo.

— Ainda quer nadar?

— Quero. Se você quiser.

— Quero. Ainda quero ser seu amigo. Tudo isso com Tristan não muda nada. Somos amigos, certo?

Sorri, o que tirou um pequeno sorriso dele.

— Sim, somos amigos.

Capítulo Dezenove

O quintal da mansão era tão impressionante quanto a frente, e a piscina era gigante. Mas não foi nosso primeiro destino.

Acabamos entrando na fila do bar de margaritas. Eu estava pronta para uma, depois *daquela* conversa bizarra.

— Sinto muito... — eu disse.

— Sinto muito — Jared falou ao mesmo tempo.

Sorrimos um para o outro.

— Não vou deixar isto estranho — Jared prometeu baixinho.

— Que bom. Obrigada. Odeio que fique estranho.

— Concordo. — Enquanto ele falava, um homem loiro bonito bateu no ombro dele por trás.

Jared se virou para ver quem o tinha segurado e sorrido.

— Grande Dean — ele cumprimentou com o tom cheio de afeição.

Grande Dean era lindo, de um jeito bem moleque. Na verdade, eu teria dito que ele era o homem mais bonito que eu já tinha visto, se nunca tivesse conhecido James Cavendish.

Dean era apenas alguns centímetros mais alto do que eu e era magro, quase beirando a magro demais, mesmo comparado a Jared. Eu duvidava que ele tinha seis gominhos, como os irmãos, mas seu rosto era sua atração. Com o cabelo quase branco, pele bronzeada, olhos de um azul da cor de centáurea, e o rosto de um anjo teria feito qualquer um olhar duas vezes.

Ainda assim, desde o início, havia alguma coisa que eu não gostava em seu sorriso.

Ele sorriu para Jared, aproximando-se. Alguém atrás de nós fez um comentário alto sobre ele furar a fila, mas ele fingiu não ouvir.

— Que bom que você veio, Diet T.

Jared enrijeceu com o apelido.

Ergui as sobrancelhas, instantaneamente curiosa. Esses caras e seus apelidos...

— O que Diet T significa? — perguntei.

Dean me olhou com um sorriso bem falso.

— Já conheceu o irmão dele? Jared não é a versão diet de Tryst? Mais magro, menos bonito, menos inteligente, menos talentoso. Então o chamamos de Diet T.

Jared pareceu desconfortável e, com muita facilidade, Dean entrou diretamente na minha lista negra.

— E qual é o *seu* apelido? — perguntei a Dean.

— Grande Dean. E você, quem é, meu amor?

— Sou Danika. De onde vem Grande Dean? Parece que facilitaram para você no quesito apelido.

— Não lembro como o apelido começou. Então você é Danika… ouvi sobre você. Saindo com os dois irmãos, huh? Acho que acabei de pensar em um apelido para você! Vamos te chamar de Number One, porque você é a primeira *groupie* da banda.

Conforme falava, ele apertou a mão de Jared e vi um saquinho passar de um para o outro.

Eu estava irada, por vários motivos.

— Pare de ser cretino — Jared murmurou para seu amigo.

— Oh, relaxa. Só estou brincando.

Estava bem fácil de ver de onde vinha o apelido Grande Dean. Ele era um filho da puta perverso, mas eu também era, se fosse provocada.

— Você é bem esperto para um traficante — eu disse a ele, com o sorriso fofo, o tom nem tanto.

Seu sorriso apenas se ampliou.

— Não sou traficante se estou dando. Quer um pouco, Number One?

— Não, obrigada — eu disse entre dentes, contendo o desejo de criar um apelido grosseiro para *ele. Não há nada mais imaturo do que dar apelido,* eu disse a mim mesma com firmeza. — Então, você só é um incentivador das drogas, não traficante? Muito melhor…

Dean olhou para Jared, ainda sorrindo.

— Ela é mal-humorada. Gostei. Quando é minha vez com ela?

— Desculpe, não gosto de meninas — eu disse a ele com a expressão neutra.

Isso matou seu sorriso e ampliou o meu.

— Ela tem razão — uma voz feminina falou, dando risada de trás de mim. — Dean é quase bonitinho o suficiente para *me* interessar.

Me virei e vi uma garota pequena de cabelo escuro com traços de boneca. Sua maquiagem era pesada, seguindo um estilo gótico, e ela era coberta de tatuagens, mas era óbvio que tinha um rosto bem bonito e um sorriso lindo.

— Finalmente vai aceitar minha proposta, Frankie? — Dean perguntou.

— Eu disse quase, Dean. E quase não é suficiente para eu lidar com um pênis.

Frankie estendeu a mão para mim, dando-me um olhar bem carinhoso.

— Danika. Tristan me contou sobre você. É um prazer te conhecer. Sou Frankie.

Apertei sua mão, tentando sorrir, apesar de ainda querer dar um soco na cara de Dean.

— É um prazer te conhecer. Jared estava me contando sobre seu reality show.

Ela mexeu as sobrancelhas para mim, seu sorriso autodepreciativo.

— Espero que não seja um fracasso.

— Tenho certeza de que não vai — garanti. — Principalmente se for no cassino Cavendish. Aquele lugar está bombando agora.

— Vamos torcer para você estar certa. Provavelmente você já viu um pouco do meu trabalho. Fiz quase toda a tattoo das costas do Tristan, e as dos braços. E bastante coisa no Jared também. Quando ele acabar de falar em particular com Dean, vou te mostrar.

Olhei para onde os dois homens estavam e vi que tinham se afastado um pouco e estavam conversando baixinho.

— Jared é ótimo, mas Dean pode ser bem chato — Frankie disse com a voz bem baixa.

Assenti. Pensei que ela estava sendo gentil.

— Então você tem alguma tattoo?

Balancei a cabeça, interpretando, pelo seu sorriso, aonde ela queria chegar com a pergunta.

— Tem alguma coisa que você *realmente* quer? Eu ficaria feliz em te ajudar a tornar realidade seus sonhos de tatuagem.

Mordi o lábio. Estivera pensando nisso, principalmente nos últimos tempos. Algo em encarar as tatuagens de Tristan com tanta frequência me fez começar a querer uma.

— Brinquei com a ideia de fazer uma cerejeira nas costas.

Seu sorriso se alargou. Claramente, ela se sentia vitoriosa.

— Vamos trabalhar nisso. Vou te mostrar uns desenhos meus que vão te deixar doida. Nem precisa deixar minha equipe de filmagem gravar, apesar de que eu adoraria se deixasse.

Fiquei pálida.

— TV? Não sei...

— Não é tão ruim assim. Só pense nisso.

Meus olhos se estreitaram para ela.

— Você faz isso o tempo todo, não faz?

Ela deu de ombros, com um brilho bem envolvente em seus olhos.

— Eu adoro deixar minha marca em pessoas bonitas. É uma peculiaridade minha.

— As tatuagens de Tristan *são* as melhores que já vi.

— Obrigada. Já viu as de Jared?

— Não consegui olhar nenhuma de perto.

— Mas conseguiu olhar as de Tristan de perto? Interessante...

Dei de ombros, minha boca se curvando ironicamente.

— Não sei se interessante é a palavra. Frustrante seria melhor.

Ela deu risada. Começou a falar alguma coisa, mas foi interrompida por uma mulher atrás de mim gritando seu nome.

Me virei e vi uma loira vindo até nós. Ela era bonita no estilo Vegas, com cabelo loiro aguado, um rosto que me lembrava um pouco da boneca Bratz e curvas estarrecedoras que ninguém se enganava pensando que eram naturais. Ainda assim, ela usava o biquíni de um jeito que teria feito qualquer cara hétero olhar duas vezes.

Frankie sorriu para a mulher, mas havia um frio visível em seus olhos que não estava ali antes.

— Natalie — Frankie disse. — Há quanto tempo não nos vemos. O que está fazendo aqui?

Ela pronunciou Natalie de um jeito estranho, o "a" soando como "á". Meu palpite era que Natalie era uma daquelas mulheres que tentavam fazer um nome basicamente normal soar exótico, mas só soava meio idiota.

— Frankie, não sabe como fiquei empolgada quando soube que você vai ter seu próprio programa! Estava morrendo de vontade de falar com você!

— Ah, é? — Frankie perguntou, com o desinteresse praticamente derramando dela em ondas.

— Bom, estou querendo fazer tatuagem há décadas.

— Sério? — Frankie foi claramente cética.

— E acho que seria ótimo para minha carreira fazê-la no seu programa.

— Carreira?

— Comecei a trabalhar de modelo — Natalie disse com arrogância.

Só em Vegas, pensei. Natalie era uns três centímetros mais baixa do que eu, o que era impossível de torná-la modelo, não importava o quanto fosse bonita.

— Vejo que você e Howard não deram certo.

Natalie deu de ombros.

— Ainda estamos nos vendo. Nada exclusivo, mas ele tem sido bom para mim, e eu não vou esquecer.

— Sim, claro. — Era tão óbvio para mim que Frankie não suportava a mulher, mas Natalie parecia não perceber.

O olhar de Natalie mudou para algo atrás de Frankie, e eu podia jurar que era predatório.

— Aquele é Jared Vega? — ela perguntou baixinho.

Frankie não se incomodou em esconder a revirada de olhos.

— É.

— Tristan está por aqui? Aqueles dois geralmente são inseparáveis.

O sorriso de Frankie foi só um vislumbre de dentes.

— Não.

— Droga. Precisava falar com ele.

— Pode ligar para ele — Frankie sugeriu.

Natalie corou.

— Não tenho o número dele. Pode me passar?

— Desculpe. Não posso fazer isso. Vou avisá-lo que você quer falar com ele, se quiser.

— Certo — Natalie disse, com tom de desdém, depois saiu de repente.

— Isso foi... interessante — falei, pensando no que falar da loira. Ela não tinha sido abertamente grosseira, apenas estranha.

— Natalie não sabe ser de outro jeito que não egoísta. Muitas das conversas com ela terminam assim. Quando você não é mais útil, ela simplesmente vai embora.

— Humm.

— É interesseira. Você conhece o tipo. O que falou sobre o ex, Howard, diz tudo. Foi um código interesseiro para "não estamos namorando, mas faço um boquete nele toda vez que ele paga minhas contas". Howard tem quase sessenta anos, aliás.

— Eca — reagi, observando a loira arrasadora aproximar-se de Jared e Dean. — Ela ainda parece estar interessada nos novinhos.

— Está. E isso nem é o pior. A história completa é simplesmente horrível. Ela foi a namoradinha de Tristan no Ensino Médio.

Isso fez meu coração apertar dolorosamente.

— O fato de ele não namorar, de apenas ficar, é pelo menos parcialmente culpa dessa vadia — Frankie disse.

Essa palavra fez o canto da minha boca se elevar, apesar do jeito que sua afirmação me fez sentir.

— Vatalie o deixou assim?

Frankie jogou a cabeça para trás e deu risada.

— Oh, gostei de você. Deixou, sim. Ou, pelo menos, *eu* a culpo. Vatalie começou a sair com Howard enquanto ainda tinha o anel de Tristan no dedo.

Fui de não gostar mais ou menos de Natalie a abertamente odiá-la com essa frase. Não sabia dizer o que me fazia odiá-la mais: o fato de ela ter sido noiva de Tristan ou de ela tê-lo traído.

— Que vadia — eu disse baixinho.

— Exatamente — Frankie concordou.

Chegamos ao início da fila, e um bartender muito simpático me deu duas margaritas, e uma bandeja cheia de shots de tequila para Frankie.

Olhei para os shots em dúvida.

— Por favor, me diga que não são todos para você.

Ela deu de ombros.

— Para nós. Não gosto de beber sozinha. Acha que vai ser muito difícil tirar Jared do seu namorado bonitinho?

Olhei para os dois homens. Natalie sumira, mas eles não tinham parado de conversar baixinho.

— Não parece que eles querem ser perturbados.

— Bom, então vamos começar sem ele. Ele nos encontra quando terminarmos.

Nos sentamos em um canto raso da piscina, colocando as bebidas na borda.

Ela me convenceu a beber tequila, e eu bebi com uma careta.

— Então, eu sei que Tristan precisou trabalhar esta noite. Ele sabe que você está aqui com o irmão dele?

— Não.

— Tenha cuidado com isso. Sei que não estão namorando, mas parece… confuso para mim. Aqueles dois são próximos. Seria uma pena afastá-los.

Suspirei.

— Eu sei. Pensei em ficar com Jared, mas decidi que não vai acontecer esta noite. É que parece errado. Não quero ficar entre eles, e não quero enganar Jared.

— Disse isso a Jared? Ele parece estar caidinho.

— Falei. Foi esquisito, mas ele foi bem legal quanto a isso.

— Ele é o cara mais legal do mundo, mas me preocupo com ele.

Isso me surpreendeu, mas, antes mesmo de eu perguntar, sabia ao que ela estava se referindo.

— Por quê?

— Me preocupo com ambos os irmãos Vega, mas principalmente com Jared. É que ele é muito aberto a qualquer coisa, sabe? Não parece ter um botão para ir devagar quando se trata de drogas e álcool. Nenhum deles, mas Tristan, pelo menos, permanece mais com a bebida. Acho que não tem nada que Jared não tenha provado e, em certo ponto, não dá para chamar tudo de experimentação.

— Tristan sabe?

Frankie suspirou, parecendo uma mãe preocupada, apesar da sua idade.

— Sabe. Vai ser o primeiro a dizer que é normal provar coisas. Quando se fuma baseados com sua mãe antes dos doze anos, é difícil ter uma perspectiva relacionada ao assunto.

Fiz careta.

— Fui jantar na casa dela e vi isso. Sou totalmente puritana quanto a drogas, e sei que eles são adultos agora, mas isso ergueu bandeiras vermelhas para mim.

— Não me entenda mal, amo aquela mulher, mas é meio zoado, e isso não é nem a metade.

— Dean entregou a Jared um saquinho de alguma coisa quando apareceu — contei, minha voz bem baixa, já que Jared estava se aproximando da piscina.

— Entende, agora, que essa é a merda que me preocupa? Dean consegue o que ele quiser, sem nem pensar o que é bom para ele. E posso garantir que não apenas um saquinho de erva.

Encerramos o assunto quando Jared se juntou a nós na piscina, e Frankie falou sobre cada tatuagem que ela tinha feito na pele dele, o que era uma quantidade considerável.

— Filhinho da mamãe — zombei dele gentilmente quando ela apontou uma tatuagem para a mãe que tinha feito no peito.

Era uma âncora com a palavra "mãe" gravada nela. Pensei que dizia muito ele ter escolhido uma âncora para representar a mãe, apesar de, pra mim, mostrar algo bem diferente do que ele pensava que mostrava. Lucy tinha me treinado para procurar sinais de codependência, e marcar permanentemente o corpo com o fato de alguém te afundar era quase tão óbvio quanto parecia.

— Absolutamente. Até o dia em que eu morrer, vou ser filhinho da mamãe. Ela é minha melhor amiga.

Apesar das minhas reservas, um pequeno "aww" escapou de mim quando essas palavras fofas saíram de um homem crescido.

— Tristan também é filhinho da mamãe, mas não tanto quanto este aqui — Frankie me contou, conforme passou as mãos no abdome de Jared, traçando o dragão enorme que ela fizera.

Minha testa franziu conforme analisei o dragão. Era dourado e tão elaborado que precisei analisar com cuidado para pegar todos os detalhes. Parecia muito com o que ela fizera no ombro de Tristan, mas o dragão de Jared tinha uma peculiaridade extra que me fez revirar os olhos.

— Esse dragão está fumando um baseado ou é um cigarro? — perguntei, irônica.

— Adivinhe — Jared disse, brincando.

— Bom, metade dele está na água — reclamei.

— Aqui. — Ele saiu da piscina, pendurando-se na borda para eu ter uma visão melhor.

Me aproximei, ficando entre suas pernas para analisar o dragão fumante.

— Não acredito que você tatuou um dragão fumante na barriga dele — falei para Frankie, meu tom acusatório, quando vi o que era realmente.

— Tentei convencê-lo a não fazer o baseado, mas ele insistiu. Também tem uma folha de maconha no quadril dele, apesar de não ter sido eu. Expliquei para ele que as pessoas quase sempre se arrependiam de tatuagens de drogas. Quando for mais velho, com filhos, nunca vai poder falar para eles não usarem drogas sem parecer hipócrita.

— Não falaria para eles não usarem. Vou ser um pai moderno.

— Sabe, agora todos falam isso, até terem filhos — Frankie explicou. — Suas prioridades vão mudar, eu lhe garanto.

Olhei para Jared quando ele não teve resposta para esse argumento.

Ele estava olhando na direção da casa, com uma expressão de pânico congelada no rosto.

Eu sabia quem era antes de me virar para olhar. Minhas mãos deixaram a barriga de Jared, onde estavam traçando a tatuagem inocentemente.

— Caraaalho, ele vai me matar — Jared disse baixinho.

Tristan tinha chegado e estava vindo em nossa direção com um olhar que eu nunca tinha visto.

Capítulo Vinte

Tristan nem me olhou, pois seus olhos frios estavam totalmente no irmão. A cor dourada nunca pareceu tão congelante.

Ele mal parou quando chegou até nós.

— Uma palavrinha, Jared — ele disse, sério, passando por nós.

Jared passou a mão pelo cabelo molhado preto com a expressão tensa.

— Me desejem sorte, meninas — pediu baixinho, antes de seguir o irmão.

— Isso é uma infelicidade — Frankie disse, observando os irmãos se afastarem.

— Não era para ele estar aqui — defendi.

— Tem razão. Imagino como ele descobriu que vocês estavam juntos.

— Acha que ele veio aqui porque alguém contou para ele?

— Ele tinha um trabalho de promoter esta noite, certo? Algo convincente o trouxe aqui, e só consigo pensar que foi você e Jared aparecerem juntos.

— Mas nem conheço ninguém aqui. Quem teria contado?

— Parece que eu e Dean somos as únicas possibilidades, e eu não te dedurei. Vou levar bronca por isso, aliás.

— Maldito Dean — xinguei sombriamente.

— Maldito Dean — Frankie concordou. — Todos são amigos desde pequenos, mas não suporto Dean. Ele sempre vai pelo caminho errado. É liso demais. Vai perceber que ele desapareceu antes de a merda bater no ventilador.

Demorou muitos minutos para Tristan se aproximar da gente de novo, e desta vez sem Jared.

— Aonde seu irmão foi? — perguntei, procurando na multidão. Não vi sinal de Jared.

Tristan agachou perto da borda da piscina, parecendo mais ameaçador do que nunca.

— Ele foi para casa. Podemos conversar, Danika?

Foi o tom que ele usou, assim como as palavras, que me fez estremecer de pavor. Nunca o tinha visto assim.

Fui para a lateral da piscina e comecei a sair.

— Ei, Tristan — Frankie gritou com a voz amigável. — Não esperava te ver aqui.

— Ei, Frankie. Está bem óbvio que ninguém esperava. — Conforme ele falou, me ajudou a sair da piscina.

— Você tem toalha? — perguntou, seu tom ainda mais hostil do que nunca.

Balancei a cabeça, sentindo-me meio entorpecida.

— Está com frio? — questionou, solícito mesmo com raiva.

Balancei a cabeça de novo. Estava tão quente quanto um secador de cabelo lá fora, e nem a piscina foi o suficiente para me esfriar.

Não vi que estávamos indo embora da festa até Tristan gritar:

— Falo com você depois, Frankie.

E nos afastamos.

Ele pegou uma toalha para mim de uma pilha enorme perto da casa. Me enrolei nela, seguindo-o em silêncio. Eu estava dividida sentindo culpa por ter saído com Jared e irritada com a forma que ele estava agindo. Ele não tinha direito, mas eu menti para não *ter* de contar com quem iria sair.

Segui Tristan pela casa até sair pela porta da frente. Ele estava abrindo a porta do passageiro de um Camaro preto quando falei de novo.

— Não posso levar a toalha — argumentei, olhando de volta para a mansão. Parecia uma coisa desprezível de se fazer… aproveitar da hospitalidade do proprietário misterioso.

Sua mandíbula ficou tensa e ele ficou apenas ali parado, me encarando e segurando a porta aberta.

Entrei, roubando a toalha idiota.

Ele fechou a porta suavemente.

Dirigiu por cinco minutos até um de nós falar.

— Este é seu carro? — perguntei.

Ele assentiu rapidamente como resposta.

A onda seguinte de silêncio foi quase insuportável. Senti meu coração martelando no peito enquanto esperava para ver o que ele tinha a dizer. Meus pensamentos enlouqueceram um pouco; indo de querer matá-lo, seguindo para o desejo forte de me desculpar. A última coisa que eu queria no mundo era ficar entre irmãos, mas, por outro lado, poderia argumentar que não estava ficando entre eles, já que Tristan e eu éramos, supostamente, amigos.

Eu estava em guerra comigo mesma, em guerra com minha própria lógica natural, e minhas emoções estavam descontroladas. Tristan tinha esse efeito em mim.

— Só tenho duas perguntas, e aí o assunto acaba. — Sua voz rouca na escuridão me fez pular.

— O-Ok. — Eu detestava a fraqueza na minha voz.

— Tudo isso foi porque ficou magoada por ontem à noite?

Me encolhi. Essa era exatamente a pergunta que eu não queria, porque encontrar a resposta exigia que eu fosse brutalmente sincera comigo mesma.

— Em parte, foi — finalmente respondi. — Queria uma distração de você.

— Ok. Queria que tivesse me dito isso. Segunda pergunta: está realmente interessada no meu irmão?

Suspirei de alívio. Essa eu podia responder com facilidade e honestidade.

— Jared é ótimo, mas já falei para ele que não posso namorá-lo. Não tenho esse tipo de sentimento por ele.

Tristan expirou alto, então ficou em silêncio.

Não falamos de novo até voltarmos para casa e, então, só falamos um breve boa-noite.

Tristan dormiu no sofá, e eu senti vagamente que estava sendo punida.

Virei e me remexi a noite toda.

Ele tinha saído quando acordei na manhã seguinte. Pensei em sua ausência o dia todo, principalmente porque ele não ligou nem mandou mensagem.

Dormi rapidamente naquela noite, exausta pela falta de sono da noite anterior.

Fiquei tão aliviada que queria chorar quando o encontrei dormindo no sofá na manhã seguinte.

Ivan e Mat tinham dormido na casa de um amigo da rua, então a casa estava quieta como um túmulo. Me afastei em silêncio, deixando-o dormir. Não havia muitas manhãs tranquilas o suficiente para dormir até mais tarde, e era uma pena estragar uma delas.

Decidi nadar. Evitei meu maiô preto de novo, vestindo meu biquíni bronze. Era bobeira usar biquíni para nadar de verdade, mas meu orgulho venceu essa.

Eu tinha perdido a conta do número de voltas que tinha dado quando flagrei movimento pelo canto do olho.

Nadei para a lateral da piscina, me debruçando na borda conforme Tristan se aproximava. Ele já estava usando sunga preta. Seu olhar podia apenas ser descrito como arrependido.

Ele mergulhou na piscina de uma maneira de dar água na boca, nadando até mim, e encostou-se na minha lateral.

— Fui um completo babaca aquele dia — disse baixinho com sinceridade. Continuou se aproximando até estarmos quase nos abraçando. — Me perdoa?

Nem hesitei, apenas assentindo conforme o observava.

Ele se abaixou, envolvendo os braços em mim.

Joguei os braços em volta do seu pescoço, abraçando-o também.

Seus braços se apertaram até estarmos pressionados um no outro. Ele me abraçou assim por bastante tempo, sem gracinhas, apenas o bom e velho abraço.

— Você e Jared fizeram as pazes também? — perguntei em seu ouvido.

Ele recuou, e fiquei arrependida por ter arruinado o clima.

— Fizemos. Ele ficou puto comigo, mas estamos bem agora. Foi bom que você já o tinha recusado.

— Ele te falou isso?

— Falou. É verdade?

— É. Já te contei.

Ele deu seu sorriso mais encrenqueiro — uma mistura de alegria, travessura e as melhores covinhas do mundo. Era o sorriso que me conquistava toda vez.

Ele me pegou no colo, indo para as escadas da piscina. Deveria saber que isso iria acontecer, mas um gritinho de surpresa escapou dos meus lábios conforme ele me jogou de volta na água com uma risada alegre.

Saí da água falando rápido.

— Você me jogou de lado. Doeu.

— Sempre pode se vingar e me jogar.

Era burrice, mas eu tentei. Só acabei empurrando-o e seguindo-o de perto.

Ele me jogou por cima dos ombros. Gritei e comecei a dar tapas nele quando me carregou para o trampolim e começou a balançar.

— Você é muito pesado para fazer isso — gritei. — Vamos quebrar esta coisa!

Ele me jogou na água, e emergi com risadinhas descontroladas.

— Você está fora de controle — eu o repreendi, nadando de costas para me afastar dele.

Ele me seguiu com um sorriso malicioso.

— O que deu em você? — perguntei conforme ele me encurralou no canto da piscina.

Tristan me beijou, e o mundo desapareceu.

Foi o tipo de beijo em que se puxa cabelo, entrelaça pernas, morde a boca, e tudo *e* sua alma são despedaçados.

Eu o desejara desde que o vira pela primeira vez, mas algo importante dentro de mim mudou com aquele beijo. Precisava dele, precisava de algo que nosso relacionamento fez por mim, e resolvi, com aquele beijo, parar de ser tão medrosa quanto a isso.

Ele envolveu sua boca na minha repetidamente, profundo, gentil, viciante de um jeito que só me fazia querer mais.

Meus braços estavam em volta do seu pescoço, minhas pernas em sua cintura, antes mesmo de perceber que eu tinha me mexido. Me movimentei até sua ereção grossa estar aninhada exatamente no lugar perfeito.

Seu peito se movia com uma respiração irregular, um som baixo, rouco e sombrio escapando da sua garganta e boca.

Reagi com um choramingo baixo, rebolando contra ele. Ele era tão grande, provavelmente maior do que eu gostaria de lidar se estivesse pensando direito, mas minha mente havia tirado férias para isso.

Uma das suas mãos grandes foi para minha bunda, me segurando no lugar conforme ele roçava em mim. A outra foi para minha lateral e acima das costelas, pairando logo abaixo do meu seio palpitante.

Com um gemido impaciente, estiquei o braço e a puxei para cima do meu seio. Ele envolveu minha pele, depois massageou suavemente.

Ele recuou, mas, antes de eu poder protestar, ele estava me colocando na beirada da piscina, com a cabeça enterrada entre meus seios. Ele colocou o tecido do meu biquíni para o lado com os dentes, sugando meu mamilo.

Segurei a cabeça dele, tentando encher a mão com seu cabelo, mas era curto demais.

— Você precisa ter cabelo mais comprido — arfei.

Ele grunhiu, virando a cabeça, beijando até o outro lado. Sua boca era quente em mim, e me contorci com o contato.

Nós dois estávamos ofegantes quando ele se afastou. No segundo em que sua cabeça deixou minhas mãos, me inclinei para trás, apoiando nos meus braços, tentando lembrar como fazer meu cérebro funcionar de novo.

Ele me olhou fixamente.

— Estive pensando — ele começou, com a voz baixa e grossa.

Assenti para ele continuar, sem a capacidade de pensar.

Suas mãos foram para minha barriga, e ele começou a acariciar e então massagear minhas laterais e cintura. Estremeci quando ele apertou mais forte logo abaixo do meu umbigo.

— Tenho uma ideia — ele sugeriu, uma mão grande descendo para acariciar meu quadril, massageando a pele e descendo…

Respirei de forma irregular conforme sua mão passava por todo o resto e começava a esfregar a parte interna da minha coxa. Me contorci, abrindo as pernas para ele.

— Quer ouvir? — ele perguntou, afastando-se.

Só observei-o se mover para pegar uma das boias compridas que estavam na lateral da piscina.

— Quer? — tentou de novo, e eu não conseguiria adivinhar o que ele estava perguntando nem para salvar minha vida.

— O quê?

— Quer ouvir minha ideia? — repetiu, puxando a boia até mim.

Ele não demonstrou esforço ao me erguer para a superfície redonda. Me colocou de costas no plástico inflável com uma mão firme, e eu arfei quando espirrou água no meu colo e minha barriga com o movimento.

— Quero — eu disse, desesperada.

— Eu não gosto de relacionamentos.

— Não gosta — concordei.

— E você não gosta de sexo casual.

— Não.

— Então vamos tentar uma coisa. Eu te faço gozar. Só isso. É perfeitamente inocente. Não vai se sentir usada, e continuamos amigos.

Meu cérebro estava muito confuso no momento para discutir com a lógica distorcida que ele estava usando. Minhas sobrancelhas se uniram, e eu me agarrei à maior lacuna em seu argumento.

— O que *você* ganha?

Ele deu seu melhor sorriso, aquele que me arruinou para todos os outros sorrisos do mundo.

Eu estava pior do que pensava até aquele exato instante.

— Estou obcecado pela ideia de te fazer gozar. Desde que me contou que ninguém conseguiu te fazer gozar...

— Eu disse que ninguém fez, não que não conseguiram — argumentei.

— Qual é a diferença?

— A diferença é que não era para você assumir como um desafio!

— Bom, desde então, só consigo pensar nisso. Sonho com isso. E, então, naquela manhã, quando acordamos daquele jeito...

Conforme ele estivera falando, eu comecei a recuperar o controle do meu cérebro, mas desapareceu de novo como mágica quando ele mencionou o dia.

Ele engoliu em seco, suas mãos se movendo para acariciar minha barriga, água espirrando por cima das laterais da boia e me atingindo em ondas suaves com seus movimentos.

— Quando te ajudei… a te dar prazer, bem, pensava que estava obcecado por isso antes, mas piorou… Deixe-me te fazer gozar. Não se preocupe comigo. Vou tomar banho quando terminar.

— Não gozo com tanta facilidade — alertei-o. — Geralmente demoro bastante e preciso do vibrador.

Ele levou uma das minhas mãos à boca, com a palma virada para mim.

— O que acha da língua vibratória? — ele perguntou contra minha mão.

O que ele fez em seguida desafiava todas as explicações para mim. Movimentou a língua em pequenos círculos rápidos e de maneira irregular na minha palma. Era tão rápido, na verdade, que pareciam vibrações.

— O que é isso? O que está fazendo? — perguntei, tentando tirar minha mão, em vão.

— Demonstrando o que vou fazer com seu clitóris. Alguma objeção?

Eu não conseguia pensar em nenhuma.

Ele tinha feito uma promessa bem espetacular, mas não começou por aí.

Iniciou de forma bem inocente, com as mãos massageando as laterais da minha perna. Claro que seus olhos não eram inocentes. Meu biquíni estava torto, os triângulos ainda colocados para o lado revelando a maior parte do meu seio, e seus olhos estavam absorvendo minha nudez.

Ele colocou uma mão na parte interna da minha coxa, abrindo-a para ele poder ficar entre minhas pernas conforme suas mãos trabalhavam em uma coxa sortuda.

— Você tem mãos ótimas — eu disse a ele.

— Estou aqui para quando precisar de um massagista.

— Preciso de um massagista.

Ele segurou meus quadris, movendo os dele para entre minhas coxas. Ajeitou-se até sua ereção estar aninhada contra meu sexo. Entre meu biquíni e sua sunga, a posição não deixava nada para a imaginação.

Gemi com o contato.

Podia literalmente sentir sua reação a isso quando sua ereção latejou contra mim.

— Vai reclamar comigo de ficar na mão depois? — perguntei quando ele começou a massagear meus ombros.

— Não vou reclamar de nada disto, Deus me livre. Na verdade, fazer isso com você está na minha lista de desejos há algumas semanas.

— Aposto que sua lista de desejos é cheia de garotas em quem quer fazer oral.

Ele havia abaixado um braço e estava massageando minha mão. Nunca tinha percebido quanta tensão havia ali até ele me massagear. Meus olhos quase se reviraram de tão bom.

— Não. Colocar as mãos em você era o único ato sexual da lista.

— O que mais tem na lista?

— Te conto depois. Agora não é a melhor hora.

Entendi o que ele quis dizer quando passou as mãos por minhas costelas e desceu para o umbigo.

— Você tem o abdome mais sexy que já vi — ele me disse, o que fez uma onda de prazer me percorrer. Eu tinha sido elogiada por vários homens, mas Tristan sempre me fazia *sentir* isso.

Meu olhar de pálpebras pesadas foi para os seis gomos dele. Estava escorrendo água e parecia uma tábua.

— Olha quem está falando.

Ele mostrou uma covinha para mim por um breve instante antes de mergulhar a boca em mim. Nenhum de nós falou muito depois disso.

Era um misto surreal de sensações, com o sol à minha frente enquanto eu flutuava na água, Tristan movendo sua boca quente em mim, suas mãos me massageando em todos os lugares.

Seus quadris empurravam os meus debaixo da água conforme ele beijava meu pescoço.

Estremeci, jogando os braços em volta dos seus ombros musculosos, tentando mantê-lo ali.

Ele não colaborou, movendo os lábios para brincarem na minha clavícula, descendo pelo meu corpo apenas o suficiente para separar sua metade inferior da minha e trazer meus quadris para acima da superfície da água.

Resmunguei um protesto.

— Amor, não sou santo — ele disse contra minha pele, suas palavras soprando de forma deliciosa na minha pele. — Se meu pau ficar aí por muito tempo, vai tentar encontrar um jeito de entrar.

Ele se aconchegou entre meus seios, a parte de cima do meu biquíni desaparecendo como mágica. Simplesmente sumiu, sem sinal de aonde tinha ido, até onde eu podia ver.

Ele chupou um mamilo dolorido, com a mão se movendo para segurar o outro firmemente.

Meu corpo inteiro estava tremendo com ansiedade quando ele desceu para a parte inferior da minha barriga. Qualquer autocontrole que eu pudesse ter tinha evaporado há bastante tempo.

Tentei empurrar sua cabeça mais para baixo, tentei fazer sua língua se aproximar de onde ele dissera que ia, mas ele não se mexeu nem um centímetro.

Tentei outra tática.

— Por favor — pedi baixinho.

Ele deu risada contra o osso do meu quadril, aconchegando-se ali.

— Implorar não vai te ajudar agora, Senhorita Pensativa. Isto não se trata de deixar você ficar no controle. Trata-se de fazer você enlouquecer. *Eu* sei quando está pronta e planejo demorar o quanto quiser para te deixar no ponto.

Engoli em seco e lambi os lábios, observando sua lentidão conforme ele progredia para o sul.

— Nunca ninguém fez oral em mim. Você será o primeiro.

— Eu sei, e planejo fazer gostoso para você. Pensei um pouco nisso...

— Bom, conseguiu fazer isso alguma hora *hoje*?

— Exigir é uma ideia ainda pior do que implorar — ele murmurou na minha pele.

Senti meus dentes cerrarem em frustração, mas não durou muito. Sua boca foi para a parte interna da minha coxa, fazendo minha mandíbula relaxar. Ele sugou forte o ponto entre minha coxa e virilha, e eu quase gritei. Ele parecia conhecer cada nervo sensível do meu corpo.

Ele tirou a parte de baixo do meu biquíni com os dentes, puxando cada nó lentamente, como uma tortura.

Quando sua boca chegou ao meu sexo, eu estava mais preparada do que nunca. Conseguia, literalmente, sentir a umidade em mim, e não era como meu corpo normalmente trabalhava.

Ele colocou os ombros entre minhas coxas, meus calcanhares afundando em suas costas conforme ele se abaixou mais.

A posição inclinou meus quadris para cima e trouxe seu rosto mais para perto, até eu poder senti-lo respirando no meu centro quente. Prendi a respiração.

Ele me lambeu, uma deliciosa e longa lambida, e meus olhos se reviraram, meus dedos do pé se curvando.

Quando ele começou a circular meu clitóris de maneira implacável com sua língua impossivelmente rápida, enlouqueci, me contorcendo e choramingando, puxando seu cabelo, tentando agarrá-lo em vão, e finalmente decidindo arranhar seus ombros.

Ele inseriu um dedo grande em mim, gemendo contra minha pele sensível conforme foi mais fundo. Começou um ritmo suave com o dedo enquanto a língua fazia sua mágica.

Minha visão escureceu, depois clareou, conforme o orgasmo mais delicioso me inundou em ondas sensuais. Demorou alguns minutos para acabar. Toda vez que eu pensava que tinha acabado, outro tremor luxurioso tomava meu corpo.

Me despedacei e me recompus de novo, meu mundo inteiro totalmente chacoalhado.

Capítulo Vinte e Um

— Você precisa ter cabelo mais comprido. — Foi a primeira coisa brilhante que consegui arfar, muitos instantes depois de eu ter terminado.

Ele deu risada, aconchegando o rosto no meu quadril.

— Cabelo mais comprido. Entendi. Vou adicionar isso à minha lista de afazeres.

— Faça isso — pedi, tentando, com todas as minhas forças, não parecer que meu mundo tinha acabado de virar de cabeça para baixo. — Preciso de alguma coisa para segurar.

— Tenho que tomar banho. Consegue se levantar? Não quero que durma na piscina.

Ele me ajudou a sair da boia, e eu consegui me levantar, mais ou menos.

Não me incomodei em colocar de volta o biquíni, apenas pegando as peças enquanto Tristan saía da piscina e envolvia uma toalha na cintura.

Ele não olhou para mim ao entrar na casa.

Era ridículo, mas tive muita vontade de implorar para ele me abraçar.

Me sequei e fui para o quarto esperar minha vez de tomar banho.

Caí de cara na cama, sentindo-me letárgica e com a mente enevoada. Pensei que poderia dormir por dias depois daquele orgasmo fora de série.

Ouvi a porta do banheiro se abrir e só percebi que estava nua em cima das cobertas, e a toalha no chão, quando Tristan arfou.

— Desculpe — murmurei.

Ele não respondeu, mas percebi a cama se mover conforme ele se sentou ao lado do meu quadril. Parecia que minha pele estava pegando fogo quando o senti encarando minhas costas nuas por bastante tempo.

Quando ele falou, sua voz estava baixa e rouca e provocou um tremor de puro prazer da minha cabeça aos pés.

— Não cheguei a massagear a parte de trás. Hora de terminar sua massagem.

Quase ronronei, concordando.

Sua mão quente acariciando a parte de trás da minha coxa quase me fez sair do corpo. Ele abriu gentilmente minhas pernas e pude ouvir sua respiração ofegante e superficial conforme me analisava.

Ele inseriu um dedo grande em mim, e eu ainda estava tão molhada que entrou tranquilamente.

— Nunca fico tão molhada — expliquei sem fôlego, estranhamente constrangida por isso.

Ele gemeu, inserindo um segundo dedo. Ele instaurou um ritmo que me fez chegar perto do clímax de novo surpreendentemente rápido.

— Não consigo gozar duas vezes — avisei-o, choramingando. — Nunca gozo. Não sou... — gemi, empurrando meus joelhos para se moverem contra seus dedos cruéis.

Ele se pressionou na minha lateral, jogando uma perna por cima da minha a fim de manter minhas pernas bem abertas. Eu sabia que ele tinha se masturbado no banho, mas estava duro como uma pedra onde seu pau se enterrava no meu quadril através da boxer.

Ele mordiscou com a pressão exata e perfeita o tendão entre meu pescoço e ombro, e eu gozei com um gemido longo do mais puro prazer.

— Você não é o quê, boo? — ele perguntou, um sussurro rouco no meu ouvido que me fez estremecer.

Minha mente estava vazia. Não conseguia me lembrar de onde estava, que dirá o que ele queria dizer com essa pergunta.

— Você disse que não consegue gozar duas vezes. Que nunca goza. E começou a dizer que você não é...?

Minha mente conseguiu ao menos se lembrar da conversa. Seus dedos grandes ainda estavam dentro de mim, e era difícil focar em outra coisa.

— Não sou do tipo que tem orgasmo múltiplo — terminei a frase por ele.

Ele deu risada no meu pescoço, seus dedos se movendo, saindo, depois entrando bruscamente de novo. Eu não gostava de brusco, mas nunca um carinho brusco tinha sido tão bom, e meus quadris circularam, movendo-se com a mão dele conforme ele iniciou um ritmo rápido.

Emiti um som alto de protesto quando ele tirou os dedos, porém ele apenas me virou de costas na cama, rapidamente inserindo-os de novo.

Seus olhos no meu corpo eram hipnotizantes. O olhar era focado, faminto.

— Sabe que acabei de assumir isso como um desafio, certo? — ele perguntou, descendo por meu corpo, com a intenção clara.

— Onde você aprendeu a fazer isso?

— Fazer o quê? — Seu rosto pairou sobre a minha virilha.

— Essa coisa com a língua.

— Não vou responder isso — falou com firmeza.

Tudo bem, porque esqueci a pergunta rapidamente.

— Sabe, posso fazer isso com mais do que minha língua — ele disse e enfatizou as palavras com a mão, as investidas dos seus dedos se transformando em uma vibração brusca que explodiu minha mente em pedacinhos.

— Você é tão linda — elogiou, depois de eu ter meu terceiro e glorioso orgasmo do dia.

— Foram três — contei, atordoada.

Ele subiu por meu corpo, sorrindo como se fosse *ele* que tivesse acabado de gozar três vezes.

Ele me beijou, pressionando seu corpo no meu, seu peito nu contra o meu, seu comprimento rígido aninhando-se exatamente no lugar perfeito, roçando forte em mim. Se ele não estivesse de boxer, teríamos muito bem feito sexo.

Podia sentir meu gosto nele, mas não me importava, não conseguia parar de beijá-lo nem de ter seu peso sobre mim. Geralmente, eu detestava essa sensação, do peso de um homem me prendendo, mas gostava disso quanto se tratava de Tristan.

— Posso fazer alguma coisa por você — ofereci quando ele se afastou da minha boca e começou a beijar meu pescoço, sua ereção grossa pressionando em mim em um ritmo frustrado.

— Não. Isto é para você. Ainda te devo uma massagem.

Puxei seu rosto de volta ao meu, chupando sua boca, minhas pernas se movendo para envolver seus quadris bem apertado. Nós dois gememos quando isso o empurrou parcialmente para dentro de mim, mesmo através da boxer.

— Você foi tão apertada nos meus dedos. Tão perfeita.

Empurrei contra ele, observando seu rosto.

— Quero você dentro de mim.

Ele nem refletiu sobre isso, simplesmente balançou a cabeça.

— Não foi esse o combinado. O combinado era eu te fazer gozar, não eu te fazer gozar e, depois, me aproveitar de você quando está saciada.

— Não está se aproveitando. Eu quero você. Você inteiro. Cada centímetro do seu pau enterrado fundo dentro de mim.

Seus olhos ficaram vidrados, dando uma última investida frustrada em mim antes de se afastar.

— Vamos conversar sobre isso amanhã. Não confio em nenhum de nós neste momento. Enquanto isso, eu te devo uma massagem, então vire de bruços.

Me virei, revirando os olhos.

Ele massageou meu corpo por muito tempo com suas mãos gloriosamente fortes, apertando profundamente meus músculos, em seu tempo, relaxando cada centímetro meu. Eu estava quase dormindo quando ele falou no meu ouvido.

— Esqueci de te contar — ele sussurrou. — Todas as minhas massagens têm um final feliz.

Ele me surpreendeu e dei risada de como ele era escandaloso, mas as risadinhas rapidamente se transformaram em suspiros conforme ele inseriu seus dedos em mim, instaurando um ritmo rápido que me levou ao clímax de novo.

A última coisa de que me lembro antes de cair no sono foi murmurar um baixo "obrigada" e senti-lo beijar gentilmente a parte de trás da minha cabeça.

Meu primeiro pensamento quando acordei foi que nunca tivera um sono tão tranquilo na vida.

Poderia ter voltado logo a dormir, mas fui rapidamente distraída pelo fato de estar escuro lá fora. Quando vi isso, me levantei desajeitada e vesti as primeiras roupas que consegui encontrar, quase correndo para a sala.

Jerry e Tristan estavam sentados no sofá. Suas vozes eram bem baixas, e não havia sinal dos meninos, o que significava que eu tinha dormido até a hora de eles irem para a cama.

— Sinto muito, Jerry — comecei. — Não foi minha intenção dormir o dia todo.

Ele acenou com um sorriso, levantando-se.

— Não se preocupe, Danika. Tristan e eu cuidamos de tudo. Todos precisam de uma boa soneca de vez em quando.

— Bev já foi dormir? — perguntei, olhando para a cozinha.

— Há horas. Ela acorda cedo amanhã. Também estou indo dormir. Já passou da meia-noite. Boa noite, crianças.

Sorri para ele. Geralmente, quando alguém em seus quarenta anos se referia a jovens adultos como crianças, era condescendente, mas nunca com Jerry. Eu sabia que ele queria dizer como um termo carinhoso.

— Boa noite, Jerry.

— Boa noite, velhote — Tristan disse com um brilho nos olhos.

— Acha que está me insultando — Jerry retrucou conforme saía do cômodo —, mas me sinto duas vezes mais velho do que você pensa que pareço, então dá no mesmo para mim.

Me sentei ao lado de Tristan, observando suas mãos.

Ele estava embaralhando um maço de cartas, como fazia com frequência; o ritual parecia acalmá-lo. Sempre ficava impressionada com como suas mãos eram habilidosas e velozes. Minha admiração tinha aumentado de nível mais cedo, quando vi as outras formas com que aquelas mãos podiam fazer mágica.

— Acabei de descobrir que meu apartamento ficou pronto — ele disse.

Enrijeci, chocada com a notícia. Não deveria ter ficado. Ele tinha ficado mais tempo do que qualquer um de nós esperávamos.

— Onde fica? — finalmente perguntei.

— Não é longe daqui. É na Henderson, perto de Warm Springs, talvez dê uns quinze minutos.

— Oh.

— É. Oh.

— Você tem algum colega de quarto?

— Um. Dean.

Tentei não fazer uma expressão grosseira ao ouvir o nome.

Compartilhamos um silêncio longo e bizarro. Acho que nenhum de nós sabia o que dizer ou por onde começar. Para melhor ou pior, as coisas tinham ficado *complicadas*.

Observei suas mãos enquanto ele embaralhava as cartas repetidamente.

— Nada mudou, Danika. Ainda não estou pronto para fazer promessas.

Eu sabia que dizia muito sobre mim tudo que ouvi nessa frase ter sido que talvez ele ficasse pronto, *algum dia*, e era suficiente.

Eu tinha me apaixonado para valer, e muito rápido.

— Você está bem? — Sua voz era um sussurro suave.

Assenti rapidamente, pensando nisso. Acho que talvez estivesse meio dormente, minha mente focada apenas no fato de que, agora que éramos íntimos de certas formas, eu só queria tocá-lo. Não necessariamente de um jeito sexual. Era mais como se eu devesse ter certos direitos, e algumas das nossas preocupações devessem desaparecer. Eu deveria poder simplesmente chegar e abraçá-lo onde ele estava sentado, já que fizemos muito mais do que isso há apenas algumas horas.

Na verdade, quanto mais ficávamos somente sentados ali, tentando encontrar as palavras certas, mais eu queria só mandar um foda-se e fazer o que eu quisesse. Quatro orgasmos de enlouquecer tinham bagunçado minhas prioridades — aquelas malditas coisas tinham acontecido e me feito perder a cabeça. Uma parte do meu cérebro ainda estava me dizendo *não, pare, isto não é saudável*.

Coitada dessa parte do meu cérebro, porque não achava que eu fosse capaz de ser saudável naquele momento; a loucura caía muito bem.

— Passou da meia-noite, o que significa que é amanhã — eu disse baixinho.

Ele suspirou pesadamente, inclinando-se para a frente. Segurou o monte de cartas na ponta da mesa e as espalhou como uma perfeita cascata. Ele fizera isso a uma distância considerável.

— Como fez isso? — perguntei, meus olhos indo para seu peito musculoso conforme ele se recostou, cruzando os braços atrás da cabeça.

— Como te falo, minhas mãos são mágicas.

Compartilhamos um breve sorriso que significava encrenca.

— Estou começando a acreditar em você.

Ele suspirou de novo, quebrando o contato visual.

— Tem certeza de que queremos apressar essa conversa? Não vejo problema em adiar mais um pouco.

Eu via o problema. Ele iria embora logo. Eu sentia uma urgência só de pensar nisso. Se iria perdê-lo, queria que ele se *lembrasse* de mim.

Coloquei uma mão na sua coxa e vi o ar sair limpo dos seus pulmões com uma respiração profunda. Adorava que um toque meu pudesse fazer isso com ele.

Me ajoelhei no sofá, inclinando-me.

Seus olhos estavam cautelosos para mim conforme me movi para montar nele, pressionando meu peito no dele. Aproximei meu rosto, jogando meu peso contra ele. Rebolei em um movimento provocador que o fez gemer.

Ele manteve os braços atrás da cabeça, apertando a mandíbula.

— Deve saber que estou fraco demais para resistir a você neste momento, então tome cuidado, boo.

— Quem disse que quero que resista? — provoquei, movendo meus lábios por seu pescoço. Ele cheirava tão bem que inspirei fundo antes de beijar a pulsação em seu pescoço.

— Quero tanto você que faria simplesmente qualquer coisa para te ter — ele disse, rouco. — Mas a única coisa que não vou fazer é arriscar te perder. Consegue prometer que, se fizermos isto, não vou te perder?

Não hesitei, nem pensei muito na pergunta como deveria. Eu o queria, e queria agora.

— Prometo.

Nos beijamos, uma união brusca dos nossos lábios. Ele mordeu meu lábio inferior, e eu simplesmente derreti.

Ele empurrou os quadris para a frente com força suficiente para mover nós dois para a ponta do sofá, seu pau pressionando forte através das minhas roupas.

— Envolva suas pernas em mim — ele disse entre a respiração.

Envolvi, usando o movimento para roçar meu sexo na sua ereção.

Suas mãos agarraram meus quadris, e ele se levantou.

Arfei.

— Adoro como você é grande.

Ele mostrou uma covinha, balançando-me contra ele.

— Ainda não. Mas vai gostar.

Dei um soco em seu ombro, mas foi fraco daquele ângulo.

— Não estava falando *disso*. Quis dizer que adoro como você consegue me carregar por aí como se eu não pesasse nada.

— Claro que gosta — ele provocou, deixando a sala.

Começou a me beijar de novo quando chegamos ao meu quarto, fechando a porta com as costas, as mãos indo para minha bunda, mas ele rapidamente foi para a cama.

Me jogou no colchão macio, tirando a camisa antes de eu parar de rebolar. Nem uma vez parei de ficar maravilhada e indignada de como seu corpo era incrível. Amava seus ombros largos, o abdome esculpido. Até a definição da sua clavícula era um tesão para mim. E aqueles braços…

Meus olhos seguiram famintos suas mãos conforme elas foram para o cós do seu short esportivo.

Ele parou ali, arqueando uma sobrancelha atrevida para mim.

— Se isto é um strip-tease, você vai ter que ser recíproca.

— Fechado — concordei, antes mesmo de ele ter terminado de falar.

Ele deu risada, abaixando o short.

Arfei, meus olhos se arregalando quando dei uma boa olhada na sua ereção enorme. Sabia que ele era grande, tinha sentido exatamente o *quanto* era grande, mas só ali pareceu intimidador, era enorme, quase tão grosso quanto meu pulso e arqueava até seu umbigo. Tentei garantir a mim mesma que era só a iluminação.

Sua boca se curvou com pesar quando ele viu minha expressão.

— Não se preocupe, vamos encaixar.

Assenti, mas não estava muito convencida.

Ele se deitou de costas na cama, cruzando os braços atrás da cabeça.

— Sua vez.

Assenti de novo, com os olhos ainda arregalados por seu comprimento grosso.

Estendi a mão, meus dedos envolvendo-o antes de ele perceber minha intenção.

Ele prendeu a respiração quando o agarrei.

Meus dedos conseguiam envolvê-lo, o que aliviou um pouco minha tensão. Pelo menos eu conseguia segurá-lo com uma mão.

Massageei uma vez e um jato de pré-gozo escapou da ponta.

Ele empurrou minha mão, xingando.

— Isto não está nos planos desta noite, Danika. Meu controle já se foi sem fazer isso. Agora, cadê meu strip-tease?

Capítulo Vinte e Dois

Me levantei, dando-lhe um sorriso malicioso. Demorei mais tempo do que ele, tirando a camiseta lentamente, provocando ao descobrir minha pele, centímetro por centímetro.

Joguei a camiseta no chão, segurando meus seios ao cobri-los. Fui encorajada pela sua expressão de dor conforme me aproximei mais, meus passos lentos e arrastados.

— Você falou strip-tease — expliquei, mordendo o lábio enquanto me acariciava, minha expressão provocadora.

— Falei — ele rosnou. — Mas precisa continuar tirando.

Continuei, baixando meu short minúsculo ainda mais devagar do que tinha tirado a parte de cima.

— Adoro seu corpo — ele me disse quando o short ficou só abaixo dos ossos do quadril. — É perfeito. Você tem o quadril mais sexy do mundo.

Praticamente brilhei com o elogio. Ninguém elogiava igual a Tristan. Ele falava coisas que me deixavam nas nuvens por dias, e eu sabia que me lembraria dessas palavras por muito tempo depois disto.

Dei uma última provocadinha antes de deixar meu short cair no chão.

Fui para a cama, apoiando um pé perto de onde estava o dele. Me toquei, circulando meu clitóris, deixando-o ver como ele me deixava molhada, quando essas coisas normalmente me constrangiam. A vergonha de sempre associada ao sexo tinha desaparecido para mim, com Tristan.

— Chegue mais perto — rosnou. — Posso fazer isso para você.

— Quero montar em você nesta primeira vez — eu disse, ignorando seu pedido.

— Certo, se é o que quer. Só venha logo para cá.

Dei risada. Ser provocado o deixava mal-humorado, e eu meio que gostava disso.

— Vamos para as prioridades. Você tem camisinha?

Ele resmungou.

— Você não toma pílula? — perguntou, soando irritado, o que *me* irritava.

— Tomo, mas você vai pôr camisinha de qualquer jeito.

— Por quê? Sou limpo, e sei que você é.

Não estava a fim de listar todos os defeitos da sua lógica.

— O fato de você não querer usar camisinha me diz que eu quero que use. Agora, cadê?

— Merda. Está dentro do bolso lateral da minha mochila.

Encontrei uma com facilidade. Ele tinha muitas, graças a Deus.

Segurei o pacote com os dentes enquanto subia nele.

— Nunca transei sem camisinha, Danika, se é com isso que está preocupada.

Decidi não comentar que transar sem camisinha era exatamente o que ele estava tentando fazer, o que tornava bem improvável que ele *nunca* tivesse feito.

— Por favor, não vamos discutir por causa disso — pedi quando me movi para montá-lo, o pacote caindo da minha boca. — Não vou fazer isso sem. Não é negociável.

Ele suspirou alto.

— Ok. Desculpe. Estou sendo babaca. É que quero tanto sentir pele com pele...

Ignorei essa última parte, abrindo o pacotinho da camisinha. Segurei a ponta conforme a desenrolei, adorando a sensação da sua dureza latejando nas minhas mãos. Acariciei-o algumas vezes para medir, depois ele tirou minhas mãos.

— Não vou gozar de novo até estar enterrado dentro de você — ele gemeu.

Adorei ouvir isso.

Subi por seu corpo comprido, roçando meu sexo molhado no seu pau, preparando-nos para colocá-lo dentro de mim.

Me ergui de joelhos para posicioná-lo na minha entrada.

Rebolei em uma demonstração lenta antes de começar a me empalar em seu comprimento devagar. Ele fechou os olhos, e seu olhar foi mais do que gratificante.

Me abaixei nele, um centímetro de cada vez, devagar. Não tinha outro jeito de fazer isso, considerando seu tamanho. Eu estava deslizando com a umidade, mas ainda sentia um pouco de dor conforme descia por seu comprimento, os últimos centímetros quase sendo demais para mim. Mas não deixei isso me parar. Eu queria arrasar o mundo dele, e um pouco de desconforto não iria me impedir.

Sua respiração saiu com dificuldade conforme comecei um ritmo implacável, meus olhos na sua expressão. Mordi o lábio quando desci tão forte que pareceu que machuquei minhas entranhas.

Fiquei feliz quando vi como o estava levando ao clímax rapidamente.

Seu pescoço arqueou para trás, e ele quase gritou com o alívio.

Continuei me movendo, sentindo cada espasmo do seu prazer. Observá-lo enlouquecer era quase tão bom quanto eu mesma gozar.

Suas mãos foram para o meu quadril, e ele parecia quase bravo quando encontrou meu olhar.

— Ok, isto não vai acontecer de novo. — Sua voz foi baixa e quase malvada.

Fui pega de surpresa.

— Como assim? Não gostou?

— Claro que gostei. Você viu. Mas não vai acontecer de novo. Prefiro não gozar do que fazer você sofrer, mais preocupada em me impressionar do que curtir. Não é uma porra de competição, Danika.

Isso me tirou o chão, e me vi corando.

— Ok, novas regras — ele rosnou, me erguendo com duas mãos firmes no meu quadril.

— Novas regras? — repeti. — O que quer dizer?

— Não pensar demais nisto, primeiro de tudo.

Eu sabia exatamente o que ele queria dizer. Eu estivera mais na minha cabeça do que no momento e, independente se estávamos dançando, nadando ou transando, ele sempre parecia perceber.

— Ok. Certo. O que mais? — Tensionei minha mandíbula ao falar isso.

— Eu estou no comando.

— O que disse?

— Porque não quero que isto seja calculado para você.

— O que você quer, então?

— Quero que relaxe. Quero que ceda. Quero te fazer perder a cabeça. Quero que esteja tão perdida que a única palavra que vai sobrar em seu vocabulário é o meu nome.

Um calor me percorreu e lambi meus lábios.

— Como vai fazer isso?

Ele me virou, me deitando de costas, montando em mim. Sua testa estava franzida, como se pensasse muito.

— É uma pena mesmo não termos nada para prender.

Arregalei os olhos. Ele gostava de encontrar formas novas e interessantes de me surpreender.

— Você tem algum tipo de fetiche? Como não vi isso antes? Não é para ter umas placas avisando esse tipo de coisa?

Ele deu risada ao se levantar da cama. Meus olhos ficaram grudados nele conforme ele entrou no banheiro, com sua bunda gloriosamente nua.

— Vai encontrar coisa para me prender, Mestre? — gritei.

— Oh, shh — ele disse, e eu pude ouvir o sorriso na sua voz.

Fiquei apenas ali deitada enquanto ele se limpava e se juntava a mim de novo.

Meus olhos se arregalaram demais quando ele colocou mais pacotes de camisinha ao meu lado na cama.

— Um. Dois. Três. Quatro... — contei, pensando se era possível precisarmos de tudo aquilo.

Ele sorriu, mostrando seus dentes brancos.

— Eu estava sendo conservador. Posso sempre tirar mais da minha bolsa, quando recuperarmos o fôlego.

— Ok, agora está fodendo comigo.

Ele riu muito.

— Uma menina tão bonita... com uma boca tão suja.

Mostrei a língua para ele, e sua expressão ficou séria conforme ele se abaixou para me beijar.

— Estava falando sério, Danika. Quis isso desde que te vi a primeira vez, e não vamos parar rápido.

Tentei processar isso, mas minha mente não estava funcionando na melhor velocidade, quando sua boca beijou meu pescoço, e seu corpo roçava gostoso no meu. Pude sentir seu sexo, já duro como uma pedra de novo, esfregando na minha coxa.

Estiquei uma mão para baixo, querendo tocá-lo, porém ele me impediu com uma mão firme no meu pulso.

Ele puxou esse braço para cima da minha cabeça, depois fez a mesma coisa com meu outro braço.

— Estava falando sério sobre prender também. Se eu tivesse alguma coisa aqui, você já estaria amarrada à cama. Perdeu direitos de tocar quando fez aquela gracinha.

— Não foi uma gracinha... eu só estava tentando deixar bom para você...

— Você estava pontuando, transformando isto em algo feio, tirando seu próprio prazer da equação. Não vai acontecer de novo. Eu vou liderar a partir de agora.

— Você fez a mesma coisa ontem. Tirou seu próprio prazer da equação também.

— Está mentindo para si mesma se pensa que não curti tanto quanto você, e com certeza não estava *sofrendo* no processo.

Isso me calou, isso e o fato de que sua boca tinha seguido para o sul.

Tremores deliciosos me percorreram conforme ele descia pelo meu corpo com beijos tão leves que pareciam pena.

— Vai relaxar para mim, Danika? — Ele respirou contra mim.

— Vou tentar meu máximo — arfei.

— Não precisa *tentar*, amor, só precisa ceder — murmurou, logo antes de começar a trabalhar em mim de verdade. De alguma forma, suas palavras tiveram o efeito pretendido, e me vi relaxando em seus braços. Mesmo quando suas mãos deixaram meus pulsos, mantive os braços onde ele os tinha colocado.

Sua boca era implacável, suas mãos estavam em todos os lugares de uma vez, massageando, acariciando, me deixando louca e fraca.

Cedi a ele, minha mente inquieta ficou quieta e escura, e foi o sentimento mais doce do mundo deixá-lo assumir o controle de tudo.

Algo dentro de mim, na forma como eu tinha sido moldada, dificultava mudar a maneira como minha mente trabalhava, e o jeito que ela trabalhava era *distorcido*. Eu sentia muita vergonha quando as coisas saíam do meu controle, e esse controle sempre incluía sexo.

Pela primeira vez na vida, confiava em alguém o bastante para tirar esse controle de mim, dei a ele esse controle por livre e espontânea vontade, e essa confiança curou algo cru e dolorido dentro de mim.

Ele tinha me deixado molhada e trêmula antes de se posicionar na minha entrada, o calor intenso do seu corpo deslizando sobre o meu. Ele segurou minhas pernas abertas ao entrar em mim, inserindo-se com muito mais facilidade do que da última vez.

— Viu — ele sussurrou no meu ouvido —, nós nos encaixamos direitinho.

— É — arfei.

Ele começou a se mover, devagar, com investidas pesadas que fizeram minhas mãos voarem para seus ombros, arranhando-os sem pensar.

— Juro, vou encontrar algo para te amarrar da próxima vez — ele grunhiu, segurando minhas mãos acima da minha cabeça firmemente, com o peito roçando no meu conforme investia, esfregando-se em mim, mais forte, mais rápido.

Minhas pernas envolveram sua cintura, apertando conforme a pressão aumentava.

Me senti tensa em volta dele logo antes de me perder, minha cabeça para trás pressionando a cama, um grito primitivo e desesperado escapando dos meus lábios conforme gozei.

Eu sabia que ele me seguiu quando sua boca ficou travada no meu pescoço, sua respiração saindo com dificuldade, seu comprimento duro entrando até o fundo e permanecendo ali, profundamente, pulsando com seu alívio.

— Você é muito gostosa, amor. Juro que nada nunca foi tão bom em toda a minha vida.

Senti meu corpo mole conforme os tremores poderosos diminuíram, e suas palavras me fizeram derreter, literalmente. Eu tinha o pensamento de garota ingênua que, se pudesse apenas ter Tristan, nunca precisaria de mais nada, nunca.

Tive a percepção crucial e nítida de que o queria. Não apenas na cama. Não apenas como amigo, mas ele inteiro. Cada pedaço do quebra-cabeça. Nunca tinha desejado tanto algo na vida.

Capítulo Vinte e Três

Ele me deixou brevemente, provavelmente para tirar a camisinha, mas não ergui a cabeça para olhar. Pelo que pensei, era a primeira vez na vida que me sentia bem e saciada.

Nunca tinha gozado com um homem dentro de mim. Caramba, antes de ontem, nunca nem tivera um orgasmo com o homem no mesmo ambiente. Tristan sempre gostava de brincar que tinha mãos mágicas, mas eu estava começando a pensar que ele *todo* era mágico.

Acabou que me sentir saciada me deixou faladeira, então fui revelando pequenas confissões de sexo.

— Esta é a primeira vez que gozo com um homem — contei quando senti seu peso na cama. Meus olhos estavam fechados, e acho que não tinha me movido nem um centímetro desde que ele me deixara.

Sua mão foi para minha barriga em um carinho leve.

— Quer me contar por quê?

Minha respiração saiu trêmula em um grande suspiro, e não abri os olhos deliberadamente.

— Quer mesmo saber? Odiaria desabafar com você se não estiver a fim de ouvir minha história de vida.

Sua mão ficou rígida em mim, e eu abri os olhos, indo para seu rosto.

Ele estava me olhando desafiadoramente, o que me fez corar.

— Por favor, me fale que me conhece bem para pensar isso, Danika. Sério. Isso me magoou. Claro que quero saber. Me conte.

Apenas assenti e fechei os olhos, sem querer olhar para ele enquanto falava.

— Sexo… não começou bem para mim. Na verdade, foi bem terrível. — Minha voz estava quase gelada ao contar. Apenas relatando fatos, disse a mim mesma. Era a antiga você. Não tinha por que chorar agora. — Eu fui — busquei a palavra certa, a palavra que me fazia soar menos vítima — coagida.

— Coagida? — Já havia uma raiva óbvia na sua voz. Deus, ele conseguia ficar bravo em um segundo.

— Há uma história por trás, mas é meio chata…

— Danika — ele disse sombriamente, com a censura em cada sílaba. — Você me conhece bem.

Eu conhecia. Ele sempre fora um ótimo ouvinte, um ótimo amigo.

— Minha mãe abandonou minha irmã e eu quando eu tinha uns quinze anos. Tentávamos esconder o fato de ela ter ido embora. Éramos boas em acobertá-la. Não consigo me lembrar de um momento em que não o fizemos, por um motivo ou outro. Ela era viciada. Demais. Opiáceos a deixaram basicamente de cama durante toda a minha infância. Não era uma pessoa produtiva; provavelmente nem sabia o que era isso.

Eu passara muito tempo tentando perdoá-la por isso, mas não era fácil, e ainda não tinha certeza se eu sabia realmente o que era o perdão verdadeiro.

— Quando ela não estava na cama, estava desaparecida, fazendo Deus sabe lá o quê.

Ele pegou minhas mãos, massageando o estresse nelas enquanto eu falava. Ajudou. Era bom, bom para distrair, exatamente o que eu precisava. Eu não contava essa história há muito tempo, e não era fácil.

— Nos escondemos por um mês até o serviço social ficar sabendo. Acho que foi com boas intenções que nos colocaram em um lar adotivo. Não era muito um lar, era um trailer, na verdade, e a família não era… ideal. Era um casal mais velho, muito pobre. A esposa trabalhava e ficava fora bastante tempo. O marido não.

Suas mãos apertaram as minhas logo antes de eu recomeçar.

— Deve haver pessoas com boas intenções que ajudam em lares adotivos, mas o sistema é falho. Tão falho que colocam jovens meninas com velhos pervertidos sem caráter.

— Deus, Danika.

Minha voz estava calma e estável ao continuar, apenas relatando fatos.

— Não estávamos lá há muito tempo quando ele começou… a me coagir. Ele sabia quais botões apertar, como predadores costumam saber. Lucy me disse isso. Ela tem me ajudado a superar. O velho me dizia que gostava de jovens meninas, mais novas do que eu, na verdade. Minha irmã Dahlia tinha a idade perfeita, ele me falava, mas que ele podia ser legal. Deixaria que eu fosse uma boa irmã mais velha e assumisse o lugar dela e, se eu colaborasse e não contasse, não reclamasse, não chorasse nem gritasse, deixaria minha irmãzinha em paz.

— Isso durou quanto tempo? — Tristan perguntou baixinho com algo terrível na voz. Eu ficava feliz por esse tom não ser em relação a mim, mas ainda estremeci ao ouvi-lo.

— Pareceu uma eternidade, mas foi só pouco mais de um ano. Acontecia com frequência. No meio do dia, na cozinha, onde ele quisesse. Ele adorava me atacar no banheiro. Curvava-se sobre mim na pia, e eu não conseguia ver.

Não conseguia acreditar que estava contando isso para ele enquanto estava deitada de costas, nua, mas não senti a necessidade de me cobrir, como se simplesmente confiasse *bastante* nele.

— Resumindo, minha irmã nos flagrou. Eu não estava lutando, na verdade, estava colaborando, então ela pensou que era algo que eu queria. Esse confronto horrível revelou que ele tinha mentido quanto a não tocar nela. Instaurou a mesma rotina com nós duas. Fui uma merda de irmã mais velha e fracassei em proteger *nós duas*. Ela fugiu, e não falo com ela desde então. Não faço ideia de onde está, mas sei que me odeia pelo que aconteceu com ela e pelo que viu. Ela deixou isso bem claro. Tentei me explicar, mas ela não quis ouvir.

— Deus, Danika…

— Ele não me machucava.

Ele emitiu um som sufocado na garganta que me dizia que discordava plenamente daquela afirmação.

— Bem, o que quero dizer é que ele não me *batia* nem nada, mas me machucava, *sim*. Era horrível, na verdade. É difícil de descrever, mas, quando alguém tira essa escolha de você, tira até sua escolha de lutar, sabe, mata algo importante dentro de você. Ainda sofro para encontrar isso que perdi. Sofro todos os dias com isso. Para me sentir completa. Para sentir o amor-próprio que Lucy me diz que todos deveriam ter. Influencia cada coisinha que faço, para ser sincera, mas um dos resultados mais óbvios desse horror é que, para mim, é importante ter o controle.

"Tive um namorado aos dezessete anos. Ele falava que me amava, parecia ser verdade, e eu estava tão pronta para amar alguém que me apaixonei perdidamente por ele. Provavelmente me apressei no quesito sexo, mas, na verdade, foi minha ideia. Eu queria fazer logo, principalmente com alguém da minha idade. Nunca se tratou de gostar. Tratava-se de... suportar e sentir que era *minha* escolha. Meu namorado seguinte foi uma leve variação de praticamente a mesma coisa."

Minha voz tinha se estabilizado, minha respiração também, enquanto contava a ele a história constrangedora, porém Tristan não. Sua respiração estava irregular e bagunçada, e mostrava claramente sua raiva.

— Onde ele mora? — Tristan perguntou bem, bem baixinho.

— Quem? O velho? — Eu nunca falava o nome dele.

— É. Onde ele mora?

— O quê? Está planejando bater nele?

— Ou matar. — Ele soou tão extremamente sério que abri os olhos a fim de analisá-lo.

— Ele morreu de infarto quando eu tinha dezessete anos. Está enterrado há anos. Não precisa matá-lo.

Eu estava brincando, mas ele não pareceu se divertir. Parecia perturbado, e era o tipo de perturbação que não desaparecia com a brincadeira.

— Não quis estragar o clima, mas é isso, é por isso que achava que sexo não era bom para mim. — Meu tom era neutro, mas me sentia muito vulnerável, muito aberta e pronta para ser machucada de novo, e desconfiava bastante que a ferida viria de qualquer que fosse a reação dele.

As palavras pareciam sair de mim de maneira desordenada, como se eu não conseguisse dizê-las rápido o suficiente, porque, claramente, preferiria machucar *a mim mesma* do que ser ferida por alguém como Tristan, que podia realmente causar algum dano.

— Provavelmente não é o tipo de coisa que quer ouvir de alguém com quem dormiu. Vou entender completamente se não quiser mais nada comigo. As coisas que fiz são... nojentas. Acredite em mim, sei disso melhor do que ninguém.

Ele estava em cima de mim, bravo e autoritário, antes de eu terminar de falar.

Inclinou a boca sobre mim, seus movimentos raivosos, porém seu beijo muito suave. Quando recuou para falar, suas palavras também foram suaves.

— Você nunca conseguiria ser nojenta, amor. Nunca. *Sinto muito* pelo que aconteceu. Você merece muito mais do que a vida te deu, e queria muito poder voltar no tempo e matar esse velho doente antes de ele te machucar.

— Obrigada — agradeci, minha voz densa. Ele tinha acertado todos os pontos fracos com algumas falas, *amenizando* minhas feridas, em vez de infligir novas. Deveria ter tido mais fé nele. — Mas vou entender mesmo se não me quiser mais.

Sua resposta foi descer por meu corpo com beijos leves como pena e macios, o contato doce, sua intenção simplesmente oposta.

Enterrou o rosto entre minhas pernas, me devorando com entusiasmo e habilidade. Habilidade e... talento. Ele me fez arfar seu nome, logo no limite, antes de ele recuar, me virando de bruços.

Abriu minhas pernas e me puxou para cima, até meus joelhos estarem flexionados e as coxas, separadas. Fiquei tensa ao senti-lo posicionando-se às minhas costas.

Ele massageou minha lombar e murmurou, tranquilo:

— Relaxe e arqueie um pouco as costas para mim. Vai ser bom, amor, eu juro.

— Vai colocar camisinha? Não consigo ver.

Senti que ele suspirou contra mim.

— Sim, claro que vou. Deixou seus desejos bem claro. Não tiraria essa escolha de você.

Relaxei. Ele entendeu bem rápido a situação.

O velho nunca tinha usado camisinha, nunca tinha me dado escolha quanto a isso, e eu detestara *demais* isso.

— Obrigada.

Ouvi um pacotinho ser aberto.

— Tristan — falei baixinho.

— Sim, Danika.

— Eu confio em você. É muito bom.

— É bom mesmo. *Obrigado*, Danika.

Seus dedos se moveram entre minhas pernas, deslizando entre os lábios molhados para se infiltrarem em mim. Começou um ritmo regular com aqueles dedos mágicos. Só os tirou quando eu estava no limite de novo, arfando e me contorcendo com o contato.

— Danika, amor? — ele chamou, rouco.

— Sim, Tristan?

— Cansei de ir devagar, se não se importa. Preciso te foder bem forte agora, se não tiver problema.

O jeito que ele falou me fez sorrir, quase rindo.

— Vai ser gostoso — ele jurou.

— Sim — suspirei, fechando os olhos, cedendo ao ato, porque parecia só conseguir fazer isso com ele. Por mais estranho que fosse, era exatamente o que eu queria, do que eu *precisava*, depois dessa confissão. Não tinha forma melhor para ele me mostrar que não tinha mudado a forma como se sentia por mim.

Ele entrou devagar, a pressão diferente, mais intensa nesse ângulo. Ele precisou sair lentamente, e entrou e saiu algumas vezes, ajustando a inclinação do meu quadril, antes de começar a investir com cautela.

Minhas mãos agarraram o lençol, minha bochecha deitada na cama, conforme ele me pegava por trás, sua respiração pesada e dura, alta o suficiente para ser ouvida acima da minha própria respiração irregular.

Ele me pegava tão forte que seu quadril começou a bater em mim, fazendo um barulho de tapa contra minha bunda.

Eu estava meio chocada por não estar doendo, só sentia o prazer aumentando tanto que eu não estava certa de como lidar. Estava me inundando como um maremoto, as sensações arrebatadoras.

— É de-demais, Tristan — gaguejei, tremendo.

— Não, amor — ele arfou, ainda me tomando, sem pausar. — Só relaxe. Relaxe por mim, Danika.

Fechei os olhos e relaxei. Permiti que aquela coisa dentro de mim que sempre queria controlar cada segundo saísse, e deixei simplesmente as ondas de sensação me lavarem, infiltrando-se em cada poro.

Fui além do limite, tremendo, ofegando.

— Tristan — quase gritei.

— Danika — ele disse baixinho, a palavra cheia de intensidade.

Ele deu mais duas investidas fundas antes de gozar dentro de mim, tremendo nas minhas costas e repetindo meu nome irregularmente.

Eu adorei.

Ele se deitou nas minhas costas, seu peso me empurrando para baixo. Suave e docemente, ele beijou meu pescoço.

Esse peso em mim, certa vez tão horrível, agora era apenas uma garantia sólida. Era absolutamente incrível o que a confiança conseguia fazer.

Capítulo Vinte e Quatro

— Quero chupar seu pau — eu disse em seu ouvido, deliberadamente bruta.

Ele enrijeceu.

Eu deveria estar exausta. Nós dois deveríamos, mas parecia que não cansávamos um do outro. Algumas amostras do melhor sexo da minha vida só me deixaram mais faminta por mais.

— Não está na programação esta noite — ele sussurrou de volta, confirmando de uma vez por todas que ele tinha um controle super-humano, já que eu podia ver claramente que ele estava excitado. De novo. — Sem mais atos altruístas seus. Eu não conseguiria suportar se percebesse, no fim, que você estava simplesmente sofrendo no processo e...

Sorri ao tirar minha carta na manga.

— Nunca fiz isso.

Ele ficou absolutamente paralisado, sem se mexer nem falar por um minuto inteiro.

— O que disse? — finalmente perguntou, afastando-se para olhar para mim.

Lambi os lábios lentamente, chamando sua atenção para lá.

— Nunca chupei um pau, e gostaria de chupar o seu. O que me diz?

— Como isso é possível?

— O outro... nós simplesmente não fazíamos, e os dois caras que namorei não faziam oral, então nunca fiz também... Só parecia justo.

— Isso torna a coisa toda bem calculada.

Ergui um ombro.

— Estou errada? Por que deveria fazer se eles não estavam dispostos a fazer?

— Não estava falando disso. Estava falando disso aqui, conosco. Só está oferecendo porque fiz em você?

Balancei a cabeça lentamente, sem tirar os olhos dele.

— Eu quero. Quero saber qual é o seu gosto. Quero sentir você gozar na minha boca. Quero fazer você se sentir bem. Ficou magoado comigo mais cedo, quando te fiz gozar sem pensar em mim mesma, mas adoro fazer isso por você. É quase tão bom como quando você faz por mim.

— Jura que quer fazer? Não é um tipo de jogo de poder?

Parte de mim odiava o fato de ele me conhecer tão bem para agir assim, para saber exatamente como minha mente funcionava, mas outra parte de mim amava isso. Havia algo reconfortante na certeza de alguém saber dos seus maiores defeitos e ainda estar disposto a ficar.

— Juro que não é. Gostaria de tentar. — Dei meu melhor sorriso, e soube, pelo calor em seus olhos, que tinha sido bom. — Por favor, posso chupar seu pau grande?

Ele não conseguiu conter o sorriso.

— Desse jeito, como posso recusar? Você disse por favor, então tenho praticamente certeza de que *tenho* que deixar.

— Verdade — concordei.

Ainda estava sorrindo quando ele se levantou pela lateral da cama, seu rosto sorridente tornando-se sério e severo com intensidade em um segundo.

— Fique de joelhos — demandou com a voz grossa.

Obedeci, curiosa e confusa com o que ele planejava, mas satisfeita em deixá-lo planejar.

— Venha aqui.

Fui até ele, o que levou meu rosto para bem perto da sua ereção, o que significava que seu plano não era tão complicado.

Ele segurou meu cabelo, movendo sua ponta dura e aveludada para roçar no meu lábio inferior.

— Abra — instruiu, prendendo a respiração quando o fiz.

Ele colocou a cabeça para dentro, e depois mais um pouco, preenchendo minha boca. Comecei a ficar tensa quando ele chegou na minha garganta, mas sua mão acariciava meu cabelo, e sua voz era muito tranquila.

— Relaxe. Só respire pelo nariz e relaxe.

Me acalmei com seu tom reconfortante e confiante. Minha boca estava tão cheia com ele que, mesmo com a boca extremamente aberta, ainda sentia meu dente arranhando-o conforme ele entrava até o fundo da minha garganta.

— Cuidado, amor, não me importo com um pouco de dor, mas vá com calma com os dentes.

Coloquei os lábios por cima dos dentes quando ele entrou mais fundo, minha mente distraída pela ideia dele não se importar com um pouco de dor.

Ele tirou e colocou na minha boca, e fiquei maravilhada com o quanto podia aguentar, embora ele tivesse cuidado para não me fazer ter ânsia.

Ele não parou um segundo com o diálogo obsceno, sua voz baixa e cheia de desejo, o que descobri que amava.

— Sua boca é muito gostosa. Não vou durar dois minutos olhando esses lábios lindos no meu pau. É, é isso, mais fundo. Chupe, baby, isso mesmo, chupe mais.

Ele tirou uma das minhas mãos da cama, prendendo-a firme na sua base grossa.

— Acaricie-me. Forte. Me faça gozar na sua boca.

Ele pausou, ofegante, conforme obedeci, segurando sua base grossa forte, adorando a sensação da pele macia e firme de um jeito que nunca pensei que conseguiria.

— Não vou esquecer da imagem de você assim, apoiada nas mãos e nos joelhos, sua boca cheia com meu pau, enquanto viver. Você é a coisa mais sexy do planeta, Danika.

Meu nome se transformou em gemido quando ele gozou na minha boca, um líquido quente sendo jorrado na minha garganta.

Ele não tirou até ter finalizado seu tremor de espasmo, mas, no segundo em que o fez, me empurrou de costas, sua boca desaparecendo entre minhas pernas, suas mãos mágicas ocupadas em todo lugar.

Tristan era o contrário de amante egoísta. O que ele recebia, dava em troca.

— Você é barulhenta — ele me disse, quando arrancou outro orgasmo glorioso de mim.

Tentei meu máximo para fazer um olhar desafiador decente.

— Você também. Fala o tempo *todo* quando seu rosto não está enterrado na minha…

— Boceta? Você parou de falar para não dizer boceta?

— Cale a boca.

— E, sim, eu falo o tempo todo. Baixinho. Ou, pelo menos, não estou gritando alto o suficiente para acordar toda a casa.

— Cale a boca — falei, corando.

Ele apenas sorriu, abaixando-se até seu peito nu estar em contato com o meu.

— Está cansada, boo? Precisa descansar?

Arregalei os olhos.

— Você não precisa?

— Claro. Alguma hora…

— O que isso quer dizer? Não é possível… de novo, não!

Ele ergueu um ombro musculoso, circulando o quadril para me deixar sentir que, inacreditavelmente, ele podia.

— Como?

— Acabei de te devorar por dez minutos. É difícil não ser afetado por isso.

Envolvi as pernas nele, roçando-me contra ele. Estávamos pele com pele, ele provocando na minha entrada, e era incrível.

Gemi alto quando ele inseriu aquele primeiro centímetro perfeito.

Tirou tão rápido quanto colocou, procurando outra camisinha, tendo que buscar nas cobertas para encontrar uma. Observei-o desenrolá-la como se o fizesse todos os dias, o que provavelmente fazia, mas não me permiti pensar nisso.

Ele voltou para a posição, entrando em mim, sussurrando rouco coisas obscenas e doces ao mesmo tempo.

— Você é muito gostosa. Tão apertadinha. Vou te deixar descansar depois dessa, mas não fique chocada se acordar com meu pau dentro de você alguma hora da noite.

Arfei, minha única reação às suas palavras, já que não estava coerente o suficiente para realmente falar conforme ele entrava e saía de mim, as investidas demoradas e perfeitas, e tão suaves, considerando que ele me esticava a cada movimento.

Ele estocou cada vez mais forte, não cedendo, provando para mim que eu *gostava* de forte, se Tristan estivesse fazendo.

— Vou gozar. Você está perto? — perguntou, erguendo-se para olhar para mim, com a expressão dolorosa.

— Hummm. — Foi o máximo que consegui responder.

Ele colocou a mão entre nós, seu dedo encontrando e circulando meu clitóris com uma precisão infalível. Era impressionante como ele era familiarizado com o corpo feminino, e era impossível ficar chateada quanto a como ele ficara tão familiarizado enquanto acabava comigo, de novo.

Gozei, um orgasmo de tirar o fôlego e flexionar os dedos do pé, e ele me seguiu, mordendo meu lábio inferior e, então, movendo-se para rosnar elogios no meu ouvido que faziam todo o meu corpo corar de prazer.

Infelizmente, não acordei com Tristan dentro de mim. Não tivemos chance, já que punhos minúsculos começaram a bater na porta trancada do meu quarto antes das seis da manhã.

Me sentei rapidamente, meus olhos imediatamente varrendo o quarto, procurando roupas. Eu estava vestida quando Tristan se sentou, com o lençol caindo na sua cintura, deixando seu tronco, de babar, nu.

— Pode deixar — eu disse a ele. — Volte a dormir. Só preciso fazer café da manhã para os meninos e ligar a TV.

Corri para o banheiro antes de ele responder.

Saí do banheiro pela raramente usada porta do corredor, sendo cautelosa, no caso de Tristan já ter caído no sono de novo.

Ele não tinha, e logo encontrei a TV ligada com desenhos e ele na cozinha, começando o café da manhã.

Coloquei Mat sentado e fui à cozinha. Apoiei o quadril no balcão enquanto ele pegava uns trinta ingredientes na geladeira, caprichando, como sempre.

Colocou os ovos perto do fogão, veio até mim, me pegou pela cintura e me colocou no balcão.

Deu uma olhada rápida na direção de Mat antes de deslizar o quadril entre minhas pernas. Pressionou-se contra mim e mergulhou a boca para um beijo demorado, gostoso e viciante.

Recuou quando nós dois perdemos o fôlego, enrijecendo um contra o outro.

— Na primeira chance que eu tiver — ele sussurrou no meu ouvido —, vou inclinar você sobre o móvel mais próximo e te enlouquecer de novo.

Me inclinei para trás, me apoiando nas mãos, de olhos fechados, enquanto processava isso. Então não tinha acabado. Tinha mais por vir…

Ele voltou para a comida, com um sorriso no rosto que teria sido totalmente enfurecedor se não fosse também completamente irresistível.

— Nada a dizer, boo? Sem comentários?

— Boa sorte em encontrar essa chance. — Foi o melhor que consegui com meu cérebro derretido no chão. — Fico com as crianças o dia todo.

— Quer apostar comigo que não consigo?

— Na verdade, não. Você fica totalmente irracional quando põe um desafio na cabeça.

— Vou entender isso como um sim. O que ganho se vencer a aposta?

Não conseguia pensar em nada, então apenas o encarei até ele pensar em alguma coisa.

— Amarras — ele disse bem baixo. — É isso que ganho se vencer. Você vai para o meu quarto, para a minha cama esta noite, e vou te prender.

Deveria ter ficado mais alarmada com a ideia, considerando meu histórico, mas procurei meu medo, e só senti ansiedade.

— E, se eu vencer, Tristan de biquíni, certo? — retruquei tão baixo quanto ele.

— Combinado. Mal posso esperar. Fique de olho no fogão para mim. Preciso conversar com Jerry.

Olhei desafiadoramente, minha boca se abrindo.

— Seu trapaceiro — xinguei, indignada. — Se vai fazer o que penso que vai, isso é *trapaça*…

Ele deu de ombros, seguindo pelo corredor que levava ao quarto de Jerry.

— Não impusemos regras. Não seja uma má perdedora, boo.

Ele voltou à cozinha menos de dois minutos depois, com um sorriso de merda.

— Mudança de planos. Bev e Jerry vão levar os meninos ao Shark Reef depois do café da manhã. Dia da família.

Ele mexeu em umas coisas no fogão, depois veio até mim, empurrando o quadril entre meus joelhos para sussurrar no meu ouvido.

— Não consigo decidir se vou te debruçar no sofá e te foder forte por trás ou se vou te pegar bem aqui, neste balcão.

Capítulo Vinte e Cinco

Bev e Jerry tiraram os meninos de casa dentro de duas horas.

Olhei para Tristan quando ouvi a porta se fechando.

— O que falou para Jerry para ele sair tão rápido? Não o vejo acordar cedo há anos.

— Prometi deixar que ele organize algo para a banda daqui a algumas semanas. Dean não quer um gerente. Ele acha que pode fazer tudo sozinho. Mas não pode. É muito sem iniciativa para fazer as coisas, mas estou deixando que ele descubra sozinho. Jerry será ótimo nisso, então estou dando uma chance a ele. Dean não vai ficar feliz, mas tinha que acontecer alguma hora.

— Dean parece ser um otário.

Ele apenas sorriu.

— Ainda está brava com ele por ter me ligado naquela noite?

Era apenas parte disso. É que ele era uma daquelas pessoas das quais você só espera coisas ruins. Mas não falei nada. Dean era seu amigo, e eu não sabia bastante coisa sobre o cara para não gostar dele tanto assim.

Ele não pareceu esperar uma resposta, enquanto expulsava todos os cachorros pela porta dos fundos, fechando e trancando-a com determinação, antes de se virar para mim.

Então se aproximou, com suas intenções bem claras.

Me fez andar de costas até chegar ao encosto do sofá, com um sorriso malicioso o tempo todo.

— Vire-se — pediu baixinho, com o rosto perto do meu.

Obedeci, e ele usou uma mão firme no meu ombro para me empurrar, de frente, por cima do encosto do sofá. Eu estava quase de cabeça para baixo naquela posição e, conforme ele tirava meu short e minha calcinha sem falar nada, comecei a me preocupar. Eu estava molhada, mas seu tamanho, e essa posição, pareciam demais para mim.

— Tristan — comecei, conforme ele tirou minha blusinha.

— Não, Danika — ele alertou, abrindo meu sutiã e o tirando. — Não comece a pensar demais de novo. Só feche os olhos e aproveite.

Tentei, realmente tentei, mas ainda estava mordendo o lábio, pensando em como isso daria certo.

Claro que mudou assim que ele colocou a boca em mim por trás.

Não houve nenhum aviso, apenas sua língua empurrando meu clitóris, seu acesso perfeito com o ângulo.

Ele segurou a parte interna das minhas coxas, empurrando-me para cima e enfiando fundo a língua.

Me contorci, minhas unhas procurando qualquer coisa ao alcance, finalmente agarrando uma almofada.

Ele se afastou, mas, depois de um rápido farfalhar de roupas e o som distinto de um pacotinho sendo aberto, estava de volta, mas não com a boca.

Ele entrou com seu comprimento grosso devagar, indo fundo, me apertando tanto naquele ângulo que parecia que ele estava acabando comigo. A pressão era tão intensa, apenas com o preenchimento, que tive que morder a almofada para abafar um grito.

Ele deslizou para fora de uma forma agonizantemente lenta que roçava cada nervo sensível meu.

Choraminguei e cravei as unhas.

Ele manteve um diálogo sujo e regular o tempo inteiro. Era oficial; ele era falante. Não falava alto, sua voz era baixa e grave, e quando sua respiração interrompia sua frase ou ficava irregular com desejo, eu achava a coisa mais excitante do mundo.

— Posso sentir seus músculos internos trabalhando em mim, amor. Você me aperta a cada movimento. É tão perfeito. Eu sabia que seria bom com a gente. Bom pra caralho.

Sua voz ficou cada vez mais rouca conforme ele aumentou a velocidade das investidas e, nesse ângulo extremo, cada investida era um choque no meu corpo. Um choque bom. Um choque incrível.

Suas mãos estavam segurando firmemente meu quadril conforme ele trabalhava em mim por trás e, quando uma mão serpenteou para massagear meu clitóris, não consegui conter meus gritos nem o orgasmo que estava se formando como uma tempestade dentro de mim.

— Diga meu nome, Danika. Diga meu nome quando perder a cabeça.

Eu disse. Praticamente gritei enquanto gozei forte, o orgasmo me acertando como um soco no estômago. Me senti apertando-o conforme os tremores me balançavam, e eu soube o segundo em que ele me seguiu ao gritar meu nome.

Seu pau entrou fundo em mim e permaneceu, latejando com seu alívio. Podia sentir cada palpitação com esse ângulo, e eu adorava isso mais do que nunca pensei que pudesse adorar algo. Aparentemente, eu gostava de sexo selvagem, se as circunstâncias fossem as certas.

Ele se inclinou próximo das minhas costas, e pude sentir como sua respiração saiu trêmula conforme ele beijava a parte de trás da minha cabeça. Estremeci da cabeça aos pés de prazer.

Tive a mais forte e estúpida vontade de lhe contar como me sentia, mas me contive. Bem mal. Meu cérebro parecia uma poça de lama emocional, e eu tinha que falar *algo* sobre isso. Não era da minha natureza ficar quieta.

Depois de ele sair de mim e se endireitar, uma das suas mãos acariciou automaticamente minha lombar, e eu me ergui, me virando para seu corpo.

Joguei os braços em volta do seu pescoço, unindo nosso peito nu e suado.

Dei um beijo excitante em seu queixo, a única coisa que conseguia alcançar.

— Obrigada por fazer sexo gostoso comigo, Tristan. Nem sabia que dava para ser assim — disse a ele, falando sério.

Ele se inclinou, encontrando minha boca em um beijo rápido e molhado, apesar de não falar uma palavra e sua expressão estar neutra a ponto de inescrutável.

Pegou minha mão, puxando-me com ele para o meu banheiro, abrindo o chuveiro e me colocando debaixo, ainda sem falar. Nos lavamos, ainda sem uma palavra, apenas toques leves e demorados, e alguns beijos rápidos.

— Outros planos para hoje? — perguntei enquanto me secava.

Ele me lançou um olhar que podia apenas ser descrito como indecente.

— Mais do mesmo. Ainda temos horas para nós.

Depois de como tínhamos passado o dia, não imaginei que ele fosse querer ganhar sua parte da aposta naquela noite, mas imaginei errado.

Saímos, festejamos como sempre, mas acabamos cedo e, em vez de ir para casa, fomos para a nova casa dele. Quase fiquei sem fôlego de ansiedade. Nem sabia se o que ele tinha sugerido era algo que eu queria fazer, mas sabia que confiava nele, e sabia que ele tinha tornado um hábito me fazer sentir bem.

Ele me puxou para dentro do seu apartamento, sem nem acender as luzes, conforme íamos para seu quarto. Nem o quarto eu consegui ver direito, pois ele me levou diretamente para a cama, e a primeira coisa que fez foi cobrir meus olhos com uma pequena máscara de dormir. Ainda conseguia identificar as luzes pelas laterais, mas não o bastante para saber o que estava acontecendo.

Ele tirou minhas roupas, fazendo isso rápido como se estivesse com pressa. Não conseguia imaginar por quê. Não pensei que ele pudesse estar excitado assim por mim de novo depois das muitas vezes em que ele tinha me tomado naquele dia.

— Tristan… — comecei, mas ele me fez calar e, de alguma forma, dessa vez, deu certo. Provavelmente porque ele começara a colocar meus braços acima da cabeça e isso me distraiu. Me distraiu e me fez contorcer. E ficar molhada.

Ele usou algo macio nos meus pulsos, primeiro um e depois o outro, amarrando-os para cima e separados. Não sabia o que ele usou, mas puxei uma vez quando ele me amarrou à cabeceira, e parecia inquebrável.

Colocou o peso sobre mim sem aviso, e arfei com o contato. Sua voz rouca, baixa e grave no meu ouvido me fez tremer.

— Vamos fazer isso gostoso e devagar. Tudo que quero é que você se renda. Além disso, não precisa pensar em nada. Entendeu?

Entendi. Entendi perfeitamente, e pensei que ele era o cara mais maravilhoso do mundo naquele instante por se demorar, por se importar o suficiente, por entender também. A alegria tóxica que encontrara em seus braços tinha vindo da confiança, e isso estava transformando essa sensação de me perder no momento, de renunciar ao controle, a um nível totalmente novo.

Ele saiu de cima de mim. Ouvi o som de ele tirando as roupas, depois o som mais alto de ele rasgando um pacote de camisinha. Estava nu e duro quando voltou para cima de mim. Estremeci com a sensação de pele com pele.

Pegou o lóbulo da minha orelha bem devagar com os dentes conforme separava minhas pernas e deslizava entre elas. Sua grossura pressionada em mim provocou minha entrada, e eu gemi, de alguma forma já pronta para ele.

— Não posso te dar todo o tempo de que preciso esta noite para te mostrar como isso pode ser gostoso para nós, porque sabe que tenho que cuidar das crianças de manhã, então considere isso só como um *gostinho*.

O que aquilo significava? Eu não sabia, e tinha medo de perguntar. Parecia demais, como perguntar sobre o futuro, e definitivamente eu não queria fazer isso.

Não me preocupei por muito tempo, com certeza. Na verdade, não me preocupei com nada quando ele beijou meu pescoço, e suas mãos passaram pelo meu corpo.

Ele me tomou desse jeito, controlando cada célula minha. Me rendi, e ele me fodeu com investidas fortes e suaves, e palavras brutas e doces. Foi uma experiência que eu nunca iria esquecer enquanto ele me ensinava que eu podia me colocar totalmente à mercê de alguém, e sair sem nenhuma ferida. Em vez disso, me senti mais completa com a experiência, como se as partes de mim mesma que tinham sido despedaçadas e perdidas não estivessem mais tão perdidas. Sob seu toque, sob seu cuidado, me senti mais completa, como uma versão mais nova e mais brilhante de mim mesma.

Nos tornamos amantes ardentes e permanecemos melhores amigos, mas não falamos sobre isso. Na verdade, tratamos o assunto como a mina terrestre que era. Quase uma semana se passou assim.

Apenas vivendo o momento.

De certa forma, era totalmente maravilhoso para mim. Eu nunca tinha conseguido viver o momento, e ali estava eu, vivendo cada segundo como se nunca quisesse que acabasse. Não pensei sobre o futuro. Não *queria* o futuro. Só queria o agora.

Nem estava no meu corpo na maioria dos dias. Ainda estava vivendo nosso último abraço. Fazia minhas tarefas diárias, minha rotina, mas minha mente estava na cama, me doando para Tristan. Eu pertencia a ele lá. Era dele, e saboreava esse domínio. Não tinha dúvida de que eu queria que isso durasse para sempre.

Estávamos inseparáveis, ainda mais do que antes, o que dizia bastante.

Alguns comentários descuidados trouxeram tudo abaixo, apesar de ser questão de tempo até acontecer, de uma forma ou de outra.

Na manhã em que aconteceu foi bem horrível, e bem incrível.

Tristan foi gentil como sabia ser, preparando o café da manhã, me fazendo ser sua companhia na cozinha. Ele me tocava constantemente, com as mãos, a boca e o sorriso.

Eu estava nas nuvens até ele falar.

— Estou feliz por ter sido assim. Pensei que não conseguiríamos fazer sexo e não se transformar em algo mais.

Olhei para os meninos, que estavam felizes assistindo à TV, mas eles estavam absortos e não o ouviram dizer a palavra "sexo" em mais do que um sussurro. Também estava tentando me distrair do que suas palavras implicavam.

— Humm? — perguntei, seguindo o estilo casual.

— Pensei que não conseguiríamos ser apenas amigos depois daquilo. Estava com medo de você começar a desenvolver, sabe, sentimentos românticos. Adoro que não ficou estranho. Quem disse que ter um amigo de foda é uma má ideia?

Tentei não me encolher visivelmente, mas não consegui.

Ele flagrou minha expressão pelo canto do olho, dando-me um sorriso arrependido.

— Sei que garotas não gostam desse termo, mas do que mais você chama?

— O que acha de só não falarmos disso? — sugeri, me esforçando demais para evitar as consequências que sentia se formando no meu peito como um grito que simplesmente tinha que escapar.

— Foi mal. Provavelmente é uma ideia inteligente. Só estava falando… que gosto disso. Tem sido… bom.

Refleti sobre isso o dia todo. Tentei segurar minha língua, de verdade, mas, quando chegou a hora de dormir, eu estava em um estado que só as palavras "amiga de foda" e "… bom" estavam passando por minha cabeça, procurando encrenca.

Tínhamos feito planos para sair mais tarde, e encontrei Tristan se arrumando no meu quarto.

— Posso só dizer uma coisa? — comecei, meu tom já meio bravo.

Tristan terminou de vestir uma camiseta fina e, então, me deu total atenção.

— Pode. O que foi?

— Tenho quase certeza de que já sabe disso, mas não sou do tipo *casual*. Só estive com poucos caras, e ambos que fiquei por vontade própria estavam em um relacionamento comigo. Antes de você, nunca tinha dormido com um cara que não disse que me amava. Não preciso nem falar que sou exceção ao termo amiga de foda.

Ele não pareceu arrependido, arqueando a sobrancelha para mim, os olhos endurecendo um pouco nos meus, o que eu não estava acostumada, não com ele.

— Desculpe por ter usado esse termo. Fui burro de falar nisso. Vamos sair?

— Deixe-me terminar. Você acha que não desenvolvi sentimentos românticos por você… mas não é verdade. Tenho dificuldade de manter as coisas só para mim…

— Você não fala.

— Deixe-me terminar — repeti, entre dentes cerrados, nervosa agora, só pelo seu olhar e a sensação doentia nas minhas entranhas de que eu sabia exatamente como ele iria reagir ao que eu estava prestes a dizer. — Está se enganando se pensa que não sinto isso por você, Tristan. Me apaixonei por você.

Senti minha mandíbula tensa quando seu olhar ficou insolente.

— Mentira — ele disse baixinho.

Nunca tinha visto esse lado maldoso dele e, só com esse gostinho, tinha certeza de que não conseguia aguentar.

— C-como assim? Ouviu o que eu disse?

— Ouvi sim. Só não acredito em você.

— Por que eu iria mentir sobre algo assim?

— Prove. Me diga por que se apaixonou tão rápido por mim. Me diga como.

Ele ajudou bastante a transformar minha mágoa em fúria em um segundo.

— Na verdade, foi bem fácil, seu *idiota*. Não consegui evitar. Estando perto de você, não consegui evitar. Você é muito fácil de amar. Mas, levando em conta sua reação, vejo que eu *não* sou.

— Não me culpe, Danika. Essa merda parece manipulação.

— Prefiro ser manipuladora do que uma otária sem coração.

— Você continua falando isso sobre amor. Diz que eu sou sem coração, mas você trata essa coisa de relacionamento como uma ciência sem emoção.

— O que quer dizer com isso?

— Tudo é sempre ou nunca para você, como fez tudo na vida. Você *sempre* tem relacionamentos. *Nunca* transa sem amor. Sabe como você soa mecânica quando fala essas coisas? Tornou-se nada mais do que rotina para você. Faz parecer que qualquer homem pode te ter se concordar com essas duas coisas. Você se faz de tão difícil, mas duas mentirinhas poderiam te levar para a cama.

— Não seja babaca.

— Não estou sendo babaca. Não estou falando isso porque *não* me importo. Se não desse a mínima, iria simplesmente falar essas coisas. Não entende? Não faço promessas porque sou honesto, e a maioria das promessas é mentira.

Senti meu lábio tremer. Ele começara. Eu não me conteria. Senti como as palavras eram feias antes mesmo de saírem.

— Você acha que é um cara muito perfeito só porque fala a real para as mulheres, e elas te amam do mesmo jeito. Pensa que seu pai foi diferente de você? Acha que sua mãe te deu o nome dele porque ele era um desgraçado? Provavelmente ele era *exatamente como você*, encantador, divertido e irresistível. Seu pior pesadelo é ficar igual ao seu pai, mas o que faria se alguma mulher chegasse amanhã e te dissesse que está grávida?

— Sempre uso proteção...

— Que nem sempre funciona. Está fugindo da pergunta. Vou responder por você. Você fugiria. Exatamente como seu pai.

Ele cerrou a mandíbula e balançou a cabeça, parecendo irritado agora.

— Isso foi golpe baixo.

Eu sabia disso. Me senti baixa por falar, mas não me segurei.

— Se você se lembra — ele rosnou —, isso foi ideia tão sua quanto minha. Lembra quando me prometeu que isso não arruinaria nossa amizade? Era mentira?

Não conseguia responder. Não sabia como, e a ideia de que ele *permitiria* que nossa amizade acabasse simplesmente partiu meu coração.

Ele xingou muito e alto.

— Deveríamos ter seguido nossa lista de proibido.

Senti meu rosto ficar vermelho de raiva. Como se aquela lista idiota tivesse poderes mágicos para nos impedir de cometer erros.

Explodi.

— Não era uma lista de proibido, seu idiota, poderia muito bem ter sido uma porra de um check-list! Sua mente zoada apenas a viu como um desafio!

Seus olhos estavam muito frios quando ele me analisou. Era uma nova experiência observar aquele olhar dourado que eu amava lançar gelo em mim.

— Vou embora. O que acha de me ligar quando crescer?

Pisquei, me sentindo quase entorpecida quando ele começou a pegar suas coisas e guardá-las em uma mala grande com movimentos bravos e rápidos.

Me joguei sentada na cama conforme ele simplesmente continuava a guardar tudo sem falar nada.

— Tristan — tentei uma vez, um pedido baixo.

Ele ignorou. Ele *me* ignorou.

Na verdade, ele não me dirigiu mais sequer uma palavra antes de sair.

Capítulo Vinte e Seis

A próxima semana foi mais infernal do que qualquer término pelo qual já passei, o que me assustou pra caramba, porque nem era um término de verdade.

Ele nunca nem foi seu para perder, falava para mim mesma, no mínimo, centenas de vezes por dia.

Ele não ligou, não mandou mensagem e não voltou para casa.

O único raio de luz que pareceu surgir como resultado foi Frankie.

Dois dias depois que Tristan foi embora, ela começou a ligar. Ligar, mandar mensagem e simplesmente aparecer.

Frankie era boa companhia. Era engraçada, irreverente e muito fácil de conversar. Eu não fazia ideia do porquê, mas ela tinha decidido que éramos amigas, então foi assim. Entre ela e minhas tarefas normais de babá, eu deveria ter ficado adequadamente distraída.

Era uma pena que ainda restava a noite para me virar para lá e para cá e relembrar as burrices que eu fizera e dissera.

Contei tudo para Frankie por telefone um dia. Sua resposta foi levar sua campanha de distração para as horas tardias, então começamos a ir para as baladas.

Ela estava tão persistente quanto a monopolizar todo o meu tempo livre que comecei a me preocupar que ela poderia estar *interessada* em mim.

— Você sabe que curto homens, certo? — perguntei a ela certa noite, no caminho para casa depois de uma boa dança para minha sessão de distração.

Ela deu risada. Bastante. Então riu um pouco mais.

— Sei o que aconteceu entre você e Tristan, então, sim, imaginei.

— Ok. Desculpe. Sei que soei como uma idiota. Só não queria ser uma provocação ou qualquer coisa.

Ela estava dirigindo, mas rindo tanto que precisou parar o carro no acostamento.

— Justo. Não fiquei ofendida. Só surpresa. Não percebi que achou que eu estivesse dando em cima de você.

— Não achei isso. Só não sabia... — Pigarreei, desconfortável. — Você conhece Tristan muito bem?

— É, diria que o conheço bem. Liguei para você no outro dia porque o vi na noite em que ele foi embora daqui. A forma como ele estava agindo... me preocupou. Sabia que ele estava bravo, não, furioso, com alguma coisa, e quando perguntei sobre você, ele piorou. Então, mais tarde, ele ficou com uma garota e acabou entrando em uma briga com o namorado dela. Sei que ele é nervoso e esteve em muitas brigas, mas nunca o tinha visto assim... Ele teve sorte de não ter sido preso.

Mal ouvi o resto. Depois que ela mencionou que ele ficou com alguém, houve uma dor extrema no meu peito que meio que bloqueou minha capacidade de ouvir ou me concentrar.

— Tristan te contou o que aconteceu entre nós? — perguntei quando consegui falar de novo, ainda me sentindo extremamente enjoada.

— Não em muitas palavras. Juntei as peças de que tinham brigado porque ele se recusa a falar sobre você.

— Juro por Deus, nunca vou me envolver com outro homem enquanto eu viver. Principalmente se for uma situação de *amigo de foda*. Foda-se.

Isso a fez abrir um sorriso enorme.

— Me avise quando estiver pronta para jogar no outro time, querida.

Inexplicavelmente, corei.

Ela deu risada, voltando a dirigir.

— Desculpe, não consigo evitar quando me dá uma abertura dessa. Quais são seus planos para amanhã à noite?

— Minha chefe, Bev, tem uma coisa semanal em casa. Chamamos de "Foda-se Anônimos", porque é uma terapia em grupo/amigas. Não posso faltar, já que não fui na semana passada, e sei que, quanto mais eu evitar, mais merda vou ouvir depois.

— Parece uma caldeirão fervente. Posso ir?

Dei risada com a descrição. Era adequada, com certeza.

— Sim! Elas vão amar. Vai ser um paraíso.

— Perfeito. Que horas começa?

— A conversa começa lá para umas oito. Mas as bebidas e os petiscos saem uma hora antes.

— Ok, então. Estarei lá às sete. Tem umas mulheres bonitas?

— Tem. Muitas, mas nenhuma delas é tecnicamente solteira.

— Justo. Já pensou sobre aquela tatuagem que queria?

Sorri.

— Já. Acho que quero fazer.

— Vai fazê-la na câmera? Não é uma exigência, mas eu iria gostar. Os produtores sempre estão em busca de um apelo.

— Por que não?

Ela deu um soco no ar.

— Oba! Isso! Mal posso esperar. Só me diga quando, e vou preparar uns desenhos de cerejeira para você.

— Em breve — falei vagamente, dividida entre querer fazer naquele exato segundo e querer sentir como se não fosse uma decisão impulsiva, principalmente uma decisão impulsiva baseada no fato de estar tentando me distrair do desastre que minha vida amorosa tinha se tornado.

Bev devia saber o que estava acontecendo, quando Tristan e eu nos envolvemos, mas ela não tentara me impedir. Tocava meu ombro algumas vezes quando passava, falando coisas, como "Se precisar conversar sobre alguma coisa, querida, estou sempre aqui" ou "Espero que esteja tudo bem...".

E, então, depois, quando tinha tudo ido obviamente para o inferno, ela saíra da sua rotina para estar ao meu lado.

Eu nunca chorava. Sempre tinha sido boa em segurar as lágrimas, e a confusão com Tristan não era exceção.

No entanto, Bev comprou potes de sorvete e foi ainda mais fofa ficando acordada até tarde várias vezes para comer comigo.

Eu tinha confessado a ela cada detalhe excitante e feio. Ela tinha sido maravilhosa quanto a isso, como era com tudo, me falando que ficaria tudo bem, e que não, eu não era a garota mais burra do mundo.

— Meu dedo é podre para homem — disse para ela, desolada.

Ela batera no meu ombro, reconfortando-me.

— Own, querida, não é, não. Entendo com o que está lidando. Não tem uma garota que recusaria alguém como Tristan, do jeito que ele estava lançando charme. Só aprenda uma lição com isso, e não vai ser um desperdício.

Eu sabia que era um bom conselho, e prometi a mim mesma que iria guardá-lo para um uso futuro.

"Foda-se Anônimos" com Frankie foi um tumulto. Ela monopolizou a coisa toda, falando e falando sobre seus últimos relacionamentos desastrosos, e algumas das suas preferências sexuais não ortodoxas.

Ela contou cada história com tanto humor que todas nós demos risada na maior parte da noite, e fiquei particularmente grata, porque ela tinha desviado qualquer atenção de mim por mais uma semana.

Quando ela entrou em detalhe sobre seu estilo de vida como dominatrix, acho que chocou a maior parte das mulheres, mas eu fiquei fascinada, principalmente com toda a conversa de Tristan sobre amarras.

— Então você *sempre* é dominadora? — Candy perguntou, claramente tentada pela ideia. Ela tinha flertado com Frankie a noite toda.

Frankie assentiu.

— Algumas pessoas trocam, mas isso não funciona para mim. Eu tenho um fetiche *bem* específico. Há muitas formas diferentes de praticar BDSM, mas meu jeito é em alta velocidade e *forte*, o que não é para muitas, mesmo quem já é praticante. Só consigo pensar em uma outra pessoa, que deve permanecer anônima, que vai longe até onde eu vou.

Sandra pareceu mais chocada do que qualquer uma quanto ao estilo de vida de Frankie, só encarando-a, boquiaberta, conforme ela entrava em detalhe sobre cintas penianas e barras de restrição. Tive a sensação de que Frankie poderia falar sobre isso por horas.

— Eu trabalho no cassino Cavendish — Sandra contou a Frankie, seus olhos ainda meio arregalados em choque. — Trabalho na galeria de arte, que não é longe do seu estúdio de tatuagem. Às vezes, vejo a equipe de filmagem quando saio para almoçar. É tudo muito emocionante.

— Você tem alguma tattoo? — Frankie perguntou com um sorriso, claramente convencida de que ela não tinha.

— Só uma na lombar, bem de puta — Sandra revelou, o que fez todas nós rirmos, inclusive Frankie.

— Essa é coisa séria — Frankie disse a ela. — Então você trabalha na empresa. Já viu o chefão lá?

Sandra não precisava de outra desculpa para começar a falar sobre o "sonho" que era James Cavendish.

— Achamos que ela deveria dar em cima dele — Candy se intrometeu, depois de Sandra falar por cinco minutos.

Frankie pareceu duvidosa.

— Meu conselho seria não fazer isso. Na verdade, ele é um dos meus melhores amigos e, se ele estiver interessado, você *vai* saber.

Sandra pareceu desanimada, como se realmente estivesse planejando dar em cima do homem mais rico e mais bonito do planeta. Eu admirava sua confiança.

— Eu meio que o conheci em uma balada recente — adicionei quando houve uma breve pausa no diálogo. — Sandra tem falado exaustivamente sobre ele por anos e, tenho que dizer, não fiquei nada decepcionada. Aqueles olhos...

Frankie assentiu.

— Ele é lindo de morrer. Não é de relacionamentos, mas não tem amigo melhor que ele.

— Por que seria? — Harriet perguntou, soando meio amarga. — Podre de rico, homem e lindo, ele pode ficar solteiro para sempre. Provavelmente vai engravidar alguma menina de dezenove anos quando tiver oitenta, e é isso aí. Homens têm essa facilidade.

Frankie deu risada.

— Um pouco apressada, não? Não posso dizer o que James estará fazendo quando tiver oitenta anos, só estou contando que o melhor que se pode esperar, atualmente, é um caso rápido com o cara e, se ele estiver interessado, você *saberá*.

— Então, merda — Sandra fez beicinho —, isso estraga todas as minhas fantasias no trabalho sobre ele me seduzindo no escritório.

Meus olhos se arregalaram. Sinceramente, não sabia se ela estava brincando ou não, mas ela não abriu um sorriso, então eu estava mais inclinada a pensar que não estava.

Pensei que não poderia ser saudável ficar tão obcecada com o chefe, mas segurei minha língua.

Lucy ficou até tarde naquela noite, demorando-se quando todas foram embora, exceto por ela e Frankie. Eu sabia que ela ficaria. Um olhar solidário dela e as lágrimas finalmente caíram.

Ela me abraçou, e eu lhe contei cada detalhezinho sobre as últimas semanas, sem deixar nada de fora.

Foi a primeira vez que Frankie ouviu tudo, e ela pareceu surpresa com algumas coisas, como a reação dele à minha declaração de amor.

— Que *babaca* — Frankie disse, sucinta. — Deve ser consequência da Vatalie, certeza, mas isso não é desculpa.

Bev e Lucy ficaram fascinadas com isso.

— O que é Vatalie? — Bev perguntou.

Isso me fez rir, mesmo através das lágrimas.

— Não o que, mas quem — Frankie explicou com o tom distorcido. — Vatalie é a ex interesseira dele. É uma longa história, mas ela o fez de bobo com uns caras ricos, e ele simplesmente não percebeu. É um galinha desde então.

Isso provocou lágrimas novas. Era isso que eu mais odiava quando chorava. Quando começava, ficava por um bom tempo.

— E-ele já dormiu com outras garotas. Saiu e transou com alguém na noite que brigamos.

Frankie fez careta.

— Desculpe. Eu não deveria ter contado isso. Não sabia a extensão do que tinha acontecido com vocês.

— Prefiro saber. Dói, mas eu precisava ouvir. Tenho que superar. Sou muito *burra*.

As três mulheres se apressaram em me confortar dizendo que eu não era burra, mas era difícil não me sentir assim, quando eu sabia que ainda estava apaixonada por Tristan, e ele provavelmente estava dormindo com uma mulher aleatória toda noite.

Capítulo Vinte e Sete

Fazia quase duas semanas desde que a grande briga tinha acontecido quando recebi uma ligação empolgada de Frankie. Ela estava explodindo tanto de alegria que eu conseguia ouvir na sua voz.

— Eles vão se apresentar na Decadence! Dá pra acreditar? O primeiro show deles em meses, e eles vão tocar na propriedade do Cavendish no sábado à noite!

Eu sabia, claro que sabia exatamente do que ela estava falando, mas perguntei, de qualquer forma.

— Quem?

— Tristan e os meninos! Dá pra acreditar nisso? Jerry é um milagreiro. Nós *vamos.*

Me senti enjoada.

— Não sei. Duvido que eu esteja convidada. E não sei se quero ver Tristan, tipo, algum dia de novo.

— E Jared? Ele me contou que você prometeu que iria na sua próxima apresentação.

— Foi ao contrário, na verdade. Eu o fiz prometer que me avisaria quando houvesse uma, e não foi ele que me avisou. Foi você. Realmente acho que Tristan não vai me querer lá.

— Bom, você está muito enganada. Só vá comigo. Podemos assistir do fundo, e vamos embora logo depois que eles acabarem. Ninguém nunca vai saber que estivemos lá.

— Eu te conheço. Você não vai querer sair logo depois que eles terminarem. Vai querer ficar para a festa, e não quero ser a infeliz que te faz ir embora cedo. E certamente não quero ir sozinha.

— Pare com isso! Você vai. Vou te buscar. Esteja aí fora na coisa mais sexy que tem às oito. Ou você vai ver.

— Ou vou ver o quê? — perguntei, sinceramente curiosa, agora que eu sabia sobre seu alter ego dominatrix.

— Não questione! Só fique pronta do seu melhor jeito "sou gostosa e Tristan vai ficar me querendo".

No fim, eu mal considerava não ir. Queria vê-los tocar, e sabia que a Decadence estaria lotada o suficiente para impedir que as coisas ficassem estranhas.

Coloquei um vestido fino branco que não cobria nada das costas, *mal* cobria as coisas na frente e exibia a maior parte das minhas pernas. Era sensual, tão sensual que eu só o usara uma vez, para sair com Tristan. Ele tinha me dito que era o vestido mais sexy que ele já vira, então nem pensei em outra coisa. Era uma escolha certa para ele ficar "querendo". Meus saltos vermelhos foram outra escolha automática, já que eu sabia muito bem que o deixavam louco, pois ele me dissera isso em mais de uma ocasião.

Bev me ajudou a enrolar o cabelo e até se sentou e me observou maquiar, sugerindo coisas o tempo todo. Isso era o melhor em Bev: ela apoiava incondicionalmente. Eu sabia que ela achava que eu não deveria sair para ver Tristan, mas, se eu ia sair, por Deus, ela me ajudaria a ficar linda.

Pesei a mão na maquiagem: olhos esfumados e lábios vermelhos, a combinação destacava a palidez da minha pele e os meus olhos.

Estava uma tempestade do lado de fora. Tinha chovido o dia todo. Mas, na metade do verão de Vegas, eu ainda estava morrendo de calor. Ainda assim, não quis me molhar só de ir de casa para o carro de Frankie, então peguei o guarda-chuva grande e saí correndo.

Consegui entrar ao carro dela na maior parte seca.

Ela sorriu quando viu o que eu estava usando.

— Esse vestido é perfeito para fazer alguém sofrer. Bom trabalho, garota. Vai provocar um infarto nele.

— Só espero que ele não fique bravo por eu ir. Provavelmente vai pensar que sou grudenta ao máximo por aparecer.

— Não. Pare de se preocupar com isso. Ele sabe que você vai e não está nada bravo. Todos querem você lá.

Não vi o que Frankie estava usando até termos saído do carro no estacionamento. Meus olhos se arregalaram.

Eu sabia que ela gostava de camisetas pela metade. Ela as usava como ninguém, tanto que me peguei provando o estilo, só torcendo para conseguir usar quase tão bem.

Ela tinha levado a metade de camiseta a um novo extremo, com uma camiseta preta que mostrava um pouco da parte de baixo do seu seio, short de couro preto que mostrava mais do que um pouco da bunda e botas pretas de combate arrasadoras.

Quase toda a pele que ela estava mostrando estrategicamente era tatuada.

— Esqueci de te contar uma coisa — ela disse, parecendo maliciosamente feliz.

Sorri com pesar, sabendo que seria uma coisa maluca, só pelo seu olhar alegre.

— O quê?

Ela apontou para atrás de mim, em direção às portas que levavam para o cassino. Virei e vi uma equipe de filmagem vindo até a gente, já obviamente filmando.

Revirei os olhos.

— Eu precisava filmar isso. É boa divulgação para a banda.

Entendia seu ponto de vista, mas mesmo assim olhei desafiadoramente para ela pela emboscada.

Ela nem ligou, pegou minha mão e me puxou com ela para o caos.

Pensei, ironicamente, que talvez eu devesse me sentir abençoada por ela não ter me sujeitado a câmeras antes, considerando todo o tempo que passamos juntas ultimamente.

— Quem é a nova gostosa, Frankie? — um dos seus produtores gritou.

— Ela é a Danika! — Frankie gritou de volta, sem andar mais devagar.

— Ela é o seu encontro da noite?

Frankie simplesmente deu risada, e eu sorri, irônica.

— É só uma amiga. Tentem acompanhar, pessoal.

Foi a coisa mais estranha, mas, em certo momento, esqueci até que as câmeras estavam lá, principalmente quando entramos na Decadence.

A balada estava mais lotada do que eu já tinha visto, mas nunca fora em uma noite de música ao vivo. A pista de dança enorme, antes espaçosa, tinha sido convertida em uma massa apertada de pessoas, e os meninos ainda não estavam no palco.

Havia uma coisa útil em ser seguida por uma equipe de filmagem: as pessoas saíam do caminho.

Fomos para um lugar a umas cinco fileiras do palco. O lugar ideal para ver sem estar bem na frente.

Fiquei surpresa quando Frankie começou a mandar na equipe como se fosse seu trabalho.

— Uma câmera na gente. Não vão querer perder Danika dançando. Sei que eu não quero. O resto, no palco. Consigam um bom lugar logo abaixo do cantor principal.

A equipe apenas de homens foi rápida em obedecer.

Olhei-a de lado.

— Eu sabia que você tinha um programa, mas não que estrelas de reality dirigiam a equipe.

— Não é o normal — um câmera perto de nós murmurou.

Frankie apenas sorriu e deu de ombros.

— Eles foram, não foram? Vão me agradecer depois. — Ela olhou para o câmera. — Fale a verdade, Rodney. Já me enganei dirigindo vocês?

— Isso você não fez.

— Viu? Se sabe o que está fazendo, as pessoas te escutam, independente se for seu trabalho mandar nelas ou não. Só estou tentando pegar o melhor ângulo possível. Eles sabem disso, então me ouvem.

Dei risada, porque, apesar de eu não ter pensado nisso, ela tinha razão, e eles não hesitaram em seguir suas ordens.

— Descobri que, com frequência, a qualidade que você vê em pessoas bem-sucedidas é vista quando se tem iniciativa e é rápido quanto a isso. Nunca fiquei sentada esperando alguém me falar para assumir o controle. Só vou e faço.

Refleti, guardando isso. Queria muito me tornar bem-sucedida na vida, em *alguma coisa*. Duvidava de que alguém que crescera no meu tipo de caos não quisesse.

As luzes baixas de repente se apagaram, e a luz da câmera ficou visível em uma pausa longa. A multidão ficou quieta.

— Diminua essa luz, Rodney! — Frankie disse em um sussurro alto. Não queremos tirar a atenção do show.

Obedecendo de novo, a luz da câmera diminuiu.

Apareceu um holofote no palco, iluminando uma garota escassamente vestida com cabelo pink.

Franzi o nariz.

— *Ela* é da banda? — perguntei a Frankie.

— Não. Deve ser a banda de abertura. Os meninos devem conhecê-la, porque nunca a vi antes.

Mais luzes apareceram no palco, iluminando a banda roqueira da garota. Ela começou emitindo um grito de uma música antiga de metal que meio que identifiquei, embora não soubesse o nome. Eu gostava de metal, mas aquilo não era do metal bom.

— É esse tipo de música que eles tocam? — questionei no ouvido de Frankie. Não era nada do que eu estava esperando.

Ela balançou a cabeça, dançando com o barulho de estourar os tímpanos.

— Nem um pouco. Ela deve estar transando com um deles, porque não é uma boa abertura para o rock deles.

Isso me fez sentir meio enjoada.

Ela fez careta.

— Desculpe. Fui insensível. Simplesmente falei.

Balancei a cabeça, dizendo que tudo bem. Provavelmente, ela estava certa.

A garota bonita do cabelo pink cantou três músicas parecidas e finalizou. Eu estava pensando que não estava curtindo. Tinha sido uma má ideia.

As luzes diminuíram de novo, e eu me senti mal enquanto esperávamos a banda subir no palco.

Tristan entrou por último, mas não foi dramático. Simplesmente entrou depois dos outros, tomando seu lugar à frente com extrema confiança.

O holofote o iluminou, e ele sorriu para a multidão. Todos gritaram, os gritos das mulheres definitivamente mais altos. E isso foi antes de ele cantar uma nota.

Quando uma bateria começou, as guitarras entraram e ele realmente começou a cantar. A plateia foi à loucura.

Observá-lo assim no palco era como ver todas as peças do quebra-cabeça se encaixando. Ele era perfeito ali, e não era só uma coisa que o fazia assim. Era *tudo* nele: a postura orgulhosa dos ombros largos, sua expressão confiante. Ele tinha sido meu amigo, depois amante, mas vê-lo no palco me fez enxergar exatamente como ele era poderoso, e como sua presença era uma força da natureza. Parte de mim amava isso, o amava assim, em seu ambiente, e parte de mim detestava. Era aterrorizante, porque, lá no fundo, eu sabia que nunca poderia ter um homem assim. Ele se tornaria grande demais para viver uma vida normal. Parecia inevitável.

Sua voz era profundamente melódica, a música, quase romântica, e a emoção na sua voz combinava com a letra, o que acabava comigo. Eu nunca vira esse lado dele. A ideia de ele ter isso nele, mas eu nunca ter visto, deixou uma ferida bem profunda em mim, e comecei a perceber que ele realmente só me via como amiga. Ele me queria, sim, ou pelo menos quis antes da nossa briga, mas não como eu precisava que ele quisesse, não como eu o queria. Se eu fantasiava que meus sentimentos não eram platônicos, essas esperanças acabaram conforme ele colocava a alma na música.

Eu tinha me apaixonado por ele, mas ele simplesmente não tinha se apaixonado por mim. Vê-lo ali em cima, grudando todas as peças do seu quebra-cabeça, me atingiu forte. Não havíamos apenas brigado. Ele havia partido porque ficou bravo.

Ele não era apaixonado por mim.

Ter crescido como cresci, principalmente na minha adolescência, sempre me fez sentir meio perdida. E me sentia assim agora. Simplesmente perdida. Quem era eu? O que uma pessoa como eu era para ser? Ninguém me amava. Parecia que ninguém nunca tinha amado. Então, onde isso me deixava? Andando em círculos, pensei. Procurando as coisas erradas nas pessoas erradas. Era ali que eu estava. Pensei se alguém um dia se apaixonou por mim, tipo realmente se apaixonou, do jeito que eu fiz, se eu saberia. Parecia que eu só me envolvia com caras que não davam a mínima para mim.

Mesmo assim, não consegui evitar de ficar feliz por ele, por ele ter algo assim, algo tão grande e especial para mostrar ao mundo.

Capítulo Vinte e Oito

Controlei minha estranha onda de melancolia com a segunda música que, felizmente, não era outra de amor.

— Ele é como um ímã enorme de boceta ali em cima — Frankie quase gritou no meu ouvido.

Ela estava certa, e eu odiava isso.

— Ele é como um ímã enorme de boceta em todo lugar que vai — respondi.

Ela deu risada, e eu sorri infeliz.

Falei para mim mesma que era bom ter uma dose saudável de realidade. Era o primeiro passo para seguir em frente, e eu precisava superar essa insanidade.

A banda era boa. Muito boa. Na terceira música, eu estava dançando.

Frankie começou, rebolando para mim, pulando em volta como uma doida. Nunca fui de dar desculpa para não dançar, e música boa ao vivo com boa companhia era a melhor desculpa de todas.

Eu sabia que Rodney, o câmera, estava gravando tudo, e percebi que não me importava. Na verdade, dei um show para ele, dançando e brincando com Frankie com a batida da bateria.

Eu amava um bom rock com bateria pesada. Fechei os olhos e deixei a música assumir, a voz grave e sexy de Tristan me inundando.

Como poderia ser tão íntima de uma pessoa e não saber que ela consegue cantar com a alma para uma multidão de estranhos?

Falei para mim mesma, de uma vez por todas, que não importava.

Eles tocaram sete músicas originais, todas diferentes o suficiente para serem interessantes, algumas nervosas, outras melancólicas e emotivas.

— Tem alguns produtores de discos aqui esta noite. James Cavendish os chamou. Ele também deve estar aqui. Precisamos encontrá-lo depois, ver o que ele acha. Não seria maravilhoso se eles fechassem um contrato?

Assenti com os olhos arregalados. Na minha mente, não havia dúvida de que eles conseguiriam; era muito bons.

Quando o show acabou, o palco ficou transbordando de mulheres, principalmente.

De certa forma, fiquei aliviada, porque não teria que me preocupar em realmente lidar com Tristan, ou nenhum deles, aliás. Só não estava a fim.

Frankie pareceu pensar o mesmo, e foi me puxando na direção oposta, para o lounge, seus olhos procurando alguma coisa, depois comecei a olhar também.

Quando ela começou a descer por um corredor que claramente dizia apenas funcionários, parei de andar.

— Aonde vamos? — questionei, estreitando os olhos.

— Te falei. Quero conversar com James.

— Aqui é só para funcionários.

— Eu trabalho aqui. Mais ou menos. Não se preocupe. O que vão fazer? Nos expulsar?

Pensei que era exatamente isso que fariam, mas a deixei me levar junto.

Acabamos em um cômodo branco enorme que rapidamente vi que era para a pós-festa.

— Frankie! — Dei a volta nela. — Falei para você. Não quero ver ninguém. Por que me arrastou pra cá?

Ela me ignorou completamente, acenando para alguém atrás de mim, depois saindo.

Me virei e vi James Cavendish entrando, vestido para negócios, mas parecendo relaxado. E, Deus, ele ainda era tão incrível quanto me lembrava. Na luz mais clara do cômodo, sua pele ficava ainda mais bronzeada e seus olhos, mais claros do que eu já tinha visto.

Ele estava sorrindo para Frankie, depois a abraçou, falando algo baixinho em seu ouvido.

Me aproximei deles, sentindo-me fora de ambiente. Eu não saía com pessoas assim, e não conseguia acreditar que Frankie saía.

James sorriu para mim, estendendo a mão educadamente, e nos cumprimentamos.

— É um prazer te conhecer, Danika. Frankie me fala tanto sobre você.

Eu não poderia ficar mais chocada, e tive que me esforçar para conversar um pouco com o homem intimidador.

— É um prazer te conhecer também. Nos vimos uma vez, na verdade. Um cara foi expulso da balada por ser esquisitão, e você veio garantir que eu estava bem.

Ele ergueu as sobrancelhas e abriu um sorriso matador.

— Lembro disso. Uau, que mundo pequeno. Não fiz a conexão. É mais escuro no lounge, mas te reconheci agora.

— Minha chefe tem algumas pinturas da sua galeria. Deixe-me só dizer que sou uma grande fã de alguns artistas que você descobriu. Arte é uma paixão minha.

Ele pareceu intrigado, inclinando a cabeça para o lado a fim de me analisar.

— Bom, obrigado. Parece que compartilhamos uma paixão, então, Danika.

Frankie pareceu flagrar seu olhar, e o sorriso dele aumentou.

— Por arte, Frankie. Relaxe. Não daria em cima da sua garota.

Isso me deixou perplexa, e vi minha mente lentamente tentando entender quando ele virou seu sorriso deslumbrante para mim de novo.

— Quem é o artista das pinturas? Das que sua chefe comprou na minha galeria.

— Algumas são de Mallory. Jackson Mallory.

— Me conte sobre os quadros.

— Um é abstrato, chamado Orquídea. Cores fortes e quentes, emotivo inclinado a melancólico. É absolutamente esplêndido.

Ele estava me analisando com muita intensidade.

— Conheço a pintura. Gosto dessa descrição. Você tem talento para isso, Danika. Me conte sobre o segundo.

— Não tem nome. É um retrato de uma mulher. Uma ruiva. Seus traços são bem detalhados e… sensuais. — Me senti bem constrangida por usar essa palavra diante dele, mas não consegui pensar em uma melhor. — Seminua, mas, felizmente, o essencial está coberto, já que minha chefe tem dois pequenos em casa.

— Também me lembro dessa pintura. Vou te falar uma coisa, Danika.

Se, algum dia, quiser um emprego no mundo da arte, me avise. Você tem um bom olho e talento para descrições, o que é muito importante. E, mais importante, essa paixão.

Fiquei aturdida e lisonjeada, sem palavras. Tão lisonjeada que mal gaguejei um obrigada pelo elogio. Nunca tinha pensado em trabalhar em uma galeria, mas não sabia por que não tinha me ocorrido. Não havia dúvida de que eu gostava.

— Quando terminar de tentar contratá-la, James, quero que me diga o que achou da banda!

Ele pareceu pensativo.

— Eles são bons. Muito bons. Aquele cantor chama muita atenção. Ficaria surpreso se não fecharem um contrato em breve. Na verdade, acho que já estão brincando sobre isso. — Ele assentiu para o outro lado do cômodo, e nos viramos para olhar.

Olhei, meu estômago se remoendo conforme Tristan e os meninos estavam envolvidos em uma conversa intensa com uns homens de terno. Vi que Jerry estava com eles, o que eu deveria ter adivinhado. Foi ele que organizou tudo.

Virei de volta rapidamente, sem querer olhar para Tristan nem ver todas as mulheres esperando para receber atenção da banda.

Contei até dez, sem me deixar olhar para ele de novo.

— O cassino tem atos de mágica? — perguntei a James, um diabinho controlando minha língua.

— Perdão? — ele questionou, parecendo se divertir, mas surpreso.

— Tristan, o cantor principal. Você disse que ele chama atenção. Tem razão. É um ótimo cantor, mas esse nem é o seu maior talento.

— Sério? Me conte.

— Ele faz truques com cartas. Um truque de mãos que você não acreditaria. Nem consigo descrever, é muito bom. Devia perguntar a ele sobre isso. E pensar em contratar um mágico jovem e novo. Tem bastante homem velho com muita cirurgia plástica dominando essa área. Você podia fazer algo *diferente*.

James não rejeitou minha sugestão, como pensei que faria.

— É uma boa ideia. Nosso ato atual é um infarto ambulante, então vou ter que perguntar a Tristan sobre isso alguma hora. Ah, aqui está ele. Tristan, Danika estava me contando…

James parou de falar quando uma mão segurou meu braço por trás.

— Com licença. — Ouvi uma voz dolorosamente familiar rosnar logo antes de eu ser arrastada para fora do cômodo por uma mão grande que era da pessoa que eu menos queria ver no mundo.

TRISTAN

Foi ainda pior do que eu pensava quando a vi de novo. Um olhar para ela, e eu estava perdido.

Não estávamos sozinhos. Na verdade, parecia que todo mundo que eu conhecia estava no cômodo conosco. Ela estava perto de Frankie, suas laterais quase se tocando. Era mais magra do que a outra mulher, mas era mais alta, principalmente com aqueles saltos de matar.

Ambas tinham cabelo escuro, mas era só o que tinham em comum em relação à aparência. Mesmo assim, elas eram lindas, lado a lado. Danika parecia uma supermodelo, suas curvas macias abraçadas perfeitamente por aquele vestido branco minúsculo que me deixava louco, e Frankie poderia ter sido uma modelo pin-up, com sua meia camiseta expondo uma grande parte de pele tonificada e tatuada.

Estavam conversando com James. Na verdade, tinham ido diretamente até ele, como se não houvesse mais ninguém ali. Mas claro que isso não era o pior…

A parte que fez meu estômago revirar bastante foi que ela mal olhou para mim, só uma rápida olhada e desviou para longe, como se estivesse com medo de encontrar meus olhos, como se não pensasse que eu ficaria feliz em vê-la ali.

Isso me matou, mas não podia culpá-la. Tinha sido um babaca. Não apenas não ligava para ela há semanas, como nem fui eu que a convidei para vir, nem tinha tentando falar com ela quando soube que viria.

Ela estava falando alguma coisa para James que fazia seus olhos brilharem, suas mãos se movendo em pequenos gestos para enfatizar.

Estava fazendo aquela coisa adorável que fazia quando era apaixonada por um assunto que se transformava em discurso. Amava quando ela fazia isso, e agora estava fazendo para James Cavendish.

E, pior, James parecia fascinado por ela, interrompendo seu discurso apaixonado de vez em quando, sorrindo carinhosamente.

Os caras tinham ficado preocupados que a banda de abertura fosse estragar nossa chance com um contrato de gravadora, mas percebi que eu estava prestes a fazer isso, quando enforcasse o maldito James Cavendish.

Eu estava indo até eles, aproximando-me de Danika por trás, antes de conseguir me impedir.

Ouvi a última parte do que Danika estava falando para Cavendish quando cheguei.

— Tristan, o cantor principal. Você disse que ele chama atenção. Tem razão. É um ótimo cantor, mas esse nem é o seu maior talento.

— Sério? Me conte.

— Ele faz truques com cartas. Um truque de mãos que você não acreditaria. Nem consigo descrever, é muito bom. Devia perguntar a ele sobre isso. E pensar em contratar um mágico jovem e novo. Tem bastante homem velho com muita cirurgia plástica dominando essa área. Você podia fazer algo *diferente*.

Meu peito doeu e minha visão ficou embaçada.

Cavendish sorriu para ela como se tivesse acabado de falar algo brilhante. Olhou para cima, disse algo na minha direção, mas mal o escutei, porque estava derrubado pela revelação de que, enquanto eu fora um total cretino com ela, Danika estava me promovendo como se fosse minha maldita líder de torcida.

Não pensei, apenas me movi, indo até ela, segurando seu braço e puxando-a comigo para fora do cômodo.

Ela foi sem muita luta a princípio, mas, quando viu que estávamos indo embora da balada, começou a tentar se soltar.

— Precisamos conversar — disse a ela grosseiramente.

— Agora?! Você acha que precisamos conversar neste exato momento? Não é uma boa hora para você. Tenho praticamente certeza de que precisa estar lá dentro, falando com aqueles caras da gravadora.

— É para isso que Jerry serve. Não tem por que eu falar com eles. O que queriam saber sobre mim viram no palco.

Ela me seguiu meio tranquilamente por dez segundos.

— Que *porra* é essa, Tristan? Já tentou andar em saltos de dez centímetros? Acho que não, mas, a menos que queira que eu torça o pé, é melhor ir mais devagar. E aonde estamos indo?

Diminuí o passo, sem olhar para ela, mas ouvindo-a, absolutamente extasiado em como era bom apenas ouvir sua voz de novo, mesmo que estivesse gritando comigo.

— Senti sua falta — falei baixinho enquanto apertava o botão do elevador que levava ao estacionamento.

— Sentiu minha falta? — ela perguntou, seu tom incrédulo, conforme as portas do elevador fecharam. — Você sentiu minha falta? — repetiu, quando não respondi. — Mas é claro. Porque é isso que se faz quando sente falta de alguém; não liga, não manda mensagem, *por semanas*, e transa com mulheres aleatórias.

Me encolhi, de repente me sentindo meio tonto. Então ela sabia. Claro que sabia. *Merda*. Não sabia se era bom ou ruim. Pelo menos não teria que contar a ela.

A porta do elevador se abriu e eu a puxei para o estacionamento, praticamente arrastando-a para o meu carro.

Abri a porta do passageiro, só olhando para ela conforme arranhava minha mão como uma gata selvagem.

— Me solte! O que está fazendo? Por que pensa que não tem problema simplesmente me arrastar para o seu carro?

Cerrei meu maxilar, sentindo-me totalmente descontrolado.

— Entre no carro. Precisamos conversar.

Ela olhou desafiadoramente para mim por um minuto, minha mão ainda segurando seu pulso. Eu sabia que não a estava machucando, mas não iria soltar. Não até ela entrar no carro.

Ela entrou, me xingando de alguns nomes conforme fechei a porta depois.

Entrei no banco do motorista, e fiquei ali sentado por um bom tempo, sem nenhum de nós falar.

Escutei-a inspirar, expirar, e pensei de novo no quanto sentia falta de simplesmente tê-la respirando o mesmo ar que eu.

— Precisamos conversar — repeti. — Senti sua falta.

Não sabia por que era tão difícil encontrar as palavras que queria falar para ela, encontrar as palavras só para começar a expressar o que estava sentindo, mas isso pareceu ser o melhor que consegui emitir.

Algo em minhas palavras, ou talvez meu tom, finalmente a tocou.

Ela suspirou de forma demorada e resignada.

— Nós *deveríamos* conversar mesmo. Eu começo. Você tinha razão. Sobre tudo. Deveríamos ter seguido aquela lista idiota. Nossa única opção sempre foi sermos amigos. Só perdi um pouco a cabeça.

Foi como ter levado um soco no estômago, só que pior, porque eu tinha levado soco muitas vezes, e nunca foi assim, como se fosse alguma ferida aberta que eu tinha ajudado a causar, e da qual talvez não conseguisse me recuperar.

Capítulo Vinte e Nove

TRISTAN

Não sei por quanto tempo fiquei ali sentado em meio que um silêncio atordoado. Eu não era bom com essa merda.

Liguei o carro, colocando-o devagar na rampa que levava ao topo.

— Hum, aonde vamos? Esse nem é o caminho para a saída, Tristan.

— Tão mandona — rosnei, acelerando para o andar de cima, que não era coberto.

A chuva caiu no carro, abafando um pouco o silêncio tenso que estava me deixando louco.

Mal olhara para ela desde que saímos da pós-festa. Onde ela arrancou meu coração do peito sendo minha maior apoiadora, quando tinha todo direito de me odiar por inteiro.

Finalmente, olhei para ela.

Ela me encarou de volta, com o maxilar firme, os braços cruzados à frente do peito.

— Então é isso — ela disse, atrevida em cada palavra.

— O quê?

— Nós cometemos um erro. Vamos esquecer que aconteceu e voltar a sermos amigos. Esta noite percebi…

— Sei qual é o seu gosto — interrompi, meu tom rude. — Sei como é ter você gozando na minha língua. Como é ter você apertando meu pau enquanto enlouquece. E você... você me provou. Enfiei meu pau tão fundo na sua garganta que senti suas amídalas, Danika. Vamos esquecer tudo isso?

Ela piscou para mim, boquiaberta. Sem palavras. Era a primeira vez.

Me inclinei e segurei sua coxa.

— Como, Danika? Me diga como vamos esquecer isso.

— Vo-você… Foi tudo casual para você, Tristan. Não significou nada.

— Minha mão percorreu seu corpo inteiro, minhas mãos… meus dentes.

E sua boceta apertou tanto meu pau que minha visão ficou embaçada. É para eu esquecer isso também?

— Tristan!

— E você falou que estava apaixonada por mim. Realmente espera que eu esqueça isso? — Saí do carro, batendo a porta. Fui encharcado pela chuva quente antes de conseguir chegar à porta do passageiro.

Abri-a, puxando uma Danika chocada para a chuva comigo.

Fechei a porta atrás dela, pressionando-a contra ela.

Beijei-a. Ela virou o rosto, e eu me aconcheguei em seu pescoço antes de voltar para sua boca. Enfiei a língua entre seus lábios, precisando entrar nela de qualquer jeito.

Ela gemeu, segurando minha camisa. Senti o momento em que ela cedeu, e minhas mãos apertaram sua bunda, erguendo-a, roçando minha ereção contra ela.

Suas pernas se envolveram em mim, seu vestido tão curto que foi para seu quadril com o movimento.

Afastei minha boca, deslizando para sua orelha. Minha respiração estava saindo com dificuldade, então eu estava sem fôlego quando falei.

— Vou te foder forte no capô deste carro, na tempestade. E. Você. Não. Vai. Esquecer. — Beijei o ponto sensível atrás da sua orelha entre cada palavra murmurada com rispidez.

Senti seu corpo inteiro tremer, e estremeci contra ela.

Carreguei-a para a frente do carro.

Deitei-a, arrastando seus braços para cima da sua cabeça.

Me endireitei, mantendo minhas mãos em seus joelhos, abrindo-os bem, e simplesmente olhei para ela.

Seu vestido tinha ficado totalmente transparente, e estava mais indecente do que ficar toda nua. Eu adorei. Não esqueceria essa visão enquanto vivesse.

Seus seios subiam e desciam, os mamilos duros e rosados contra o tecido branco transparente. Trilhas de maquiagem do olho escorriam por sua face pálida, seu cabelo escuro molhado e bagunçado, caindo em seu rosto, e eu nunca tinha visto nada mais lindo na vida.

Levei minha boca até ela, lambendo a chuva da sua pele, chupando-a através do tecido molhado e fino como um papel do seu vestido branco.

Minhas mãos se ocuparam retirando sua calcinha vermelha minúscula, depois desabotoando minha calça.

Beijei uma trilha até entre suas pernas, enterrando o rosto em seu centro, lambendo e chupando seu sexo, a chuva quente misturada com o gosto dela, criando uma mistura tóxica.

Não me afastei para respirar até ter certeza de que ela perdera a cabeça.

Tirei meu pau da calça, movendo-me sobre ela, pressionando forte contra ela conforme me guiava para sua entrada.

— Vai esquecer isso? — perguntei rouco em seu ouvido conforme entrava.

Sua resposta foi uma negativa que quase não deu para entender. Entrei e saí com facilidade, meu ritmo lento enquanto fechava os olhos e saboreava a sensação perfeita de estar dentro dela.

Ela se contraiu em volta de mim de um jeito muito apertado e perdi a cabeça.

Minhas investidas suaves se tornaram estocadas fortes como golpes de faca, cada vez mais fortes.

Minhas mãos abriram suas pernas, mais ainda, e eu entrei e saí, entrei e saí, falando para ela como era linda, como era perfeita, com a boca em seu ouvido.

Suas respostas chegaram em forma de choramingos e gemidos, e pensei que era disso que mais sentia falta: o som da mulher mais controlada que já conheci enlouquecendo.

— Vamos, amor — disse a ela ofegante, muito perto do limite. Estendi o braço, encontrando seu clitóris e massageando-o com o toque mais leve, estocando forte. Um contato tão suave, o outro quase brutal demais. — Goze para mim. Preciso que goze. Me dê tudo que tem, cada pedaço desse controle, amor.

Eu a senti se contraindo em mim, os espasmos que me diziam que ela estava gozando, e estoquei até o fundo e mantive, terminando dentro dela. Parecia que eu tinha saído do corpo e voltado de tão intenso.

Comecei a sair, mas ela estava tão apertada, esmagando minha base, tão molhada, o deslizamento apertado tão gostoso, que me vi entrando de novo antes de sair totalmente, forte como se não tivesse acabado de me esvaziar dentro dela.

Me inclinei para baixo, chupando um mamilo conforme seus quadris rebolavam em um ritmo que começou fraco, mas fez meu pescoço arquear, e transformou isso em uma foda completa inclinada, de tanto que meu desejo descontrolado por ela me tomou totalmente.

Me certifiquei de que ela gozasse de novo antes de me afundar, com as costas curvadas, e me esvaziar dentro dela. De novo.

— Senti sua falta — falei em seu ouvido. Talvez ela acreditasse em mim depois *disso.*

Saí lentamente, fechando os olhos com a contraída suave dela no meu pau. Ajudei-a a endireitar o vestido, o que a fez rir, e me fez rir.

Ela passou as mãos em seu tronco praticamente nu, sorrindo.

— Estou toda coberta? — perguntou, erguendo a voz acima da tempestade.

— Entre no carro, boo. Se alguém mais te vir assim, pode ser que eu tenha que bater em algumas pessoas.

Olhei em volta, aliviado em ver que éramos o único carro no terraço. Eu não estava pensando direito para olhar antes.

Coloquei-a no carro, vestindo minha calça de volta conforme dei a volta para o banco do motorista.

Ela estava procurando algo na sua bolsinha quando comecei a dirigir.

— Aonde vamos? — perguntou, como se estivesse surpresa de estarmos indo embora.

— Vou te levar para casa — disse a ela. — Não pode andar por aí com esse vestido agora.

Ela suspirou, como se eu estivesse sendo irracional.

— Bom, preciso mandar mensagem para Frankie. Foi grosseria deixá-la lá.

— Frankie vai ficar bem.

— Mesmo assim foi grosseria. E sua culpa.

— É. Só fale isso para ela. Minha culpa. Problema resolvido.

Ela brincou com o celular por cinco minutos enquanto eu dirigia. Eu sabia que eram cinco minutos porque cronometrei, observando o ato e ficando a cada segundo mais rígido, conforme ela me ignorava totalmente.

Enfim, não consegui mais ficar quieto.

— Vamos falar sobre o que aconteceu agora?

Eu a vi guardar o celular na bolsa com o canto do olho. Não consegui ver sua expressão, porque meus olhos estavam na rua, mas *senti* seu olhar.

— Sim — ela concordou, amarga. — Vamos falar. Você não usou camisinha, e sabe o que acho sobre isso.

O fato de eu nem ter pensado em camisinha me atordoou. Sabia o que ela achava e estava tão louco, tão negligente com meu desejo, que nem tinha me ocorrido. Nunca tinha feito nada assim.

Podia me lembrar da sensação dela, pele com pele, como foi extremamente divino, e, ainda assim, mesmo enquanto estava dentro dela, não pensara na proteção que geralmente não deixava de usar.

— Merda. Desculpe. Perdi a cabeça. Pelo menos, você toma pílula.

— Pelo menos. E não vai acontecer de novo.

Senti minhas entranhas se apertarem.

— Não?

— Não. Sem camisinha, sem sexo.

Meus pulmões deram um grande suspiro de alívio. Pensei que ela estivesse dizendo sem sexo em geral. Eu tinha uma camisinha na minha carteira. Pelo menos, era alguma coisa, mas precisaria comprar mais logo. Era discutível, mesmo depois de ter gozado duas vezes, se uma seria suficiente para nos aguentar até de manhã. Sentira falta dela.

Apertei a mão em seu joelho, acariciando. Estava ficando duro de novo, pensamentos do futuro próximo assumindo o controle do momento.

— Preciso da sua boca, amor — eu disse baixinho, falando sério.

— Como? — ela perguntou, ainda cheia de marra. Parte disso era o fato de ela ainda certamente estar irritada comigo, e parte era apenas sua personalidade.

— Você me ouviu. Chupe meu pau enquanto dirijo. Vou compensar depois. Quantas vezes você quiser. Tenho sonhado em ter sua boca no meu pau há semanas.

Minha voz estava definitivamente implorando, porque eu estava desesperado por contato, desesperado para que ela se dispusesse a me chupar só porque pedi.

Fiquei meio chocado e mais do que aliviado quando ela realmente obedeceu, mexendo-se em seu banco para me segurar através da calça. Sua boca gostosa foi para a minha orelha, mordendo o lóbulo enquanto ela desabotoava, abria o zíper e me segurava através da cueca boxer.

Gemi quando ela me massageou forte.

— Me fale de novo que sentiu minha falta — sussurrou.

— Senti sua falta, boo. De tudo em você.

— Até da minha personalidade?

— Principalmente disso.

Tirei uma mão do volante, segurando seu cabelo e movendo sua cabeça para baixo, o mais gentil que conseguia.

— Me chupe, amor. Preciso disso rápido. E agora.

Ajudei-a a tirar minha calça, erguendo o quadril do banco para me libertar.

Sua respiração quente soprava na cabeça do meu pau conforme ela me segurou forte na base. Empurrei-a contra mim com uma mão segurando seu cabelo. Eu não estava no clima de provocação.

Senti sua risada conhecedora no meu pau e pulei dentro da sua boca. Sua cabeça se ergueu e baixou conforme ela pegou o ritmo, sua língua ocupada, seu aperto firme.

— Mais forte. Me chupe mais forte — demandei, segurando seu cabelo, me masturbando na sua boca, empurrando mais para sentir sua garganta se fechar em mim.

Esvaziei no fundo da sua garganta com algumas estocadas, com a mão segurando firme seu cabelo.

Ela me chupou forte, me secando, antes de levantar a cabeça. Sua mão ainda me massageava, com um toque mais leve agora, suas unhas arranhando meu saco.

— Amo pra caralho sua boca.

— Você gosta de pôr o caralho na minha boca — ela concordou, distorcendo as palavras.

Dei risada, puxando-a para o meu lado, sentindo uma onda de muita alegria e felicidade por ela ao menos estar falando comigo. Essa alegria pareceu ser canalizada em um desejo urgente de transar com ela repetidamente. Felizmente, ela não estava reclamando.

Capítulo Trinta

Ela já estava verificando o celular de novo quando comecei a dirigir.

— Frankie ficou chateada por você ter ido embora? — perguntei.

— Humm? Frankie? Ah, não. Isso é outra coisa.

Só pelo tom ausente e levemente agitado na sua voz, eu sabia quem estava mandando mensagem para ela.

— Seu ex — adivinhei, sentindo-me, de repente, menos feliz e mais violento.

Ela suspirou, infeliz.

— Ele simplesmente não se toca. Acha que é fofo ser persistente, mas já estou muito cansada das merdas dele.

Parei de novo o carro antes de ela terminar a primeira frase. Peguei seu celular, ignorando suas reclamações, e comecei a ler. Fiquei furioso quase instantaneamente.

Daryl: Sinto sua falta. Estou em uma festa na casa do Dig. Venha me ver, baby.

Essa mensagem foi seguida de um endereço, que eu presumia ser da casa do Dig.

— Que tipo de nome é Dig? — perguntei a Danika, ainda lendo suas mensagens. Era basicamente uma variação da mesma coisa: te amo, sinto sua falta, venha me ver. Havia muitas por dia, todas dele, nenhuma enviada. Pelo que pude ver, Danika só tinha respondido uma vez, há algumas semanas, e foi para falar para ele deixá-la em paz.

— É um apelido, apesar de eu nem saber o nome verdadeiro dele. O cara é um otário. Mesmo que ainda estivéssemos juntos, eu nunca iria a uma festa na casa do Dig. Todas as suas festas só envolvem um monte de caras brancos magricelas fumando maconha por dias.

Isso tirou uma risada surpresa de mim, mas me deparei com uma mensagem que acabou rapidamente com isso. Na verdade, de repente, me senti enjoado.

Mostrei a ela a tela do celular.

Daryl: Sinto falta da sua boceta doce, baby. Venha pra cá. Preciso entrar em você de novo.

— Ele fala essas merdas para você com frequência? — rosnei.

Ela se encolheu com as bochechas coradas.

— Me diga você. É você que está lendo todas as minhas mensagens. E não fique bravo comigo com o que ele está falando. Acha que tenho controle sobre isso? Queria que ele esquecesse até que eu existo.

— Bom, está prestes a conseguir o que quer. Isto é perto de Flamingo e Pecos, certo?

Ela estava me observando desconfiada.

— É, perto de lá. Não está planejando fazer alguma loucura, está?

Comecei a dirigir de novo. Parecia que as últimas palavras que li ficaram permanentemente marcadas no meu cérebro.

Era a coisa mais hipócrita do mundo, mas pensar em Danika transando com outro homem, a ideia de outro estar dentro dela, mesmo no passado, me deixava louco.

— Tristan! Não vai mesmo lá, vai?

— Vou. Esse cara vai parar de te assediar.

— Tristan! — Ela soou genuinamente aflita. — Você vai ser preso!

— Relaxe. Não vou. Só vou conversar com ele.

— Jura? Não vale a pena ser preso por ele.

— Juro — prometi, pretendendo realmente apenas assustar o otário, mas pensando que valeria muito a pena ser preso por mandar para o hospital o cara que queria estar dentro da boceta doce dela. — Juro que só estou planejando falar com ele, mas vou precisar que fique no carro. Se ele falar alguma merda para você como falou nessa mensagem, não posso me responsabilizar pelos meus atos.

— Isso é ridículo! Você nem sabe como ele é. Como vai encontrá-lo?

— Vou perguntar. Só me prometa que vai ficar no carro, e eu cuido disso. Só preciso de cinco minutos lá dentro. Pode fazer isso por mim?

Ela soltou uma respiração alta e frustrada.

— Posso. Mas vai ter que jurar que não vai fazer nenhuma loucura.

— Juro. De novo.

A casa foi bem fácil de encontrar, quando chegamos na rua. Estava tão cheia que uns idiotas tinham ido tão longe a ponto de estacionar no gramado.

— Esta é a casa do Dig? — perguntei a Danika, parando a algumas casas dali.

— É. Tome cuidado lá dentro. Ele vai estar rodeado de amigos. Se alguma coisa acontecer, você estará em menor número.

— Vou tomar cuidado — garanti a ela, saindo do carro.

O que não lhe contei foi que nunca tinha perdido uma briga na vida, em menor número ou não. Eu era duas vezes o tamanho da maioria dos caras e sabia como dar um soco certeiro.

— Cinco minutos — disse a ela antes de fechar a porta.

Mal notei a chuva caindo conforme fui até a casa, a mensagem ainda percorrendo meu cérebro e me deixando louco.

A casa não estava tão lotada quando pensei, considerando todos os carros parados na frente, mas fedia a maconha.

Havia um grupo de brancos magricelas compartilhando um baseado em um sofá no primeiro cômodo, e foi por onde comecei.

A minha sorte foi que só havia um Daryl na casa, e fui direcionado ao quintal por um grupo de maconheiros.

— Valeu — agradeci, sabendo que só de me ver os desgraçados paranoicos ficaram com medo.

No segundo em que pisei lá fora, vi Daryl no pequeno pátio coberto, protegendo-se da chuva.

Ele era magricela, coberto de tatuagens. Tinha um lado da cabeça raspado, o outro tingido de preto e no estilo emo. Além de alargadores prateados nas orelhas e uma tattoo de corvo cobrindo a maior parte do pescoço, e usava uma porra de jeans skinny. De alguma forma, eu simplesmente *sabia* que era ele.

Ele estava mexendo no celular e fumando um baseado.

Minhas mãos cerraram em punho e fui até ele.

— Daryl.

Ele olhou para cima com o nome, reafirmando minhas suspeitas.

— Sim? — ele perguntou com tom insolente. Ele tinha coragem para um pigmeu.

Não enrolei, aproximando-me, erguendo-o pela frente da camisa. Ainda assim, eu era maior. Ele tentou se soltar, mas mal notei, deixando-o dar uma boa olhada no meu rosto. Era realmente fácil fazer cara de assassino. Só tinha que pensar na última mensagem que li.

— Já nos falamos. No telefone. Sou amigo da Danika. Lembra de mim?

— Vá se foder, cara!

Ele tinha coragem, admito, mas era só o que tinha.

Me virei, batendo suas costas contra a casa. Ele não pesava nada.

— Parece que me lembro de te falar para deixá-la em paz.

— Quem é você? — ele chiou.

— Sou Tristan. Sou o cara que cuida da Danika, e vou te fazer um grande favor. Não vou te mandar para o hospital hoje. Estou sendo legal, então vou te dar mais um alerta. Ouça atentamente, porque não vou falar de novo. Está ouvindo?

Esperei que ele assentisse.

— Sem contato. Sem ligações. Sem mensagens. Nada. Se fizer alguma dessas coisas, não vai me ouvir, vai me ver, e não vou conversar, vou colocar sua bunda magra em um gesso. Fui claro?

— Por que está fazendo isso? Está transando com ela?

— Não é da porra da sua conta. Mas ouça isto, se eu vir qualquer uma daquelas mensagens obscenas de novo, vai ser uma história diferente. Você vai sentir falta de uma coisa quando eu terminar.

Larguei-o no chão e saí andando, porque, se ouvisse mais uma palavra dele, quebraria minha promessa para Danika.

DANIKA

Soltei a respiração que estivera prendendo quando o vi voltando para o carro, cinco minutos depois, como prometido.

Ele sentou no banco do motorista, colocando as mãos no volante e apertando. Sabia que ele estava bravo pela tensão na sua postura e o aperto no volante.

Quando falou, sua voz foi baixa e rouca.

— Pode me contar por que ficou com ele por tanto tempo? Falei com o cara por cinco minutos, e não há dúvida, para mim, de que você é melhor do que isso. Infinitamente melhor. É uma garota esperta. Por que demorou dois anos para descobrir isso?

Não desviei o olhar dele, mas a resposta me fez sentir frágil. Mesmo assim, queria lhe dar a resposta verdadeira, não uma mentira.

— Acho que eu não queria coisa melhor. Queria… só o que eu podia manter. Provavelmente isso não faz sentido para você, já que tem família, mas eu queria algo parecido com família. Mesmo que não fosse perfeito, pensei que ele iria ficar. Ninguém nunca ficou por mim.

"No fundo da minha mente, acho que pensava que, se mirasse realmente baixo, as coisas tinham mais chance de durar. Só queria pertencer a alguém, e que alguém pertencesse a mim. Acabou que mirar baixo só te leva mais para baixo. — Respirei de maneira demorada e trêmula. — Aprendi essa lição algumas vezes. Acho que finalmente entendi."

Sua mão saiu do seu aperto mortal no volante para cobrir suavemente a minha, onde estava no colo.

— Sempre vou estar aqui para você, Danika. Falo sério. Você é minha melhor amiga. Independente de qualquer coisa, sempre vou estar ao seu lado, se me quiser.

Isso me despedaçou. Totalmente. Meu lado doce queria se derreter com essas palavras, mas meu lado amargo queria xingá-lo, porque ele não tinha ficado. Nem chegou perto disso.

Meu lado amargo venceu.

— Como *tem ficado*? Sumiu por duas semanas, sem ligar, sem passar lá, sem nem me convidar para seu show. É isso que chama de *estar ao meu lado*?

— Desculpe por isso. Fiquei perdido por um tempo, mas estou de volta, ok? Eu, hum, não tenho sorte com relacionamentos. Na verdade, o único sério que já tive foi simplesmente *ruim*. Me arrepio só de pensar no quanto me envolvi naquela merda, só que não valia a pena.

— Vatalie — eu disse sombriamente, sem querer falar dela; da mulher para a qual ele estivera disposto a dar tanto.

Tristan não era familiarizado com o apelido, e arranquei uma risada surpresa dele.

— Vatalie?

— Frankie me contou sobre ela. Se alguém se chama Natalie e é uma vadia, automaticamente é rebaixada para Vatalie.

Ele apertou minha mão, seu sorriso grande e carinhos, e todo para mim.

— Combina. E, para constar, eu queria você no show, e sabia que iria. Fui um merda por eu mesmo não te ligar, mas me certifiquei de que ficasse sabendo.

— Falou para Frankie me contar?

— Não precisei, mas, sim, pedi para ela. Vejo agora que ela teria contado de qualquer forma. Frankie é boazinha. Ouça, só preciso que me dê mais uma chance, ok? Não vou fazer merda de novo. Não sabia… Não entendia que erro eu tinha cometido, até te ver esta noite, mas ficou bem claro para mim agora que não deveria ter feito isso.

Eu ainda tinha milhões de perguntas, e estava longe de escolher isso para sempre, mas meu lado doce venceu no momento.

— Então quer dar uma trégua?

— Algo assim. Do que quer que chame que envolva eu voltar para a sua vida, e não me odiar por ser um idiota.

Minha respiração estremeceu em um suspiro.

— Nunca poderia te odiar, e você já voltou.

Ele começou a dirigir, ainda segurando minha mão.

— Senti sua falta. — Ele disse isso como fizera antes, como se estivesse percebendo só agora.

Entramos na casa de Bev em silêncio, indo direto para o meu quarto.

Tristan estava se pressionando nas minhas costas conforme eu fechava a porta, com a boca dele no meu pescoço.

— Preciso entrar em você de novo — ele disse rouco no meu ouvido, seu tom urgente, me beijando naquele lugar do pescoço que me deixava doida.

Eu amava seu desespero, amava sentir que ele não se cansava de mim e, mesmo que significasse algo diferente para ele do que para mim, eu iria saborear enquanto podia.

Ele tirou meu vestido por trás, me deitando de bruços na cama. Escutei-o tirar suas roupas molhadas antes do seu corpo quente estar pressionado firme nas minhas costas. Ele pressionou até eu estar grunhindo sob o peso dele, me abraçando forte.

Ele saiu rapidamente, erguendo-se de joelhos e usando uma mão na minha barriga para me trazer com ele. Suas mãos no meu quadril me deixaram de quatro, me segurando para ele. Escutei-o abrir um pacotinho antes de estar na minha entrada, empurrando-se para dentro.

— Toque-se — ele pediu.

Estiquei a mão, massageando meu clitóris conforme seu pau provocava minha entrada, e suas mãos encontraram meus seios, passando por eles com um toque leve. Fui para trás forte, fazendo-o entrar um centímetro.

Ele gemeu, seus dedos apertando meus mamilos, depois puxando-os.

— Massageie mais rápido esse clitóris, amor. Ainda não está molhada o suficiente para me aguentar inteiro.

— Estou — rebati, rebolando na direção dele, desesperada para senti-lo mais fundo.

Ele tirou totalmente.

— Você acha? — ele perguntou, algo em seu tom me fazendo dobrar o pescoço para olhar para trás.

— Acho. Sinta. Estou molhada. Quero você dentro de mim.

Seus dedos serpentearam, deslizando para dentro de mim, provando que eu estava certa ao entrarem rapidamente.

— Está mesmo. Ok, então. Me peça.

Me endireitei, batendo nele até nós dois ficarmos de joelhos, minhas costas em seu peito, as pernas dele entre as minhas para me manter bem aberta. Coloquei a cabeça para trás para conseguir olhá-lo.

— O quê?

— Me quer dentro de você. Estou falando para me pedir. Seja específica e fale por favor. E também meu nome.

Meu primeiro instinto foi mandá-lo se foder, mas algo em seu tom, uma possessividade estranha, me fez pensar que ele faria exatamente isso, se eu não pedisse. E algo nessa possessividade, principalmente vinda dele, só me deixou mais desesperada para tê-lo enterrado fundo dentro de mim.

— Por favor, me foda por trás, Tristan. Por favor, enterre seu pau bem fundo em mim como você faz, quantas vezes quiser, até me enlouquecer.

Meu tom foi sarcástico, mas deu certo. Ele me empurrou para baixo até meu rosto chegar no colchão, meus joelhos ainda arrebitando minha bunda, uma posição da qual ele se aproveitava totalmente, segurando meu quadril e estocando em mim com uma investida profunda.

Coloquei um travesseiro na boca para me impedir de gritar conforme ele continuou, bruto como nunca fora, seu tamanho tornando quase insuportável, muito intenso. E, ainda assim, me vi chegando ao ápice mais rápido com suas investidas pesadas, fortes e excitadas.

Ele estocou fundo, implacável, me levando ao limite. Ergueu mais ainda meu quadril conforme contraí em volta dele, enfiando mais e, com um gemido baixo, esvaziou-se dentro de mim.

Ficou deitado pesado nas minhas costas quando terminou, beijando minha bochecha e me abraçando.

Estava tão exausta que caí no sono antes de ele sair de mim.

Acordei de novo alguma hora à noite e demorei alguns segundos desorientados para descobrir por quê.

O braço de Tristan estava me abraçando apertado, prendendo minha respiração. Ele estava às minhas costas, com a perna jogada por cima da minha coxa, braço sobre o meu peito. De alguma forma, mesmo assim, não acordei com medo. Dormi muito profundo em seus braços, muito tranquila.

Sua boca estava no meu ouvido, e sua voz era um murmúrio grave e reconfortante.

— *Estava com saudade.*

Fechei os olhos, e uma onda de satisfação absoluta me percorreu. *Eu te amo*, pensei.

— Também estava com saudade — eu disse.

Ele relaxou contra mim, e nós voltamos a dormir.

Capítulo Trinta e Um

Acordei sozinha. Tinha uma pequena esperança de ele já ter levantado, mas uma busca rápida pela casa acabou rapidinho com essa esperança.

Minha reação à sua ausência foi forte.

Comecei a fazer café da manhã para os meninos, com lágrimas escorrendo por minhas bochechas.

Nunca estive tão emotiva, e essa última coisa, ele desaparecendo antes de eu acordar, me fez perceber que eu tinha me tornado uma bagunça.

Tinha me recomposto quando os meninos acordaram, mas minha compostura estava frágil. A manhã foi torturante, e tive que me esforçar para ser uma boa companhia para eles, quando normalmente era muito fácil.

Depois do almoço, os meninos me ajudaram a passear com os cachorros, em uma caminhada lenta e desorganizada pelo bairro.

Meu coração tentou sair do peito quando voltamos para casa e vi o carro de Tristan e, além disso, Tristan estava apoiado na parte de trás, os braços cruzados deformando o tecido da camiseta e me distraindo bastante.

Ele sorriu quando fizemos a curva na esquina e todo mundo — os cachorros, os meninos e eu — começou a correr até ele.

Ele nos encontrou no meio do caminho, cumprimentando os meninos e os cachorros com tapinhas na cabeça.

Seus olhos sorridentes encontraram os meus, mas o sorriso sumiu quando ele viu como eu o estava olhando.

— O que aconteceu, boo? — perguntou, soando preocupado de verdade.

Ergui um ombro de propósito.

— Nada. Só pensei que você tivesse desaparecido de novo.

Ele se endireitou de onde tinha se agachado para fazer carinho nos cachorros, caminhando entre eles para se aproximar de mim.

Segurou meu rosto com as mãos, seus olhos me analisando com

cuidado.

— *Não. Não. Não*, amor, não foi nada disso. Só tive que fazer umas coisas. Você estava dormindo tão tranquila que não quis te acordar.

Abri a boca para falar, mas ele baixou a cabeça, tocando os lábios nos meus antes de eu conseguir falar uma palavra.

Na frente das crianças, dos cachorros, do bairro todo, ele me beijou sem sentido e, Senhor, ele sabia beijar. Suas mãos ficaram onde estavam, segurando minhas bochechas com um toque suave, mas não importava. Ele transformou meus pensamentos em fumaça com apenas seus lábios nos meus.

Quando ele recuou, estava sorrindo, e começara um tumulto à nossa volta.

Ivan e Mat estavam gritando perguntas para nós. Perguntas constrangedoras.

— A língua dele estava na sua boca, boo? — Mat questionou, parecendo com nojo.

— Significa que vocês vão ter um bebê? — Foi a vez de Ivan, parecendo com mais nojo.

— Vocês acabaram de passar piolho um para o outro? — Mat quis saber, parecendo com menos nojo e mais fascinado com essa possibilidade.

— Vocês vão se casar agora?

Todas essas perguntas foram acompanhadas pelos cachorros uivando ou latindo. Alto.

Olhei para Tristan, vi o brilho em seu olho e comecei a rir. Nós dois começamos.

Não paramos até termos levado as crianças e os cachorros para casa.

— Já almoçaram? — Tristan perguntou, seguindo direto para a cozinha.

— Já.

— Ah — ele disse, parando e voltando para me ajudar a recolher as guias. — Algum plano para hoje?

— Na verdade, não. Só cuidar dos meninos até o jantar.

— Jerry está em casa. Ele ficou fora até tarde, mas deve levantar logo. Vou falar para ele cuidar dos meninos enquanto nós vamos fazer umas compras.

— Compras? Para quê?

— Merdas para o meu apartamento.

— Boo, ele falou palavrão! — Mat gritou a menos de dois metros de nós, tirando os sapatos.

— Porra, desculpe — Tristan disse, ouvindo-se, depois dando um tapa na testa. — Foi mal. Meninos, podem ir ver se seu pai está acordado?

Eles saíram correndo para o quarto de Jerry.

Esperei até não conseguirem ouvir para falar.

— Merdas para o seu apartamento?

— É. Você sabe, pratos, talheres, potes, panelas.

Eu não sabia se queria saber por que ele já não tinha essas coisas, considerando que tinha seus vinte e poucos anos, então não perguntei.

— Vem comigo? Pode ir ver meu apartamento, me ajudar a arrumar tudo.

— Claro, se Jerry não se importar.

— Ele não vai — me garantiu.

Jerry encarava tudo numa boa. Normalmente. Levou os meninos para brincar no quintal, e Tristan começou a me levar para a porta da frente.

Mas recuei.

— Preciso me trocar. Não posso ir de short pink e meia camiseta à loja.

Ele olhou para trás, dando-me um dos seus olhares arrebatadores.

— Pode, sim. Essa roupa é sensual pra cacete. Ponha um chinelo, e estamos prontos para ir.

Passei as mãos pelo meu cabelo bagunçado. Tinha lavado mais cedo e nem tinha penteado antes de secar. Eu estava meio desanimada.

Agora, estava um emaranhado bagunçado nas minhas costas.

— Estou horrível, Tristan. Me dê dez minutos para ficar apresentável.

Ele me puxou, levando minha cabeça para trás pelo cabelo para me dar um beijo no nariz, seus olhos dourados sorrindo, as covinhas aparecendo.

— Você está linda de morrer. É a garota mais linda do mundo. Perfeita.

Ele se afastou, me dando um tapa forte na bunda.

— Agora ponha seu chinelo, e vamos.

Nem sabia como começar a discutir por isso, e estaria mentindo se dissesse que seu elogio não me afetou. Sempre afetava.

— Aonde vamos comprar toda essa merda? — perguntei depois de entrarmos no carro e sair.

— Costco, no Galleria Mall.

— Costco?

— É, Costco. Já foi lá?

— Já, mas não sabia que dava para comprar tudo isso lá.

— Claro que sim. Dá para comprar praticamente tudo na Costco.

Então passamos a tarde fazendo compras para seu novo apartamento. Eu tinha que admitir que me diverti. Passamos horas no armazém da loja, procurando tudo, desde sofás a vitaminas, livros e equipamento de *camping*. Acabamos indo comprar comida para encher sua geladeira vazia, encontrando uns pratos quadrados brancos bonitos, talheres, potes, panelas, vidros e até papel-toalha.

Fomos em todos os corredores, simplesmente olhando todas as coisas. Era um daqueles momentos em que você percebe como tudo é divertido com Tristan. Eu conseguia gostar de passar o tempo fazendo qualquer coisa com ele.

Ele pegou um buquê de rosas cor de lavanda clara. Elas eram pálidas na base, e a cor ficava mais vibrante nas pontas.

Senti o cheiro, encantada pela cor incomum.

— Uma flor rara para minha garota rara.

Corei com o elogio e com o fato de ele ter me chamado de sua garota. Ficava com medo de interpretar demais qualquer coisa com ele, mas era difícil não ter esperança.

— São para mim? — perguntei, cheirando-as de novo.

Estávamos na fila, com cinco carrinhos, e ele me puxou, acariciando meu cabelo, dando-me um olhar que só poderia ser descrito como carinho.

— Claro que são.

Tive que piscar para conter as lágrimas, me chamando de burra enquanto olhava para os pés.

— Ninguém, além de Bev, já me deu flores.

Sua mão apertou meu cabelo, e pensei que tinha sido involuntário, porque ele soltou quase que instantaneamente.

— Isso me faz querer matar alguém, amor.

Eu não sabia o que dizer, então fiquei só encarando os pés.

— Especificamente, alguém que usa jeans skinny e pesa mais ou menos igual a um dos meus braços.

Isso me fez sorrir.

— Obrigada pelas flores — disse aos meus pés, baixinho.

Ele ergueu meu queixo com um dedo, depois grudou a boca na minha. Bem ali, no meio da Costco. Pensei que era a coisa mais fofa do mundo.

— Por nada.

— Por que lavanda? — perguntei, quando recuperei a capacidade de falar.

— Acho-as diferentes. Exóticas. Como você. Simplesmente... inesperadas. E claro que eram as flores mais bonitas daqui.

Ruborizei.

— Você é tão bajulador.

Seu polegar passou pela minha bochecha.

— Só com você, amor. Não sou assim com mais ninguém. E tem que saber que falo sério com cada palavra.

Eu não sabia se acreditava nisso, mas Deus sabia que eu queria.

Ele me levou para seu apartamento. Era no terceiro andar de um dos condomínios de blocos de apartamentos que bagunçavam o vale. Precisamos de muitas viagens para colocar tudo na cozinha.

Ele não me deu um tour do lugar, explicando:

— Dean provavelmente está desmaiado no quarto dele, mas vou te mostrar meu quarto depois de te fazer o jantar.

Guardei as coisas, enquanto ele começou a fazer para nós massa de espinafre com parmesão ao molho marinara.

— Está fazendo massa *congelada*? — perguntei, conforme ele fazia exatamente isso. — Isso não é uma blasfêmia? Não era para você, tipo, fazer massa do zero, e talvez espremer os tomates no molho com a mão?

Ele deu risada.

— Espremer os tomates no molho? É assim que acha que se faz?

— Praticamente — eu disse ao arrumar seus novos talheres.

— Essa coisa é boa e estou com muita fome para cozinhar por duas horas.

Se ele falava que era bom, é porque era bom mesmo. Ele não comia comida de baixa qualidade. Na verdade, sua comida era tão boa que eu ganhara mais de dois quilos enquanto ficamos juntos, e nem tinha me importado, porque ela simplesmente valia os dois quilos. Era bom mesmo.

Claro que tinha perdido esses dois quilos e mais um pouco nas semanas em que ele desaparecera e partiu totalmente meu coração.

— Onde é o banheiro? — perguntei, depois de ter guardado os talheres.

— Use um que é do meu quarto. — Ele apontou, de costas para mim, ainda trabalhando no fogão.

Eu não consegui evitar e xeretei seu quarto. Era espaçoso, e ele mal tinha desembalado as coisas, então não havia muito o que descobrir com o esforço. A única coisa que realmente se destacou foi o monte de garrafas de bebida pela metade no criado-mudo. Pensei que isso dizia muito sobre seu estilo de vida.

O banheiro era dentro do seu quarto, com uma das maiores banheiras que eu já tinha visto. Dava para colocar literalmente, no mínimo, seis pessoas nela, o que criava uma imagem sobre a qual eu, particularmente, não queria refletir.

Quando voltei à cozinha, Tristan estava quase terminando a massa, então comecei a desempacotar seus pratos.

Eram quadrados e brancos, muito chiques, principalmente para um solteiro. Eu os tinha escolhido.

Estava com um dos pratos na mão quando uma morena com os peitos de fora entrou na cozinha.

Falar que os peitos estavam de fora é leve demais. Ela não estava usando nada além de uma calcinha nude e um sorriso.

Ela desfilou, sim, desfilou, direto para Tristan e o abraçou por trás, pressionando seus seios enormes, falsos e *nus* em suas costas.

Eu não estava preparada para isso, então simplesmente fiquei ali, congelada, com o prato na mão, observando a cena.

Tristan enrijeceu com o contato, apagou o fogo, depois começou a se virar, parecendo tão surpreso quanto eu por ter uma mulher nua na cozinha. Eu nem sabia dizer se ela era bonita, pois fui distraída por toda aquela pele nua.

Ele franziu a testa ao olhá-la, agora pressionada à lateral dele. Ou, melhor, um peito falso encostado na sua lateral, outro na sua frente, logo abaixo do peito dele.

— Ãh — ele começou, obviamente sem palavras.

A invasora abriu um sorriso brilhante para ele. *Droga*, ela *era* bonita.

— Sou Kendra. De quatro noites atrás. Não se preocupe. Não pensei que fosse lembrar meu nome. Não conversamos muito.

Eu estava apertando tanto o prato que senti meus dedos enfiarem neles e, ainda assim, apertei mais forte.

Ele segurou os ombros dela e a empurrou para trás, até seus implantes não fazerem mais contato.

— Ok, Kendra. Mas o que está fazendo aqui agora, e cadê suas roupas? — Ele usou o tom cuidadoso de alguém falando com uma doida.

— Vim para cá ontem à noite com o Dean. Estava torcendo para te ver de novo. Acho que deixei minha calcinha no seu quarto. Vai me ajudar a encontrá-la? — Seu tom era meloso com insinuação.

Praticamente enlouqueci. O prato na minha mão saiu voando, quebrando-se na parede acima da cabeça deles. Outro prato estava na minha mão e voando antes de alguém poder reagir. A srta. Peitos Falsos saiu correndo, mas Tristan, o tolo, começou a vir na minha direção, desviando de prato atrás de prato. Quebrei, no mínimo, seis até ele chegar a mim. Não olhei para baixo para verificar, mas tinha quase certeza de que se foram todos.

Um olhar para seu rosto me mostrou que ele não estava bravo, o que me chocou, me deixando imóvel por tempo suficiente para ele envolver os braços em mim em um abraço que me impedia de quebrar mais das suas coisas.

Por que ele não estava bravo?

Tinha acabado de tentar machucar ele e uma vagabunda de peitos de fora com quem aparentemente ele dormiu há quatro noites.

Nem falei. Tudo que tinha para dizer fora dito quebrando os seis pratos brancos.

Ele murmurou desculpa após desculpa no meu ouvido. Achei isso tão estranho que nem processei imediatamente.

Dean, sem camisa, entrou na cozinha, com não uma, mas *duas* vadias atrás, a de antes e uma ruiva, e começou a gritar ao ver o estrago.

— Que porra é essa, cara? Eu estava dormindo, e você traz uma mulher para quebrar a porra dos pratos na nossa cozinha? E Kendra me falou que ela tentou acertá-la com um!

— Volte para a cama, Dean — Tristan disse, soando irritado, o que não tinha acontecido quando estivera falando baixinho no meu ouvido. — Isso *não* é da sua conta.

— Claro que é da merda da minha conta — Dean retrucou. — Essa é minha casa também.

— Qual é seu problema? — Kendra de peitos de fora perguntou, falando comigo, presumi.

— O problema dela é que ela é minha namorada — Tristan respondeu. — E acabou de ser desrespeitada na minha casa.

Kendra fez beicinho.

— Você não tinha namorada quatro noites atrás — comentou.

— Estávamos dando um tempo, mas não estamos mais. Dean, tire-as daqui.

— Vá se foder, cara. Você traz essa boceta pra cá, e eu tenho que me livrar *delas*?

Senti Tristan enrijecer contra mim. Sua voz foi assustadora quando ele falou.

— Só vou te avisar uma vez. Fale com ela ou sobre ela assim de novo, e vamos ter um problema do caralho. Peça desculpa e fique longe de mim antes que eu te quebre pelo que acabou de sair da sua boca, e isso não é só um aviso.

Dean xingou baixinho, virou-se e saiu da cozinha, murmurando um "desculpa" bem insolente.

Vadia um e vadia dois o seguiram rapidamente.

Tristan se inclinou, me pegando no colo e me carregando para seu quarto.

Ele se abaixou, me deitando na cama. Inclinou-se sobre mim até estar prendendo meu corpo com o dele, peito com peito, coxas montando no meu quadril. Ele ergueu meus braços, prendendo-os acima da minha cabeça com as mãos nos meus pulsos.

Ele baixou o rosto para perto do meu, seus olhos dourados suavizando.

— Desculpe.

Não sabia pelo que ele estava se desculpando, e pensei que provavelmente deveria me desculpar por quebrar todos os pratos e por tentar atingi-lo no processo, mas simplesmente não conseguia. Ele me fez perder a cabeça, e eu ainda estava chateada por isso.

Mesmo assim, havia uma coisa, uma pergunta, que persistia, dominando meus pensamentos mais do que qualquer coisa que tinha acontecido.

— Por que falou que eu era sua namorada? Isso é mentira. Nunca ficamos juntos, não assim.

Ele respirou fundo, roçando seu peito no meu. Vi um flash de alguma coisa passar por sua expressão e pensei que poderia ser dor.

— Não é mentira. É como deveria ser, se eu não fosse tão fodido da cabeça. Lidei mal com as coisas desde o começo com você, e sinto muito por isso. A forma como me sinto sobre você… a forma como tem sido entre nós desde o início... fui um idiota em negar isso a mim mesmo. Quero ser exclusivo. Nada de apenas amigos, nada de amigos de foda, nada de evitar compromisso. Quero estar com você. Tornei tudo muito mais complicado do que precisa ser, e quero descomplicar. Não tenho direito de pedir, mas pode me dar a chance de provar que posso ser melhor do que fui?

Meu coração estava martelando a um milhão de quilômetros por segundo, de alegria… e terror. Ele tinha partido meu coração antes de me prometer alguma coisa. O quanto seria pior se ele acabasse comigo assim de novo, depois de me deixar esperar por algo mais dele?

Inesperada e ridiculamente, explodi em lágrimas.

Não foi um choro silencioso. Solucei, arfei e, uma vez que começou, não parou.

Era a primeira vez que ele me via chorar. Um pequeno som escapou do fundo da sua garganta, um barulho de profunda empatia.

Ele aconchegou o rosto no meu ouvido.

— Sinto muito, amor. Sinto muito por ter te magoado. Faria tudo ao contrário se pudesse, mas não posso. Porém, vou tentar te compensar, ok? Por favor, só me dê a chance. Por favor.

Consegui me acalmar quando percebi que a emoção mais forte que estava sentindo era, na verdade, alívio. A ideia de eu poder me apaixonar tanto por ele, de poder sentir isso *tão* profundamente, e de ele não sentir nada disso tinha sido simplesmente tão horrível para mim, e não sentir mais isso foi uma descarga emocional.

Capítulo Trinta e Dois

Eu nunca conseguia manter a boca fechada. O bom, o ruim, o feio, tudo saía, e com isso não era exceção.

Com o peso de Tristan sobre mim, seus sussurros no meu ouvido e o conhecimento de que ele não conseguia resistir a isso entre nós mais do que eu me fizeram abrir meu coração em minutos. Eu queria me conter, porque algumas confissões exigiam reciprocidade, no entanto, minha boca grande decidiu por mim, como sempre.

— Eu te amo — eu disse a ele, minha voz instável.

Eu sabia que ele não iria dizer de volta. Estava preparada para isso. Mas ele fez a outra melhor coisa, movendo sua boca para a minha em um beijo faminto e desesperado, sua língua invadindo minha boca.

Gemi contra ele, movendo meu corpo no dele duro, implacável.

Ele se afastou, analisando-me. Rebolei, tentando desalojar suas coxas inflexíveis. Eu o queria entre minhas pernas, não ao contrário.

— Quero entrar em você sem nada. Sinto muito mesmo por fazer isso ontem à noite. Fiquei louco. Mas juro para você que sempre usei camisinha. Sempre. Você e eu somos exclusivos a partir de agora, e você toma pílula. A escolha é sua, mas quero que pense nisso.

— Sim — respondi rápido demais, excitada demais para negar. Ele tinha acabado de me dar o que eu mais queria: ele mesmo. E eu não poderia lhe negar nada.

Ele voltou com a boca na minha, mexendo-se exatamente como eu desejava, seu quadril enterrando-se entre minhas coxas.

Empurrou sua ereção forte em mim através das nossas roupas, e minhas unhas arranharam suas costas.

Ele recuou.

— Não se mexa — disse, descendo pela cama. Conforme passava pelo meu quadril, ele levou meu short e minha calcinha com um puxão suave. — Tenho uma coisa para você.

Foi até seu armário, voltando com algo escuro na mão fechada e algo que eu desconfiava que fosse algema na outra.

— O que vai fazer? — perguntei, me contorcendo na cama.

Sua boca se curvou em um sorriso.

— Relaxe. Confia em mim, não confia?

Engoli em seco, minha mandíbula se apertando, mas assenti.

Ele voltou para a cama, rastejando para montar em mim de novo.

Tirou minha blusinha e meu sutiã, deslizando meus braços para cima da cabeça com um toque leve como uma pena.

Seus lábios se aproximaram do meu ouvido.

— Feche os olhos — sussurrou.

— Tristan — comecei, mas ele me fez calar, colocando uma venda sobre meus olhos e amarrando-a atrás da minha cabeça.

O mundo ficou escuro, e não entendi o objetivo disso até ele começar a me tocar.

Beijou meu pescoço conforme suas mãos subiram para os meus pulsos. Prendeu as algemas bem devagar e, enquanto isso, percebi que eram almofadadas por dentro, para proteger meus pulsos.

— Espera que eu lute? — questionei, puxando levemente meu braço para testar as algemas. — É por isso que são macias?

— Não, amor. Espero que se renda. São macias só porque não aguento pensar em te machucar. Levo o presente da sua confiança bastante a sério.

— Sempre soube que você era excêntrico — murmurei. Senti que ele riu deliciosamente contra minha clavícula. Sem enxergar, aquele pequeno contato me fez arrepiar dos pés à cabeça.

— Isto não é por mim, Danika. É por você. Para realmente relaxar, precisa desistir do controle. De todo ele. Cada parte. — Ele enfatizava cada frase com um beijo suave na minha pele, começando do pescoço, na clavícula e descendo para o centro do meu peito, beijando, pelo meu centro, passando pelas costelas, meu umbigo, e se aconchegando ali.

Me contorci, minhas pernas mexendo-se em movimentos inquietos, tentando encontrar as pernas dele, querendo muito mais do que apenas sua boca em mim.

Ele me fez parar com uma mão firme na coxa, e fiquei quase mole quando senti seu peito me pressionar para baixo, a parte inferior do seu corpo deslizando entre minhas pernas, abrindo-as, depois abrindo mais.

Sua mão segurou minha outra coxa, deslizando para a parte interna a fim de abri-las mais ainda.

Arfei quando ele pressionou os lábios na parte de baixo da minha barriga, beijando, depois lambendo, então chupando forte o suficiente para me assustar.

Ele deslizou os dentes pelo osso do meu quadril, lambendo a fenda que levava à coxa. Demorou-se no lugar bem onde minha virilha encontrava a coxa, chupando ali.

— Tristan — arfei, empurrando meu corpo.

Ele ergueu a boca o suficiente para murmurar na minha pele.

— Me diga, Danika. Me diga o que quer.

— E-eu quero sua boca em mim.

— Seja mais específica.

— Quero sua boca na minha, minha...

— Boceta. Fale "quero sua boca na minha boceta".

— Quero sua boca na minha boceta.

— Por favor — adicionou.

— Quero sua boca na minha boceta, por favor.

Jurava que o senti sorrir contra minha pele, mas, enfim, por misericórdia, ele moveu a boca para o meu centro, mexendo sua língua habilidosa na minha fenda e até meu clitóris, fazendo os pequenos círculos rapidinhos.

Ele fez isso, ficando focado naquele lugar, com aquele contato, até eu estar perto o suficiente daquele limite bom para ficar frustrada.

— Tristan — gemi.

Ele falou contra mim, sua voz tão baixa e grave que vibrou em mim, provocando-me mais ainda.

— Precisa de mais alguma coisa?

— Suas mãos. Quero seus dedos dentro de mim, por favor.

No instante em que o "por favor" saiu da minha boca, ele estava enfiando dois dedos. Eu estava escorregadia, e eles deslizaram para dentro.

Ele os enfiou fundo, tirando-os, trabalhando em um ritmo, sua língua fazendo os círculos agonizantes que me deixavam louca.

Ele me tinha onde queria, sem pensar, ofegante e relaxando conforme gozei gritando seu nome, de novo e de novo.

Seu peso me deixou rapidamente e, então, ele estava deslizando sobre mim, pele com pele.

Alinhou-se à minha entrada, colocando apenas a cabeça. Me chocou ao entrar com tudo até o fim, seu tamanho ainda muito arrebatador. Mas não houve dor. Ele tinha calculado perfeitamente. Eu estava pronta para ele.

— Desculpe — pediu rouco no meu ouvido ao começar suas investidas fortes e enlouquecedoras. — Senti sua falta.

— Também senti sua falta. — Eu estava fraca demais para lhe negar qualquer coisa, mesmo perdão. E, quando ele me levou de novo ao limite, estocando em mim, de novo e de novo, sua boca no meu pescoço, não consegui conter aquelas três palavras devastadoras. — Eu te amo.

Ele gozou, esvaziando-se dentro de mim com um gemido grave que formou meu nome, levando-me com ele em investidas regulares.

Tristan disse que não dava para salvar a massa, e tinha que fazer de novo.

Vestiu sua calça jeans, sem se incomodar em abotoá-la, e eu vesti uma camiseta dele, que chegava até o meio das minhas coxas.

Ele me puxou para a cozinha, me colocando no balcão para nossa rotina de sempre, mas em uma cozinha diferente.

Colocou a água para ferver e voltou para mim, segurando minhas bochechas, os olhos muito gentis. Eu nem queria falar. Seus olhos estavam perfeitos demais assim. Me diziam tudo que eu queria saber.

Demos amassos como adolescentes enquanto ele cozinhava.

Ele bateu o quadril entre minhas coxas e tomou minha boca com beijos lentos e viciantes, suas mãos grandes segurando meu rosto com o toque bem leve.

Ele recuou, colocando a testa na minha.

— Você é muito linda. A garota mais linda do mundo.

— Oh, Deus, vocês vão me fazer colocar o almoço pra fora — uma voz indesejável ecoou na entrada da cozinha.

Tristan se endireitou, lançando um olhar bem hostil para Dean.

— Vão para o quarto — Dean murmurou, revirando os olhos. Ele foi até a geladeira, pegou uma cerveja e abriu.

— Um pouco de privacidade, Dean — Tristan pediu com a voz séria.

— Vá se foder, cara. Esta é a cozinha. Não se tem privacidade na cozinha.

— Você me deve, depois daquela ceninha de mais cedo com seu desfile de topless. Agora, nos dê privacidade.

— Você já fodeu as duas participantes do desfile de topless na semana passada. Realmente não acho que ficaria ofendido se uma delas viesse pegar uma cerveja para mim sem camisa. Quando *você* virou um maldito puritano, Tryst?

Algumas frases curtas acabaram com meu bom humor. Não éramos exclusivos *antes*, falei para mim mesma. Mesmo assim, doía. E tive que imaginar se e quando Tristan iria me magoar dessa forma de novo.

Tristan recebeu as palavras de Dean de um jeito ainda pior do que eu. Ele se moveu pelo cômodo, encurralando-o contra a geladeira, e colocou um dedo no peito do homem menor.

— Cuidado com a porra da boca e ouça com atenção. Se desrespeitar minha garota de novo, vamos ter um problema.

— Eu? *Eu* desrespeitá-la? Diria que fui mais ou menos desrespeitoso do que você quando estava fodendo tudo que se move nas últimas duas semanas? Ela sabe disso?

Vi as mãos de Tristan se fecharem em punho, e estava me movendo antes de perceber que fazia isso. Corri para ele, abraçando-o por trás e puxando-o forte.

Ele me deixou levá-lo para trás, e mais para trás, até minha bunda encostar no balcão.

— Por favor, não — sussurrei, minha bochecha encostada em sua escápula.

Tristan apontou para Dean, e sua voz estava trêmula de fúria quando ele falou.

— Nada disso é da porra da sua conta, mas vou te informar apenas uma vez. Ela e eu não estávamos juntos antes, mas agora estamos. E, se não consegue se comportar adequadamente na presença dela, sabe onde é a merda da porta. É tudo que precisa saber.

Dean jogou as mãos no ar, parecendo irritado, exatamente como tinha começado, como se a conversa toda não o tivesse afetado nada.

— Agora, nos dê privacidade — Tristan rosnou.

Dean saiu sem falar mais nada.

Tristan se virou para mim, erguendo-me de volta no balcão. Sua boca desceu na minha, faminta e forte. Suas mãos estavam em todo lugar, uma deslizando por baixo da camisa para apertar minha bunda, a outra indo para cima para puxar meu mamilo.

Arfei quando ele deslizou entre minhas pernas e sua ereção sem nada deslizou por minha fenda molhada.

Virei a cabeça, interrompendo o beijo.

— Tristan! Não podemos... não aqui. Não tem privacidade.

— Ele não vai voltar — disse rouco no meu ouvido, colocando aquele primeiro centímetro dentro de mim.

— Ainda é... ah... a cozinha... oooh.

Ele estocou forte em mim, puxando meu quadril para a beirada do balcão para um ângulo melhor.

— Observe. Observe meu pau deslizando para dentro de você, amor. É perfeito demais.

Olhei para baixo. Ele tinha erguido minha camiseta e baixado sua calça só o suficiente para deixá-lo livre. Observei sua ereção grossa entrar em mim com uma fascinação e sem respirar.

Sua boca beijou a minha quando ele chegou ao fundo, mas interrompeu o beijo abruptamente, com seus olhos baixando para seu pau saindo de mim. Não pude evitar, e meu olhar seguiu o dele. Gemi ao ver e sentir aquele puxão.

— É muito bom — arfei.

— É o paraíso — ele rosnou, me beijando de novo.

Uma de suas mãos mágicas deslizou para baixo, massageando meu clitóris em pequenos círculos perfeitos que me levaram ao limite.

Ele seguiu com um grito rouco.

— Não tem como Dean não ter ouvido isso — falei quando finalmente recuperei o fôlego.

Ele ignorou minha declaração, saindo de mim.

— Felizmente, não destruí outra leva de ravióli. Estou morrendo de fome.

Isso foi uma mudança de assunto, se estivéssemos falando. Observei-o escorrer a massa, tentando pensar claramente. Ele era tão bom em me distrair de absolutamente tudo, exceto dele.

Ele trouxe ravióli até meus lábios.

— Prove. Vai gostar.

— Não sou grande fã de carboidratos simples — disse, mas dei uma mordida.

Ele deu um selinho na minha boca enquanto eu mastigava. E tinha razão, era bom. Talvez não o bom do feito em casa de Tristan, mas com certeza a melhor massa congelada que eu já provara.

Ele fez um prato enorme para compartilharmos, puxando-me para seu quarto. Começou a encher a banheira, alimentando-me com ravióli entre as tarefas.

Tirou minha camiseta e a calça dele, puxando-me para a banheira enquanto ainda estávamos comendo.

— Sério? Massa no banho? Vou me sentir como uma baleia inchada quando terminarmos.

Ele apenas sorriu, colocando outro ravióli na minha boca. Posicionou minhas costas em seu peito, beijando minha têmpora.

Terminamos o prato de massa antes de ele falar.

— Sei que provavelmente esse é um assunto doloroso, mas só queria me explicar.

— Ok — concordei com cuidado, sem saber se queria ouvir naquele momento. Meu coração estava bem sensível.

— Fui um imbecil depois que brigamos. Eu… me arrependo de algumas coisas que fiz, e sinto muito. Basicamente, foram duas semanas de bebedeira. Acho que não fiquei sóbrio hora nenhuma. Pensei que conseguiria tirar você da cabeça, mas percebi que não é assim que funciona. E só quero ser bem claro quanto a isso. Agora que fiz promessas a você, não tem como isso acontecer de novo. Ok?

Assenti, a parte de trás da minha cabeça roçando em seu peito com o movimento.

– Ok – sussurrei, me sentindo um pouco confusa. O jeito que me sentia em relação a ele... precisava pensar no que faria se ele voltasse atrás. Será que eu teria forças para deixá-lo? Sinceramente, não sabia. Me sentia envolvida demais com ele para me afastar por vontade própria.

Capítulo Trinta e Três

Ficamos quase inseparáveis depois disso. Ele dormia na casa de Bev comigo quase toda noite. Continuou com seu estilo de vida louca, de longas horas, e eu estava tão completamente obcecada por ele que o acompanhava.

Bebíamos demais, dormíamos de menos, e fizemos mais sexo em duas semanas do que eu tinha feito minha vida toda.

Eu estava tão enfeitiçada que dormia ao lado dele e ainda sonhava com ele, como se estar separada, mesmo no sono, simplesmente não fosse uma opção para meu cérebro apaixonado.

A curva do seu sorriso, a forma das suas covinhas e o brilho em seus olhos dourados faziam meu coração acelerar toda vez. O jeito que ele me olhava, seu toque possessivo, a forma como fazíamos amor, tinham me deixado na mão dele. Não havia dúvida: eu nunca estivera tão apaixonada. Na verdade, o jeito que me sentia perto de Tristan me fazia questionar se um dia estive mesmo apaixonada. Amá-lo era assim: tão sem controle que era difícil imaginar que podia existir algo para comparar.

Ele nunca disse que me amava de volta, embora eu falasse toda vez, mas me sentia mais amada do que nunca, e isso era suficiente para mim.

Nunca me considerei uma pessoa ciumenta, porém não tinha dúvida de que o era com Tristan. As mulheres olhavam para ele. Com frequência. E muitas não eram sutis ao fazê-lo. Era bem ruim, mas o que me fazia mesmo perder a cabeça eram as vezes em que encontrávamos mulheres com quem ele realmente tinha dormido. Quando isso acontecia, eu virava uma louca. Sabia que virava e, mesmo assim, parecia não conseguir impedir minha reação irracional.

Estávamos na Decadence, que tinha se tornado nossa balada preferida, porque Cory trabalhava lá, e Frankie, no prédio. Estávamos saindo bastante com ela e Jared, quase toda noite.

Eu estava conversando com Jared e Frankie. Estávamos tentando convencê-lo a fazer a banda dar mais rolês. Sim, comecei a usar a palavra rolê. Se não consegue vencê-los…

Tristan tinha ido ao banheiro e o vi voltando para nós, mas a roqueira do cabelo pink que fez a abertura para eles na apresentação o parou com uma mão em seu braço.

Ficávamos encontrando muito com ela. Seu nome era Rosette, e ela ia às baladas pelo menos tanto quanto nós, e eu tinha quase certeza de que eles dormiram juntos só pelo jeito que ela olhava para ele.

Olhei para Frankie, que sempre me falava a verdade.

— Eles dormiram juntos? Digo, antes de ele e eu…

Percebi, antes de ela abrir a boca, que ela sabia que tinham.

— Essa é uma pergunta para Tristan. Realmente não posso dizer com certeza, mas ele zoava muito… antes.

Pensei em como *antes* era há apenas algumas semanas, quando Rosette se pendurou no braço dele, a ponto de segui-lo conforme ele vinha até o resto de nós.

Ele estava sorrindo por algo que ela disse, mas parecia estar tentando soltar o braço.

Ela não estava deixando, e minha mente bêbada assumiu isso como algo bem pessoal. Pelo menos, tentei falar para mim mesma que era o álcool me deixando muito louca.

Não fiquei louca logo de cara. Não estava tão ruim assim. A mão em seu braço não foi suficiente para fazer isso comigo.

Foi sua segunda mão, subindo para agarrar o bíceps dele, medindo-o. Ela mordeu o lábio e lhe deu o que pensei ser um sorriso bem vagabundo.

— Você tem os melhores braços, Tryst. Tão grandes. Na verdade… — Ela se inclinou para ele, seu peito contra aquele braço, ficando na ponta dos pés, e começou a sussurrar no ouvido dele.

— Você sabe que ele tem namorada, certo? — gritei para ela, sentindo-me brava o suficiente para cuspir fogo.

Ela virou a cabeça devagar para me olhar, seus olhos me dizendo claramente que ela sabia que eu estava ali, o tempo todo.

— Fiquei sabendo.

— Então pare de se pendurar no homem de outra.

— Vocês estão namorando há, tipo, duas semanas, certo? Deve ser um recorde para Tryst. Quanto acha que ele vai aguentar até cair na farra de novo?

Tristan se soltou dela, parecendo incomodado.

— Se não consegue ser educada com minha namorada, pode dar o fora daqui. — Ele apontou, para mostrar a ela qual caminho devia pegar.

Eu amei.

Ela não.

Ela virou um olhar severo para ele.

— Dean me disse que você virou pau-mandado, e não acreditei. Estou vendo que estava enganada. — Ela fez um movimento de chicotear o ar com uma mão, acompanhado pelo efeito sonoro universal de "chicote".

— Foda-se Dean, e foda-se você — Tristan gritou, indo de incomodado para bravo.

— Já fizemos isso, querido. — A voz de Rosette foi toda cheia de veneno. — Muitas vezes, na verdade. Sua namorada sabe disso? Ela sabe que transamos logo antes de eu subir no palco na nossa última apresentação?

Tinha sido a noite em que nos reconciliamos. Então, horas antes ele tinha ficado com essa vadia...

Um olhar para Tristan se encolhendo me disse que ela não estava inventando, e quase tive outro momento de "lançar louça".

A única coisa que me impediu foi um bem-intencionado Jared.

Ele deve ter visto meu olhar assassino, porque me segurou por trás de uma forma gentil, mas bem firme.

— Ela não vale a pena, irmãzinha — Jared disse perto do meu ouvido.

Ele tinha começado a me chamar assim recentemente e, secretamente, eu amava.

Assim que Tristan e eu tínhamos nos tornado oficialmente um casal, a tensão dos irmãos pareceu diminuir, até onde eu sabia, como se colocando um nome nisso lhes tivesse dado regras claras de como agir para não se tornar um problema.

Eu adorava Jared. Ele era o cara mais fofo do mundo, e passávamos horas no telefone conversando. Conseguíamos falar sobre nada e tudo, exatamente como fazia com Tristan, mas o clima com Jared tinha se tornado bem de irmão, o que eu amava. Ele era uma dessas pessoas que eu não cansava de elogiar.

Mas ele ainda me preocupava. Era uma preocupação persistente, mas ilusória. Frankie e eu falávamos disso com frequência, de como ele era meio negligente com a vida. Não levava nada a sério, nada mesmo. Por exemplo, ele era um péssimo motorista, e não existia droga que não tivesse provado. Não vi em primeira mão, mas Frankie me contou sobre os dias dele de farras longas, quando ele reaparecia com olhos arregalados e sendo menos ele mesmo.

Ele parecia ser totalmente ele mesmo naquela noite, e sempre me fazia boa companhia, mas queria que ele não tivesse sido tão rápido em me segurar para bater naquela vaca.

Lutei contra sua mão como uma doida, principalmente quando Rosette simplesmente sorriu para mim, seus braços cruzados à frente do peito.

Eu nunca tinha feito isso, nunca nem pensara nisso, mas meu movimento automático foi pegar um salto e jogar naquele rosto idiota.

Infelizmente, errei.

— Vamos, irmãzinha, vamos andar um pouco — Jared chamou, tendo que erguer meus pés do chão para fazer eu me movimentar.

Ele tinha me tirado da balada e levado para o cassino antes de eu me acalmar o suficiente para ser colocada no chão.

— Pode me soltar. Estou sob controle agora — falei, quando ele continuou com um braço em volta do meu ombro.

Tive que tirar meu outro sapato para andar, carregando-o na mão. Ele me deu um tapinha no ombro.

— Vamos conversar. Falar disso.

— O que tem para falar? — Ouvi o tom rabugento na pergunta e, só de ouvir como eu estava chorosa, me ajudou a considerar.

— Está brava com ele? Naquela noite da qual ela estava falando… Sei que é a noite em que vocês voltaram.

Ergui um ombro, finalmente me rendendo ao seu abraço e me apoiando nele. Era bom me apoiar nele. Ele era exatamente esse tipo de cara.

— Não sei. Estou… magoada, apesar de ter sido naquela noite que voltamos, não voltamos. Antes disso, as coisas eram… casuais.

— Casuais? Não acredito nisso. Não enxerguei antes, mas ele ficou louco por você desde o início. Nunca o vi assim, Danika. Você é especial para ele. Tristan se apaixonou por você.

— Duvido, mas obrigada por tentar me fazer sentir melhor. Você é um bom irmão.

O que quer que Jared fosse tentar responder foi interrompido por seu irmão mais velho se aproximando por trás e pegando-o pelo pescoço, afastando-o de mim. Tristan deu uns croques cruéis na cabeça de Jared, que se contorcia.

— O que foi tudo isso, irmãozinho? Por que saiu com a minha garota?

— Você sabe por quê! — Jared falou, sufocado, finalmente se libertando do homem maior. — Controle de danos. Você deveria me agradecer.

Tristan estava com meu outro salto e o entregou para mim. Peguei, afastando-me dele.

Ele me seguiu e tentou colocar um braço em volta de mim, mas eu não estava no clima.

Me afastei, olhando-o desafiadoramente.

— O que foi, boo? Está brava comigo?

— Não quero conversar com você neste momento. O que acha de me dar espaço?

Pude ver que ele não gostou disso pela tempestade se formando em seus olhos.

— Não gosto de espaço. Podemos ir para casa, se quiser, mas não vou te dar espaço. Se tem um problema, não é assim que vai resolver.

— É, para mim. Vá ficar com Cory e Frankie. Jared e eu queremos caminhar.

Sua mandíbula ficou tensa, e tive a impressão de que queria discutir comigo, mas pareceu pensar melhor e apontou para seu irmão.

— Cuide dela.

— Claro.

Tristan começou a se virar, mas, de repente, voltou, e eu vi o brilho brincalhão em seus olhos quando me olhou de novo.

Entendi sua tática. Ele gostava de usar o charme para fazer do seu jeito.

— Ele é *meu* irmão, então não o leve para o seu lado — ele me disse com um sorrisinho.

De certa forma, sua tática funcionou. Em vez de querer fazer um vudu dele e colocar alfinetes no boneco, quis provocá-lo de volta.

— Agora ele também é meu irmão. É só perguntar pra ele. Começou a me chamar de irmãzinha. — Quando falei as palavras, percebi o quanto queria isso, fazer parte daquela família. Era um anseio agudo, e um que não tinha percebido que buscava com tanto desespero até estar encarando-o diretamente. Sempre quis uma família, e amava ter Jared como irmão adotivo.

Ele pareceu concordar, sorrindo para mim e aproximando-se para pegar meu braço.

— Bom, se tiver que escolher, escolho Danika. Ela não me repreende.

Tristan acenou para nós, ignorando, mas seu sorriso era grande agora, suas covinhas me provocando.

— Certo. Vão caminhar e falar de mim. Vou reclamar para Frankie de como as mulheres são loucas.

— Boa sorte com isso — gritei para ele. Jared já estava me puxando para longe. — Ela vai ficar do meu lado também.

— Não se eu deixar que ela me faça outra tatuagem!

— Rá! É o que pensa. Também vou deixar ela fazer uma em mim, e não tenho tatuagem, então é muito mais emocionante para ela. E, se precisar, posso até mostrar meu peito para ela.

Isso o fez se virar e nos seguir. A parte da tatuagem mais do que o peito.

— O que disse? Vai fazer uma tatuagem? Onde e o quê? E quando decidiu isso?

Dei um sorrisinho.

— Espaço, meu amigo. Todas as coisas boas vêm para aqueles que me dão espaço.

— Vou falar com Frankie!

— Não vai. Ela já jurou segredo, e não vai arriscar que eu volte atrás só para acalmar sua curiosidade.

— Você é enfurecedora, sabia disso?

Respondi essa do jeito maduro, mostrando a língua para ele conforme nos afastávamos.

— Fale comigo, irmãzinha — Jared começou quando finalmente perdemos seu irmão de vista.

Suspirei, apoiando-me nele de novo.

— Só estou chateada. Não é o tipo de chateação que dá para fazer alguma coisa.

— Então desabafe. Você gosta de desabafar, certo? Ajuda. Deixe-me ouvir.

Eu gostava de desabafar. Não sei por que, mas falar as coisas em voz alta sempre me fazia sentir melhor, mesmo quando não mudava nada.

— O que Rosete falou lá dentro, sobre a noite da apresentação. Bom, obviamente doeu. Quero dizer, eu já tinha um bom palpite de que eles tinham um passado juntos.

— Eu não chamaria disso. Ela foi uma transa aleatória, Danika. Esse foi o modo de agir dele por bastante tempo, mas acredite em mim quando te digo que é totalmente diferente com você.

Assenti, olhando-o com atenção.

— Bom, já imaginava a parte da transa, e ele sempre foi muito sincero comigo sobre essas coisas, e não estávamos juntos quando aconteceu, mas no fim dessa noite... nós estávamos, e pensei que fosse uma noite bem especial, mas agora, pensando que não foi *tanto* assim, só me sinto, sei lá, abandonada. Amo estar com ele. Ele é ótimo de muitas formas, mas nunca expressa os sentimentos verbalmente, então tenho que interpretar os momentos especiais e guardá-los. Só fico muito triste, porque fui roubada de um dos melhores. Sinto que perdemos alguma coisa esta noite, e só preciso de tempo para processar. Só quero ir a algum lugar e curar minhas feridas, sabe?

Ele assentiu, seus olhos tão compreensivos que me senti despedaçando.

Pisquei para não chorar, me chamando de burra.

Capítulo Trinta e Quatro

Jared e eu acabamos no sports bar do cassino, apostando em corridas de cavalo e bebendo de graça.

Ele era ótimo em me animar, me contando histórias engraçadas sobre ele e Tristan quando crianças, e encontrando diversas formas de me fazer sorrir.

Eu estava bem no caminho de um humor melhor, quando ele falou algo que me deixou carrancuda de novo, mas por um motivo diferente.

— Se precisar de algo mais forte do que um coquetel, é só me avisar. Posso conseguir o que quiser em dez minutos.

Não respondi por um tempo, pensando nisso.

— Jared, precisa parar com esse negócio. Nem sei ao que você estava se referindo…

— Qualquer coisa que…

— Não, obrigada. Bebida forte é mais do que suficiente para mim. Precisa parar com essa merda, Jared.

— Só temos vinte e um anos, irmãzinha. Viva um pouco. Podemos ser responsáveis e chatos quando tivermos trinta.

— Esse negócio é ruim para você, Jared. Tudo isso. Álcool já é bem ruim. Não precisa provar cada coisa maluca com que se depara.

Ele acenou, me ignorando.

— Não se preocupe. Gosto de farra, mas sei o que estou fazendo.

Suspirei, pensando que era impossível convencer uma pessoa de vinte e um anos a parar de ser burra. E eu tinha a mesma idade, então deveria saber.

Ele segurou uma das minhas mãos.

— Olha. O que quer que você pense que aconteceu naquela noite não mudou só por causa do que ocorreu antes. E Tristan pode não se expressar, mas eu o conheço melhor do que ninguém, e posso te dizer que ele nunca foi assim, com ninguém. Ele se apaixonou por você e acho que é a primeira vez dele nisso.

— Ele era *noivo* da Natalie. — Meu tom ficou ressentido só de pensar naquela mulher.

— Isso foi há anos, e eles eram crianças. Todo cara no mundo pensa que está apaixonado pela primeira mulher com quem transa… No máximo, o que deve tirar de Tristan e Natalie é que ele é capaz de ser cegamente leal, talvez até demais. Ele fez promessas para ela e cumpriu cada uma. Ela é horrível pelo que fez com ele, mas não foi culpa dele. Se Tristan foi capaz de ser leal a uma mulher assim, imagine o que está disposto a fazer por alguém como *você*.

Tristan nos encontrou lá horas depois.

Estávamos dando as mãos e rindo, bêbados pra caramba.

Nós dois chegamos à fase de bebedeira de "falar coisas fofas um para o outro".

— Não tem nada que eu queira mais do que ser sua irmã de verdade, Jared — falei, com os olhos arregalados. De alguma forma, na minha mente bêbada, quis enfatizar meu comentário. — Te adotaria se pudesse. Sem brincadeira.

Ele deu um tapinha na minha mão, seus olhos ficando enlouquecidos.

— Eu te adotaria de volta. Sem brincadeira. Mas tenho uma ideia melhor. Case-se com Tristan, e aí será legalizado. Não seria incrível?

Assentimos juntos, com um movimento grande e lento.

— Totalmente incrível — sussurrei. — Se eu pudesse ter um desejo no mundo inteiro, seria isso. Amo vocês. Quero que sejam minha família.

Ele segurou forte minha mão, seus olhos e tom sérios.

— Também quero. E amamos você também. Tristan pode não falar, mas o conheço melhor do que ninguém, e ele te ama de verdade.

— Te amo — eu disse a ele, sentindo que a fase bêbada chorona estava chegando.

— Também te amo.

— Não é fofo? — Frankie perguntou, irônica, de algum lugar atrás de nós.

Dobrei meu pescoço e virei a cabeça para ver onde ela estava.

Ela e Tristan estavam atrás da gente. Ela estava com os braços cruzados à frente do peito, com um sorriso enorme no rosto.

Tristan não estava sorrindo, mas também não estava parecendo muito irritado, o que era um bom sinal, considerando que eu tinha acabado de falar para seu irmão o quanto o amava.

— Quanto você bebeu? — Tristan perguntou, sério.

Por algum motivo, isso nos fez rir mais, apertando nossas barrigas.

— Não mais do que oito — Jared contou.

— Menos do que três — falei ao mesmo tempo.

Olhamos um para o outro e caímos na risada de novo.

— Eu cuido do Jared — Frankie disse a Tristan.

Ele assentiu.

— Eu cuido da minha garota. Falo com você amanhã.

Tristan deu a volta na minha cadeira, ajoelhando-se diante de mim. Ele me analisou, colocando uma mão quente no meu joelho.

— Ainda está brava comigo?

Balancei a cabeça.

— Não estou brava. Só magoada, mas a mágoa está dormente agora, então está bom.

Ele se endireitou, me levantando. Me puxou para sua lateral quando começamos a andar, levando a maior parte do meu peso.

— Magoada? — ele questionou, soando confuso.

Ele é muito *homem*, pensei.

— É. Magoada. Naquela noite em que ficamos juntos na chuva, pensei que fosse especial, e não foi, e sinto que perdi algo importante quando uma noite que era tão especial para mim perdeu toda a parte especial.

Seu outro braço me envolveu, sua mão apoiando a parte de trás da minha cabeça, segurando, depois acariciando.

— Sinto muito que se sinta assim, mas está enganada. Aquela noite foi especial, e qualquer burrice de merda que fiz antes disso não pode mudar como foi especial.

Isso me deixou toda derretida.

Estava tão faminta por qualquer palavra dele que pegaria as sobras e ficaria feliz.

— Jared estava tentando me dizer isso. Ele é o melhor.

— Ele é o melhor — Tristan concordou, com carinho em cada palavra.

— Nunca deveríamos ter nos beijado. Não sabia que ele era meu futuro irmão na época.

Isso o fez parar, seus braços em volta de mim se apertando.

— Quando foi isso? — ele perguntou, seu tom muito, muito cuidadoso.

— Na festa da piscina, naquela noite em que saí com ele.

— Vocês… você ficou… — Ele pareceu não saber o que dizer, mas sua voz tinha um toque de algo que me fez ficar tensa, mesmo no meu estado bêbado.

— Eu fiquei o quê?

— Está atraída por ele?

Dei um tapinha em seu braço.

— Não, não, não. Nada disso. Por favor, não fique bravo com ele.

Ele esfregou o peito como se estivesse doendo, seus olhos ficando meio distantes.

— Não estou bravo. Só preciso saber o que aconteceu.

Acenei a mão no ar em um movimento que era para ser pequeno, mas acabou sendo grande e desastrado, o que me lembrou exatamente como eu estava bêbada. O quanto estava bêbada para contar a Tristan uma merda que ele nunca precisava ter sabido.

— Saímos só aquela vez. Ele me beijou. Eu deixei, por, tipo, um minuto.

— Vocês se beijaram por *um minuto*? — Ele pareceu nauseado e continuou esfregando forte aquele lugar no peito.

— Eu *queria* gostar de beijá-lo.

— *O quê*? Que porra isso significa?

— Significa que durou um minuto porque eu queria gostar. Ele beija bem.

Ele jogou a cabeça para trás até estar olhando para cima.

— Eu não precisava saber disso. É muito zoado. Ele é meu irmão, e você é minha garota.

— Olha, ele beija bem, mas não importou. Falei para ele ali mesmo que não poderíamos ficar. Meus sentimentos eram fortes demais por você, e falei isso para ele. E foi isso.

— A língua dele entrou na sua boca? — ele rosnou.

Ergui as sobrancelhas para isso. Ele estava com ciúme, o que eu achava a coisa mais hipócrita do mundo.

— Agora *disso* você não precisa saber.

— Ele te tocou em algum lugar?

— Não seja cretino. Acabei de te contar tudo, e não tem direito de ficar com ciúme, que dirá bravo, sr. Sacanagem McSacana.

Isso arrancou uma risada surpresa dele, mas parou rapidamente.

Ele se endireitou, ainda esfregando o peito.

— Não estou bravo. De verdade. Só magoado. — Ele esfregou mais forte ao dizer a palavra magoado.

Coloquei a mão sobre a dele, me aproximando. Era loucura, mas eu realmente me sentia mal, mesmo depois de todas as coisas que ele fez que foram muito piores do que meu um minuto de beijo.

— É aqui que está doendo? — perguntei baixinho, acariciando o ponto que ele estivera esfregando. Era bem sobre o seu coração.

Ele assentiu, parecendo mais miserável do que eu podia aguentar.

— Dói seu coração por termos nos beijado?

Ele se encolheu, mas assentiu, e foi perverso, mas amei poder afetá-lo. Ele nunca me falou palavras de amor, então qualquer sinal de que eu tocava seu coração causava um impacto em mim.

— Sabe que não vai acontecer de novo. Pode confiar em nós…

Ele cortou o ar com a mão, desdenhando.

— Claro. Sei que posso confiar em vocês dois. Só dói. Provavelmente porque me lembra do quanto cheguei perto de te perder e do quanto não mereço que me dê uma chance. Eu deveria ter me rendido aos meus sentimentos por você desde o início. Me arrependo de tudo que fiz para te afastar, e de toda vez que menti para mim mesmo quanto a como me sentia.

— Vamos recomeçar? — sugeri, o que o fez dar um sorrisinho. Esse sorriso me dizia que ele me achava fofa. Amava interpretar seus sorrisos, e estava aprendendo o que cada um deles significava, dia após dia. Ele tinha os *melhores* sorrisos.

— Combinado — ele disse baixinho, aproximando-se de mim. — Vamos começar de novo e esquecer todos os erros que cometi.

— Que *cometemos* — chiei, deixando-o me puxar para perto.

Estávamos no meio de um cassino, de máquinas caça-níqueis apitando no fundo, e eu não me importava. Deixei que ele me beijasse. Deixaria que me beijasse em qualquer lugar.

Não foi um beijo leve. Não foi um beijo romântico. Não foi inocente, casual ou apropriado para o público.

Foi um tipo de beijo obsceno e voraz, faminto e perfeito.

Quando ele recuou, eu estava agarrando sua camiseta, e com os joelhos trêmulos.

Sua boca foi para a minha orelha, sua voz rouca e instável.

— Preciso de você. Agora. Não posso esperar nem um minuto para entrar em você.

Isso deixou meu cérebro confuso conforme tentei pensar no que ele queria dizer. Mas ele não me manteve em suspense por muito tempo, puxando-me para o banheiro feminino mais próximo.

Era enorme, com pisos e balcões de mármore, e baias com portas que iam do chão ao teto, cobertas de vidro opaco que embaçava quando se fechava a porta.

As baias, na verdade, eram tão grandes que conseguiam acomodar um monstro de homem como Tristan.

Uma mulher nos olhou estranho ao sair, e nós entramos, mas, para nossa sorte, ela era a única que encontramos antes de estarmos trancados.

Tristan empurrou minhas costas forte na porta da baia.

Lambi os lábios conforme ele trabalhou para tirar a calça, seu pau já enorme e latejando por mim. Ele ergueu minha saia até a cintura, passando um dedo pela minha fenda. Prendeu a respiração quando viu que eu estava molhada.

Nem tirou minha calcinha, só afastou o tecido fino para o lado, ambas as mãos erguendo a saia para cima e me levantando. Ele enfiou em mim forte, e com um gemido rouco.

— Se alguém entrar, consegue ver nossas sombras pela porta, então preciso ser rápido. *Preciso de você.* — Cada palavra que ele disse foi uma arfada rouca no meu ouvido.

Gemi, segurando seus ombros conforme ele entrava em mim.

Ele estava com pressa, mas, mesmo assim, ainda cuidou do meu prazer com um toque suave no meu clitóris e investidas fortes no meu centro.

— Eu te amo — choraminguei quando gozei.

Com um grito rouco, ele me seguiu.

Depois, foi uma bela de uma caminhada da vergonha pelo cassino até o estacionamento.

— Preciso de um banho — murmurei, puxando minha saia para baixo até onde podia ir.

Ele apertou minha mão.

— Temos sorte de ser tão tarde da noite que ninguém entrou no banheiro.

— Verdade. Duvido que teríamos conseguido fazer isso se não fossem quase quatro da manhã.

Ele beijou minha mão, dando-me seu sorriso malicioso.

— Conseguiríamos. Só teríamos sido presos.

Revirei os olhos.

— Acho que fodi sua bebedeira. Vou ter que lembrar desse truquezinho.

Dei risada, porque estava bem mais sóbria do que estivera quando começamos, então era meio que verdade.

Capítulo Trinta e Cinco

Meu próximo ataque de ciúme teve um início diferente, mas o mesmo final. Claro que tudo entre Tristan e mim parecia acabar em sexo. Bom sexo. Ótimo sexo. O melhor sexo.

Algumas semanas depois de Dean e Tristan terem se mudado para o apartamento, deram uma festa enorme de boas-vindas. O lugar estava lotado, tão lotado que em um momento perdi Tristan de vista, e ele ficou perdido por uns bons trinta minutos.

Eu deveria saber que algo estava acontecendo quando Dean me encurralou na cozinha no segundo em que nos separamos.

— Chinesa e inglesa. — Foi como ele começou, lembrando-me de novo do porquê não gostava dele. Sabia o que ele queria dizer com esse início vago, porque eu tinha jogado bastante esse jogo. Era o jogo de adivinhar a raça de Danika, e eu *detestava* isso. Uma das minhas coisas preferidas em relação aos irmãos Vega era que nenhum deles nunca tinha feito esse jogo idiota comigo.

— Errado e errado — eu disse a ele com o tom neutro.

— Sueca e vietnamita — ele tentou de novo com um sorriso nojento.

— Errado e errado.

— Por que não gosta de mim, Danika? Está namorando um dos meus melhores amigos. Deveria tentar ser legal.

— Idem.

— Nunca nem sorri para mim. Eu sorrio para você o tempo todo.

Dei um sorriso forçado mostrando todos os dentes.

— Melhor? — perguntei.

Ele assentiu, sem entender meu sarcasmo.

— Japonesa e norueguesa.

Revirei os olhos.

— Quase. Japonesa e russa. — Sempre foi um assunto bizarro para mim, já que eu nunca sabia a outra metade da equação.

— É uma mistura gostosa pra caralho, vou te dizer. Entre seu corpo e seus olhos, diria que você pegou o melhor dos dois.

— Nossa, obrigada por ser tão gentil.

— Atrevidinha. Meu tipo preferido. Aposto que você transa como uma gata selvagem.

Ele estava me prendendo no balcão, e eu empurrei seus ombros, oficialmente cansada da conversa.

Ele não recuou, apenas se aproximou mais.

— Qual é o seu problema? Por que gosta de mexer na merda?

Seu sorriso foi enorme.

— Preciso de um motivo? Não gosta de acender as coisas só para vê-las queimar?

Empurrei-o com força, passando por ele e me afastando, perturbada se deveria contar a Tristan sobre como Dean acabou de agir. Parecia um cenário perdedor para mim. Ou Tristan ficaria bravo com o amigo e colega de banda ou comigo. Só tinha a perder.

Encontrei Jared desmaiado na cama de Tristan, Cory na sala se amassando com uma menina e Kenny no corredor conversando com pessoas que eu nunca tinha visto. Ninguém sabia onde Tristan estava, e o apartamento não era tão grande.

Não demorou muito para eu pensar que ele tinha que estar na varanda ou havia saído.

A varanda era pequena e ficava do lado de fora da sala. As persianas estavam fechadas, fazendo parecer que não tinha ninguém lá fora, mas verifiquei, de qualquer forma.

Tristan estava lá fora, e não estava sozinho.

Eu só tinha encontrado Natalie uma vez, mas a reconheci mesmo de costas e com pouca luz. Aparentemente, ela tinha causado uma impressão em mim.

Saí na varanda bem silenciosa.

O perfil de Tristan estava virado para mim. Ele estava apoiado no corrimão, fumando um cigarro e dando seu sorriso inescrutável para sua ex.

Ela estava com as mãos no peito dele, inclinando-se, com a voz baixa e séria conforme falava baixinho com ele.

Suas unhas eram vermelhas, então era fácil seguir seus movimentos enquanto ela as passava em seu peito para enfatizar suas palavras.

Sua voz era baixa, mas consegui ouvir um pouco do que estava dizendo.

— Vi sua nova namorada. Ela tem, tipo, dezesseis anos? Que porra é essa, Tristan?

A boca de Tristan se curvou em um sorriso amargo.

— Bom, ela não tem sessenta, então posso ver por que está confusa.

Ela bateu no peito dele, de leve, e seu tom foi mais brincalhão do que ofendido.

— Quando vai superar isso? E quando vai parar de ficar com bebês?

— Com ciúme, Nat?

Cada palavra que eles trocavam denotava um sentido do histórico deles. O fato de ambos emitirem um tom estranho na voz de carinho misturado com as insinuações que falavam um para o outro me contava muitas coisas que eu realmente não queria ouvir.

Meu coração se contraiu no peito.

— Claro que estou! Fomos os primeiros um do outro, Tryst. Não é uma coisa que se esquece. Ou você esqueceu?

— Lógico que não, Nat. — Seu tom foi gentil, quase carinhoso, e pensei que iria vomitar.

— Então me diga o que uma menina de dezesseis anos pode fazer por você? Sabe que estou solteira de novo, certo? Não sente minha falta? Sei que lembra do que *eu* posso fazer por você.

O sorriso malicioso dele me mostrou que estava mais do que um pouco bêbado, mas não era desculpa para revelar sua resposta.

— Lembro muito bem.

Não suportei ouvir mais uma palavra, e me movi, indo até eles e agarrando o cabelo dela para afastá-la antes de ele terminar a frase.

Usei ainda mais força do que pretendia, jogando-a estatelada em algum lugar atrás de mim. Olhei desafiadoramente para Tristan, sentindo-me com ciúme, magoada e traída.

Ele se endireitou.

— Danika…

— O que ela está fazendo aqui? — perguntei, pensando no quanto isso foi longe, mas sabendo que, mesmo que fosse superficial, eu ainda *sentia* como um corte profundo.

— Dean me convidou! — Natalie respondeu, sem fôlego, ao se levantar atrás de mim. — Sabe que fiz Ensino Médio com eles, certo? Talvez você estivesse começando no jardim de infância.

— Vá se foder, Vatalie — meio que escapou.

— Danika… — Tristan começou, seu tom irritado. Comigo.

Explodi.

— Vocês dois podem ficar juntos! Divirtam-se sendo galinhas juntos!

Tentei sair furiosa, mas Tristan me impediu com um abraço por trás.

— Danika — ele disse de novo, me apertando forte o suficiente para chamar minha atenção.

— Nat — ele se dirigiu à ex. — Nos dê privacidade, por favor.

Ela não falou uma palavra, só voltou para dentro, parecendo expulsa. Por mim, tudo bem. Ela teve sorte de ter perdido só um pouco de cabelo.

A boca de Tristan foi para a minha orelha, e dei uma cotovelada forte em seu abdome. Nem ouvi um grunhido satisfatório de dor dele, o que me enfureceu mais ainda. Na verdade, acho que não tinha nada que pudesse me acalmar naquele momento, embora teria gostado de jogar alguns pratos.

— O que quer que esteja pensando que aconteceu, está enganada — ele explicou bem baixo.

Uma risada amarga saiu de mim.

— Sabe quem mais falou isso para mim? Meu ex, logo depois de eu ter pego uma garota com o pau dele na garganta.

Ele me apertou de novo, ambos os braços prendendo minhas laterais.

— Não me compare a ele. Nunca menti para você. Não sou mentiroso, e estou te dizendo que eram apenas duas pessoas que costumavam ser amigas conversando.

— Ainda está apaixonado por ela — acusei, sem manter nada da dor escondida da minha voz. — Dava para ver só pelo jeito que falou com ela.

Queria que ela tivesse ciúme de mim. Foi por isso que a convidou para vir aqui? Para deixá-la com ciúme para querer você de volta? — Minha voz foi estridente no fim do meu pequeno discurso.

Seus braços se apertaram de novo, sua voz um rosnado frustrado no meu ouvido.

— Está sendo ridícula. Estávamos conversando, e foi só isso. Não sinto nada por ela. Não sinto há anos.

— Estava flertando com ela.

Ele moveu seus lábios para o meu pescoço, pressionando tão suavemente que me fez arrepiar.

— Talvez estivesse, mas foi inofensivo.

— Inofensivo? — Tentei dar uma cotovelada de novo, mas meus braços estavam bem presos, então tentei chutar para trás nele. Ele nem pareceu notar quando meu sapato fez contato com sua canela. — Como foi *inofensivo*? Não foi inofensivo para mim. Doeu pra caralho ver você *flertando com sua ex*!

Suas mãos estavam nos meus braços, e ele começou a acariciar suavemente, um movimento tranquilizador, seu rosto aconchegando-se no lugar bem atrás da minha orelha.

— Não pensei desse jeito. Pensei que foi inofensivo porque não significou nada para mim, mas desculpe se te magoei. Tem razão, não é inofensivo, e não vai acontecer de novo. Só entenda uma coisa: mesmo que não estivéssemos juntos, eu nunca me aproximaria dela de novo, não desse jeito. Conheço muito bem essa mulher para não querer encostar um dedo nela, ok? E não preciso de ninguém além de você.

Respirei fundo e trêmula, finalmente convencida de que o que eu tinha visto não foram dois exs que ainda se queriam.

— Mas, amor, ouça com atenção, quando digo que não preciso de ninguém além de você, o que quero dizer é que nunca precisei. *Preciso de você*. Nunca precisei de alguém ou de alguma coisa do jeito que preciso de você. Preciso de você de um jeito que acabaria comigo se te perdesse. Estar com você melhora cada parte da minha vida. Cada segundo que tenho com você é o melhor segundo da minha vida. Não sou bom em me expressar, não como você, mas valorizo isso entre nós. Não pense que não.

Assenti, meu coração acelerando. Ele nunca tinha falado nada tão revelador, e saboreei cada palavra como se fosse um banquete. E eu estava morrendo de fome.

Sua boca voltou para o meu pescoço, beijando e mordendo a pele sensível.

Arfei.

— Preciso de você. Agora.

— Acho que você deve gostar quando tenho ataque de ciúme — disse a ele.

— Pode ser — ele murmurou, mordendo o tendão entre meu pescoço e ombro. — Mas não vamos fingir que não quero te foder a praticamente qualquer momento, independente de qualquer coisa.

— Não vamos — concordei, quase rindo. Ele conseguia me fazer mudar muito de humor.

— Preciso de você aqui, agora.

— *Aqui*, aqui? — perguntei, duvidosa. — Aqui na varanda, no meio da festa?

— *Aqui*, aqui — ele afirmou com as mãos descendo por meus braços, segurando meus pulsos, puxando-os para longe do meu corpo.

Ele me empurrou dois passos para a frente, envolvendo minhas mãos com cuidado no topo do corrimão de metal da varanda. Até seu toque nas minhas mãos era uma carícia.

— Segure — instruiu.

Segurei forte, instintivamente obedecendo o comando na sua voz.

Era uma noite quente de verão em Vegas, e eu não estava usando muita roupa. Ele deslizou meu short cargo cáqui e calcinha para baixo por minhas pernas com um movimento rápido. Tirei uma perna das roupas, sem me incomodar em tirar a outra perna do short. Nem tirei minha rasteirinha. Não era esse tipo de foda.

As mãos de Tristan subiram pelo meu corpo, começando pelos tornozelos, depois panturrilhas, pela bunda, passando pelo umbigo e, finalmente, indo para a frente, a fim de abrir meu sutiã. Ele libertou meus seios dos seus confins, mas me deixou com a blusinha branca e até as alças do sutiã. Também não era esse tipo de foda. Era a foda de acesso direto, de começar o mais rápido que podia, e eu estava bem ali com ele.

Seu joelho se moveu entre minhas pernas, abrindo-as alguns centímetros, e escutei-o abrindo seu short e se libertando. Esfregou sua ereção nua no meu sexo já escorregadio, repetidamente.

Eu olhava por cima do corrimão da varanda, agradecendo por estar escuro, e por seu apartamento não ser de frente para os outros prédios. Estávamos no terceiro andar, mas, mesmo durante o dia, eu estaria apenas olhando para uma parede enorme de concreto e o campo deserto além dela.

Sua boca estava no meu ouvido, me contando em detalhes exatamente como eu era gostosa, enquanto ele entrava em mim. Uma das suas mãos subiu para segurar meu seio, sua outra movendo-se para apertar forte meu quadril conforme ele se encaixava até o fundo. Nós dois soltamos um gemido baixo quando seu quadril fez contato com minha bunda.

Sexo na varanda deveria ter sido uma rapidinha, mas não foi. Não foi uma corrida bruta até o final. Ele me fez gozar duas vezes seguidas, com suas investidas perfeitas e mãos mágicas e as coisas sensuais que saíam da sua boca. Aproveitou o tempo comigo.

Em determinado momento, alguém começou a abrir a porta de vidro deslizante. A porta era silenciosa, mas o barulho que fizeram, tirando as persianas do caminho, foi alto o suficiente para nos alertar.

— Volte para dentro e feche a porra da porta! — Tristan gritou, sem nem diminuir as investidas. Com certeza, isso funcionou como uma mágica.

E, estranhamente, ouvir esse comando rouco em seu tom, essa voz mais alta que ele quase nunca usava, me fez emitir um pequeno gemido inevitável.

Isso o fez gemer e entrar rápido em mim, gritando meu nome com seu alívio.

— Você gosta quando grito com as pessoas, huh? — ele arfou no meu ouvido conforme se apoiou em mim, ambos nos recuperando.

Não respondi, nem confirmei a questão. Eu mesma não sabia o que pensar disso.

Ele enfiou o rosto no meu cabelo ao sair de mim, lentamente, me fazendo querê-lo de novo só pela saída demorada e formidável.

Me virei em seus braços depois que ele se libertou, envolvendo seu pescoço e, então, ele me abraçou forte, me erguendo um pouco, minhas pernas em volta da sua cintura.

Beijei sua orelha.

— Eu te amo — falei, sem conseguir conter as palavras.

Ele me apertou, beijando minha bochecha do jeito mais fofo.

— Obrigado por isso, boo.

Tentei não ficar magoada por essa resposta totalmente neutra para meus sentimentos nada neutros.

Capítulo Trinta e Seis

As palavras que ele não disse começaram a pesar em mim cada vez mais ao longo do tempo. Sabia que tinha me apaixonado rápido demais, entretanto, conforme se aproximava o aniversário de um mês do nosso relacionamento, começou a parecer que, se ele ainda não sentia, então nunca sentiria, e esse pensamento me *consumia*.

Eu tinha visto como ele foi fácil com a ex. O tipo de flerte descuidado, a afeição fácil que ele sentiu, só parecia muito brutal para mim quanto mais eu pensava nisso. Nunca queria ser isso para ele — uma mulher que ele teve por completo e nunca mais iria querer.

Ela o havia traído, e ele tinha seguido em frente. Eu sabia disso, exatamente como sabia que nunca faria isso com ele, mas, mesmo assim, não conseguia parar de pensar que ele poderia nunca me amar como eu o amava.

Me tornei quase pegajosa com meus afetos, o que nunca tinha sido antes. Ficava chateada por ser pegajosa e, então, me afastava, o que *o* deixava louco. Com pegajosa, ele podia lidar, mas, com afastada, nem tanto.

Continuamos em nossos horários malucos de balada, e eu ficava cada vez pior no meu emprego, repreendendo a mim mesma com frequência. Amava as crianças, amava Bev e Jerry. Eles tinham feito muito por mim e me ajudado demais com a escola e o emprego, e sabia que estava falhando demais dia após dia. Ainda assim, não conseguia ficar longe de Tristan, nem por uma noite, e ele não conseguia ficar em casa por uma maldita noite.

A banda começou a tocar a cada dois fins de semana na Decadence, e isso era tanto um paraíso quanto um inferno para mim.

Amava ver Tristan no palco, o jeito que sua presença parecia tirar o fôlego da multidão.

Se o lugar estivesse tão cheio que ficasse quente, ele tiraria a camisa, pendurando-a no cinto e, caramba, causava uma reação. Eu o via nu o tempo todo, passava horas encarando seu corpo lindo, mas até eu ficava surpresa ao vê-lo, tatuado, enorme e tonificado em cada centímetro, a definição do seu abdome ainda mais destacada quando ele estava cantando uma música.

Era o paraíso. Isso e sua voz me inundando em ondas profundas e tóxicas, me deixando inteira quente.

Como eu, Frankie nunca perdia um show. Íamos juntas, sempre assistindo à apresentação algumas fileiras para trás. Tristan me contou que preferia assim, já que eu costumava distraí-lo se conseguisse me ver na multidão. Eu ficava dividida com isso, gostando de como o distraía, mas querendo muito ficar na frente e no centro.

Rosette, a vadia de cabelo pink do inferno, nunca abriu para eles de novo, mas as fãs de Tristan eram quase tão ruins quanto ela. Em apenas algumas apresentações, eu tinha visto calcinhas jogadas no palco, uma mulher de topless e muitas com blusinhas tentando apalpar Tristan, e ouvi coisas gritadas para o meu namorado que ninguém deveria ouvir sem um prato à mão para jogar. Era um inferno.

Eu tinha aprendido a focar em Jared quando isso acontecia. Ele se destacava quase tanto quanto Tristan cantando quando dedilhava sua guitarra, com um olhar de absoluta alegria no rosto. Se o cantor principal fosse qualquer um com exceção de Tristan, eu tinha certeza de que Jared teria roubado o show. Ele adorava tirar a camisa lá pela metade, o que a plateia sempre gostava, mostrando essa apreciação com gritos e assobios.

Como ele era um cara de relacionamentos e conseguia ficar solteiro, eu nunca ia entender. Parte de mim desejava tê-lo visto primeiro, como se tivesse alguma chance de eu poder estar com uma pessoa diferente antes de conhecer Tristan.

Na terceira aparição da banda na Decadence, pude ver, em primeira mão, por que Tristan não queria que eu ficasse à frente do palco, distraindo-o. Mas, para ser justa, *houve* circunstâncias extenuantes...

Frankie tinha me puxado para a frente e para o meio entre o ato de abertura e a banda, avistando uma amiga dela. Era uma adorável latina com corpo de ampulheta, e logo vi que Frankie estava interessada. Ela tinha me contado muitas vezes que esse era o seu tipo.

Mal fizemos as apresentações e Tristan estava entrando no palco, o restante dos caras atrás dele. Ele me viu antes mesmo de chegar ao microfone. Me deu um olhar meio confuso, mas foi só. Rapidamente desviou o olhar. Antes, ele tinha me explicado que precisava se concentrar quando estava lá em cima, que, não importava quantas vezes ele se apresentasse, ainda ficava uma pilha de nervos, a ponto de não conseguir lidar com o nível de distração que minha presença causava nele.

Eu estava quase perto o suficiente para tocá-lo quando começou a cantar, e amei. Ele nunca cantava para mim fora do palco, e eu pedia bastante. Essa era a segunda melhor coisa, e balancei com a batida, meus olhos grudados no homem que eu amava. No homem que eu admirava. No homem pelo qual me tornara totalmente obcecada.

A desvantagem de estar tão perto do palco é que também era a parte mais lotada do ambiente, e corpos que eu não conhecia me pressionavam.

A banda estava na segunda música quando senti mãos grandes segurando meu quadril, e um corpo quente e duro me pressionar por trás.

Enrijeci. A colisão e o esfregar eram elementos familiares nas baladas de Vegas, mas normalmente eu conseguia me afastar disso, já que *realmente* dançava, e não a esfregação em pé que algumas pessoas *chamavam* de dançar.

A coisa toda não deve ter durado mais do que trinta segundos.

Uma voz nojenta e desconhecida sussurrou algo sugestivo no meu ouvido, e senti uma ereção estranha me cutucar por trás. Nem tive tempo para reagir ou nem pensei em como queria reagir.

Meus olhos foram para o palco conforme a cantoria parou, apesar de a música ter continuado.

— Saia de cima dela, porra! — Tristan gritou no microfone um milissegundo antes de pular do palco.

O esquisitão atrás de mim foi arrancado de lá, e fiz meu melhor movimento de "saia daqui", recuando *rapidamente* três passos.

Vi Tristan segurando a camisa do homem, e o vi dar uma joelhada forte na virilha dele e berrar em seu rosto.

Foi o mais longe que chegou antes de a segurança se envolver, separando os dois, mas vi os olhos assassinos de Tristan e pensei no quanto exatamente ele teria chegado.

Depois disso, foi puro caos. Acho que ninguém sabia muito o que fazer quando o cantor principal começava uma briga na multidão, mas não preciso dizer que a apresentação acabou depois disso.

Eu, Frankie e todos os meninos acabamos no salão verde, e o pervertido desconhecido da plateia em outra sala, por motivos óbvios.

Foi uma confusão.

Estava brava com Tristan, porque foi uma reação exagerada.

Dean, o imbecil, estava bravo comigo, tendo ido longe demais falando que era tudo culpa *minha*.

Isso deixou Jared, Frankie e Tristan furiosos com Dean, apesar de que, para ser justa, Tristan parecia estar bravo com todo mundo no momento.

Ele estava puto. Ficou o mais longe possível de nós, encarando a parede, com o ódio emanando em ondas de uma hostilidade quase visível. Ele era enorme e, quando ficava bravo, era assustador. Até os seguranças lhe deram bastante espaço quando entramos no salão, e eles mesmos eram bem grandes.

Ficamos esperando uns bons vinte minutos quando eu simplesmente não suportava mais. Fui até o segurança, perguntando:

— O que está havendo? Estamos esperando a polícia? Vão prendê-lo? É isso que vai acontecer? Quanto tempo teremos que esperar aqui até sabermos o que está havendo?

— Também estamos esperando respostas — o mais perto de mim respondeu, soando calmo e racional. — Tudo que falaram para nós foi para aguardar enquanto resolvem essa coisa toda. A polícia não foi chamada, até onde sei. — O homem colocou uma mão no meu ombro ao falar isso. Foi um gesto inocente. Eu sabia disso. Qualquer pessoa sã teria presumido isso também.

Porém, Tristan não estava são. A sanidade tinha ido embora e ele estava andando pelo salão, gritando para o homem tirar as mãos de mim.

Observei-o perder a cabeça, sentindo um pouco de medo com a visão, mesmo sabendo que não era direcionado a mim.

Graças a Deus, ele não bateu no homem, só entrou na frente dele e começou a gritar como um louco.

Eu não fazia ideia do que fazer com ele assim, então apenas atravessei o salão para me afastar.

— O Yoko Ono aí não quer lidar com tudo isso, apesar de ela ter começado toda a porra da confusão — Dean disse, sua voz baixa e maldosa, mas alta o suficiente para eu ouvir.

Lancei-lhe um olhar desafiador, mas não fui a única que ouviu, e Tristan parou de berrar com o segurança no meio da frase, atravessando o salão, com um dedo apontado para seu colega de casa, seus olhos selvagens com fúria.

— O que falei para você, Dean? O que falei para você, caralho? Nem uma palavra. Foi isso que falei. Nem uma porra de insulto à minha garota!

Arfei, depois cobri os olhos quando o punho enorme de Tristan fez contato com o rosto de Dean. Ouvi mais duas pancadas doentias que significavam que um punho estava atingindo a pele, e então parou.

— Avisei você, seu imbecil! — Tristan gritou para ele.

Eu estava no chão, curvada em uma bolinha contra a parede, sem olhar. Odiava briga. Não entendia, e nunca sabia como lidar.

Senti Frankie deslizando para baixo ao meu lado, seu braço envolvendo meu ombro em um abraço reconfortante.

— Está tudo bem. Os meninos o tiraram de cima de Dean.

— Não está tudo bem. Não está nada bem ele agir assim. O que há de errado com ele?

— Não sei — ela respondeu baixinho. — Mas estaria mentindo se dissesse que não foi meio divertido vê-lo socar Dean no rosto. O imbecil merecia…

Abri a boca para falar, quando a porta se abriu, e James Cavendish entrou.

Foi a coisa mais estranha como todo o caos pareceu simplesmente se acalmar com sua presença. Ele andou diretamente até mim e Frankie, assentindo para os homens enquanto passava e dando a Dean, que estava segurando o maxilar e olhando desafiadoramente para Tristan, um olhar confuso.

Estava usando um terno escuro e com aparência espetacular e impecável, como sempre.

Assentiu para nós, me analisando intensamente.

— Você está bem, Danika?

Assenti automaticamente, embora não soubesse como estava no momento.

— Fiquei sabendo que foi atacada de novo, e no meu estabelecimento, de novo. Não posso dizer o quanto isso me desagrada.

— Estou perfeitamente bem. Estou mais preocupada com o que vai acontecer com Tristan.

— É para resolver isso que estou aqui. Sabe, costumo pensar que homens que atacam mulheres na pista de dança merecem uma joelhada forte nas bolas.

Essas palavras, saindo do homem mais sofisticado que já conheci, arrancaram uma risadinha de mim, o que provocou um sorrisinho em James.

— Conversamos com o homem. Ele não vai prestar queixa, mas a desvantagem disso é que nós também não vamos prestar queixa contra ele. Queria sua aprovação antes de tomar essa decisão, já que você foi claramente a parte prejudicada.

Eu queria beijá-lo de tão aliviada.

— Então Tristan não vai ser preso? — perguntei, esperançosa.

— Se essa resolução for boa para você, então não.

— Sim, sim, funciona para mim. Obrigada, obrigada, obrigada.

Ele apenas assentiu, sorrindo, e inclinou a cabeça na direção de Dean.

— O que aconteceu ali?

Fiz uma careta, e Frankie respondeu.

— A banda está tendo problemas. Na verdade, esse Dean é um babaca. Mas não se preocupe com eles. São amigos desde sempre. Serão melhores amigos de novo dentro de vinte e quatro horas, eu garanto.

James não pareceu convencido.

— Espero que sim. Eles têm uma boa carreira pela frente, se conseguirem manter a calma.

— Eles vão — Frankie lhe garantiu, apertando meu ombro. — A consequência foi muito ruim? Como está a confusão lá fora?

James ergueu um elegante ombro, não se importando.

— É manobrável. Certamente causaram uma impressão. Não pense que não vão ter o dobro do público na próxima apresentação, apesar de eu não indicar que se habituem a dar joelhadas nas pessoas da multidão, se querem manter o lugar cheio e o pessoal da gravadora interessado. Com licença, senhoritas, preciso falar com Tristan.

Meus olhos se arregalaram conforme ele foi até o barril de pólvora ambulante, como se não tivesse nenhum medo. Eu queria gritar "Não, pare, ele é sujeito a golpe", mas apenas observei James falar baixinho com Tristan, de alguma forma, milagrosamente, conseguindo acalmá-lo em poucos minutos.

Depois de James fazer esse milagre, Tristan veio até mim quase que instantaneamente, abaixando-se diante de mim, seus olhos preocupados. Tocou meu joelho.

— Desculpe por isso. Está tudo bem? Te assustei?

Olhei para ele, estreitando os olhos.

— O que James falou para você se acalmar tão rápido?

Suas sobrancelhas se uniram, outra tempestade se formando em seus olhos.

— James? É James, não é? Quando vocês dois ficaram tão próximos?

— Tristan! Foco! — Frankie soltou.

Ele fez careta, sua mão esfregando meu joelho de forma reconfortante.

— Desculpe. Ele só me falou que eu estava te assustando e me perguntou se essa era minha intenção.

— Foi uma loucura lá fora, Tristan. *Você* ficou louco. Não gosto disso. Não é normal atacar as pessoas, e eu jogar pratos e sapatos. Estou começando a pensar que não somos bons um para o outro. — Assim que falei as palavras, não acreditava que estavam saindo da minha boca. Não conseguia imaginar um dia deixá-lo por vontade própria, que dirá encorajar a ideia.

— Amém para isso — Dean murmurou do outro lado.

Tristan começou a se virar, seus olhos dourados ficando assustadores de novo.

— Tristan! Foco! — Frankie gritou. Realmente funcionou. De novo.

Estava observando-o com cautela quando um sorriso lento transformou seu rosto. Era diabólico. Seu sorriso mais doce, todo para mim. Fiquei totalmente impotente para resistir.

Ele se inclinou para a frente até nossas testas se tocarem, e seu sorriso era o centro do meu universo.

— Ei, boo — ele disse baixinho, esfregando meu joelho. — Nós dois sabemos que isso não é verdade. *Somos* bons um para o outro. Na verdade, acho que somos praticamente perfeitos juntos. Desculpe por ter perdido a calma assim. Só que o vi te tocando, e o olhar no seu rosto… Não aguentei. Você parecia aterrorizada. Faria muitas coisas para impedir que tivesse que suportar alguém que você não quer te tocar. Na verdade, acho que faria qualquer coisa para impedir que isso acontecesse.

Pisquei rapidamente, meus olhos se enchendo de lágrimas. Era um sentimento tão bom, ter alguém para cuidar de mim assim, mesmo que soubesse que foi uma loucura como as coisas saíram de controle por isso.

— Me perdoe? — ele sussurrou, ainda me dando aquele sorriso doce, diabólico e irresistível. Me senti a coisa mais importante do mundo para ele do outro lado daquele sorriso. O sentimento era viciante.

Cedi em um segundo, me inclinando para a frente e jogando os braços em volta do seu pescoço.

— Eu te amo — disse em seu pescoço.

Seus braços grandes, quentes e perfeitos me apertaram forte e, naquele momento, era tudo de que eu precisava.

Capítulo Trinta e Sete

Os meninos não ficaram apenas com os rolês na Decadence. Infelizmente, não havia para onde ir além de descer o nível em relação àquele lugar. Dean acabou marcando umas apresentações extras para eles. Pensei que ele estava fazendo isso apenas para tentar mostrar como não precisavam de Jerry para gerenciá-los, mas claro que provou ser o contrário. Mesmo assim, os meninos levavam numa boa, apresentando-se onde precisassem para tentar chamar atenção.

Acabamos em uma balada realmente horrível em uma terça à noite. Era um daqueles locais longe da Strip que, provavelmente, não durariam um ano. Frankie e eu os assistimos do bar, já que eu tinha aprendido minha lição quanto a chegar perto do palco, embora o lugar não estivesse lotado. Tristan insistiu que eu era distração demais quando ele estava se apresentando e, apesar de eu desejar ser o oposto, porque queria estar perto dele quando cantava daquele jeito, respeitei seus desejos.

Ainda assim, quando via uma vadia com pouca roupa tentar subir no palco com ele, tinha vontade de fazer uma loucura.

Me enrijecia com a vontade, no mínimo.

Então, eu simplesmente bebi. E bebi.

Frankie não ajudava, pedindo shots de tequila. Ela estava com um humor diabólico, me deixando bêbada com um sorriso descarado no rosto.

Estava sorrindo para mim por tanto tempo, e com tanta intensidade, que finalmente tive que perguntar por quê.

Ela apenas deu de ombros.

— Você é divertida bêbada, e eu queria uma fofoca bem suculenta sobre o muffinzinho ali. Só isso.

Dei risada.

— Muffinzinho — repeti, então ri de novo.

— Estou vendo que está se sentindo bonita. — Todos pareciam ter adotado minha frase para indicar que estava bêbada.

Assenti, olhando uma vez para o palco, o que me deixou

instantaneamente carrancuda, já que tinha que ficar muito longe dele, quando tudo que queria era chegar mais perto.

— Então me conte, ele é o Dom que penso que é? — perguntou.

Olhei assustada para ela.

— Um Dom? O quê? Como em S&M?

Ela bufou.

— Um Dom não se trata apenas de S&M, e não vejo isso em Tristan. Não, o que estou querendo dizer é se ele te domina na cama. Assume o controle? E é pesado na safadeza?

Corei, mas essa era Frankie, que sempre fora mais do que aberta comigo quanto às suas preferências, então nem pensei em não contar a ela.

— Ele é. Nunca pensei nisso assim, mas ele definitivamente assume o controle. Preciso que ele assuma, e ele sempre soube.

Isso fez suas sobrancelhas se erguerem.

— Então está dizendo que você é submissa?

Mordi o lábio, pensando que o termo não poderia se aplicar a mim. Exceto naquilo… Finalmente, assenti.

— Acho que sou, pelo menos na cama.

Ela bufou de novo.

— Obviamente que é só na cama. E a safadeza? O que vocês dois tentaram?

Franzi os lábios, brincando com meu copo de shot vazio.

— Ele me prendeu duas vezes. Não pensei que fosse gostar, pensei que fosse para ele, mas, quanto mais penso nisso, era por mim, e eu amei. Acho que não é comum para ele, porém ele é muito bom nisso.

Ela assentiu.

— Acho que vocês dois chegaram a um ponto sensível. A senhorita doida por controle Danika poderia aproveitar uma escapadinha na terra da submissão. Vou falar com ele, ok? Se tem alguém que sabe sobre essa coisa, está olhando para ela.

Assenti, olhando para ele.

— Eu realmente… *realmente* gostei. Ele faz um sexo tão maravilhoso para mim, contudo, as amarras e as vendas… é como a cobertura do bolo.

Ela deu risada.

— Concordo. Totalmente. É ótimo. Sabe, na primeira vez que o vi, pensei que ele poderia fazer parte do clube de Dominantes conosco.

Analisei-a, imaginando quem seriam as outras pessoas. Estava bêbada demais para guardar uma pergunta tão curiosa.

— Quem está no clube dos Dominantes?

Ela sorriu, e foi pura travessura.

— Bom, eu, e apostaria dinheiro que Tryst está prestes a entrar. E mais um, mas tenho que fazer você jurar segredo antes de te contar.

Estava assentindo antes de ela terminar de falar. Para quem eu contaria?

— Não pode contar nem para seu grupo do "Foda-se Anônimos". Na verdade, principalmente para elas.

Assenti de novo, simplesmente morrendo para saber agora.

— Juro que não vou contar a uma alma, nem para Tristan.

— Bom, para ele provavelmente pode contar porque, como eu disse, ele está prestes a se juntar ao clube.

— Ah, meu Deus! Me conte agora! Está me matando!

Ela se aproximou, sussurrando no meu ouvido.

— James Cavendish.

Fiquei sem chão. Ele era rico, educado, sofisticado e, bem, inteiro lindo.

— Está me zoando?

Ela balançou a cabeça.

— Mas ele curte a coisa hardcore, nada que você toparia, acredite. Ele *me* faz parecer uma Mestre mole, e eu não sou.

Fiquei processando isso na minha mente por uns bons dez minutos antes de falar. Estava fascinada pela ideia de alguém tão chique ter uma preferência sexual tão incomum e isso não ser de conhecimento público.

— Que loucura — finalmente falei.

Ela assentiu.

— Eu sei. Mas não o deixa ainda mais gostoso?

Dei risada, porque não tinha como negar; o homem era gostoso até para uma lésbica.

— Não sei. Realmente depende do que você quer dizer com hardcore. Não curto dor.

— É dor que quero dizer. É, pode ter certeza de que esse não é para você. Embora ouça que ele é *espetacular* na cama.

Suspirei de forma sonhadora, pensando em Tristan.

— Tristan também. Espetacular.

— Fantástico! Vamos beber a isso! — Ela sinalizou para o bartender servir outra rodada de shots de tequila.

— Ele é tão *grande*. Tipo, enorme. Nunca imaginei que curtiria um homem com um pau tão grande. Foi… intimidador no começo. Quero dizer, sou pequena, como ele iria caber?

Frankie estava rindo tanto que teve que colocar as mãos no balcão.

— Ah, meu Deus! Amo muito você quando está alegrinha!

— Acha que ele está, tipo, me alargando? Deve estar, porque agora conseguimos foder bem forte, e antes demorava um tempo para ele conseguir entrar. — Tive um pensamento bem lúcido de que devia estar muito bêbada para estar falando assim.

Ela ainda estava morrendo de rir, só balançando a cabeça repetidamente.

— É possível? Será que é daí que vem o termo "largo"?

— Acho que não funciona assim — ela arfou. — Saem bebês dessa coisa.

Assenti, pensando, confusa, que ela tinha razão.

— E ele absolutamente ama devorar minha boceta. Tipo, poderia fazer isso o dia todo; ele ama demais. Achei que um homem não poderia ser assim, gostar tanto de me fazer gozar.

Ela voltou a rir muito e segurou a beirada do balcão do bar.

— Ah, meu Deus. Não posso acreditar que não estou gravando isso. Você é minha bêbada preferida *do mundo*. Vamos beber à fixação de Tristan por oral, porque, se tem alguém que gosta de fazer oral em uma garota, esse alguém sou eu. Talvez ele e eu sejamos como almas gêmeas devoradoras de boceta, porque eu podia devorar uma o dia todo.

Eu estava rindo tanto que precisei de três tentativas para pegar o shot que o bartender deslizou para mim.

— Você é muito má — eu disse a ela, me acabando em mais um ataque de riso.

Nós duas paramos na hora em que a banda acabou de tocar. Gritei alto conforme a pequena plateia foi à loucura, então observei com desejo enquanto eles saíam do palco, indo para algum lugar nos fundos.

— Só fiquei a quinze metros dele a noite toda, e ainda assim estou com saudade. Não é doido isso?

— Completamente. Também é fofo. Você está caidinha, né?

— Caidinha.

— Bom, ele também está caidinho. Nunca se esqueça disso.

Só balancei a cabeça, incapaz de admitir em voz alta que ele não estava ou, se estava, com certeza não me falava.

Senti alguém beijar o topo da minha cabeça e me virei para ver que era Jared, não Tristan, como esperava. Sorri, quase feliz tanto quanto em vê-lo. Desci do banquinho, dando-lhe um abraço enorme.

— Bom trabalho! Vocês estavam incríveis, como sempre.

— Valeu, irmãzinha — ele disse, e pude ouvir o sorriso na sua voz. Ele se afastou, analisando minha expressão. — Você está bêbada, não está?

Assenti.

— É culpa sua e do seu irmão. Estou tentando treinar meu fígado para acompanhar o estilo de vida de vocês. Preciso ficar em forma para me manter na parada.

Ele fez um carinho no meu cabelo.

— Não precisa mudar nada. É perfeita exatamente assim.

Mesmo bêbada, eu podia ver que seus olhos estavam vidrados como ficavam quando ele estava drogado, mas ainda assim pensei que era a coisa mais fofa que já tinha ouvido.

Os quatro outros membros da banda se aproximaram de nós apenas instantes depois da cena de carinho.

Tristan estava sorrindo, nada incomodado pelo fato de eu e Jared estarmos tendo outra demonstração de afeto.

— Está falando de novo para o meu irmãozinho o quanto o ama? — ele perguntou. Estava com um sorriso carinhoso, e só então pensei que poderia amar ainda mais ele.

— Estava chegando lá — admiti.

Tristan cutucou o irmão para o lado com o ombro, brincando, movendo-se até estar próximo, colocando as coxas entre minhas pernas. Eu estava de short, mas ele abriu tanto minhas pernas que temi me expor de forma indecente.

Abri a boca para lhe dizer isso, mas ele enterrou as mãos no meu cabelo, e me distraí rapidamente.

Ele se inclinou para perto, seus olhos sorrindo para os meus.

— Pensei que fosse uma distração ter você na plateia, mas percebi, esta noite, que ver você rir no bar enquanto me apresento me distrai ainda mais.

Fiz beicinho.

— Desculpe. — Apontei para Frankie, que estava tomando uma bebida e sorrindo para nós. — Foi culpa dela. Ela estava me fazendo rir. Vai me banir de todas as apresentações agora?

— Não seja boba. — Ele balançou a cabeça para mim e usou as mãos no meu cabelo para balançar a minha também. — Claro que não. Só percebi esta noite que preciso da sua atenção completa em mim ou fico *louco*. Acho que encontrei outra solução.

Arqueei uma sobrancelha para ele.

— Ah, é?

— É. Você precisa de um guarda-costas na plateia, para eu não ter que descer e chutar uns sacos enquanto estamos no palco. Vou encontrar alguém antes do nosso próximo rolê.

Dei risada, porque, para mim, parecia uma ideia maluca ter um guarda-costas. Abri a boca para lhe dizer isso, mas nunca tive a chance, porque ele se abaixou, grudando os lábios nos meus.

Sua boca era quente, faminta e devorava a minha. O gosto dele sempre era bom. Eu nunca me cansava. Sua língua deslizou para dentro da minha boca, e eu gemi, lambendo e chupando-o.

Ele recuou brevemente.

— Você está com gosto de tequila — ele disse sem fôlego. — Bebeu umas, hein? Acho que vou ficar tonto só de beijar você.

Isso me fez rir mais um pouco, e a risadinha só parou quando ele me beijou de novo.

Nos engolimos como adolescentes no meio de um bar por só Deus sabe quanto tempo. Era insano, cafona e maravilhoso.

Suas mãos ficaram firmes no meu quadril conforme sua boca bebia da minha, com puxões demorados e famintos. Nunca tínhamos feito isso, só beijado pelo que pareceu serem horas. Nossa química sempre foi muito louca, nosso desejo era uma corrida para a linha de chegada que terminava em êxtase.

Ele recuou em certo momento, ofegando no topo da minha cabeça. Me virei, passando a língua na sua mandíbula com barba por fazer, implorando por sua boca de novo.

Ele me deu, e nos beijamos assim por muito tempo. Ignoramos todos os chamados dos nossos amigos para "ir para o quarto", perdidos em nosso próprio mundinho de beijos viciantes e, no meu caso, apaixonados.

— Você é tão perfeito — murmurei quando nos separamos para respirar. — Não acredito que é todo meu.

Sua risada foi rouca e sem fôlego.

— Estou longe de ser perfeito como uma pessoa pode ser, mas *sou* todo seu.

Isso me aqueceu dos pés à cabeça, assim como a pressão dos seus lábios nos meus. Ele diminuiu todo o amasso e começou a me dar beijos curtos e fofos.

Tentei pressionar meu corpo no dele, mas ele se afastou.

— Posso te beijar a noite toda, amor, mas, se começarmos a roçar um no outro neste bar, ficarei sujeito a me constranger.

— Eu quero você — sussurrei, conforme seus lábios voltaram para me reivindicar. — Quero você fundo dentro de mim. Por horas. Falei para Frankie como você é enorme, como me alarga de tão grande, mas não contei como é perfeito sentir você dentro de mim.

Ele se afastou, rindo e engasgando, os olhos procurando Frankie.

— Você ouviu bastante, hein?

Frankie sorriu, brindando no ar.

— Confissões de bêbado são as melhores. Tequila é como um soro da verdade, e ela não pode voltar atrás.

— Podemos transar no banheiro, como fizemos no cassino aquela vez — eu disse em seu ouvido, extremamente excitada por ele agora, tão excitada que não sabia como poderia aguentar esperar até chegarmos em casa.

Ele balançou a cabeça, sorrindo.

— Aqui não. Não são quatro da manhã e não está deserto, como o cassino estava.

— Vamos transar no seu carro, então — sugeri, tentando puxá-lo contra mim.

Ele me analisou, mordendo o lábio. Tentei puxar sua cabeça para baixo, porque queria morder seu lábio também, mas ele não se mexeu.

— Essa é uma proposta difícil de recusar. Não será confortável, não que eu dê a mínima para isso.

Balancei a cabeça para ele, com os olhos arregalados.

— Também não dou a mínima. Preciso do seu pau enterrado na minha boceta, tipo, há dez minutos.

Isso fez suas sobrancelhas se erguerem até a raiz do cabelo.

— Está no clima esta noite, hein? Normalmente, não consigo arrancar a palavra boceta de você.

— Odeio, sim, essa palavra, mas não está me incomodando tanto esta noite. Boceta, boceta, boceta.

— Amo essa palavra — Frankie brincou, ouvindo descaradamente nossa conversa. — Amo qualquer palavra que cause uma reação visceral toda vez que diz em volta alta. Boceta. Xota. Foda. Pau. Apesar de que devo enfatizar que a palavra pau é a minha menos favorita de todas essas.

Tristan virou a cabeça para olhar para ela, sorrindo.

— Como isso não me surpreende?

Ela riu em silêncio.

— Só vou falar uma coisa: tudo em uma mulher pode ser bonito, dos pés até as orelhas, mas o mesmo não pode ser dito de um homem.

Tristan jogou a cabeça para trás e deu risada, suas mãos esfregando meu quadril. Eu adorava seu pescoço. Vê-lo esticado assim me deixava louca.

Fiquei na ponta dos pés para lambê-lo, depois chupei forte o suficiente para deixar marca.

— Não posso discordar disso — Tristan disse a Frankie. — Sou desses também; cem por cento time boceta.

Bati no braço dele.

— Isso é muito generalizado para o meu gosto.

Ele riu mais, puxando meu rosto para seu peito.

— Ok. Sou cem por cento time boceta da Danika. Melhorou?

Assenti, mais calma, concluindo que a conversa era ridícula.

— Vão lá, transem no seu carro — Frankie falou, seu tom irônico. — Não se demorem por minha causa. Vocês estão se amassando na minha frente há horas. Por que a timidez agora?

— Bom argumento — Tristan concordou, aceitando a sugestão dela e ignorando seu sarcasmo. — Nos dê licença. Vamos voltar em dez ou quinze minutos.

O sorriso de Frankie ficou pesaroso.

— Eu não falaria *isso* para todo mundo. Não é exatamente uma qualidade.

— Nunca tive reclamações. — Foi seu grito conforme me puxava da cadeira.

Fiquei tonta ao corrermos para o carro, dando as mãos e rindo.

— Vamos ser presos — Tristan murmurou ao abrir a porta de trás do carro para mim.

Só dei mais risada, estranhamente não me importando com essa possibilidade.

Ele subiu em mim dentro do carro, e era apertado, no mínimo.

— Está molhada? — ele perguntou enquanto me posicionava com as mãos e joelhos apoiados, de costas para ele. Começou a tirar meu short jeans minúsculo.

— Estou molhada desde quando você me tocou.

— Que bom — ele grunhiu, dobrando-se nas minhas costas e se alinhando na minha entrada. — Me diga se eu for muito bruto. Preciso te foder forte depois de todo aquele tempo nos agarrando.

Gemi alto quando ele entrou, sua respiração quente no meu pescoço saindo em arfadas rápidas conforme me invadia.

— Preciso de você, Danika. Nunca precisei de nada como preciso disso. — Cada palavra saiu e foi enfatizada por uma estocada bruta. — Nunca vou me cansar de você. *Nunca.*

Não era sua conversa indecente de sempre, e suas palavras alimentavam muito mais do que o meu desejo. Eu precisava ouvir essas coisas, buscava cada sinalzinho de que ele pudesse estar tão perto de ser obcecado comigo quanto eu era com ele.

Suas mãos foram para as curvas dos meus seios, massageando suavemente essa pele dolorida enquanto investia forte no meu centro. Meus mamilos estavam enrijecidos, e ele os beliscou e puxou. Doeu de uma forma que me fez choramingar de prazer.

Ele enfiava seu comprimento enorme e grosso em mim, forte e rápido, mantendo um ritmo implacável que me fez segurar a maçaneta da porta muito forte.

— Está demais? — ele perguntou rouco no meu ouvido.

Estava. Era demais, muito, sua invasão rápida e brutal me preenchendo e deixando tão cheia que parecia que não conseguiria aguentar nem mais um segundo, mas nunca lhe diria isso, nunca o deixaria parar de me preencher maravilhosamente.

As sensações eram tão intensas que eu não sabia se gozava ou gritava.

Acabei fazendo as duas coisas.

Capítulo Trinta e Oito

Três dias depois, estávamos em uma festa na casa de algum amigo de Jared e Frankie. Era uma casa grande, estava puro caos e, no segundo em que entramos, pensei por que eu me deixava ser convencida a participar disso. Estava cansada. Não tinha uma noite decente de sono em nem sei quanto tempo, e festas em casa nunca foram minhas preferidas. Sempre costumava ser apenas o jeito maconheiro de festejar, já que precisava esconder essa coisa em baladas e bares.

Pude sentir o cheiro de maconha no ar no segundo em que entramos, e alguém estava cheirando coca em uma mesa em um cômodo bem na entrada, totalmente visível da porta da frente.

Eu estava cansada disso.

Tudo isso já era bem ruim, mas, após uns dez minutos lá dentro, conforme passamos pelas pessoas, procurando Jared, Frankie, Cory ou Kenny, vi meu ex. Não Daryl, o Idiota. O outro. Patrick. O que não tinha sido um idiota *completo*, mas eu lhe dera o fora de qualquer jeito. Ele entrara muito pesado nas drogas para eu lidar. E tinha me apaixonado por ele. Apesar de agora ter encontrado o que encontrara com Tristan, e era uma coisa insana e fora de controle no meu peito a cada segundo do dia, tinha que admitir que não havia parado de gostar dele, simplesmente nunca tinha.

Tive uma estranha epifania ao encarar o perfil de Patrick. Eu chamava de amor, e procurava amor, porque era isso que eu queria, mas amor não era uma coisa que se poderia obrigar a sentir ou, mais importante, não era uma coisa que se podia impedir de sentir. Ambas as percepções eram desmoralizantes para mim, uma garota com problemas de controle.

Fui arrancada dos meus pensamentos quando Tristan jogou um braço em volta dos meus ombros, me puxando para perto.

— O que foi, amor? Parece que acabou de ver um fantasma.

Fiz careta. Queria muito evitar que Tristan visse Patrick e descobrisse que ele era um ex, se fosse possível. Eu simplesmente tinha a sensação de que Tristan não levaria o encontro numa boa. E essa sensação era por experiência... Para um galinha, ele costumava ser surpreendentemente ciumento.

— Nada disso — finalmente respondi. — Só não estou a fim dessa festa. A menina cheirando coca no caminho foi meio hardcore demais para mim.

Ele sorriu ironicamente, esfregando meu ombro.

— É. Não era isso que eu estava esperando. Jared conhece umas pessoas doidas, e Frankie conhece todo mundo da cidade.

Comecei a sair do cômodo, indo para o quintal, quando vi Patrick me ver de canto de olho. Soube disso porque ele congelou e, um segundo depois, começou a vir até nós.

Peguei a mão de Tristan, fazendo meu melhor para pintar uma imagem bem clara para Patrick. Não olhei para sua direção de novo, e só torci para ele entender a dica.

Encontramos Frankie e Jared na piscina, do lado de fora.

— Cadê o resto dos caras? — Tristan perguntou a eles, cumprimentando-os.

— Sei lá — Jared respondeu, soando bravo por isso. — Era para estarem aqui há horas. E vocês também, aliás.

Tristan pegou o celular.

— Deixe-me ligar para eles.

Estava me sentindo agitada, olhando em volta constantemente, com medo de que Patrick nos seguisse para fora. Não seguiu, não imediatamente, mas, em cinco minutos, eu o vi saindo pela porta dos fundos, observando as pessoas. Eu sabia, simplesmente sabia, que ele estava me procurando.

Tinha sido um término estranho com Patrick. Foi quase como se eu tivesse acordado um dia e visto a situação pelo que era: um relacionamento entre adolescentes que deveriam ser apenas amigos. O que não tinha sido repentino foi minha repulsa toda vez que ele queria transar. E perceber que você não precisava continuar transando com uma pessoa se não queria foi uma importante lição para mim, embora, claro, tenha tido que reaprendê-la com Daryl. O fato de Patrick ter começado a usar umas drogas fortes me ajudou a terminar também, apesar de eu saber melhor do que ninguém que, com minha codependência, principalmente na época, nunca o teria deixado apenas por isso, se sentisse por ele pelo menos um décimo do que sentia por Tristan agora. Gostava de pensar que tinha superado aquelas inclinações a codependência, mas, se a situação ficasse crítica, não poderia dizer com certeza que também deixaria Tristan por vontade própria.

Tristan ainda estava com o celular no ouvido, e eu apertei seu braço para chamar sua atenção.

Quando ele me olhou, apontei para a casa.

— Banheiro — eu disse a ele, e saí. Presumi que Patrick só quisesse falar oi. Eu só queria acabar com isso e evitar qualquer drama com Tristan.

Dei, talvez, uns três passos para dentro da sala quando uma mão segurou meu cotovelo por trás. Soube instantaneamente que não era Tristan. A mão não era tão grande.

Me virei e vi o olhar fixo de Patrick.

— Ei — falei, dando um sorriso fraco. — Como está indo?

Ele me analisou por um tempo.

— Estou bem. É muito bom te ver. Você está… incrível.

— Obrigada — agradeci, me sentindo lisonjeada pela admiração em seu tom e, sem querer, gostando.

Ele era alto. Não alto como Tristan, mas tinha quase pouco mais de um e oitenta, com cabelo escuro, corpo mediano e algumas tattoos maravilhosas. Era bem bonito, do tipo vizinho e amigo. Tinha me esquecido de como seu sorriso era legal, sincero. E ele ainda tinha um estilo roqueiro sensual que fazia meu coração bater um pouco mais rápido.

Mesmo que fosse apenas remorso, fiquei surpresa por sentir algo, depois de todo esse tempo.

Eu não tinha sido cruel no término, que, no fim, tinha sido a coisa mais brutal de todas. Tinha explicado para ele, a fim de poupar seus sentimentos, e acabei magoando-o mais ainda.

— Você está namorando Tristan Vega — Patrick disse, como se ainda estivesse processando isso, que não o agradava nem um pouco.

— Você o conhece?

— Sei sobre ele. É o cantor principal daquela banda que James Cavendish está apoiando. Ele tem uma reputação…

Isso era novidade para mim. Não a parte da reputação, mas a de James Cavendish apoiando. Sabia que ele os apresentava para algumas gravadoras, mas não soubera nada de ele realmente investindo dinheiro neles.

— Várias bandas locais estão muito putas com isso. A banda dele nem batalhou tanto, e aqui estão eles, conseguindo investimento de um dos maiores nomes da cidade.

Isso me deixou meio nervosa.

— E quem decide quanto se tem que batalhar para conseguir? Eles são muito bons. Os melhores que já ouvi ao vivo.

Isso era meio besteira. Ok, era uma besteira enorme e maldosa, porque Patrick era o baterista de uma banda local que trabalhava duro há anos.

— Poxa, Danika.

Fiz careta.

— Desculpe. Não foi legal, mas eles são bons, e acho que é besteira colocar sua decepção em outra banda, só porque eles não se apresentam há tanto tempo.

Ele assentiu, mordendo o lábio.

— Justo. Posso estar sendo um pouco amargo, então vamos esquecer que eu disse alguma coisa. Vamos falar de você. O que anda fazendo?

Dei de ombros.

— Estudando, trabalhando, nada especial.

— Nada com a dança?

— Nada a não ser que conte ir muito para a balada.

Ele deu risada e, conforme o observava, vi uma nitidez em seus olhos que não me lembrava de existir. Gostei. Ele parecia mais presente do que já esteve quando ficava comigo.

— Você também está ótimo. Como está indo tudo?

— Está bom. Vou completar um ano sóbrio agora, então é bem importante para mim. A banda não está chamando tanta atenção, mas ainda estamos fazendo shows, e amamos o que fazemos.

Assenti.

— Que ótimo. Estou muito feliz por você, principalmente a parte da sobriedade.

— Obrigado. Ei, poderíamos tomar um café alguma hora. Nos atualizar. Faz tanto tempo… adoraria entrar em contato de novo.

Lógico, como não poderia deixar de ser, Tristan chegou bem na hora de ouvir essa última parte e virou o homem das cavernas completo saído da toca, jogando o braço em volta do meu ombro e dando um olhar fatal para Patrick.

— Vocês dois se conhecem? — ele rosnou, e seu tom e sua conduta de sempre me deixaram atenta.

— Somos velhos amigos — expliquei. Controle de danos.

— Namoramos por dois anos — Patrick contradisse. Oposto de controle de danos.

Tristan enrijeceu, seu rosto ficando meio assustador conforme simplesmente encarou Patrick por longos e bizarros minutos. Então, finalmente, quebrou o silêncio horrível, porém o que saiu da sua boca não foi coisa melhor.

— Então você é um dos babacas egoístas que transava com ela e nunca a fazia gozar.

Saí andando, furiosa e magoada, antes de ele falar a última palavra. Que babaca. O hipócrita completo falando algo assim, me constrangendo sem remorso.

Fui até a porta da frente e saí na calçada diante da casa antes de Tristan me alcançar.

— Ei! — ele chamou, segurando meu cotovelo. — Desculpe. Fui otário. Foi uma reação instintiva por conhecer aquele imbecil.

Eu tive minha própria reação instintiva bem ali, e foi para defender meu ex, o que dizia muito sobre o quanto estava brava com Tristan.

— Ele não é um imbecil. Não me fazer gozar não o torna um imbecil. Sabe, só porque ele não sabia como me fazer gozar não significa que não tentava. *Ele*, pelo menos, dizia que me amava.

Isso acertou um ponto sensível, e eu não estava pronta para sua reação impulsiva quanto àquilo.

— Quer mesmo fazer isso agora? — ele começou, sua voz baixa e cruel. Meu coração parou com a pergunta. Isso seria ruim. Eu sabia, com aquela frase, que ele estava com as garras de fora, e eu não passaria ilesa por isso. Ainda assim, eu queria saber. Eu precisava saber o que ele sentia, ou não, por mim.

— Acha que porque ele falou isso para você o que tinha com ele era melhor do que isto? Ele falar isso, de alguma forma, manteve vocês dois juntos para sempre? Amor é só uma palavra.

— Semântica — eu disse com a voz trêmula. — Se não significa nada, por que não fala para mim?

— Não falo de volta porque não acredito em você! — Ele estava gritando, e meu coração, se partindo com cada palavra. — Quando ouço você falando que me ama, o que ouço é você contabilizando, e eu não vou jogar esse jogo com você. Não há pontuação para mim. Nunca houve.

Não conseguia falar, minha mente acelerada processando suas palavras, tentando entendê-las, tentando organizá-las de uma forma que eu pudesse aceitar e não ter todas as feridas sangrando.

— Amor não é nada além da promessa mais flexível — ele continuou, impiedoso. — Você a usa para seus objetivos, e pode perder o significado que sente. Não aja como se fosse mais comprometida conosco do que eu sou, só porque gosta de falar essas palavras.

Balancei a cabeça, meus olhos grudados nele, meu lábio tremendo descontroladamente.

— Você já soltou a bomba de que não acha que somos bons um para o outro. Pensa que não te conheço bem o bastante para saber que isso é só a desculpa que vai usar comigo quando terminar? Está reunindo provas, mesmo enquanto conversamos. Isso mesmo; te conheço *bem assim*. Exatamente como sei que, embora esteja bem confortável com o termo "eu te amo", será você que vai se afastar disto. Certeza. Você pensa que *me* ama, mas está apaixonada por estar apaixonada.

— Não tente me dizer o que sinto. Não faça isso. Não tem direito...

— Não tenho? Pensei que me amasse. Voltando atrás tão rápido? Ou é isso, então? Você reuniu provas suficientes para já fugir? Porque não falei três palavras para você, pensa que não significa nada?

Isso acabou comigo, porque eu o deixara ver quem eu era, e tudo que ele via era o pior de mim. E, ainda mais doloroso, ele parecia pronto e disposto a me deixar ir embora.

Ele sempre falou que não queria me magoar, porém o que não parecia entender era que sua rejeição ao meu amor era o *pior* tipo de mágoa.

Não sei se alguém contou a eles, ou simplesmente se estávamos gritando tão alto, mas, de repente, o jardim foi preenchido por vozes familiares.

Frankie me abordou, tentando chegar perto, para colocar o braço em volta de mim, mas eu me afastei.

Kenny e Cory, obviamente, tinham finalmente chegado à festa, e estavam rodeando Tristan com cautela.

Jared colocou uma mão no seu ombro, com os olhos preocupados.

— Por que não vamos dar uma caminhada, irmão? Vamos esfriar a cabeça. Vocês estavam gritando alto o suficiente para acordar os mortos, e todo esse bairro não precisa saber tanto sobre sua vida pessoal.

Tristan tirou a mão dele, descendo a calçada, seu passo acompanhando o meio-fio até ele estar fora de vista no escuro em questão de segundos.

Com os olhos molhados com lágrimas, meu coração às traças, voltei para dentro da casa. Precisava de um banheiro e de um momento para recuperar a compostura.

Encontrei um, lavei meu rosto com água fria, depois fiz de novo. Não queria pensar, e não tinha ideia do que fazer em seguida.

Simplesmente me senti... perdida. Como se a vida fosse um labirinto do qual nunca conseguiria sair, como se todo mundo tivesse nascido com um mapa, e o meu tinha sido esquecido, e eu estivesse destinada a continuar repetindo os mesmos erros dolorosos, de novo e de novo.

Tive uma genuína festa de pena por pelo menos dez minutos. Algum babaca batendo na porta foi o que me fez mover de novo.

Sequei o rosto e saí, com os olhos no chão. Eu tinha um objetivo: encontrar Frankie e pegar uma carona para casa sem nenhum drama.

Mas não era para ser.

Trombei no peito de Patrick antes de dar cinco passos.

Ele viu meu rosto manchado de lágrima e, sem falar nada, me puxou contra si, passando uma mão no meu cabelo. Foi reconfortante. Tive o breve pensamento de que ele estava mais fofo do que eu me lembrava.

Entretanto, essa opinião não durou muito tempo, quando ele baixou a cabeça e me beijou, bem na boca, e não recuou.

Não reagi de primeira, atordoada por como ele era um imbecil insensível mesmo por dar um beijo em uma garota chorando. Só quando ele enfiou a língua na minha boca foi que empurrei seu peito, me afastando rápido, olhando desafiadoramente para ele.

E, na pior hora da história, de novo, Tristan chegou, flagrando o suficiente do beijo para ficar com olhos assassinos.

Recuei enquanto ele xingou e, então, avançou, jogando Patrick no chão com um golpe que juro que fez a casa inteira tremer.

Gritei, e gritei mais um pouco quando ele começou a socar meu ex, bem no rosto, repetidamente, seus braços enormes mais rápidos do que eu achava ser possível. Patrick lutou, ele tentou, mas não acertou um soco antes de ficar mole.

Os sons, as batidas doentias de punho acertando a pele, e a pele cedendo ao punho me deixaram enjoada, e me afastei, cada vez mais, horrorizada pelo que Tristan estava fazendo, pelo que era capaz.

Tristan continuou batendo no homem desacordado, seus punhos pesados brutais, e teria continuado socando se Kenny, Cory, Jared e um outro cara que nunca tinha visto não o tivessem separado forçadamente de sua vítima. Como imaginei, Patrick estava desmaiado com o rosto sangrando.

Capítulo Trinta e Nove

TRISTAN

Não passaram nem dez minutos e eu já estava arrependido de tudo que tinha falado para ela, e mais ainda, da forma como tinha falado. Mesmo as partes que eram verdade não deveriam ter sido ditas assim.

Me virei, voltando, correndo agora, com pânico interno porque sabia como ela era, sabia que ela usaria minha explosão para nos afastar totalmente. Mas eu tinha muito mais e a faria me ouvir. Sabia que podia fazê-la mudar de ideia.

Estava correndo muito quando cheguei à casa. Não havia ninguém no jardim da frente, e entrei direto pela porta da frente, procurando. Passei por três cômodos antes de me deparar com Frankie, que também a estava procurando.

— Eu a vi entrar na casa, mas não consigo encontrá-la desde que você saiu. Você está frito, cara. É melhor compensá-la. É melhor escrever uma porra de poesia para se desculpar pela merda que falou para ela.

Não respondi, ainda me movendo e procurando, cômodo por cômodo, desesperado para encontrá-la. Eu tinha a pior sensação, e sabia que, quanto mais rápido a encontrasse, melhor chance teria de impedir que isso se tornasse algo com o qual eu não conseguiria lidar.

Encontrei Cory, Kenny e Jared, mas Danika ainda não.

Quando finalmente a encontrei, não acreditei no que estava vendo. Fiquei tão chocado que apenas fiquei ali por um instante, congelado no lugar.

Aquele merda estava tocando nela. Não, não apenas tocando-a, mas beijando-a. Nos lábios. Com a boca dele. Seus braços estavam em volta dela também, mas eu só conseguia focar no que precisava fazer com a cara dele.

Danika se afastou dele de repente, os olhos furiosos, a curva da sua boca enojada.

Perdi a cabeça. Meu último pensamento claro antes de enlouquecer foi que iria destruí-lo. Iria acabar com ele, pedacinho por pedacinho, por tocar no que era *meu*.

A próxima coisa da qual me lembro era de algemas sendo fechadas nos meus pulsos. Dei de ombros, e os policiais pareciam prontos para usar o taser em mim por aquele pequeno movimento. Não podia culpá-los. Quando homens do meu tamanho enlouquecem, coisas ruins acontecem, comprovado pelo cara que estava sendo empurrado em uma maca.

Olhei em volta e vi meu irmão, Kenny e Cory, mas não Danika nem Frankie.

— Cadê ela? — perguntei a Jared, firmando os pés quando um policial tentou me empurrar para a frente. Eu me moveria quando quisesse e estivesse pronto.

— Foi embora. Frankie a levou para casa.

— Ela estava bem? — Tirei a mão do policial do meu ombro ao me sacudir. — Me dê um minuto — pedi, me virando para lhe lançar um olhar severo.

Ele engoliu em seco, mas tensionou a mandíbula. Se eu o irritasse mais, ele iria usar o taser.

Me voltei para Jared.

Meu irmão balançou a cabeça.

— Ela ficou muito decepcionada, mas não se machucou nem nada. Você não encostou em ninguém, a não ser no cara na maca.

Assenti, finalmente deixando-os me levarem. Sabia que só pioraria as coisas ao me rebelar, mas, mesmo naquele segundo, quando pensei no cara tocando nela, colocando as mãos e a boca nela, queria socar a cara dele de novo. E o fato de ele ser um ex, de ter transado com ela em certo momento, de ter *entrado* nela. *Minha*. Bom, isso me fazia querer *matá-lo*.

Eu estava perdido em pensamentos ao ponto de mal notar o que estava havendo. Dei um sorrisinho para minha foto da prisão, mas, mesmo durante o fichamento, não respondia uma única pergunta que eles me faziam. Pensei que, se falasse, sequer mencionasse aquele merda que tocara nela, perderia a cabeça de novo.

Estava focado em uma coisa.

— Não tenho uma ligação? — perguntei ao policial que estivera me questionando sem parar, ficando cada vez mais frustrado por eu só olhar para o horizonte.

— Você é lutador? Profissional? — ele questionou.

Ignorei totalmente, embora soubesse que ele estava tentando embasar as acusações.

— Ligação — eu disse, teimoso. Precisava ligar para ela assim que possível e começar a me desculpar. Já estava fodido. Dar-lhe mais tempo para refletir sobre isso só pioraria as coisas.

— Certo. Pode fazer uma ligação. Só responda umas perguntas primeiro.

Me desliguei de novo, só ouvindo que ele não iria me dar a única coisa em que eu estava interessado.

Nada realmente me tirou da minha cabeça até eu ser levado para uma sala e, sentado a uma mesa, estava James Cavendish.

Ele ergueu as sobrancelhas para mim, acenando uma mão para a cadeira à sua frente.

Me sentei, olhando-o com desconfiança. Tínhamos nos encontrado várias vezes, mas eu ainda não sabia o que pensar do bilionário bonitão. Minha primeira reação foi não gostar dele, mas ele dificultava isso quase toda vez que conversávamos.

— O que está fazendo aqui? — perguntei.

Ele abriu um sorriso enigmático para mim.

— Frankie me ligou. Você decepcionou minha querida amiga, por isso abro uma exceção.

— Ela também é minha amiga — eu disse, na defensiva — e não quis decepcioná-la.

— É. Sei. Você deu uma de Hulk, e o resto é história, mas deixe-me ir direto ao ponto aqui.

— Por favor — falei laconicamente.

— Não sei se sabe, mas tenho financiado sua banda.

Com certeza não sabia disso.

— Nem sou diretamente envolvido nesse mercado, mas não sou um homem que vê um bom investimento e apenas o observa ir embora. Tenho trabalhado em um contrato com gravadora para vocês, um muito bom, mas outro incidente desse, e você vai acabar com todas as chances. Isto não pode acontecer de novo.

Eu não queria que acontecesse desta vez, pensei.

— Entendido — eu disse. Não estragaria para os caras se houvesse uma chance de ajudar.

— Infelizmente, não estou convencido. Sabe, vi o outro cara. Paguei sua fiança e vou arcar com todas as contas médicas. Mas o que fez com ele... as lesões que ficaram, isso não é atitude de um homem certo da cabeça. Soube que precisaram te tirar de cima dele, ou você teria continuado, porém o dano já estava bem substancial. Não estou feliz.

— Junte-se ao clube — rosnei, porque estava tão enojado comigo mesmo quanto qualquer um.

— Vou precisar de uma garantia sua de que seu comportamento vai mudar. Meus advogados podem transformar sua sentença em liberdade condicional, eles me garantiram, mas você vai trabalhar a sua raiva. Está usando coca?

Olhei desafiadoramente para ele.

— O que disse?

— Estava drogado esta noite?

Essa era a parte triste. Eu já tinha usado coca, e não me fizera agir com metade da loucura que meu ciúme fizera. Sabia que ele estava planejando algo com esse negócio de trabalhar a raiva.

— Nada. Certo, vou trabalhar a raiva.

— Ficarei feliz em te colocar em um centro de reabilitação para abuso de substâncias, se for esse o problema também.

— Não é — soltei, cansado da conversa.

— Ok, então. Paguei sua fiança, então está livre para ir logo depois de conversarmos sobre mais uma coisa.

Olhei em volta, como se fosse uma pegadinha. Eu sabia que não se podia fazer isso com um cara e, simplesmente, sair da prisão na mesma noite.

— Está me zoando?

— Nem um pouco. Vou adicionar à sua conta. Só queria conversar com você sobre seus truques de mágica. Danika me contou sobre sua destreza com as mãos. Estou perguntando não oficialmente, se é que me entende, porque tenho meu antigo ato em contrato por mais dois anos. No entanto, quando o contrato acabar, ele está fora. Simplesmente não faz mais com o coração. Alguma hora, gostaria de ver alguns dos seus truques. Estamos procurando algo diferente, então mantenha isso em mente enquanto se prepara.

Assenti, completamente atordoado por, depois de todo esse tempo que tinha passado ali e nada havia acontecido, agora, algo enorme estava acontecendo, e tudo por causa de Danika.

— Ok, isso é tudo — ele disse, levantando-se da cadeira. — Vou pedir para alguém abrir suas algemas e tirar você daqui.

Sorri para ele, um sorriso puramente mal-humorado, porque, em um clima puramente mal-humorado, eu tinha roubado as chaves das algemas de um dos policiais.

Eu mesmo as retirei com movimentos silenciosos e velozes. Esse era o truque mais barato, o tipo em que você nem está fazendo um truque, está apenas apresentando o inesperado, mas eu estava mal-humorado e não me importava realmente que fosse barato.

Soltei minhas algemas na mesa, e Cavendish me olhou bem assustado, os olhos indo das algemas para mim, repetidamente.

— Como fez isso? — perguntou, parecendo ter sido genuinamente surpreendido. Foi bom, porque, se ele ficou assim com esse truque, tinha uma boa chance de impressioná-lo com os meus mais envolventes.

Dei de ombros.

— Mágica.

Ele deu risada.

Liguei para Danika por cinco dias, repetidamente, sem resposta. Finalmente resolvi deixar mensagem após mensagem, primeiro bravo, depois implorando, então alegre, depois bravo de novo e, finalmente, totalmente desesperado.

Disse que a amava, que provavelmente não deveria ter falado pela primeira vez em uma mensagem, mas estava desesperado. Chamei-a de covarde, depois a xinguei, então implorei.

Tentei ir à sua casa uma vez, mas ela só falou para Jerry sair e me dizer que eles chamariam a polícia se eu não fosse embora.

Depois disso, fiquei enfurnado no meu apartamento por dias, e fui para o modo de autodestruição total. Fiquei bêbado, drogado ou ambos a cada instante acordado, negando a mim mesmo que poderia ser o nosso fim.

E se ela nunca mais falar comigo de novo? Me torturava com essa pergunta. Não sabia o que faria. Estava cheio de arrependimentos. Não tinha me aberto para ela o tanto que deveria, e ela reclamara sobre isso com frequência. Eu deveria ter revelado tudo sobre tudo, mesmo que detestasse falar sobre a merda que ela queria que eu dissesse para ela.

Me vi falando para ela tudo sobre mim em caixas postais que ela provavelmente nunca ouviria. Estava desesperado.

— Não sou bom nesse tipo de coisa, mas vou fazer meu melhor. Se estiver ouvindo isso, saiba que estou tentando aqui e, em troca, só gostaria de ouvir você, de ter uma ideia de como está passando.

Respirei fundo, tentando pensar por onde começar.

— Merda. Talvez devesse te mandar isso por mensagem, ou e-mail, ou alguma coisa, mas me ouça. Nunca gostei de relacionamentos. Nunca pensei que algo assim poderia servir duas pessoas igualmente. Enxergava assim pela forma como minha mãe era com um namorado pior do que o outro. Ela ficava caidinha por eles, e tudo que eles faziam era alimentá-la com frases mentirosas e agir meio decente às vezes. Acho que foi por isso que comecei a pensar que eles eram meio que um golpe. Essa crença foi reforçada por mim, repetidamente, conforme a via deixar homens pisarem nela pelo bem do "relacionamento".

"Nat só foi meio que a cobertura do bolo cínico. Éramos apenas crianças quando ficamos juntos, e cometemos vários erros idiotas. Nada que eu fazia a deixava feliz, e ela tinha toda uma chantagem emocional que tentava usar em mim diariamente. Ainda assim, eu fiquei, porque era jovem, burro, e queria tanto ser o oposto do meu pai. Para ser o cara que fica independente do que aconteça, me dispus a aguentar muita coisa, até ficar *miserável*, para provar que era melhor do que ele, que não era nada igual."

O tempo da mensagem acabou, e liguei de novo, esperando o bipe, então continuei de onde tinha parado.

— Nat me culpava por não dar um anel a ela. Um anel que eu não podia pagar. Ela era inflexível quanto a isso, falava que toda a sua felicidade estava ligada a ele e, se eu não a fizesse feliz, bom, era minha culpa, já que a felicidade dela era *meu* trabalho. Me venceu pelo cansaço, e eu me matei para lhe dar o anel caro demais. Ela me disse que ele a constrangia, porque o diamante era muito pequeno. Era um anel de três mil dólares, então eu não fazia ideia do que ela queria dizer, mas nosso relacionamento era assim. Houve mais horas ruins do que boas, mais trabalho do que diversão, mais desentendimentos do que comunicações. Me deixava exausto, e eu já estava cansado quando descobri que ela estava me traindo.

Acabou o tempo. Não pausei antes de ligar e começar a falar de novo.

— Nat tinha todos os ataques de ciúme comigo, sempre me acusando de traidor, quando eu não era. Acho que é um dos motivos pelos quais foi tão difícil aguentar como ela mentira para mim repetidamente. Terminei e jurei não ter mais relacionamentos, porque ela tinha me ensinado que eu simplesmente não era bom para isso.

"Vejo agora o quanto isso era errado, quanto poder eu tinha dado a ela, mesmo quando a superara há anos. Sinto muito por isso. Sinto muito que você e eu tivemos um começo difícil, e parte disso por causa da minha bagagem que não merecia a importância que eu dava."

Acabou o tempo de novo. Liguei novamente.

— Vejo agora que não sabia nada sobre o amor antes de te conhecer. Quando é certo, como é com a gente, não torna sua vida mais difícil, torna sua vida *mais fácil*, mesmo quando é difícil. Nunca estive tão feliz como estive com você, e nem sei começar a pensar em como superar isso. Não tenho estômago para pensar que você poderia me superar, quando sei que não vou conseguir superar você. Amo seu sorriso, amo sua sinceridade, sua lealdade. Amo seu senso de humor sarcástico, e a forma como seus olhos se iluminam quando me zoa. Deve ser isso que amo mais. Não simplesmente amo você, *preciso* de você, e não como isso *um dia* vai parar. Acho que é um aviso, de certa forma. Se acha que vou te deixar ir com facilidade, está enganada. Prepare-se, amor, de um jeito ou de outro, vou te ter de volta.

Essa foi a última mensagem que deixei antes de a espera começar.

Esperei.

E esperei.

Mais cinco dias se passaram, e deixei o humor negro me tomar de novo, mas não era porque eu tinha desistido. Era só porque não conseguia suportar o quanto sentia falta dela, enquanto esperava.

Pensei que esperar era a coisa mais difícil que já passei na vida, porém a vida estava prestes a me provar que eu estava errado.

Capítulo Quarenta

TRISTAN

Duvidava que alguém tivera seu pior pesadelo tornado realidade e não duvidado de que era de verdade. Então minha primeira reação à notícia foi negação. Tinha que ser brincadeira. Devia ser uma pegadinha doentia. Jared não podia ter morrido. Ele era meu irmãozinho. Era meu trabalho protegê-lo. Não era possível que algo assim poderia ter acontecido com ele sob *meu* cuidado...

Minha mãe estava soluçando sem parar, mas o barulho estava sempre em algum lugar no fundo, como se meu cérebro estivesse isolando-o a fim de amenizar a dor.

Não chorei. Só fiquei ali sentado, sem expressão e quieto, falando para mim mesmo, repetidamente, que isso não estava realmente acontecendo.

Um tapa ardido no rosto foi o que finalmente me tirou dolorosamente da minha própria cabeça.

Pisquei para minha mãe, que se levantou, furiosa e chorosa, diante de mim.

— Isso é culpa sua! — ela gritou. — Era seu trabalho cuidar dele, e olha o que aconteceu! Não deveria tê-lo encorajado a agir tão livre, seu desgraçado!

Suas palavras doeram, cada uma infligindo uma ferida mais profunda, e algumas até abrindo umas antigas.

Fiz a única coisa que sabia fazer sob ataque: fiquei na ofensiva.

— Minha? — questionei baixinho, uma vida de desprezo na palavra curta. — Minha? Você era para ser nossa *mãe*! Nos dava pílulas como bala, bebia álcool e fumava maconha conosco quando tínhamos doze anos! E *me* culpa por isso? Me culpa pelo fato de que ele era um viciado, quando foi *você* que o viciou!

Ela caiu no chão, chorando copiosamente, e instantaneamente me arrependi de cada palavra que dissera, embora tenha sido *tudo* verdade, mas uma verdade difícil de engolir.

Tentei confortá-la, mas ela não queria, e desisti rapidamente, entrando em um tipo de estado dormente.

Isto não é real.

Não pode estar acontecendo. Não com Jared. Ele era o garoto mais gentil, sempre. Coisas assim não acontecem com garotos tão gentis. Coisas ruins eram para acontecer com pessoas ruins, e Jared sempre foi apenas *bom*.

Ele não brigava como eu. Não machucaria outra pessoa para salvar a própria vida. Não dormia com todo mundo. Estava esperando a garota certa aparecer, pelo amor de Deus. Para cada defeito que eu tinha, ele era superior, e eu sempre tivera o maior orgulho disso.

As pessoas estavam conversando ao fundo, apesar de eu não tê-las identificado. Não estava prestando muita atenção em nada que estava ocorrendo, então só pegava partes e pedaços do que estavam dizendo, pequenos trechos aqui e ali, e nenhum fazia sentido para mim.

Jared tinha morrido de infarto. Infarto? Um garoto saudável de vinte e um anos não morria de infarto simplesmente. Morria? Mas claro que essa não era toda a história. Mesmo totalmente desconectado, eu sabia disso. Drogas eram a história. A única pergunta era qual, e como ele errara tanto o cálculo para ter se matado. Será que se matou? Não. Não. *Não*. Isso estava errado. Errado. *Errado.*

Eu estava na casa da minha mãe, embora nem me lembrasse de ter dirigido até lá. Me lembrava de falar com Cory no telefone, e então de simplesmente estar lá, dos gritos histéricos da minha mãe, das suas acusações agudas e do barulho de fundo.

Eu sabia que muitos irmãos não se davam bem. Dean tinha um irmão caçula, e tudo que pareciam fazer era brigar um com o outro. Nem o maduro Cory e sua irmã se falavam muito.

Isso nunca, *nunca* fora o caso entre mim e Jared. Sempre fomos melhores amigos. Mesmo quando não concordávamos com alguma coisa, nos respeitávamos, sempre, e o respeito durou. Não sabia como aceitar a ideia da sua perda. Não sabia como passar pela negação, e encarar o absoluto *horror* e a *agonia* extrema.

Só percebi que Frankie estava lá quando ela se ajoelhou diante de mim, seu rosto cheio de lágrimas e empatia. Ela e Jared eram bem próximos, e me alarmava o fato de ela estar tão preocupada *comigo*, porque me fez perceber que ela tinha razão em estar preocupada. Eu não fazia ideia de como lidar com isso.

— Acha que pode ser verdade? — perguntei a ela, minha voz assustando-me com como falou as palavras. — Acha que Dean está armando alguma pegadinha de merda para nós?

Ela balançou a cabeça, com trilhas pretas escorrendo, escorrendo e escorrendo por seu rosto, sua maquiagem arruinada. Ela nem limpou, como se não tivesse percebido.

— Não, Tristan. Cory o viu primeiro, e você sabe que ele não brincaria com algo assim. Olhe para ele. Também está destruído.

Eu não conseguia. Não conseguia olhar para ninguém. Olhava para baixo, para minhas mãos, minha vergonha quase tão forte quanto meu sentimento de negação. Eu sabia que, assim que um alcançasse o outro, eu estaria perdido.

— Isto é culpa minha — solucei.

Frankie jogou os braços em volta de mim, soluçando comigo.

No fundo, em algum lugar, ouvi minha mãe gritar, concordando. Ela sempre instaurara um senso de responsabilidade em mim de cuidar de Jared, e eu sentia aquilo como uma faca no coração. Ele era meu irmão caçula, e era meu trabalho, meu *dever*, cuidar dele e, enquanto eu estivera perdido na minha própria depressão, ele tinha escapado, sem eu estar lá para impedi-lo, sem eu estar lá nem para segurar sua mão no fim.

Essa sequência de pensamentos era puro masoquismo e, conforme eu a segui, a negação me deixou, e a dor veio, e desmoronei com isso. Eu sabia, absolutamente, que poderia morrer com essa dor, que poderia muito bem me matar só para fugir disso.

Fiz a única coisa que poderia diante do desespero extremo: estiquei a mão para uma corda salva-vidas.

— Danika sabe? — perguntei, recuando.

Frankie balançou a cabeça, fungando.

— Ainda não liguei para ela.

— Pode ligar agora? Pode falar para Danika que preciso dela? — Minha voz falhou de novo com as palavras. — Ela não atende minhas ligações.

Ela deu tapinhas no meu ombro, levantando-se.

— Claro que posso. Vou lá fora ligar. Está muito barulhento aqui.

Segurei sua mão antes de ela se afastar.

— Sabe se ela ouviu minhas mensagens?

Ela apertou minha mão.

— Acho que não. Ela me falou, há uma semana, que o celular estava guardado em uma gaveta. Vou ter que ligar para Bev para falar com ela.

Assenti.

— Pode falar para ouvi-las, se ela tiver chance?

— Posso. Já volto, ok?

Só assenti, olhando para minhas mãos, observando minhas lágrimas caírem nelas, surpreso por realmente conseguir ouvi-las atingindo meus dedos acima do som da minha mãe gritando.

Frankie voltou rapidamente, parecendo ainda mais surpresa do que antes.

— Bev disse que vai contar, mas ela saiu com os meninos para fazer umas coisas e não levou o celular, então não sabe quanto vai demorar. Disse que, assim que ela voltar, Jerry vai trazê-la aqui.

Tentei ficar bem com isso, mas não fiquei. Não conseguia aguentar isso nem mais um segundo sem ela, que dirá por algum período indefinido de tempo.

Me levantei, depois sentei de novo, me sentindo completamente perdido. Pensamentos sombrios rodeavam minha mente, pensamentos de culpa, agonia e autodestruição.

Encontrei meu celular e simplesmente fiquei encarando-o por sessenta e três minutos, enquanto aguardava no purgatório, contando cada minuto, porque cada minuto parecia uma hora.

Quando chegaram e passaram os sessenta e três minutos, eu sabia que não podia esperar mais um. Me levante, joguei o celular no sofá e saí pela porta da frente.

Estava uma tempestade do lado de fora, o que, de alguma forma, não notara antes. Não me importava agora, comecei a correr, fugindo de tudo e qualquer coisa, pretendendo correr até literalmente cair.

DANIKA

Eu sabia que havia acontecido algo terrivelmente errado no segundo em que passei pela porta da frente. O olhar de empatia no rosto de Bev me assombrou.

É estranho as coisas que te assombram por anos e anos depois de uma tragédia. O olhar no rosto de Bev quando ela me abraçou e me contou a notícia, as lágrimas nos olhos de Jerry, um homem que eu nunca tinha visto chorar, a forma como os meninos não disseram uma palavra, apesar de entenderem o que estava acontecendo assim que viram a expressão da mãe.

Um pouco disso era esperado; a última vez que abraçara Jared, a última vez que o vira sorrir, a última vez que ele tinha me ligado por um motivo tolo ou por nenhuma razão. Mas esse era um tipo doce de assombração.

A assombração amarga veio na forma de encontrar ligações perdidas de Jared semanas depois, ligações que eu tinha perdido porque estava muito envolvida nos meus próprios problemas, nas minhas próprias disfunções. A ideia de poder ter conversado com ele de novo antes de ele morrer me deu a sensação mais cruel de perda, porque eu tinha desperdiçado essa chance preciosa. Havia até uma mensagem dele que eu nunca teria coragem de apagar. Na verdade, guardaria meu celular em uma gaveta ao lado da cama, muito depois de eu tê-lo trocado, porque não suportava que o som da sua voz fosse apagado.

Lado a lado com a assombração, vinha o arrependimento.

Conforme Jerry me levava para a casa de Leticia, comecei a ouvir as mensagens de Tristan, já que ele tinha pedido a Frankie que falasse para eu ouvir. Ao ouvir, percebia que, enquanto eu estivera convencida de que ele nunca podia me dar o que eu precisava, ele estivera pronto para dar isso para mim, se ao menos eu tivesse ouvido.

Me senti muito arrependida ali, porque havia uma chance, uma ideia persistente e estranha na minha mente de que, se Tristan e eu tivéssemos feito as pazes mais rápido, Jared pudesse ainda estar vivo. Ele poderia estar conosco, em vez de em algum lugar sem a gente, sendo negligente, machucando-se. *Perdendo a vida.*

Esse arrependimento me ensinou muito sobre culpa, sobre como ela suplanta toda a lógica, e como ela nunca realmente vai embora, mesmo com o tempo.

Todos os "e se" poderiam me destruir se eu deixasse. Isso me fez pensar em Tristan, e como, se eu estava sentindo essa dor extenuante e insuportável com a perda de Jared, não conseguia nem *imaginar* pelo que ele devia estar passando.

Não consegui chegar tão rápido até ele. A ideia de ele passar por isso sem mim, de ele ter *pedido* para eu ir, e ainda não poder abraçá-lo, literalmente me destruía.

Paramos no meio-fio bem quando ele estava se afastando da casa. Saí do carro, correndo atrás dele, antes de o carro parar totalmente.

Gritei seu nome, mas ele não me escutou, ou pelo menos não parou. Meus chinelos saíram, e meus pés batiam descalços na calçada, mas não me importava. Não iria deixá-lo sozinho, não enquanto ainda tinha fôlego.

Fui atrás dele na tempestade até meus pulmões queimarem, uma sensação de desespero em cada passada que batia forte na calçada molhada.

Gritei seu nome até minha voz ficar rouca, e ficar sem fôlego para gritar. Mas não tinha como eu alcançá-lo. Ele era rápido demais e não mostrava sinais de cansaço, então encontrei fôlego para gritar mais um pouco.

O que finalmente o fez diminuir o passo foi chegar a um beco sem saída, sem outro lugar para ir. Ali ele parou o suficiente para eu alcançá-lo com um abraço desesperado e selvagem por trás.

Ele enrijeceu, depois se virou, caindo de joelhos, seu rosto enterrado na minha barriga. Ele estava sem fôlego como eu, mas isso não impediu seus soluços desamparados.

Segurei-o firme, e seus braços me envolveram. Não falamos por um bom tempo, apenas grudados um no outro, e choramos como se o mundo estivesse acabando, porque uma parte doce e insubstituível dele tinha acabado.

Quando ele finalmente falou, sua voz quase baixa demais para entender, partiu meu coração de novo.

— Te falei que precisava de você. Mas agora preciso que você *sobreviva*. Para sempre. Não vou viver isso sem você, e sou egoísta por te contar, mas é a verdade. Você é minha rocha, Danika. Nunca posso te perder, ou vou seguir Jared, sei que vou.

A chuva estava caindo sobre nós, encharcando nossas roupas,

escorrendo por nossos rostos, misturando-se com nossas lágrimas. Mal notei.

Me abaixei, esmagando seu rosto no meu até eu chegar na sua orelha.

— Você tem a mim. Sou sua, e não vou a lugar nenhum, nunca mais.

— Desculpe. Fui um babaca. Eram puro orgulho, teimosia e ciúme que me fizeram falar com você daquele jeito.

— Ciúme?

— É. Ciúme. Tanto ciúme que tenho sonhos socando o sei lá quem e o jeans skinny no chão. Odiava que você tinha uma palavra para *isto*. Uma palavra barata que usou com outros homens, depois jogou na minha cara, como para me convencer a dizer de volta. Não tenho uma palavra para *isto*, porque nunca senti *isto* antes. Mas eu te amo. Só queria que houvesse um jeito de explicar para você que amor é só o começo, porque se transformou em muito mais para mim.

Foi o momento mais agridoce, um momento de encontrar algo muito perfeito, bem à sombra de perder alguém muito precioso.

Epílogo

Eu falei no funeral. Tristan e sua mãe não estavam em condições, e não parecia certo não ter alguém representando a família.

— Faltava apenas um mês para Jared fazer vinte e dois anos quando nos deixou — comecei. — Uma vida tão curta, mas, nesse tempo breve, ele causou grande impacto em muitas pessoas.

Tristan estava com a cabeça apoiada nas mãos. Estava parado, mas eu sabia que estava chorando.

Tentei me controlar enquanto continuei, mas minha garganta estava arranhando tanto que parecia que iria sufocar com lágrimas não derramadas.

— Quero que todos vocês olhem para ambos os lados. Vejam quem está sentado ao seu lado. Nem preciso perguntar, posso simplesmente dizer com extrema convicção que cada pessoa que está vendo adorava Jared Vega. Esse é o legado dele. Nosso amor por ele. Ele era o melhor de nós, arrancado de nós rápido, rápido demais, mas todos que o conheceram tiveram a vida tocada por sua linda alma. Onde há amor é para sempre, e Jared vai viver para sempre em nossos corações.

Leticia estava soluçando alto, e tive que respirar fundo algumas vezes para continuar com qualquer aparência de compostura.

— Amado irmão, amado amigo, amado filho, você nos deixou rápido demais, mas nosso amor por você não pode ser medido em segundos, minutos nem horas. Não pode ser medido em anos, décadas nem séculos. Está além do tempo agora. Este amor que sinto por você nunca vai morrer, nunca vai enfraquecer e não pode ser abafado. Tornou-se maior do que esta vida.

Precisei parar e respirar fundo três vezes ao ouvir o som baixo de Tristan chorando, despedaçado, nas mãos.

Ergui a pulseira preta de borracha que estava apertada na mão.

— Todos vocês receberam uma dessa na entrada. Quero que a segurem e a analisem. Se você conhecia Jared, sabe que ele tinha os braços cobertos por isso há anos. Desde antes de fazer catorze anos, mesmo antes de estar na moda, ele tinha pelo menos uma em cada pulso. Nenhum de nós vai olhar para esta pulseirinha de novo sem pensar nele.

"Nada poderia nos fazer esquecer desse filho doce, desse irmão leal, desse amigo compreensivo, mas que isso também seja nossa lembrança dele. Com frequência, vou usar no meu pulso, segurar na minha mão e me lembrar de como ele me fez rir, de como eu amava seu sorriso, de como ele trazia alegria para todos em seu caminho."

Concluí, recitando *Away*, de James Whitcomb Riley.

"I cannot say and I will not say
That he is dead, he is just away.
With a cheery smile and a wave of hand
He has wandered into an unknown land
And left us dreaming how very fair
Its needs must be, since he lingers here.

And you-oh you, who the wildest yearn
From the old-time step and the glad return
Think of him faring on, as dear
In the love of there, as the love of here
Think of him still the same way, I say
He is not dead, he is just away."[2]

2 "Não posso dizer e não vou dizer
Que ele está morto, só está fora.
Com um sorriso radiante e um aceno
Ele tem perambulado por um lugar desconhecido
E nos deixou sonhando o quão longe
Deve ser, já que ele permanece aqui.

E você, oh, você, quem mais anseia
Desde os velhos tempos e o alegre retorno
Pense nele saindo, tão querido
No amor de lá, quanto no amor de cá
Pense nele ainda da mesma forma, eu digo
Ele não está morto, só está fora.
(Tradução livre)

Quando terminei, aconteceu de o meu olhar pairar em Dean, que estava na fileira atrás de Tristan. Ver que até ele estava chorando como se seu coração estivesse partido fez meus olhos finalmente se encherem de lágrimas. Só fiquei aliviada de ter conseguido terminar antes de desmoronar.

Me aproximei de Tristan no banco, movendo-me para sentar ao lado dele, do outro lado da sua mãe, mas eles me surpreenderam se afastando, abrindo espaço para mim entre os dois.

Me sentei sem falar nada.

Leticia colocou o rosto no meu ombro, chorando copiosamente. Envolvi os braços nela, me sentindo muito impotente diante da sua dor. Simplesmente não conseguia entender como isso devia ser terrível para ela, quando eu conhecera Jared há pouco tempo, e a perda dele já tinha me derrubado.

Os lábios de Tristan foram para o meu ouvido, a voz densa com lágrimas.

— Obrigado por isso. Foi muito lindo, muito perfeito. Falou tudo que eu queria dizer, se tivesse encontrado forças. Nunca vou me esquecer disso enquanto eu viver; o jeito que você foi minha força, quando eu estava fraco demais para sequer me levantar.

Seu rosto foi para o meu pescoço, e me vi na posição estranha e de partir o coração de ter um braço em volta dele e da sua mãe enquanto todos nós chorávamos sem parar.

Fora por insistência de Leticia que foi uma cerimônia de caixão aberto. Eu não achava uma boa ideia, e estava certa. Era simplesmente difícil demais olhar para ele. Achava que ninguém poderia se sentir melhor vendo o corpo de um homem de vinte e um anos em seu auge, pálido e paralisado pela morte.

Tristan e eu fomos vê-lo juntos. Ele estava apertando tão forte minha mão que doía, mas não falei nada.

Prendi a respiração ao olhar para a forma parada de Jared, o ar apenas escapando dos meus pulmões quando não conseguia mais segurar.

Não sabia o que dizer. Não havia palavras para isso. Sua quietude, a paz em seu rosto, trazia conforto e desespero ao mesmo tempo.

Ainda assim, tentei meu máximo para dar um pouco de conforto a Tristan com minha própria perspectiva.

— Não tenho uma memória ruim dele. Não tenho nada a dizer sobre ele que não seja cheio de afeto. Sei, logicamente, que ninguém no mundo é perfeito, mas, para mim, ele era. Há maldade em todos nós, mas só vou me lembrar da bondade em Jared.

Tristan me abraçou, enterrando o rosto no meu cabelo.

— Obrigado por isso. Ajuda saber que outra pessoa o via como eu, que há mais de nós para lembrar dele assim.

— *Sempre* — sussurrei em seu ouvido. — *Sempre* vou estar aqui para lembrar dele assim com você.

O dia no funeral pareceu durar uma eternidade, com amigos oferecendo infinitas condolências para mãe e filho. Era muito óbvio, para mim, que tudo isso não era nada além de uma tensão para os dois, que era difícil de engolir.

Mal saí do lado de Tristan, porque era ali que ele precisava que eu estivesse. Parecia tirar forças de mim, e estava desesperada para ser o que ele precisava, diante da sua dor.

Sua mãe fez uma recepção na casa dela depois da cerimônia. Amigos e família levaram comida, bebidas, e ninguém parecia querer ir embora, então continuou até tarde da noite.

Tristan bebeu demais, ficou assustadoramente quieto e me manteve por perto. Não foi difícil convencê-lo a se retirar cedo.

Dividimos seu quarto de infância naquela noite, esmagados um no outro na cama de solteiro. Havia outros lugares para dormir, lugares mais confortáveis, mas nem pensei nisso. Era lá que ele queria estar, e eu ficaria lá com ele.

— Eu te amo — murmurei em seu ouvido antes de ele dormir.

— Eu te amo. Muito. Você é minha rocha, Danika — ele disse baixinho.

Finalmente, pela primeira vez em dias, ele caiu em um sono profundo. Olhei para ele com olhos gentis o tempo todo.

Observando-o dormir, sentindo seu coração bater sob a palma da minha mão, pude admitir para mim mesma: eu amaria esse homem até o fim dos meus dias. Tinha me apaixonado perdidamente. Profundamente como no meio do oceano, sem terra à vista. Não tinha volta. Meu coração era dele para sempre

Continua em *Rock Bottom*

Book Two
Tristan & Danika

Leia também:

R.K. Lilley
Gr
Nas
R.K. Lil
Mile High
Nas alturas livro 2
Charme
R.K. Lilley
In Flight
Nas alturas livro 1
Charme

Sobre a Autora:

R. K. Lilley é a autora da série bestseller Nas Alturas, entre outros livros.

Mora no Texas com seu marido e seus dois filhos, e já trabalhou em vários lugares, mas jura que só soube o que era trabalho duro quando teve os filhos.

Sempre foi viciada, desde que ela consegue se lembrar, em ler e escrever histórias de ficção e romances. Gosta de viajar, ler, caminhar, pintar, jogar, assistir animações, e aproveitar ao máximo cada dia.

Atualmente está trabalhando em vários livros.

site: https://www.facebook.com/authorrklilley

twitter: twitter.com/authorrklilley

instagram: Authorrklilley